The Things We Do For Love

为爱而行

[美] 克莉丝汀 · 汉娜 /著　　织羽 /译

四川人民出版社

图书在版编目（CIP）数据

为爱而行/（美）克莉丝汀·汉娜著；织羽译.
—成都：四川人民出版社，2022.5
ISBN 978－7－220－12516－4

Ⅰ.①为… Ⅱ.①克…②织… Ⅲ.①长篇
小说－美国－现代 Ⅳ.①I712.45

中国版本图书馆CIP数据核字（2021）第269904号

WEI AI ER XING

为爱而行

［美］克莉丝汀·汉娜 著
织 羽 译

统　　筹	王其进
责任编辑	唐　婧
装帧设计	张　妮
封面插图	黄樱樱
责任校对	王鲁琴　林　泉
责任印制	祝　健
出版发行	四川人民出版社（成都市三色路266号）
网　　址	http://www.scpph.com
E-mail	scrmcbs@sina.com
新浪微博	@四川人民出版社
微信公众号	四川人民出版社
发行部业务电话	（028）86361653　86361656
防盗版举报电话	（028）86361661
照　　排	四川胜翔数码印务设计有限公司
印　　刷	成都国图广告印务有限公司
成品尺寸	160mm×235mm
印　　张	21.5
字　　数	360千
版　　次	2022年5月第1版
印　　次	2022年5月第1次印刷
书　　号	ISBN 978－7－220－12516－4
定　　价	78.00元

再一次，献给本杰明和塔克

敬挚友：霍莉和杰拉德，马克和莫妮卡，汤姆和洛瑞，梅根和凯尼，还有史蒂夫和吉尔。

最后，特别感谢琳达·迈罗，感谢她超越职责的额外努力。

chapter 01

为爱而行

chapter 01

西端镇的大街小巷在这个意外晴朗的日子里挤满了人。全镇的母亲都站在敞开的门口，手搭凉篷看着她们的孩子玩耍。人人都清楚不久以后——可能就在明天——浓稠的云雾就会腾空而起，遮天蔽日，雨水将再次倾泻而下。

毕竟现在是五月，还是在美国西北方。这个月一定会下雨，就像鬼魂一定会在十月三十一日上街，大马哈鱼一定会从大海洄游。

“肯定很热。”坐在流线型黑色敞篷宝马驾驶座上的康兰说。这是近一个小时来他说的第一句话。

他在努力搭话，就这样。安吉应该回应几句，也许该说说正开花的美丽山楂树。可即便她有这想法，也累得没有说。短短几个月后，那些小小的绿叶就会蜷缩发黑，在寒夜中褪尽光彩，飘落在地，无人知晓。

你这么看待它时，发觉时光飞逝，提它还有什么意思?

她凝视窗外的家乡。这是几个月来她第一次回来。虽然西端镇离西雅图只有一百二十英里，但那距离最近在她看来变长了。她有多爱她的家人，就有多难离开自己的房子。在外面的世界里，到处都有小宝宝。

他们开进镇子老区，维多利亚式的房子一栋接一栋地矗立在一块块小草坪上。巨硕的茂盛枫林遮蔽了街道，在柏油路面投下错综的网纹。70 年代时，这片街区是城镇的中心。那时候到处都能看到孩子们骑着三轮童车或施文牌自行车从一栋房子跑到另一栋房子。那时候每周日在教堂礼拜后都有街区聚会，每个后院都有孩子结队玩“红色流浪者”①。

① 红色流浪者。一种儿童游戏。双方对面列队，每轮点名对方一人，被点到的出列，尽量冲散对手队伍。

从那时到现在的这些年来，这片地方已经变了样，老城区陷入沉寂，年久失修。洄游的大马哈鱼减少，木材产业经受重创。曾经靠地吃地靠海吃海的人们被撇开，被遗忘；新来的居民扎堆盖起房子，用他们砍倒的树木为小区起名。

但是在这里，在这片小小的枫林街区里，时间停滞不前。这片街区的最后一栋房子看起来就跟它四十年前一模一样。白色油漆纯白完美，苍翠草地齐整闪亮。这片草坪不允许任何杂草生根发芽。安吉的父亲四十年来都维护着这栋房子，它曾是他的骄傲与欢乐。每个星期一，在家庭餐馆辛苦工作了一个周末以后，他会投入整整十二个小时来修整家和花园。在他去世以后，安吉的母亲试图保持这种惯例。它变成她的安慰，变成了她与那个爱了快五十年的男人之间的联系，每当她劳累疲倦时，总是有人等着帮一把手。妈妈经常提醒她们，总会有人帮忙就是养了三个女儿的好处。她号称这是她挺过了她们青春期给她的报偿。

康兰靠向路边停车。车顶篷悄声归位时，他转身看向安吉，“你确定自己应付得来?”

“我都在这了，不是吗?”她终于转身看着他说。他已经筋疲力尽，她看到他的蓝眼睛中闪过一丝疲倦，但知道他不会再说什么，不会再提任何可能会让她想起几月前失去的宝宝的事。

他们就这么坐着，肩并肩地陷入沉默。空调发出轻柔的嘶嘶声。

如果是以前的康兰在这时早就倾身过来吻她，跟她说他爱她，寥寥几句温言软语就能拯救她，但这些天它们已经不再能安慰人了。他们曾经分享的爱意如此遥不可及，就像她的童年时光一般褪色消失。

“我们可以现在就走，就说车坏了。”他说着，试图变回从前那个人，那个能逗妻子笑的人。

她没有看他，“你开玩笑吗？他们全都觉得我们已经为这辆车花了太多钱。再说，妈妈已经知道我们来了。也许她嗓门大得能跟死人说话，但她耳朵尖得像只蝙蝠。”

“她在厨房忙着为二十个人做上万个奶油甜馅饼。你的姐姐们打从进了门话就没有停过。我们能趁乱逃走的。”他笑着说。一时间感觉他俩之间一切都回复如常，仿佛车里并没有什么幽影。她希望这份轻松能保持下去。

“莉薇已经煮好了三份砂锅菜。”她嘀咕道，“蜜拉大概钩好了一张新桌布，还给我们所有人做了配套的围裙。”

“上周你有两场推介会和一个广告拍摄。不值得浪费时间做菜。”

可怜的康兰。结婚十四年了，他还是不懂德萨利亚家的动力。烹饪不仅仅是工作或爱好；它是某种货币，而安吉一文不名。她的爸爸，她崇拜的人，曾经很爱她不会做饭这一点。他把它当作成功的勋章。作为一个来到这个国家时口袋里只有四美元的移民，他靠喂饱其他移民家庭为生，于是很骄傲自己的小女儿能够靠头脑而不是双手赚钱。

“我们走吧。”她说，不愿再想起爸爸。

安吉下车绕到后车厢。后车厢静静打开，露出一个窄窄的纸板箱。纸箱里有个太平洋甜点公司出品的奢华特浓巧克力蛋糕和一个好吃到死的柠檬馅饼。她伸手拿起箱子，知道会有人说到她在烹饪上的无能。作为幺女——家里的“公主”，当姐姐们在厨房忙碌时，她被允许去做装饰工作或者聊电话或者看电视。无论她的哪个姐姐都从不会让她忘记爸爸是怎么没心没肺地宠坏了她。她的姐姐们成年后仍然在家庭餐馆工作。那是真正的工作，他们总是这么说，不像安吉的拍广告生计。

“来。”康兰挽起她的胳膊。

他们走上水泥步道，路过圣母马利亚喷泉，走上台阶。一尊基督雕像站在门边，张手迎客。有人往他手腕上挂了把伞。

康兰敷衍了事地敲了敲门，就把门打开了。

屋里闹腾着各种声响——响亮的说话声，孩子们在楼梯跑上跑下，冰桶被倒满，欢声大笑。门厅里每件家具都掩埋在一层衣服、鞋子和空空的食品盒下。

房间里堆满孩子玩的各类游戏。糖果土地是给小孩子玩的，疯狂八叠板是给大些的孩子玩的。她最大的外甥詹森和外甥女莎拉正用电视玩任天堂游戏。安吉一进门，孩子们尖叫着朝她蜂拥而来，所有人都同时开口争抢她的关注。从他们记事起，这位姨妈就是会坐到地上玩当时最“潮”的玩具的那个人。她从不关掉他们的音乐也不会说哪部电影不合适。被人问起时，他们都说安吉姨妈“很酷”。

她听见身后的康兰在跟蜜拉的丈夫文斯说话，听见他们倒了一杯饮料。她轻巧地穿过孩子堆，沿着门厅走向厨房。

她在门口停下。妈妈正在厨房正中的超大案板上擀着生面团。面粉蒙住她半张脸，撒上她的头发。她的眼镜从 70 年代一直用到现在，茶托一样大的镜片放大了她棕色的双眼。汗珠聚拢在她眉上，滑到沾着面粉的双颊，滚成一滴小小的面糊落在她胸口。爸爸离世后的五个月里，她瘦了很多，也没有染头发，如今发色如雪。

蜜拉站在炉前，把汤团滴进一罐开水。她从背后看起来就像个年轻女孩。即使生过了四个孩子，她还是那么瘦小，简直像只小鸟。自从常穿她十多岁女儿的衣服，她开始显得比她四十一岁的年纪年轻了十岁。今晚，她的黑色长发束成辫子，几乎垂至腰际。她穿着低腰黑色喇叭裤和绞花红毛衣。她正在说话——这并不意外，她总是在说话。爸爸常开玩笑说他的长女听起来就像个高速搅拌器。

站在左边的莉薇正切着新鲜的马苏里拉干酪。穿着黑丝紧身裙让她看起来像支圆珠笔。唯一比她的鞋跟还高的就是她吹得蓬起的头发。很久以前，莉薇匆匆离开西端镇，相信自己能当一名模特。她一直待在洛杉矶，直到每次面试都伴随着一句“现在可以请你脱衣服吗？”为止。五年前，就在她三十四岁生日之后，她回家了，带着没有成功的苦涩、努力过后的失败，拖着两个年幼的儿子，家里人谁也没见过孩子的父亲。她在家庭餐馆里工作，但她并不喜欢这样。她把自己看作是困在小镇里的大城市姑娘。现在她结婚了——又结婚了；一场上周在拉斯维加斯爱情教堂草草完成的婚礼。每个人都希望那个萨尔瓦托·特拉伊纳——排在幸运数字三的那位——能最终带给她幸福。

安吉笑起来。她在这个厨房里与这三位女性共度过那么多时光；不论她变得多老，也不论她的生活去往什么方向，这里一直都是家。在妈妈的厨房里，你既安全又温暖，并被好好地爱着。虽然她和她的姐姐们选择了不同的生活，还总想过分干预彼此的选择，但她们就像一股绳子上的线。当她们团结一致时，坚不可摧。她需要再次成为其中一分子，她已经独自哀伤太久了。

她走进厨房，把纸箱放到桌上：“嗨，各位。”

莉薇和蜜拉冲过来，把她塞进一个满是意大利辣椒和药店香水味的拥抱。她们紧紧地抱着她，安吉感觉有泪水沾湿了脖子，但除了“你回家了真好”，她们没说别的。

“谢谢。”她最后紧紧抱了两位姐姐一次，转向已经张开双臂的妈妈。安吉靠近这温暖的怀抱。妈妈一如既往地闻起来像百里香、“禁忌”香水和水网发胶。安吉少女时的气息。

妈妈把她抱得那么紧，安吉不得不吸了口气。她笑着想退开，可妈妈仍抱住她。

安吉立即僵住。上一次妈妈把安吉抱得这么紧时，曾小声告诉她："你要再试试。神会再给你一个宝宝。"

安吉挣脱了拥抱。"别提。"她试图微笑。

她笑出来了——只是个无声的恳求。妈妈伸手去拿帕尔马干酪刨丝器，说道："晚饭好了。蜜拉，把孩子们带去饭桌。"

能舒服坐下十四个人的餐厅今晚坐了十五个人。从故国带来的古老桃心木桌是没窗户的大房间的中心舞台，房间糊着玫瑰色与酒红色的墙纸。华丽的木制十字架挂在墙上的耶稣像旁。大人和孩子挤坐于桌边。迪恩·马丁在另一个房间歌唱。

"让我们祈祷。"等到人人都坐下以后，妈妈说道。屋里并没有立即安静下来，于是她伸手敲了一记弗朗西斯叔叔的头。

弗朗西斯吃了一惊，闭上眼睛。人人都有样学样，开始祈祷。他们的声音汇合起来："祝福我们，主啊，祝福您的恩赐，我们将领受您的恩典，奉主基督之名祷告。阿门。"

祷告一说完，妈妈迅速站起身举起酒杯。"为萨尔和奥莉薇亚敬一杯。"她的声音发抖，嘴唇打战，"我不知道该说什么。祝酒是男人做的。"她突然坐下。

蜜拉按了按妈妈的肩膀，站起来。"我们欢迎萨尔加入我们的大家庭。祝你们能有妈妈和爸爸那样的爱。祝你们有充实的橱柜和温暖的睡房，有——"她顿住，嗓音放轻了，"——许多健康的宝宝。"

这时本该回应笑声和掌声，以及酒杯的叮当作响，如今却一片沉默。

安吉猛吸一口气，抬眼看向两位姐姐。

"我没怀孕，"莉薇马上说，"不过……我们在努力。"

安吉想要微笑，可这笑容虚浮微弱，谁也骗不过。人人都瞧着她，不知她怎样接受家里再多一个宝宝。所有人都那么努力不要伤害她。

她举起杯子。"敬萨尔和莉薇。"她说得很快，希望她的泪水会被当作喜极而泣，"祝你们有许多健康的宝宝。"

谈话得以继续。饭桌上一片嘈杂，叉子叮当作响，刀子划过瓷盘，笑声阵阵。尽管这一家子每个假日都聚会，一个月里有两个周一晚上会见面，他们还是不缺话题。

安吉扫视着桌边众人。蜜拉兴高采烈地向妈妈讲一个要办宴席的学校筹款人；文斯和弗朗西斯叔叔在讨论上周的橄榄球赛；萨尔和莉薇时不时就互相亲吻；年幼的孩子在朝对方喷豆子；大孩子则在争论是 Xbox 还是 PlayStation 更好；康兰在问茱莉娅婶婶髋关节替换手术的事。

安吉没法专心参与任何一场交谈。她当然没法闲聊。她的姐姐想要个孩子就会有个孩子。莉薇很可能在莱诺出生后就怀上了。呀，我忘了放避孕膜。她的姐姐们都这样。

晚餐之后，安吉洗盘子时，没人和她说话，但每个经过洗碗槽的人都会拍拍她的肩膀或亲亲她的脸。每个人都知道没有什么可多说的。这些年来已经给出了那么多次的希望与祈祷，那些话语已经失去了光彩。妈妈在圣塞西莉亚像前差不多供奉了十年的蜡烛，而今晚在车里的还是只有安吉和康兰两个人，一对不能开枝散叶变成家庭的夫妻。

终于，她再也受不了了。她把洗碗布扔在桌上，上楼躲进她的老房间。这漂亮的小房间仍然贴着玫瑰花和白色花篮的墙纸，有两张铺着粉红被褥的床。她坐在自己的床边。

真可笑，她以前就曾跪在这块地板上祈祷着不要怀孕。她那时十七岁，正跟汤米・马图奇约会，她的初恋。

门开了，康兰走了进来。她高大的黑发爱尔兰丈夫在她的闺房里显得不可思议地格格不入。

“我没事。”她说。

“啊，对。”

她听出他话音中的苦涩，觉得被刺伤了。但她什么都做不了。他没法安慰她，天知道曾有多少次光有他的安慰就已足够。

“得有人帮你。”他语带疲惫，这不奇怪，老一套了。

“我没事。”

他盯着她看了很久。那双蓝眼睛曾怀着爱慕看向她，如今只有无法忍受的挫败。随着一声叹息，他转身离开，带上了门。

过了一会儿，门又开了。妈妈站在门口，两手握拳搁在细腰上。她的礼拜日裙子上的垫肩像《银翼杀手》里的那么大，真的蹭到了两边的门框，“你伤心的时候总是跑进房间，生气时也是。”

安吉挪到一旁腾出位置，“而你总是追着我过来。”

“你父亲让我来的。你从来都不知道，是吧？”妈妈在安吉身边坐下。老床垫在她们的重量下吱嘎响。“他受不了看你哭。可怜的莉薇就算把肺都叫出来，他都不上心。但是你……你是他的公主，一滴眼泪就能让他心碎。”她叹气。这沉重的叹息满含着失望与同情。“你三十八岁了，安吉拉，”妈妈说，“该长大了。你爸爸——上帝保佑他的灵魂——会同意我的想法。”

“我都不懂那是什么。”

妈妈伸手揽住她，搂紧，“上帝已经给了你的祈祷一个答案，安吉拉。它不是你想要的，所以你不听。是听听的时候了。”

安吉忽然惊醒，她腮上的凉意是泪水。

她又做了那个有宝宝的梦，梦里她和康兰各自站在海的对岸。两人中间，在闪着光的无垠蓝色海洋上，漂着一个小小的粉红襁褓。它一寸又一寸渐渐漂远，消失不见。它不见了，只留下他们两人，留下她和康兰隔得天南海北。

她做了好几年同样的梦，这期间她和丈夫从一个医生的诊室跋涉到另一个医生的诊室，试过一个疗程又一个疗程。想来她已算是幸运，八年里她曾怀过三个孩子。两个流产了，还有一个——她的女儿索菲娅——只活过短短几天。到此为止了。她和康兰都再无心尝试。

她起身从丈夫身边离开，从地上拾起她的粉色线袍，走出卧室。

幽暗的走廊等着她。在她右边是成打的家族照片，全用厚实的桃心木框起，挂满了墙壁。德萨利亚与马隆家族五代人的照片。

她望向长廊尽头那扇关着的门。黄铜把手在窗户漏下的月光中闪烁。

她上一回敢走进那个房间是什么时候？

“上帝已经给了你答案……是听听的时候了。”

她慢慢走过楼梯与空着的客房，走向那扇最后的门。

她深深地吸一口气，打开它。她开门进去时，双手都在发抖。这里的空气凝重、陈旧，带着霉味。

她打开灯，把身后的门关上。

这个房间那么完美。

她闭上双眼，仿佛黑暗能帮她一把。《美女与野兽》甜蜜的旋律涌上心头，把她带回到第一次关上房间门的时候，那是很多年以前了。那是在他们决定收养孩子以后。

“我们有个宝宝，马隆夫人。宝宝的母亲才十多岁，她选择你和康兰。请到我的办公室来见见她。”

安吉花了整整四个小时选衣服、化妆为见面做准备，然后她和康兰终于在律师办公室见到了莎拉·德克，三人立即就签了担保书。“我们会爱你的孩子，”安吉向那姑娘保证：“你可以相信我们。”

安吉和康兰放弃怀孕，过了绝妙的六个月。性爱又变得愉悦，他们轻轻松松地重浴爱河。生活曾那么美好，在这栋房子里曾有过希望，他们曾和家人一同庆贺，他们曾把莎拉带到家里与她分享他们的心情，他们曾陪伴她参加每一次产前会诊。预产期前两周，莎拉带着印图模板和油漆到家里来，她和安吉一起装饰这个房间。天蓝色的天花板和墙壁堆满蓬松的白云，白色木篱笆围着鲜艳的花朵，缤纷的花朵迎向蜜蜂、蝴蝶和小仙子。

灾难的第一个征兆出现在莎拉生产的那天。安吉和康兰还在工作。他们回家时只看到一个空空荡荡安安静静的房子，答录机里没有留言，厨房桌上没有字条。他们到家还不到一个小时，电话铃响了。

他们牵着手一起挤到电话边上，听到孩子出生的消息时一起幸福地哭泣，明白其他的话则花了一段时间。甚至到现在，安吉也仅能记起那场谈话的只言片语。

“我很抱歉——

她改主意了

跟她的男朋友回去

带走宝宝”

他们关上了这个房间的门，再没打开。每周一次，他们的清洁女工会踏入这片地域，而安吉和康兰从不进去。一年多了，这个房间一直空着，成为他们某一天能圆梦的祭坛。他们放弃了相关的一切——各种医生、调养、药物注射和疗程。然后，安吉奇迹般地再次怀孕。她五个月的时候，他们再一次勇敢地走进这个房间，充实他们的梦想。他们就不该那么傻。

她走向壁橱，拖出一个大纸板箱，开始一件接一件地往里放东西，力图不去依恋碰到的每一样东西所勾起的回忆。

“嗨。”

她没有听到门打开的声音，可他已经来了，跟她一起在这个房间里。

她知道这在他看来一定是发了疯：发现自己的妻子坐在屋子中间，身边放着一个大纸箱。纸箱里是她所有珍惜的杂物——小熊维尼的床头灯、阿拉丁的画框、苏斯博士的全新收藏版童书。留下的唯一一件家具就是婴儿床。床垫就在婴儿床边的地上，是一小块淡粉色的法兰绒。

她转身抬头看他，眼中的泪模糊了视线，竟直到现在才发觉。她想告诉他自己有多难受，他们之间的一切都出了问题。她拾起一小块粉红被单，摩挲着。“这让我发疯。”她能说的只有这么一句。

他在她身边坐下。

她等着他开口，可他只是坐在那儿，看着她。她懂了，过去的事教会他要谨慎。他就像只已被周遭危境驯化了的动物，学会了呆住不动和保持安静。助孕药物和破碎的梦想使得安吉的情绪难以预测。“我忘记了我们。”她说。

“已经没有我们了，安吉。”他轻柔的口吻击碎了她的心。

终于，他们中有人敢把这话说出口了。“我知道。”

“我也想要个宝宝。”

她忍着，想憋回泪水。最近几年她把这都忘在脑后，康兰梦想着当父亲的心情跟她想当母亲的心情一模一样。一路走来，不知何时变成了一切全围着她转。她太专注于自己的悲伤，变得只会偶尔才关心他。她知道，这份醒悟以后会让自己耿耿于心。她以前一直致力于在生活中取得成功——家人都说她着了魔——成为母亲曾是她想要达成的又一个目标。她应该记住那是个组队活动。

“我很抱歉。”她又说了一次。

他搂她进怀里亲了亲。他们好几年没有这么亲吻过。

他们就这么坐着，抱着，呆了好长一阵。

她希望他给的爱对她来说已经足够。本来应该够了。可她想要一个孩子的渴望就像一道巨浪，像不可抵抗的力量淹没了他们。或许在一年以前她还能爬上水面。不是现在。“我爱过你……”

“我知道。”

“我们本来应该更注意些的。”

后来，她独自躺在他俩一起买的床上，想要忆起一切的过程和原因，忆起他们曾在爱情终结时对彼此说过的话语，可是一字一句都记不起。她能忆起的所有，就只是婴儿爽身粉的气味，还有他说再见的声音。

chapter 02

为爱而行

chapter 02

拆散生活所耗费的时间真是令人吃惊。一旦安吉和康兰决定结束婚姻，细枝末节就变得重要了。如何把每件东西平分，尤其是那些不可分割的东西比如房子和车，还有心。他们花了几个月时间在离婚的鸡毛蒜皮上，到九月末时，结束了。

她的房子——不，现在是彼德逊家的房子了——空空荡荡。没有卧室和设计师设计的起居室，没有花岗岩纹的厨房，她有的是银行里的一大笔钱和一间仓库，里面塞着他们一半的家具，还有一个装满箱子的后车厢。

安吉坐在砖砌壁炉边，盯着硬木地板上闪着的一片金光。

她和康兰搬进来的那天，那里原本有一张蓝色的地毯。

硬木地板，他们对彼此说道，为他俩意见一致和共同的梦想笑起来。孩子们会把地毯搞得一团糟。

都那么久远的事了……

在这座房子里住了十年，感觉像过了一辈子。

门铃响了。

她立即紧张起来。

不会是康，他有钥匙。再说，今天没轮到他来，今天轮到她来打包自己最后的东西。结婚十四年，如今他们安排好日程表轮流待在这座一起住过的房子里。

她站起来，穿过起居室，打开门。

妈妈、蜜拉和莉薇都站在门口，挤在门前檐下想避开雨水。她们也想朝她笑一笑。可惜不论是避雨还是微笑都不太有效。

“这种时候，”妈妈说，“该一家团聚。”她们一伙一起冲进屋。蜜拉挎着的野餐篮里飘来蒜香味。

“香草面包，”安吉看过来时，蜜拉说，“你知道这种食物能安慰所有的麻烦。”

安吉发现自己笑出来了。她一生中不知有多少次被某些社会歧视重创，从学校回到家里时，只听到妈妈说：“吃点东西，你会感觉好点。”

莉薇悄悄凑过来。她穿着黑毛衣和紧身牛仔裤，看起来就像美发店里的劳拉·弗林·鲍尔。“我离过两次婚。吃东西没有用。我想让她往篮子里放龙舌兰酒，可是你知道妈妈的。”她倾身贴近，“如果你要的话，我包里有点左洛复。”

“过来，过来。”妈妈指挥道。她把她的小鸡崽们都赶进空空的起居室。

安吉还想感受一下之前那份沉重感，但已经没有了。她的家人在这个昨天还是个家的空房子里到处找地方坐下。

安吉坐到坚实冰冷的地板上。屋里静下来了，她们在等着她开口，她们等着她开头。这就是家人。问题在于，安吉无处可去也无话可说。要是换成别的哪一天，她的姐姐们早就笑话她了，现在不好笑。

蜜拉坐到安吉旁边，贴近。她褪色牛仔裤上的铆钉刮得地板一阵响。妈妈跟着坐下，坐到壁炉边上，莉薇坐在她旁边。

安吉扫了一眼她们心照不宣的悲伤表情，开口向她们解释：“要是索菲还活着——”

“别提那个。”莉薇骤然打断，“那没用。”

安吉鼻子一酸，她几乎要向痛苦投降，让它淹没自己。然后她振作精神，哭泣无济于事。老天，她去年大部分时间都泡在眼泪里，看眼泪给她带来了什么？“你说得对。”她说。

蜜拉抱住她。

这正是安吉想要的。等她退后，觉得多少平静了一些时，其他三个女人都看着她。

“我能说实话吗？”莉薇打开篮子，抽出一瓶红酒。

“绝对不要。”安吉答。

莉薇没睬她。“你跟康已经不和太久了。相信我，我知道爱情变糟什么样。到放手的时候了。”她开始把酒往杯子里倒，“现在你应该去别的地方，离开一段时间。”

“逃跑没有用。”蜜拉说。

“胡扯。”莉薇回嘴，递给安吉一杯酒，“你已经拿到了钱，去里约热内卢，那里的海滩挺不错，尽是裸男裸女。”

安吉笑起来，心中虬结的痛轻快了些，“那么我应该去买条皮带，显摆一下我的屁股？”

莉薇大笑：“宝贝，那又没什么坏处。”

接下来的一小时，他们坐在空空荡荡的起居室里，喝着红酒，吃着东西，聊着家常、天气、西端镇的生活、茱莉娅婶婶最近的手术。

安吉想要跟上谈话，但是她一直在琢磨她怎么会落到这般地步，三十八岁了还孤身一人无儿无女。她刚结婚那几年过得那么幸福……

“因为生意不好，”莉薇边说边给自己又倒了一杯酒，“我们还能怎么办？”

安吉回到眼前，意外地发现自己已经脱离了话题几分钟。她抬起头：“你们在说什么？”

“妈妈想卖掉餐馆。”蜜拉说。

安吉坐直了：“什么？”餐馆是她们家庭的核心，一切的中心。

“我们今天没打算说这个。”妈妈生气地瞧了蜜拉一眼。

安吉看向她们：“见鬼的，到底怎么了？”

“别说脏话，安吉拉。”妈妈说，她听起来很累，“餐馆生意不好。我不知道怎么才能维持下去。”

“可是……爸爸爱它。”安吉说。

泪水涌出母亲的黑眼睛：“用不着你告诉我。”

安吉看向莉薇：“生意上有什么问题？”

莉薇耸了耸肩：“经济不景气。”

“德萨利亚好端端地过了三十年。不可能——”

“没想到你要打算教我们怎么经营餐馆，”莉薇插嘴，点起一支烟，“一个广告文案懂什么？”

“创意总监。这是运营餐馆，不是脑外科手术。你只用给顾客好吃的食物和适当的价格，能有多难——”

“闭嘴，你们两个。”蜜拉说，“妈妈不要听这些。”

安吉看向母亲，可是不知道该说什么。片刻之前还是她生活基石的家庭突然就崩裂了。

她们陷入沉默。安吉考虑起餐馆的事……想起她的爸爸，他总能让她笑起来，哪怕是在她觉得心都快撕裂的时候……想起那个安稳的世界，她们在那里一起长大。

餐馆是这个家庭的锚，没有它，他们可能会彼此漂远。如果那样，独自在人生浪潮中漂泊会活得多么孤单。安吉明白了。

“安吉能帮忙。”妈妈说。

莉薇不相信地哼了一声：“关于生意的事她一窍不通。爸爸的公主从来不——”

“嘘，莉薇。”妈妈注视着安吉。

那一眼让安吉什么都明白了。妈妈要为她提供一个栖身之地，躲开这个城市中痛苦的回忆。对妈妈来说，解决所有问题的答案就是回家。“莉薇说得没错。”安吉慢吞吞地说，“关于生意的事我一窍不通。”

“你救了那间奥林匹亚的餐馆。你的成功都上了报纸。”蜜拉打量她，“爸爸让我们看了所有的剪报。”

“安吉寄给他的所有剪报。”莉薇抽着烟。

安吉曾经帮忙让那间餐馆回到了地图上。但那次要做的就是一场有效的广告战和花些钱推销。

“也许你真能帮我们。”蜜拉最后说道。

“我不知道。”安吉说。她很早以前就离开了西端镇，相信整个世界都在等着她。回头会是怎么感觉？

“你可以住在海滩那间房子。”妈妈说。

海滩的房子。

安吉想起那间野外的小小木屋，被风吹扫的海岸，宝贵的回忆一个接一个浮上心头。

她在那里总是感到安心，感到被爱、被保护着。

或许她在那里能学会重新欢笑，还是个小姑娘的时候，她在那里总是很容易就笑出来。

她打量四周，在这间过于空旷的房子里满满都是悲伤，这屋子坐落在一个拥有太多糟糕回忆的城市的街区里。也许回家正是答案，至少在一小段时间里是，直到她能找到自己的归属。

她在小木屋里不会感到孤独，不像在西雅图。

“好。”她慢腾腾地答道，抬起头，“我能帮一阵子忙。”她不知道刚才哪种情绪更尖锐——解脱或是失望。她知道的只有一件事：她不会再孤单了。

妈妈笑了：“你爸爸跟我说你总有一天会回来跟我们在一起。”

莉薇翻了个白眼：“哦，好极了。公主要回来帮我们这些穷乡巴佬开餐馆了。”

一星期之后安吉就上路了。她出发前往西端，就像她开始做每一个项目一样——全速前进。首先，她打电话给广告公司的老板请假。

她的上司有些意外，惊诧地开始滔滔不绝。完全没有任何迹象表明她不开心，完全没有。“如果你想要升职——”

她为这话大笑起来，解释说她只是累了。

“累了？”

她需要离开一阵，而且她不知道要离开多久。到这场谈话弯弯绕绕结束的时候，她只是简单地离职了。为什么不呢？她需要找到新的生活，粘着过去的生活不放很难找到新的。她有很多钱在银行里，也有能挣钱的技能。等她准备好回到现实生活的轨道，她总能找到另一份工作。

她努力不要去想康兰过去曾多少次恳求她做这件事。“它在害死你。”他总这么说，“如果你一直都在加班，我们要怎么才能放松？医生说……”

她打开音乐，听起甜蜜的老歌，一脚踩下油门。

飙远的每一英里都在远离西雅图，靠近她少女时代的城镇。

最后，她离开州际公路，跟着绿色的华盛顿海滩路牌前往西端镇。

小小城镇欢迎她的到来。街道闪着阳光，雨后的绿叶还带着潮气。沿路的店面很久以前曾用过明亮的蓝色、绿色与淡粉色表现维多利亚女王时代渔村的主题，如今在时光流逝中饱经风霜带上了银色的柔和。她开上前门大道时，记起七月四日国庆日的游行。每一年家里人都会打扮好，带上德萨利亚餐馆的横幅。他们朝人群扔糖果。安吉以前每次都恨死了这种事，可是现在……现在这让她悲伤地微笑起来，让她记起父亲爆发的大笑。你是这个家的一分子，安吉拉。你要去游行。

她摇下车窗，瞬间就嗅到了混着松香气的咸味海风。某个地方有面包店开着门，因为风里有一点点肉桂香。

这个九月底的午后，街道繁忙但不拥挤。无论她往哪里看，人人都彼此谈笑风生。她看到彼德逊先生，本地的药剂师正站在他的店外。他朝她挥手，她回以挥手。她知道过不了几分钟，他就会到隔壁五金店去跟坦南先生说安吉·德萨利亚回来了。他说话时会压低声音讲：“知道吧，可怜的小家伙，离婚啦。”

她遇上了红灯——全镇也就四个交通灯——放缓车速。她应该左转前往父母的家，可是大海吟唱着诱人的歌声让她心生向往。再说，她还没有准备好面对家族事务。

于是她右转，开上蜿蜒漫长的离镇之路。在她左边，太平洋像被风鼓满的灰色风帆，伸展得无边无际。沙丘和海草在风中摇摆挥舞。

不过离镇一英里左右，就已经是个不一样的世界。四周人烟稀少。路边时不时会出现招牌表明有所谓的度假村，或有可俯瞰海景的出租小屋，即便如此，从大路上也看不到任何房屋。伸展的海岸线藏在高耸的林木里，躲在西雅图和波特兰之间偏僻的小镇中，尚未被雅痞们“发现”，而大部分本地人无力购买海滨别墅。所以这里是荒野，原封未动。大海咆哮彰显着它的存在感，让过路旅人忆起不久以前人们还一度相信未探测的水域中栖息着巨龙。大海有时沉寂安宁，充满欺骗性，那时候的游客会陷入虚假的安全感。他们把租来的皮艇放在波荡的水面上划来划去。每年都会有游客就此下落不明，只有那些聪明人能够归还借来的皮艇。

她终于看到一个老旧锈蚀的邮箱，上面写着：德萨利亚。

她转上印着车辙的泥泞车道。车道两旁迎接她的参天巨木沙沙作响，遮天蔽日。餐馆覆满掉落的松针和硕大的蕨类。迷雾笼罩地面，蒸腾而上，让一切显得不可思议的柔和。她都忘了这样的雾气，忘了它会在秋日每个清晨到来。它自泥土发出，像一声看得见的叹息。有的时候，晨间散步低头都看不见自己的脚。孩提时，他们早上在大雾中捉迷藏，以在雾中穿梭为乐。

她靠近小屋和停车场。

回家的感觉既甜蜜又痛苦，如鲠在喉。父亲一手建起的屋子坐落在一片小小的空地上，四周环绕的树木老得打从刘易斯和克拉克穿过美国大陆时就在了。

木瓦曾是香柏红，如今已经褪成泛着银光的浮木色，雪白的饰边几乎不能与其形成比照。

下车时，她听到童年夏日时光的交响曲——下面的海浪拍岸，林间风声呼啸。有人在某处放飞了一只风筝，猎猎作响的翻飞声让她回到往昔。

“到这来，公主。帮爸爸修剪后面这些灌木……”

“嗨，莉薇，等等！我跑不了那么快……”

“妈妈，叫蜜拉把我的棉花糖还回来……”

就在这里，所有那些欢快的、气愤的、又苦又甜的瞬间构建了他们家庭的历史。她站在水汽朦胧的阳光下，在林木中，那些已遗忘的回忆沁心入骨。

在那边，远处有根倒卧的巨木已萌发出一打小苗，汤米就在那里第一次吻了安吉……还想爱抚她。在那里，在井水间旁边是玩躲猫猫时最好的躲藏地点。

而在那边，两棵巨大香柏木暗影下隐藏着满是蕨类的洞穴。两个夏天以前，她和康兰把所有的外甥和外甥女都带到那里去野营。他们在硕大的蕨类中建了个碉堡，还假装成海盗。他们在晚上讲起精心编造的鬼故事，所有人围着篝火烤棉花糖，做棉花糖夹心饼。

回想那时，她还相信有一天能带着自己的孩子参加……

她叹了口气，提起行李进屋。楼下是个大房间——左侧是厨房，有奶黄色的餐柜和雪白的餐台；角落收着一张小餐桌（全家五口人曾一起在那张一丁点大的桌上吃饭）；剩下的空位全算起居室。巨大的鹅卵石壁炉占据了北面的墙。它周围挤着一对塞得满满的蓝色沙发、一张老旧的松树咖啡桌，还有爸爸那张磨损的皮椅。这间小屋里没有电视，从来没有过。

“我们聊聊。”每当女儿们抱怨的时候爸爸总这么说。

“嗨，爸爸。”她悄声问候。

唯一的回应只有轻拍窗户的风声。

嗒，嗒，嗒。

那是摇椅发出的声响，在硬木地板上，在无人的房间里……

她想逃离回忆，但它们追来得太快。她觉得自己渐渐失控。随着每一次呼吸，时间都在大步前进，渐行渐远。青春不再，自指间流逝，就像她夜夜孤枕，气紧息凝。

她重重地叹了口气。她是个傻瓜才会相信在这里情况会不一样。怎么会不一样？回忆并不活在街上城中。回忆流淌在血液里，跟随每次心跳脉动。她全带在身上，带着每一份失落与心痛。这重担压弯了她的背脊，让她筋疲力尽。

她爬上楼，走进父母从前的卧室。床上没有床单和毯子，当然了，毫无疑问被褥都收在壁橱中某个箱子里，而且床垫上满是灰尘，不过安吉不在乎。她爬上床蜷成一团。

终究，这不是什么好主意，回家什么的。她合上眼，听着窗外嗡嗡蜂鸣，努力入睡。

第二天一早，安吉在阳光中醒来。她瞪着天花板，瞧着一只胖胖的黑色狼蛛结网。

她的双眼又涩又肿。

又一次，她用回忆沾湿了床垫。

已经够了。

这决心她去年已经下过几百次。这一回她是认真的。

她打开手提箱，找到换洗衣服，走向浴室。洗过热水澡以后，她觉得自己又有人样了。她把头发束成马尾，穿上褪色的牛仔裤和一件红色套头毛衣，从厨房桌上拿起钱包。她打算去镇上，这时她碰巧往窗外瞥了一眼。

妈妈在外面，坐在院子边一根倒下的木头上。她正跟某人说话，挥舞两手的那份张扬姿势曾让年少时的安吉感到尴尬。

全家都怀疑安吉是不是对家族餐馆有用，这不奇怪。经过昨晚，她对自己也有怀疑。

她清楚等自己走到门廊上，所有那些不赞同的声音就会跟割草机一样响亮。他们会花上一个小时来争论安吉回来的利弊。

而她自己的意见并不重要。

她躲在门口，聚集着勇气。她挤出微笑，打开门出去，面对众人。

外面除了妈妈没有别的人。

安吉穿过院子，坐到木头上。

“我们清楚你迟早会出来。”妈妈说。

“我们?”

“你爸爸和我。”

安吉叹气，那么说妈妈还在跟爸爸交谈。安吉非常了解悲痛是怎样的。她没法责备妈妈不肯放手。不过，她禁不住想这是不是什么需要担心的状况。她碰了碰妈妈的手，手下的皮肤松弛柔软。“那么关于我回来，他有什么要说的?”

妈妈显然松了口气，“你的姐姐都叫我去看医生，就你问我爸爸有什么话要说。哦，安吉拉，我很高兴你回家。”她拉过安吉抱了抱。

妈妈头一回没有穿得层层叠叠地盛装打扮。她就只穿了一件编花毛衣和一条乔达克旧牛仔裤。安吉发现她有多么消瘦，这让她担心。“你瘦多了。”她退开，说道。

“当然了。四十七年来我一直跟我丈夫一块吃饭。一个人过不容易。”

“以后你跟我一起吃。我也是一个人。”

“你要留下?”

“你什么意思?”

“蜜拉觉得你需要有人照顾，有个地方躲几天。管一间有麻烦的餐馆可不容易。她觉得你待个一两天就会走了。”

安吉能猜到密拉是在代家里其他人说话，而且她不感到吃惊。她的姐姐不理解怎样的梦想会让一个姑娘去过不同的生活……也不理解怎样的心痛会让她转身再次回家。家里人总是担心安吉的野心过于尖锐，会让她受伤。“你在想什么?”她问妈妈。

妈妈咬着嘴唇，这种担心的姿态就像海浪声一般熟悉，“你爸爸说他等了二十年，等你接管他的宝贝——他的餐馆——他不想让任何事挡你的道。”

安吉笑起来。那听起来太像爸爸的风格了。一瞬间，她几乎真的相信他还跟她们在一起，就站在他心爱的树林里的阴影中。

她叹息着，希望能再次听到他的声音，但只有大海的浪声在沙滩上咆哮。她不禁想起昨晚，想起流下的泪水，“我不知道自己够不够坚强去帮忙。”

“他喜欢坐在这里看海，”妈妈靠着她说，“我们得修理那些楼梯，玛丽娅。每年夏天他说的头一件事都是这个。”

“你听到我说的了？昨晚……很难过。”

“我们每个夏天都做出很多改变。这地方从来不会连着两年都一个样。”

“我知道，但是——”

“一切总是从一件事情开始。只管去修理楼梯。”

“就这座楼梯，哼!?”安吉说着，终于笑了，“千里之行，积于跬步。”

“有些谚语是朴素的真理。”

“可如果我不知道从哪里开始呢?”

“你会知道。”

妈妈伸手搂住她。她们就这样坐了很久，彼此依偎，凝望着大海。最后，安吉问：“随口问问，你怎么知道我在这?”

“彼得逊先生说你开车穿过了镇子。”

“于是事情传开了。”安吉笑了，想起来关系网是怎样联系起这镇上的居民。从前在返校舞会上，她让汤米·马图奇摸到了屁股，这消息没等舞会结束就已经传到了妈妈那里。还是姑娘时，安吉恨死了小镇子的感觉。现在，知道人们在留心她，感觉很好。

她听见有车开近，于是往身后的屋子瞧了一眼。一辆橄榄绿小货车开进院子。

蜜拉从车里出来。她穿着一条褪色的粗布工装裤和一件金属乐队的旧 T 恤衫，怀里抱着一堆账本。“没有比现在更好的开工时间了。”她说，“不过你最好快点看完——在莉薇发现账本不见以前。”

“你瞧?”妈妈笑着看向安吉，“家里人总会让你知道从哪里开始。”

chapter 03

为爱而行

chapter 03

一阵小雨飘落在菲克瑞斯特学院的砖砌庭院，为一切涂上漆器般的光亮。

劳伦·瑞比度站在旗杆下，几分钟来至少第十次看了看表。

六点十五。

她的母亲保证过五点三十会到这来看招生院校会展。

简直不能相信她又一次信誓旦旦却食言了。她早该知道的。潮流酒馆的减价时段直到六点三十。

为什么过了这么些年，这事还是让她难过？你本以为到了某种程度，心是会结痂的。

她转身离开空荡荡的路，朝体育馆走去。她都快走到门口了，听到有个男生在叫自己的名字。

是戴维。

她转过身，脸上已经带了微笑。他从一辆黑色凯迪拉克攀登者新车的乘客位出来，扭胯甩上车门。他衣冠楚楚，穿着蓝色的道克斯长裤和黄色开司米毛衣。就算他的金发湿漉漉地糊平在头上，他也是学校里最好看的男人。

“我以为你已经进去了。”他边说边朝她跑来。

“我妈妈没来。”

“又没来？”

她讨厌泪水灼烧眼睛的感觉：“不算什么大事。”

他给了她一个熊抱，在这样少有的时刻，她会觉得世界还算好。

“你爸爸呢？”她轻声问，希望就这一次，海恩斯先生会为戴维出席。

“没戏。有人得去铲平热带雨林。”

她听出他的话音里的苦涩，刚想说出我爱你，高跟鞋敲打水泥路的响声噎住了她。

“你好，劳伦。”

她挣脱戴维的怀抱，抬头看向他的母亲，对方正努力不要皱眉。“你好，海恩斯夫人。”

“你的母亲在哪里?”她问道，一边把昂贵的褐色挎包挂到肩上，一边打量周围。

劳伦脑海里闪过母亲最可能去的地方如今什么景象：母亲瘫坐在“潮流”的吧凳上，抽着一支别人给的烟。“她工作得很晚。”劳伦答道。

“哪怕晚上有招生会展?”

劳伦讨厌海恩斯夫人看着她的样子。贫穷的劳伦，那么可怜。她一辈子都在看这种目光。大人们——尤其是女人——总想向她展现母性。至少一开始时是，或迟或早他们就会继续自己的生活，照顾自己的家人，让劳伦觉得不知怎的比之前更加孤独。“她没办法。”劳伦说。

“我爸爸也一样。”戴维对他的母亲说。

“好了，戴维，”海恩斯夫人深深叹息，“你知道你的父亲要是能来一定会来的。”

“啊，对。”他伸手勾住劳伦的肩膀把她拉近。她让自己就这么被带着跑过湿漉漉的庭院，进了体育馆。一路上每走一步她都在专注于积极的想法。她不能让母亲缺席的事打击她的自信。今晚比任何一晚都重要，她得专心看着自己的目标，能在戴维选的同一个学校拿到奖学金算触地得分，拿到附近学校的奖学金算射门得分。

她专心致志要取得分数，当她专心时，能移动大山。她已经在这里了，不是吗？她是华盛顿州最好的私立学校里的毕业生，而且拿着全额奖学金。她在从洛杉矶搬到西端镇，还是四年级时就下了决心。那时她还是个害羞的姑娘，为自己戴着捐赠的粗框眼镜，穿着二手衣服而感到尴尬，不好意思多说话。从前，很久以前，她犯了个错，竟向母亲求助。“我不能再穿这些鞋了，妈咪。雨水会从洞里漏进来。”

“你要像我就会习惯，妈妈的回答就这样。”那四个字——你要像我——已经足以改变劳伦的生活。

第二天她就着手改变自己和自己的生活。脱宅计划开始。她给所住的破败公寓楼里的所有邻居干杂活。为 4A 的提伯蒂老夫人喂猫，给莫克夫人打扫厨房，帮 6C 的帕米特夫人扛包裹上楼。一次一美元，她把钱攒起来买隐形眼镜和新衣服。“哎哟，”验光师在那个大日子说过，“你的眼睛是我见过的最漂亮的褐色。”等到她外表跟其他人一样了，劳伦就着手改变行动。她从对人微笑开始，接着进展到挥手，最后是问好。她志愿参加一切活动，只要是不需要接触家长的活动都参加。到她读到中学时，她的辛苦努力开始得到回报。她拿到了菲克瑞斯特学院的四年全额奖学金——那可是座有严格着装规定的天主教学校。她在那里愈加卖力。九年级时她被选为班委书记，每年能有一个办公室可用。到了高中，她组织起每一场校园舞会，为校刊拍照，以高年级学生会主席身份管理学生，还培养出在体操和排球上的特长。她跟戴维第一次约会时就坠入爱河，到现在已经快四年了。他俩已经分不开了。

她往体育馆里看去，里面人山人海。

在劳伦看来，她是这里唯一一个没有家长陪着的学生。她已经习惯这种感觉，尽管如此，这仍然使她的笑容摇摇欲坠。她忍不住回头望向旗杆，母亲仍然没有来。

戴维捏住她的手：“好了，特里克茜，我们准备好了？”

这个小绰号让她笑起来。他清楚她现在有多么紧张。她偎进他怀里：“走吧，极速车手。”

海恩斯夫人上前站到他们旁边：“你带钢笔了吧，劳伦，还有纸？”

“带了，夫人。”她答。这让她尴尬，这是多么简单的问题。

“我没带笔。”戴维露齿一笑。

海恩斯夫人递给他一支笔，走到前头领路。他们融到人流之中。和往常一样，人群为他俩让出一条路。大家都知道他们是一对，是票选为最不可能分手的一对。许多朋友朝他们挥手打招呼。

他们走过一个又一个摊位，拿走简章，跟学校代表谈话。和往常一样，戴维尽一切力量帮助劳伦。他跟每个人讲她的优异成绩和功劳。他确定她该得到无数的奖学金。在他的世界，事情很轻松，在那个世界，很容易相信有幸福结局。

他在常春藤联盟前停下。

劳伦看向那些庄严的校园风景照，她觉得心神不宁。她祈祷他不要决定去读哈佛大学或者普林斯顿大学。就算她能被录取，她也没法适应那里——适应不了在那些厅堂中女孩们都有食品商的名字，每个人的父母都相信教育的重要。可她依然带着最美的微笑拿走了招生手册。像她这样的姑娘得在任何时候都要留下好印象。她的生活里不能容忍犯错。

最后，他们前往圣杯。

斯坦福大学的摊位。

劳伦朝那两母子走去时，听到海恩斯夫人说话的尾音，“……以你祖父之名命名的大楼……”

劳伦脚下一绊。纯粹是意志力让她还站得笔直，保持着笑容。

戴维很可能要去斯坦福大学，他的父母，还有他的祖父都自那里毕业。西海岸唯一一所与常春藤联盟相当的大学。成绩优秀还不够，完美的 SAT 分数也不能保证入学。

她没有办法从斯坦福大学拿到奖学金。

戴维握紧她的手。他低头朝她微笑。“相信我。”那微笑说。

她想相信。

“这是我儿子，戴维·瑞尔森·海恩斯。”海恩斯夫人说。

正是瑞尔森一海恩斯纸业公司那个海恩斯。

她当然没有加上后面这句。这话会显得寒酸而且完全没有必要。

“这位是劳伦·瑞比度。”戴维攥住劳伦的手介绍说，“她能成为斯坦福大学学生团体的重要财富。”

招生代表朝戴维微笑。“那么，戴维，”他说，“你有兴趣跟随家族传统，对你有好处。在斯坦福大学，我们很自豪能够……”

劳伦站在原地握住戴维的手，用力到自己的手指都开始疼了。她耐心地等着招生代表把注意力转到她身上。

他并没有。

公交车急停在街角的车站。劳伦抄起地上的背包跑向公车前门。

“晚上好。”公车司机卢埃拉说。

劳伦挥挥手，沿着大街走开。这里是西端镇中心的游客聚集地，一切都闪闪发光美丽动人。多年以前，木材业和渔业遭受重创时，镇长决定大肆宣扬镇子的维多利亚时代风格。中心区的一半建筑已经符合这种宣传，另一半正匆匆转型。一场遍及全州的广告宣传开始了（镇政府一整年没给任何其他东西付账——没修路、没建学校、没建服务设施），于是西端镇“维多利亚风情海岸度假区”诞生了。

宣传生效了。游客拥来，为了来享受这里的床铺和早餐，来参加沙堡比赛，来放风筝，来钓鱼。它变成了一个目的地，而不再是从西雅图到波特兰的一条通道。

这层虚饰太深，西端和所有的城镇一样有它被遗忘的角落，它的犄角旮旯外来人不曾看见，本地人不曾来往。在镇子的那一部分里，人们住在既没有装潢也没有安全的公寓楼中。劳伦所在的正是那部分镇子。

她离开大街继续前行。

每前进一步，周围就更糟糕一点，世界更黑暗，更颓败。这里的房子没有维多利亚风格的卷涡装饰，没有广告牌提起的古雅的床铺与早餐或水上飞机兜风。这里是老一辈人生活的地方，那些曾在锯木厂和渔船上工作过的人生活的地方。他们错过了变迁的潮流，被冲进黑暗泥泞的沼泽。在这里，唯一明亮的灯光就是卖酒的霓虹招牌。

劳伦快步前行，目不斜视。她留神每一丝细微的变化，每一片新出现的阴影，每一丁点儿响动，但是她并不害怕。这条街道成为她的家已经不止六年了。尽管她的大部分邻居都时运不佳，但他们懂得怎样照看彼此，而小小的劳伦·瑞比度是自己人。

她的家在一栋狭窄的六层公寓楼里，坐落在一片茂盛的黑莓灌木和沙龙白珠树当中。灰泥外墙因为污垢和碎片变得斑驳。有几扇窗户透出灯光，那是这里还有生命的唯一迹象。

劳伦大步走上吱嘎作响的台阶，推开前门（去年这锁被破坏过五次，物业经理莫克夫人不肯再修好它了），朝通往四楼她家套间的台阶走去。

她蹑手蹑脚经过经理办公室，屏住呼吸。她快走到楼梯时，听到门打开了，有人招呼：

“劳伦？是你吗？”

该死。

她转过身，挤出笑脸。“你好，莫克夫人。”

“叫我德洛丽丝，蜜糖。”莫克夫人走进幽暗的门廊。门口漏出的灯光让她显得苍白，几乎有些凶恶，但是她露齿而笑的样子很灿烂。跟平常一样，她在逐日灰白的头发上围着海军蓝的头巾，穿着满是花的家居服。衣服皱皱巴巴，看起来就像是刚从老旧手提箱里拿出来还没有展平。一辈子的失意使她身形佝偻，这种姿势在附近很常见，“我今天去了美容院。”

“啊嗯。”

“你妈妈没有去工作。”

“她生病了。”

莫克夫人同情地啧啧了几声：“又是新男友，嗯!?”

劳伦没法回答。

“也许这一次是真爱。不管怎样，你们还没交房租。星期五以前给我。”

“好的。”劳伦没法绷住她的笑脸了。

莫克夫人给了她那种眼神。“你穿着那外套不够暖。”她皱着眉说，“你得告诉你的妈妈——”

“我会的。再见。”她往上跑向四楼。

她们家门半开着。灯光自门缝泻出，黄油一般铺过油地毡走廊。

劳伦倒是不担心。她的妈妈很少记得关上前门，当记得关的时候，也从不锁门。她老是弄丢钥匙，那不过是借口。

劳伦进屋。

这地方乱七八糟。打开的比萨饼盒盖在桌柜一端，旁边是一堆啤酒瓶，薯片袋丢得到处是，房间闻起来都是烟味和汗味。

妈妈四仰八叉地躺在沙发上，隆隆的打鼾声从盖在她脸上那摊横七竖八的毯子里冒出。

劳伦叹息一声，走进厨房把一切清理干净，然后来到沙发前跪下：“来，妈妈，我扶你去床上。”

“啥？哼!?”妈妈睡眼蒙眬地坐起。她凌乱的短发这个月是白金色，在苍白的脸庞周围胡乱支棱着。她虚弱地伸出手，摸向桌边的啤酒瓶，她灌了一大口，然后放回去。她的准头不好，没放稳，瓶子翻倒落地，洒了。

她把脸扭到一边，看起来像个破布娃娃。她白得像瓷器，蓝黑的睫毛膏晕花了眼周。曾经的绝艳风华只余下些微残影，像偶尔窥见肮脏瓷盘上金边的一星闪光。“他离开我了。”妈妈喃喃道。

“谁，妈妈?”

“卡尔。他发过誓他爱我。”

“是。他们总这样。”劳伦弯腰捡起酒瓶，不知家里还有没有纸巾能擦干净这团污迹。大概没了。妈妈最近的薪水越来越少，想来是因为经济萧条。妈妈发誓说到美容院去找她的女人越来越少。劳伦明白她只讲了一半的原因，另一半则因为美容院和潮流酒馆只隔着四间店面。

妈妈伸手摸烟，点燃一支，“你又用那种眼光看我。那种我操，我妈是个失败者的眼光。”

劳伦坐到咖啡桌上。即使她尽量不要去感受失望的刺痛，疼痛仍在。她似乎总是对母亲要求太多。她什么时候才能学乖？接连不断的失望蚕食着她。

有时她觉得甚至能看到失望像笼在心上的一片黑影，“今天有招生会展。”

妈妈吸了口烟，吐出烟雾时皱起眉：“那是星期二。”

“今天是星期二，妈妈。”

“啊，该死。”妈妈往后靠上粗糙不平的鳄梨绿色沙发。“对不起，宝贝。我日子都过糊涂了。”她又吐了口烟，往旁边挪了挪，“坐。”

劳伦赶在妈妈改主意以前迅速坐下。

“会展怎么样？”

她挨近母亲。“我遇到南加州大学的一个大人物。他觉得我该试一试去拿到校友推荐。”她叹气，“我猜你知道能找谁帮忙。”

“只要你也能知道找谁付账单。”

劳伦听出母亲声音中的尖锐，不禁畏缩，“我能拿到奖学金，妈妈。你会看到的。”

妈妈深深地抽了一口，微微转过身，隔着稀薄的烟雾打量劳伦。

劳伦壮起胆子。她知道有什么就要来了。别是今天。拜托了。

“要知道，我以前也以为自己能拿奖学金。”

“拜托了，别说。让我们讲点别的。我在优等历史考试上得了个 A+。”劳伦想站起来。妈妈抓住她的手腕，把她摁在原地。

“我的成绩好，”妈妈面无笑容地说着，褐色的眼睛颜色变得更深了，“我擅长田径和篮球。我的考试成绩也好得要命。我还漂亮。他们说我看起来像希瑟·拉克里尔。”

劳伦叹气。她慢慢往边上蹭，在两人之中腾出一丁点空位，“我知道。”

“然后我去莎蒂·霍金斯家跟萨德·马洛跳舞。”

“我知道。”大错特错。

“几个吻，几杯酒，我的裙子就被掀到了腰上。我那时还不知道我遇到的操蛋事不止这一桩。四个月以后我是个在买孕妇装的高中毕业班学生。没有奖学金，没有上大学，没有得体的工作。要不是你的继父里有一个给美容学校付了学费，我可能就在街上过活，捡别人的剩饭吃。所以，小姐，你得——”

“合紧膝盖。相信我，妈妈，我知道自己是怎么毁了你的生活。”

“说毁掉太难听了。”妈妈疲劳地叹息，“我从没说过毁了。”

“不知道他还有没有别的孩子。”劳伦说。每次她父亲的名字被提起，她都会问这个问题。她忍不住，但也打心底清楚答案。

“我怎么知道？他跑了，就像我得了瘟疫。”

“我只是…希望我有亲人，就这样。”

妈妈抽起烟，“相信我，家人靠不住。哦，他们都挺好的，直到你把事情搞砸，然后，砰的一声他们就打碎你的心。你别对人有指望，劳伦。”

这些话劳伦以前全听过，“我只是希望——”

“别。这只会害你。”

劳伦看向母亲。“好。”她疲惫地说道，“我知道了。”

chapter 04 为爱而行

chapter 04

接下来好几天，安吉做了她最擅长的事：全心投入一项计划。她在破晓之前早早醒来，整个白天都用于做研究。她给朋友和从前的客户打电话——任何曾与餐馆经营或与餐饮业有关联的人——记下每一条他们的忠告。然后她一遍又一遍地看账本，直到明白每一元的来处，每一分的去向。等她看完账本，她就去图书馆。她一小时又一小时地坐在廉价胶板桌前，在面前摊开书本和文章。在那之后，她又在微缩胶片机前看存档材料。

到了六点，图书管理员马丁夫人关了灯。安吉从她那里拿到自己的第一张借书证时，她就已经挺老了。

安吉领会了她的用意。她抱着几捧书回到车上，开回小屋，一直读到深夜。她在沙发上睡着了，在那儿比独自躺在床上好得多。

做调查的时候，家人像闹钟一样打电话过来。她客气地回应每一通电话，讲上一会儿，接着温柔地挂断。她不断重申，当做好准备去看餐馆的时候，会告诉她们的。每一通这样的电话里，妈妈都对此嗤之以鼻，干脆地说："你不动手做就学不会，安吉拉。"

安吉对此回应说："我不学习就没法动手做，妈妈。我会让你知道我什么时候准备好了。"

"你总是这么着魔，"妈妈答，"我们不懂你。"

这话不止是有一点对，安吉知道。她总是一专心起来就像激光瞄准靶子。一旦开始做某件事，不会半途而废，不会随便开始。就是这种个性让她崩溃。十分简单，她决定要个孩子，这就从根基上把事情毁了。那是她不能拥有的事物，而追寻的过程夺走了一切。

她知道了原因，学会了教训，但她仍然还是原本的自己。只要着手做事，就专心取得成功。

老实说，深更半夜她独自一人待在沉寂的黑暗中时，最好是想着餐馆的事，而不是对那些把她带到这里来的失亲之痛与挫败念念不忘。

那些当然还在她心里，那些回忆与心痛。有时候，在她读着管理技巧与特价促销时，会突然想起过去。

“索菲现在本该安静地睡了一夜。”

或者：

“康兰爱那首歌。”

那就像一脚踩到一块碎玻璃。她拔出玻璃碎片继续前进，但疼痛没有消失。那种时候，她就加倍努力学习，或许还会倒上一杯酒。

到星期三下午，她已经因为缺少睡眠而精疲力竭，同时也完成了调查。从二手素材中她已经没有什么可以学的了。是到餐馆去学习的时候了。

她放开书本，好好洗了个热水澡，认真穿好衣服。黑裤子，黑毛衣。没穿戴任何会引起注意的或强调“大城市”风格的东西。

她慢吞吞地驱车进镇，停在餐馆前。拿起记事本，她走下车。

她注意到的头一件东西是长椅。

“哦。”她轻叹，摸着卷曲的生铁。指尖下的金属触手沁凉……就像他们买下它的那天一样。

她闭上眼，想起……

她们四个人整个星期都没在任何一件事上达成一致——葬礼上要唱哪首歌，由谁来唱，墓碑做成什么样，盖在棺材上的玫瑰要选哪种颜色。直到选上这张长凳为止。她们在五金店里找爸爸葬礼上用的长生烛，然后看到了这张长凳。

妈妈最先停下脚步。“爸爸总是想要在餐馆外面摆一张长凳。”

“那样就能坐下来休息了。”蜜拉上前站到她身边，说道。

第二天这张长凳就被安在了人行道上。他们从没讨论过要放一个纪念铭牌。那是大城市的做法。在西端镇，人人都知道那张长凳在纪念托尼·德萨利亚。长凳摆上去的第一个星期，有一打的花放了上去，每枝花都来自怀念他的人。

她注视着曾是他的骄傲与乐趣的餐馆。

“我要为了你救它，爸爸。”她呢喃，过了一会儿后意识到自己在等待着回应。什么也没有，仅有的声响来自她身后的车流与更远处的大海。

她取下笔帽，拿稳记在纸上的要点，做好准备。

chapter 04

砖砌的建筑立面需要修葺。屋檐下长了苔藓。少了很多木瓦。写着“DeSaria's”的红色霓虹招牌少了撇号和字母 i。

她动手记下：

“屋顶

外部修理

人行道脏

苔藓

招牌”

她上前几步在前门停下。菜单贴在墙上的玻璃后面。肉丸细面＄7. 95。烤宽面套餐，包括面包和沙拉，＄6. 95。

难怪他们要亏本。

“标价

菜单”

她打开门，头上响起铃声。空气里满是刺激的气味：大蒜、百里香、煨番茄、烤面包。

她被带回了过去。二十年来什么都没变。灯光昏暗的屋子，铺着红白格子桌布的圆桌，墙上的意大利风情图片。她觉得会看到爸爸从拐角走出，笑着一边在围裙上擦手一边说：“蓓拉·安吉莉娜，你回家了。”

“好。好。你真的来这里了。我还怕你从小屋楼梯摔下去起不来了。”

安吉眨了眨眼，擦擦眼睛。

莉薇站在领位台边，穿着紧身黑色牛仔裤、露肩黑衬衫和一双高跟穆勒鞋。紧张气氛从莉薇那里波浪一般涌来。仿佛再次变成孩子，为了谁先用爱之宝贝的香气争吵。

“我来求助。”安吉说。

“不幸的是，你不会做饭，而且打从摘了牙套以后你就再也没在餐馆工作过。不，等等，你从来没在这里干过活。”

“我不想吵架，莉薇。”

莉薇叹了口气：“我知道。我没打算当个婊子。我只是受够了这些垃圾。这地方亏钱如流水，而妈妈能做的只是多煮几锅烤宽面。我求助的时候蜜拉冲我发脾气，她说她不懂生意，只懂做饭。最后是谁出手来帮忙？是你。爸爸的公主。我不知道该笑还是该哭。”她从兜里摸出打火机，点着烟。

“你不会打算在这儿抽烟吧？”

莉薇顿住："你听起来就像爸爸。"她把烟扔进半杯水里，"我会出去抽。等你想通怎么解决时告诉我。"

安吉看着姐姐离开，走进厨房。妈妈正忙着把宽面铺进大金属烤盘里。蜜拉就在她身旁，往一个金属托盘里摆肉丸，那托盘就比一张双人床稍微小一点。安吉进门时，蜜拉抬眼看了看她，笑了："嗨，来了。"

"安吉！"妈妈抹一把脸，留下一道红色的番茄汁印子，汗珠聚拢在她的眉毛上，"你准备好学做饭了？"

"我很难靠烹饪来救这家店，妈妈。我在做笔记。"

妈妈的微笑跌落了一些。她担忧地瞧一眼蜜拉，后者只是耸了耸肩，"笔记？"

"记下我觉得或许能改善生意的东西。"

"从我的厨房开始？你爸爸——愿上帝使他的灵魂安息——喜欢——"

"放松，妈妈。我就只是四处看看。"

"马丁夫人说你读过了图书馆里每一本餐厅参考书。"蜜拉说。

"提醒我不要在这镇上租任何少儿不宜的电影。"安吉笑着说。

妈妈哼了一声："人人彼此照看，安吉拉。那是好事。"

"别开始讲这个，妈妈。我是开玩笑的。"

"但愿如此。"妈妈把笨重的眼镜推高，猫头鹰一样的褐色大眼睛盯着安吉，"要是你想帮忙，去学做菜。"

"爸爸就不会做菜。"

妈妈眨了眨眼，吸了口气，继续干活，把乳清干酪和欧芹的混合调料洒到宽面上。

蜜拉和安吉交换了个眼神。

这比安吉预料的更糟，她得小心翼翼地行动。让莉薇恼火是一回事，惹妈妈生气则完全是另一回事。妈妈发脾气的时候，冬天里阿拉斯加的巴罗港都比她温暖。

安吉低头看着笔记，觉得两双眼睛都盯着她看。她花了一秒鼓足勇气发问："那么，菜单有多久没改过了？"

蜜拉了然一笑："从我去女童子军夏令营的那个夏天起就没改过。"

"很好笑？"妈妈插嘴，"它很完美，我们的常客喜欢每一样菜。"

"我没有别的意思。我只是想知道你们上次改菜单是什么时候。"

"一九七五年。"

安吉在她的列表上给菜单这词加上下画线。她可能不知道太多运营餐厅的事，但她知道很多外出就餐的事。不断变化的菜单能吸引回头客。“有夜间特价吗?”她问道

“一切都是特价。这不是西雅图市中心，安吉拉。我们在这儿按自己的方式做事。对你爸爸来说已经够好了。愿上帝使他的灵魂安息。”妈妈扬起下巴，厨房里的气温似乎跌了几度，“我们现在最好回去干活。”她用手肘顶了顶蜜拉，蜜拉回去继续摆肉丸。

安吉知道这是赶她走。她转身回到空荡荡的餐厅。看到莉薇又站在领位台前。姐姐在跟罗莎说话，罗莎从 70 年代起就在这里当侍应生了。安吉挥了挥手，上楼去。

父亲的办公室很安静。她在打开的门前驻足不前，让回忆冲刷着自己。在她脑海里，他还坐在那张大大的橡木桌后，当年他倾尽所有在扶轮社拍卖中买下了那张桌子。

“安吉莉娜！过来。我给你看看税。”

“可我要出去看电影，爸爸。”

“当然。那么快走。把奥莉薇亚叫上来。”

她重重地叹了口气，走向他的书桌。她坐在他的椅子上，听着弹簧在她的体重下吱嘎作响。

接下来几小时，她做调查做研究做笔记。她重读了所有的老账本，然后开始读税务记录和父亲手写的生意笔记。合上最后一本记录时，她知道妈妈说得对。德萨利亚有麻烦。他们的收入跌到几乎没有入账。她揉揉眼睛，下楼。

已经七点了。

正是晚餐时间。餐馆里有两摊聚会：帕特塞利医生及夫人和斯密特一家。

“总这么慢吗?”她问莉薇，莉薇站在领位台，琢磨着自己的长指甲。亮红的指甲油点缀着粉红的星星。

“上个星期三我们一晚上就三个客人。你可以把那也记下来。他们要的全是烤宽面，万一你有兴趣知道的话。”

“好像他们还能选一样。”

“开始了。”

“我不是批评你，莉芙。我想帮忙。”

“你想帮忙？想想办法让人走进那道门，或者想想怎么给罗莎·康塔多利

付薪水。”她瞧了一眼那位年长的服务员，走动速度像移动的冰川，一次只端一个盘子。

“得做些改变。”安吉尽可能温和地说。

莉薇的一根深红长指甲轻叩牙关：“比如什么？”

“菜单、广告、装潢、价钱。应付账款乱七八糟，订单也是。你们还浪费了很多食物。”

“你得为客人做好菜，就算他们没来。”

“我只是说——”

“那么我们没有一件事做对。”她抬高音量让妈妈也能听到。

“什么？”妈妈从厨房里出来。

“安吉才来这里半天，妈妈，就已经知道我们屁也不懂。”

妈妈低头看了她俩一阵，转身走到窗边的角落，冲着窗帘说话。

莉薇翻了个白眼：“哦，好了。她去问爸爸的意见了。如果一个死人不同意我的话，我就出去。”

妈妈终于回来了，她看起来不高兴：“你爸爸告诉我你觉得菜单很糟糕。”

安吉皱起眉头，她正是这么想的，但她还没有说给任何人听，“并不糟，妈妈。但是变化可能是件好事。”

妈妈咬了咬下嘴唇，抱起胳膊。“我知道。”她朝旁边的空气说，然后她看向莉薇，“你爸爸觉得我们应该听安吉的。至少现在。”

“他当然这么想了。他的公主。”她怒视着安吉，“我才不需要这堆狗屁。我有个新丈夫求我晚上留在家里造宝宝。”

一箭穿心。安吉真的退后了。

“我打算照办。”莉薇拍拍安吉的后背，“祝你在这走好运，妹妹。都归你了，晚上和周末都得工作。”她踩着高跟鞋一拧身，出去了。

安吉盯着她走开，不知怎么会这么快落到这般地步，“我就只说了我们需要一点变化。”

“但不是菜单，”妈妈说着，抱起双臂，“人人都爱我的烤宽面。”

劳伦盯着眼前的问题。

“一个人以每小时四英里的速度走了六英里。接下来两个半小时他要以什么速度行进才能使整个旅行的平均速度是每小时六英里？”

选择答案在她疲累的眼前糊成一片。

她推开桌子，她做不下去了。SAT 备考上个月占用了她那么多的时间，害得她都开始头疼了。就算她考试能拿高分，但在所有的课上都打瞌睡对她没有什么好处。

“考试就在两个星期以后。”

她叹息一声，回到桌前，拿起铅笔。她去年已经参加过这个考试还拿了好成绩。这一次她希望能得到完美的 1600 分。对她这样的姑娘来说，每一分都很重要。

一小时后烤箱提醒铃声响起时，她又写完了五页练习试卷。数字、单词和几何算式在她脑子里像星球大战的太空船一样飘来飘去，撞个不停。

她走进厨房，赶在上班前吃顿饭。要么吃一碗葡萄干麦麸，要么吃涂花生奶油的苹果。她选了苹果。吃完后，她穿上黑色裤子和一件粉色厚毛衣。不管怎样她的来爱德工作服能盖住大部分毛衣。她拎起双肩包——以备在用餐时间能有空闲写三角函数作业——离开了公寓。

她匆忙跑下楼，正伸手要摸到前门把手时，一个声音叫住她：“劳伦?”

“要命。”她停下，转身。

莫克夫人站在她的门前，带着倦意的皱眉拉低了她的嘴角，前额的皱纹像是画上去的：“我还等着房租。”

“我知道。”她很难稳住自己的声音。

莫克夫人朝她走来：“我很抱歉，劳伦。你知道的，但是我得拿到房租。不然我就要丢饭碗了。”

劳伦觉得自己很泄气。现在她得向老板预支薪水了，她讨厌那么做。“我知道。我会告诉妈妈。”

“去吧。”

她转头向着门，听到莫克夫人说：“你是个好孩子，劳伦。”每一次她不得不去要钱时，物业经理都会说这句话。劳伦没有回应，往前走，走进海蓝色的雨夜。

她换了两趟车上高速公路，来爱德药店明亮的霓虹灯通宵都亮着。即便没有迟到，她也跑着进店。就算上班卡上的时间只早几分钟也是有用的。

“呃，劳伦?”说话的是药剂师萨莉·波诺切克。跟往时一样，她斜眼看着她，“兰德斯先生要见你。”

“好的。谢谢。”她回到员工食堂放下东西，接着上楼去那间小小的、挤满东西的经理办公室。一路上她都在排练要怎么开口：“我已经在这里工作了快一年。我每个假日都来上班——你知道的。我今年会在感恩节和圣诞节前夕也来上班。我可以预支这星期的薪水吗?”

她朝他挤出一个笑容,“你要见我,兰德斯先生?”

他从桌上的文件中抬起眼。“哦。劳伦。对。”他一手扒过稀疏的头发,梳了梳头上仅存的发丝。“开口说这个不容易,我们得让你离开。你也看到了,生意不好,据说公司打算把这里关掉。当地人根本不会光顾一家连锁店。我很抱歉。”

过了一会儿,“你要炒了我?”劳伦惊讶地问道。

“技术上我们是让你离职。如果生意好起来…”他没说完刚出口的承诺。他们两人都清楚生意不会好起来。他递给她一封信,“这是封有力的推荐信。我很抱歉失去你,劳伦。”

屋里太安静了。

安吉站在壁炉边,凝视着外面月光照亮的大海。暖意爬上她的双腿但却怎么都温暖不到她的心底。她抱起双臂,仍然觉得冷。

现在才八点三十,上床睡觉还太早。

她转身离开窗边,渴望地看向楼梯。要是能让时间倒退几年,变回那个能轻松睡着的自己就好了。

有康兰的怀抱拥着,她会睡得更容易。她太久没有独自入睡,都忘记了一张床能有多大,爱人的体温能有多么温暖。

她今晚没法睡着,像现在这样她没法睡。

她需要吵闹的声音,最接近生命的东西。

她弯腰拾起咖啡桌上的钥匙,朝门走去。

十五分钟后,她停在蜜拉家的车道上。挤在众多类似小楼中的一栋两层房子,左邻右舍都是极为相似的房屋。前院零落地丢着玩具、自行车和滑板。

安吉坐了一分钟,握紧方向盘。她不能在晚上九点闯进蜜拉的家。太粗鲁了。

可如果她现在离开,能到哪里去?回到她孤寂的小屋里,回到满载过往的阴暗之地去吗?

她开门,下车。

夜色包拢了她,让她战栗。她闻到了秋天的气息。一团饱满的乌云飘过头顶,开始往人行道上洒落雨点。

她赶忙跑上步道，敲着前门。

蜜拉几乎立刻开了门。她站在门口，悲伤地微笑着，身上套着旧球衣，脚下趿着毛绒拖鞋。长发未束，随意地自身侧披落而下，“我都不知道你会在外面坐多久。”

“你知道我来了？”

“你开玩笑吗？你一停车，吉姆·菲斯克就打电话来了。过了五秒，安德里亚·斯密特也打来了。你都忘了有街坊邻居是什么样。”

安吉觉得自己像个白痴：“哦。”

“快进来。我猜到你会来。”她带路走下油地毡走廊，转进家族活动室，那里有片棕色的墙面衬着大屏幕电视。橡木咖啡桌上摆着两瓶红酒。

安吉禁不住微笑。她坐上沙发，伸手拿酒杯，“大家都在哪儿？”

“小的睡了，大的在写作业，今晚是文斯的社团活动之夜。”蜜拉在沙发上伸了个懒腰，看向安吉，“那么——”

“什么那么——”

“你刚刚在夜里开车？”

“差不多。”

“得了，安。莉薇退出。妈妈丢开了烤宽面的手套，餐馆还在亏钱。”

安吉抬起眼，强颜作笑：“别忘记我还在学着怎么一个人过。”

“看起来进展不是很好。”

“不好。”她啜了一小口酒，也许不止一小口。她真的不想谈她的生活，生活让她受伤，“我得说服莉薇回来。”

蜜拉叹了口气，显然地很失望安吉要转变话题，“我们大概应该告诉你她几个月前就想退出了。”

“是。早知道会好点。”

“往好处想。你开始做改变时能少一个人发火。”

不知怎么的，“改变”这个词严重打击到了安吉。她放下酒杯站起身，走到窗边朝外望去，仿佛她所在的地方就是问题本身。

“安吉？”

“我不知道我最近到底哪里不对。”

蜜拉来到她身旁，搭上她的肩膀，“你得慢下来。”

“怎么说？”

“打从你小时候，你就朝着想要的东西奔跑。你只觉得离开西端镇还不够快。可怜的汤米·马图奇在你离开以后两年里还在问起你，可你从来没给他打过电话。然后你急急忙忙念完大学，又在广告业的食物链里飞快升迁。”她的嗓音放轻了，“你和康兰决定要孩子时，你马上就动手记录排卵期研究它。”

“一点用都没有。”

“重点在于，现在你迷失了，但是你还在全速前进。离开西雅图和被毁的婚姻，到西端来面对要倒闭的餐馆。一切模糊不清时你怎么能确定自己渴望什么？”

安吉注视着自己在玻璃窗上的倒影。她的皮肤像羊皮纸般苍白，眼睛挂着黑眼圈像是伤后瘀青，嘴唇抿成一线。“你懂什么是渴望？”她说着，听到自己声音中的痛楚。

“我有四个孩子和一个爱保龄球社团跟爱我一样多的丈夫，我从来没有跟哪个老板有一点亲戚关系。你从纽约、伦敦和洛杉矶给我寄明信片时，我在努力攒钱去剪头发。相信我，我知道渴望是什么。”

安吉想转过身面对姐姐，可她没有勇气，“我宁愿拿一切来换——旅游、生活方式、职业生涯——就只换一个楼上的孩子。”

蜜拉拍拍她的肩：“我知道。”

安吉终于转过身，当即就知道她错了。

蜜拉眼中涌满泪水。

“我得走了。”安吉说，听到自己发出浓重的鼻音。

“别——”

她从蜜拉身边挤过去，奔向前门。屋外的雨抽在身上，模糊了她的视线。她毫不在意地冲向车。蜜拉喊着的“回来”的声音在身后回响。

“我做不到。”她的话音轻得姐姐无法听见。

她爬进车里，甩上门，赶在蜜拉追来之前发动引擎倒车离开。

她开过一条又一条街，全然不在意自己在哪里。收音机音量调高。现在雪儿正唱着《相信》。

最后她发现自己在西夫韦停车场，就像只扑火的飞蛾。

她坐在耀眼的路灯下，眼睁睁看着雨水锤打挡风玻璃。

“我宁愿拿一切来换。”

她闭上双眼。光是大声说出那些话就让她心痛。

“不。”

她不该坐在这里为它心烦意乱。已经够了。这真的是最后一次她发誓要忘掉无法改变的过去。

她得去商店买些非处方安眠药，只拿刚够一晚的量。

她下车走进亮着白光的店铺，她知道没有哪个家人会在这里，她们都去本地人的店。

她直奔阿司匹林货架，找到了想要的东西。

去收款台的半路上她看到了他们。

一个瘦得像只鸟的女人穿着脏衣服，拎着三盒烟和一打啤酒。四个衣衫褴褛的孩子围着她吵闹。其中一个，最小的那个想要个甜甜圈，当母亲的拍开他。

孩子们的头发和脸脏兮兮的，网球鞋上尽是破洞。

安吉站住脚，喘不上气，疼痛再次涌起。要是真的有用，她愿向天恳求："为什么？"

为什么有些人那么容易就能得到宝宝，而有些人……

她丢下安眠药盒，走出店外。外面的雨水重重地打在她身上，跟她的泪水混在一起。

她一动不动地坐在车里，瞪着挂上串串雨珠的挡风玻璃。那一家子走出商店。他们扎堆挤进一辆破旧的小车，开走。没有一个孩子拉上安全带。

安吉闭上眼睛。她知道如果坐在这里够久，那感觉会过去的。悲痛就像一朵雨云，只要你有耐心，或迟或早，它总会离去。她所能做的就是坚持住……

有东西撞上了她的挡风玻璃。

她睁开眼。

一张粉色的传单粘在玻璃上。写着：求职。稳定。可靠。

她还没来得及看到更多的字，捶打着传单的雨水已洇掉了墨迹。

安吉靠向乘客位，摇下窗户。

有个红发姑娘在贴传单。她固执地从一辆车走向另一辆车，全不在意雨水，身上穿着磨破的外套和褪色的牛仔裤。

安吉想也没想，她直接行动了。她下车，大喊："嘿，你！"

女孩瞧过来。

安吉朝她跑去，"要帮忙吗？"

"不用。"女孩走开。

安吉伸手从外衣口袋摸出钱："给。"她把一卷钱塞进女孩冷冰冰、湿漉漉的手里。

“我不能拿。”女孩一边小声说一边摇头。

“拜托了，为了我。”安吉说。

她们四目相对了好一阵。

最后，女孩点了点头：她眼里满含泪水。“谢谢。”接着她转身跑进黑夜。

劳伦爬上通往公寓楼那阴暗朦胧的楼梯。每一步都像要抽走她身体的什么东西，一直到最后她来到莫克夫人的门前时，劳伦觉得自己肯定缩小了。她已经厌烦了脆弱与孤独的感觉。

她站住，低头盯着手里湿成一团的钞票。一百二十五美元。

为了我，停车场的那个女人这么说，好像她才是那个需要救助的。

是，没错。劳伦一看就知道什么是施舍。她想拒绝，也许还想轻笑着说你误会我了。实际上她一路跑回了家。

她擦掉还留在眼中的泪水，敲响了门。

莫克夫人来应门。她看到劳伦的时候，敛起了笑容：“你湿透了。”

“我没事。”她说，“给。”

莫克夫人接过钱，点了点。沉默了一小会儿，她说：“我只拿走正好一百，好吗？你去给自己买点合适的东西吃。”

劳伦差点又一次哭出来。她赶在眼泪涌上来之前转身跑上楼。

她在套间大声喊妈妈。

回答她的只有沉默。

她叹了口气，把背包扔到沙发上，走向冰箱。它其实算是空的。她刚要拿吃了一半的三明治时，有人敲门。

她走过又小又乱的套间，打开了门。

戴维站在门外，抱着一个大纸板箱。“嗨，小妞。”他说。

“什么——”

“我给药店打了电话。他们说你不在那里干活了。”

“哦。”她咬了咬嘴唇。她现在几乎承受不住他声音里的温柔与眼中的体谅。

“所以我在家清理冰箱。妈妈昨晚有个晚餐聚会，这里乱得要命。”他把手伸进纸箱拿出一盒录像带，“我带了《极速赛车手》”①。

她强颜作笑：“有带特里克茜救他一命那集吗？”

“当然。”他垂眼瞧了瞧她。就那一眼，她看到一切：爱，理解，关心。

“谢谢。”她能说的只有这么一句。

“要知道，你应该给我打电话，在你丢了工作的时候。”

他不知道失去拼命想要的东西是什么感觉，但他说得没错，她应该给他打电话。即使才十七岁，有时候年轻不成熟，他仍然是她生命中最稳重可靠的人。她和他在一起时，她的未来，他们的未来就像一粒珍珠一般纯粹闪亮。“我知道。”

“好了，来，让我们弄点东西吃，看个电影。我得在午夜以前回到家。”

① 注：《极速赛车手》（《Speed Racer》）是华纳公司出品的一部动作电影，改编自动画大师吉田龙夫的系列动画作品。特里克茜是主角赛车手斯比德的女朋友。

chapter 05 为爱而行

chapter 05

伦德伯格先生唠叨个没完，像小孩追肥皂泡一样从一个当代社会问题跳到另一个问题。

劳伦努力集中注意力，她真的努力了。可她累透了。

“劳伦。劳伦？”

她眨了眨眼醒来，迟了一点才发现自己睡着了。

伦德伯格先生盯着她看，他看起来不高兴。

她觉得自己脸上发热，这就是红发派的坏处，白皮肤容易发红，“是，伦德伯格先生？”

“我问你关于死刑站在什么立场。”

“趴着的立场。”有人嚷嚷，人人都在笑。

劳伦憋住笑声：“我反对死刑。至少等我们能保证它能被公平一致地执行。不，等等。不管怎样我都反对死刑。不该用杀人来证明杀人在道德上是错误的这一观点。”

伦德伯格先生点头，转向他安放在房间中央的电视：“过去几周我们讨论了美国的司法公正或者缺陷。我想有时我们忘记了我们是何等幸运能够进行这样的讨论。在世界其他地方，情况非常不同。例如，在塞拉利昂……”

他把一卷带子放进录像机开始播放。

纪录片放到一半，下课铃响了。劳伦收拾起课本和笔记离开教室。走廊里人声嘈杂，笑声和招呼声是一天结束时的最后配乐。

她穿过人群，累得在路过朋友时只有力气挥挥手。

戴维从后面赶上来，把她拉进怀里。她拧回身偎向他，抬头看向他蓝蓝的眼睛。走廊里的吵闹淡成嗡鸣。昨晚的回忆一下全都扑过来，让她笑起来。他救了她，就那么简单。

“我爸妈今晚得赶去纽约。”他小声说，“他们星期六以前都不在家。”

“真的?”

“球赛是五点三十。你要我去接你吗?”

“不用。放学后我得去找份新工作。”

“哦。对。”她在他的声音听到了失望。

她踮起脚吻他，尝到他每天都喝的斯奈普饮料的水果味，“我七点能到你家。”

他咧嘴一笑：“太好了。要搭个便车吗?”

“不用。我没事。我该带点什么吗?”

他又笑：“妈妈给了我两百块，我们要订比萨。”

两百。那是他们还欠着的房租钱。而戴维能把同样的钱用来买比萨。

劳伦准备找工作，她在学校图书馆打印了十五份她的简历和推荐信。

她正准备走时，母亲一头冲进来，前门甩在墙上。

妈妈跑向沙发，把沙发垫扔到一边，在找东西，那里什么也没有。她火冒三丈地抬起头：“你说我胖?”

“你都不够一百磅，妈妈。我没说你胖。要说的话，你太瘦了。有吃的在——”

妈妈扬起手。一根烟夹在她指间，掉着灰。“别惹我。我知道你觉得我喝酒太多吃得太少。好像我需要一个小孩来监督我一样。”她又在屋里四处看了看，皱起眉，奔进厨房。过了两分钟，她回来了：“我需要钱。”

有时候劳伦会想起母亲生病了，酒瘾是种病。那种时候她会可怜她。

今晚不是那种时候。“我们一文不名了，妈妈。如果你去工作会有用。”她把背包丢到厨房的桌上，弯腰收拾被丢开的垫子。

“你就在工作。我需要的就几块钱。求你了，宝贝。”妈妈挨过来，一手搭到劳伦的后背。这感觉让劳伦想起她和妈妈还算一个团队的时候。当然，这不太正常，但总还是一个家。

妈妈的手滑上劳伦的胳膊，环过她肩膀，这个拥抱纯粹出于绝望。“得了。”她的声音在发抖，“十块就够了。”

劳伦伸手进口袋，摸出一张卷起的五块。谢天谢地她把那二十块藏到了枕头下面，“我明天就没有午餐钱了。”

妈妈抢走了钞票：“带点东西去吃。冰箱里有花生酱夹心饼干。”

“夹心饼干。真不错。”幸亏戴维有带剩菜过来。

妈妈已经朝门走去。她打开门时停住了，转过身来。她的绿眼睛透出悲伤，脸上的皱纹让她看起来比三十四岁老了十年。她伸手扒拉尖刺一样乱蓬蓬的白色头发，“你从哪来的那件衣服?”

“莫克夫人那儿。是她女儿的衣服。”

“苏西·莫克六年前就死了。”

劳伦耸了耸肩，不知做何反应。

“她这些年都留着女儿的衣服。哇。”

“有些母亲觉得把孩子的衣服丢掉很痛苦。”

“管它的。为什么你要穿着死人的衣服?”

“我……需要一份工作。”

“你在药店工作。”

“我被解雇了。不景气。”

“我都跟你说过了。我敢肯定到了假期他们会招你回去。”

“我们现在就需要钱。房租交晚了。”

妈妈似乎僵住了，在她悲伤的模样里，劳伦瞥见一丝母亲往昔的美貌。“是。我知道。”妈妈说。

她俩四目相对。劳伦倾身向前，暗暗期待下文：“就说你明天会去上班。”

“我得走了。”妈妈最后说道。看也没回头看一眼，她离开了。

劳伦甩开荒谬的失落感，跟着母亲出去。她到达西端镇风景如画的中心区时，雨已经停了。现在才五点，不过每年这个时候的夜色总是早早降临。天空一片淡紫色。

她的第一站是海边，暴涨的旅客会为了现酿啤酒和当地的牡蛎在那里逗留。

一个多小时以后，她从中心区的一头来到另一头。三间餐馆客气地收下了她的简历，保证说有空闲职位时会给她打电话。另两间则没有费心给她虚假的希望。所有的零售店都对她说到感恩节以后再来。

现在她站在这片街区最后一间餐馆前。

德萨利亚家庭餐厅。

她瞥了一眼手表，六点十二，去戴维家要迟到了。

叹了口气，她走上几级台阶到门前，注意到台阶摇摇晃晃。不是好兆头。她在门口停下看向菜单。最贵的一项是番茄沙司烙通心粉，标价$8.95。又一个不好的兆头。

她还是打开门走了进去。

地方挺小，墙是砖砌的。拱廊将空间一分为二，每边都有五六张桌子，铺着红白相间的桌布。其中一边装饰着橡木包边的壁炉。粗糙的墙面上挂着木框画，看脸就知道那是家庭照片。也有印着意大利风情的画，还有葡萄和橄榄的图片。餐厅里正放着音乐，伴奏版的《我把心留在了旧金山》。那香味纯粹来自天堂。

只有一家人在这里吃晚餐。一家。

对一个星期四的晚上来说人丁稀落。

这里没可能在招人，她今晚大概可以放弃了。也许她动作快一点还能回到家换换衣服，然后七点时到戴维家。她回身朝外走。

等她走到公车站，又开始下雨了。寒风急掠过海面，咆哮着穿过小镇。破烂的外套不挡风，等她到家时，她快冷死了。

前门开着，更糟的是餐厅的窗户也开着，整个套间都冷冰冰的。

“见鬼。”劳伦嘀咕，搓着冰冷的双手把门踢上。她奔向窗户，她伸手关窗时，听到母亲在唱歌：“我将乘机离开……不知何时归来。”

劳伦顿住，激怒荡过她全身，让她握紧了拳头。如果她是男孩子，可能已经一拳砸到了墙上。她没找到工作，约会迟到了，现在又是这个。她的母亲喝醉了，又在跟星星交流。

劳伦从窗口爬出去，站在摇摇晃晃的消防逃生梯上。

她在屋顶上找到了坐在屋檐上的母亲，她穿着一条湿透的棉裙，光着脚。

劳伦上前走到她身后，小心地不要太靠近边缘：“妈妈？”

妈妈偏过头朝她笑：“嗨。”

“你太靠边了，妈妈。回来。”

“有时你必须记住你还活着。到这来。”她拍了拍身边的屋檐。

劳伦恨透了这种要担惊受怕的时候。她的母亲喜欢活得险象环生，她总这么说。劳伦小心翼翼地往前凑，慢慢吞吞坐到母亲身边。

她们脚下的街道几乎空无一人。一辆车开过去，前车灯闪动着穿过雨帘，看起来像是没有实体，感觉很不真实。

劳伦感觉得到母亲冷得发抖，“你的外套呢，妈妈？”

“我丢了。没有。我把它给菲比了。换了一盒烟。雨让一切看起来很美，对吧？”

“你拿外套换烟。”她木然说道，明白生气也没有用，“据说今年是寒冬。”

妈妈耸了耸肩：“我破产了。”

劳伦伸手抱住母亲：“来吧。你得暖起来。洗个澡会好的。”

妈妈看向她：“弗兰科说他今天会打电话来。你听到电话响了吗？”

“没有。”

“他们从来不回来。不回我这来。”

即使劳伦已经听过上千遍，她还是感受到了母亲的痛苦。“我知道。来吧。”她帮她站起来，领着她走向消防梯。劳伦跟着母亲走下铁梯，回到公寓。她劝母亲洗个热水澡，然后回到自己房间换衣服。等她准备走时，母亲已经上床了。

劳伦坐在她的床边：“如果我出去你会没事吗？”

妈妈的眼皮已经耷拉下来：“我洗澡时电话响了吗？”

“没有。”

妈妈缓缓看向她：“怎么没有人爱我，劳伦？”

这问题问得如此轻柔，如此绝望，害劳伦倒抽了一口气。我爱你，她想着。难道那不算数吗？

妈妈转过头埋进枕头，闭上眼睛。

劳伦慢慢站起身，从床边退开。她一路穿过公寓走下楼梯横穿镇子时，想的只有一件事：戴维。

戴维。

他能填满她心里的空洞。

有个安定富庶的世外桃源叫富豪山，和西端镇最东边只隔了几个街区，不过在那里，在有保安守卫的大门和铁艺围墙后面，是另一个世界。这片财富绿洲占据了俯瞰大海的一片山坡。这里是戴维的世界，车道由石块或拼花砖铺砌而成；车辆停靠在精美的廊柱下，摆放在巨大洞穴般的车库里；盛着餐点的瓷器薄得像婴儿皮肤般透明。这样的夜里，路灯在每个角落亮起，将坠落的雨滴照耀成一颗颗小小的钻石。

劳伦走向入口大门的保安亭时，深深地感觉到自己与此地格格不入，是个不属于此地的人。她想象着那份登记在某个表格里的来访记录会呈报给归来的海恩斯夫妇：有不良分子来过家里。

“我来这见戴维·海恩斯。”她说，强行把手控制在身边。

保安了然一笑。

大门嗡嗡作响，接着打开了。她沿着蜿蜒的黑色沥青道走过看起来像杂志封面的十来间屋子。乔治亚风格的豪宅，法国风格的别墅，贝莱尔风格的庄园。

这里是那么安静。没有汽车喇叭响，没有吵架的邻居，没有吵闹的电视噪音。

劳伦一如既往地猜想住在这样的地方会是怎样的感觉。富豪山没人会担心欠房租或要怎么交电费。她知道一个从这里起步的人，没有什么目标是达不到的。

她走上通往前门的小路。芬芳的粉玫瑰有茶托大小，自小径两侧包围了她，让她觉得自己有一丁点像童话里的公主。成打的隐蔽地灯照亮庭院。

她敲了敲那扇硕大的桃花心木门。

就过了一会儿，戴维来应门。老实说太快了，她想也许他早在窗户边上等着了。

“你来晚了。”他慢慢展开笑容。他就在门口拉她入怀，周围所有的邻居都能看见。她想跟他说再等等，等关上门，可是他一亲上来，她把什么都忘记了。他一直这么能影响她。每当夜里她独自躺在床上想起他念起他的时候，就会琢磨自己奇怪的健忘症。她唯一的解释就是因为爱。还能有别的什么能让一个脑子正常的姑娘会觉得没有了男友的碰触，太阳都会离开天空让世界变得冰冷黑暗？

她环住他的脖子，冲他微笑。他们的夜晚还没有真正开始，她的胸口就因为期待而发紧。

“只要你能来就棒极了。如果他们还在镇上，我得向妈妈说上一打的谎话才能跟你待上一晚。”

劳伦想象那会是怎样的生活，有人——有妈妈——在等着你，担心你。

在瑞比度的公寓里不需要说谎。妈妈在劳伦才十二岁时就跟她讲起性爱。“得跟你讲这个，”她说着，点起烟，“眼下就谈似乎不错。”她抽着烟，把一盒避孕套丢到咖啡桌上。

在那之后，妈妈就随劳伦自己拿主意了，好像当母亲唯一的责任就是递出避孕套。劳伦从小就自己给自己设门禁时间，其实就算她完全不回家，也完全没问题。

劳伦知道要是她把这事说给朋友听，她们肯定会大呼小叫地说她有多么走运，可她宁愿用所有这样的自由来换一个晚安吻。

他退后，笑着抓住她的手，“我要给你个惊喜。”

她跟着他走过宽敞的走廊。她的鞋跟敲打在奶白色的大理石砖面上。如果他父母在家，她一定会轻手轻脚地安静行动，可现在这里只有他俩，她可以自由自在。

他拐个弯，穿过分隔前厅与餐厅的乳白色石拱廊。

这里看起来就像电影片场。一张长长的漂亮木桌左右摆着十六张雕花木椅。桌子正中放着一大片白玫瑰、白百合和绿叶植物。

桌子一端已经摆好了两人份的餐具。美丽的半透明骨瓷镶有金边，摆在象牙白的丝垫上。金托盘映着唯一的一支蜡烛。

她抬眼看戴维，他笑得很灿烂，就像个最后一天上学的孩子，“简直花了我一辈子才把所有这些玩意儿找出来。我妈妈把它们全埋在那些蓝色盖布下面。”

“很漂亮。”

他把她领到位置边上，为她拉开椅子，等她坐下。他往她的酒杯倒进闪着光的苹果酒，“我倒是想去打劫老爸的酒窖，可我想你会骂我，也怕被老爸抓到。”

“我爱你。”她说，因为泪水刺痛了眼睛而有些尴尬。

“我也爱你。”他再次咧嘴笑起来，“我想正式邀请你做我返校舞会的舞伴。”

她放声大笑。“深感荣幸。”他们一起参加过每一场高中舞会。这次将是他们最后一次的返校舞会。想到这，她的笑容淡去。她突然想到明年他们可能就被分开了。她抬头看他，想劝他说他们应该念同一所学校。他相信他们的爱能经受分离的考验。可她不愿心存侥幸。他是唯一一个对她说过“我爱你”的人。她不要失去这个。不能没有他。“戴维，我——”

门铃响了。

她猛吸一口气：“是你父母？哦，老天——”

“放松。他们一小时以前就从纽约打了电话过来。我爸很生气因为接他的车晚了五分钟。”他朝门走去。

“别理它。”她不想让任何事毁了他俩的这个夜晚。如果杰拉德和其他男孩听说海恩斯夫妇出差了呢？消息一传出去，不出两秒钟这里就要开起高中聚会。

戴维朗声笑出来："只管待在这。"

她听见他走出拱廊打开门，然后听到了对话声，几记笑声，门关上了。

一分钟后，戴维走进餐厅，拿着比萨饼盒。他穿着低裆的宽松牛仔裤和一件写着"别嫉妒，没人能像我"的 T 恤衫，英俊得让她难以呼吸。

他来到桌边，把盒子放下。"我倒是想为你做饭，"他说着，一瞬间失去了笑容，"我把什么都烧煳了。"

劳伦悠悠站直身，慢慢向他靠近："这很完美。"

"真的?"

她听出他声音中的困窘，这深深地感动了她。她知道那是什么感觉，想要讨好某个人。"真的。"她答道，踮起脚吻他。

他把她拉进怀里，抱得那么紧，她都喘不上气。

等到他们去吃比萨的时候，它已经凉了。

chapter 06 为爱而行

chapter 06

莉薇的新家是栋70年代的分层式，坐落在镇上比较好的街区角落。其中一些屋子——非常贵的那些——能俯瞰海景。其他的曾有腰形泳池、活动中心以及相当丰富的厨房设施。安吉还念书时，海文伍德是活生生的宫殿。她还记得夏天时跟朋友们坐在泳池边，看着妈妈们。大部分妈妈都睡在躺椅上，穿着性感的连身泳装，戴着宽檐帽。每个大人的手上都拿着烟或酒或奎宁水。她曾以为那些住在市郊的中产妇女都老于世故，她们跟她辛辣的意大利母亲没有任何相似之处，妈妈从来不会在社区泳池旁边躺着过一整天。

她的姐姐看着这个地方时，一定也有渴望居住在这里的少女之心。

她把车停进莉薇家的环形车道，就停在斯巴鲁货车后面，然后下车。她在前门驻足。

必须谨慎处理。像做心脏手术一样谨慎。安吉花了大半夜的时间来想怎么办。好吧，不只想这事，还有其他的事。不过是孤单地躺在床上的又一个糟糕的夜晚。她躺在那，记起她曾渴望忘却的事情，担忧着自己的未来，有一件事很清楚：她得让莉薇回来工作。安吉不懂得独自经营餐馆，也不打算长期这么做。

“对不起，莉芙。”

要开门见山。接着，她会咽下一点名为谦卑的馅饼，连哄带骗地讨好姐姐。只要有用，不择手段。莉薇必须得回到餐馆。毕竟安吉不打算在这里工作一辈子，只打算等上一两个月，直到她能够再次独自入眠。

她敲了敲门。

等着。

又敲了敲。

最后莉薇终于开门了。她穿着紧身粉色丝绒运动服，胸前装饰着“*J.*

Lo”的字样。“我猜到你会来，进来。”她退后，转过身。这邮票一般大的入口真的挤不下她俩。莉薇登上铺着地毯的楼梯，进了起居室，地毯上铺了一条塑胶道让人走动。

淡蓝的天鹅绒沙发相向而放，中间隔了一张光亮的木桌。休闲椅有镀金装饰，布面花纹是粉色和蓝色的花朵。织花地毯是橙色。

“我们还没有买新的地毯。”莉薇说，“不过家具挺不错。你不觉得吗?”

安吉注意到暗灰褐色的瑙加海德懒人家具，还是塑料的。

“挺漂亮。你自己装修的?”

莉薇像是挺起了胸膛：“就是我。我本来打算找个装潢师，但是萨尔说我干得跟任何一个里克沙发世界的店员一样好。”

“确实是。”

“我还想过没准能去那里接份活干。坐吧。咖啡?”

“好。”安吉坐到一张沙发上。

莉薇去了厨房，几分钟后端着两杯咖啡回来了。她递了一杯给安吉，坐到她对面。

安吉盯着自己的咖啡看，拖拖拉拉没意义：“你知道我为什么来。”

“当然。”

“对不起，莉薇。我并不是想侮辱你或批评你或伤害你的感情。”

“我知道。你总是无意中就这么干了。”

“我和你跟蜜拉不一样，就像你经常说的。有时我可能太……专心了。”

“大城市里的人都这么说？我们小镇姑娘管那叫刻薄，或者强迫症。”莉薇笑了，“要知道我们也看奥普拉脱口秀。”

“得了，莉芙。你想逼死我，就接受我的道歉说你会回来工作。我需要你帮忙。我想我们真的能帮妈妈脱困。”

莉薇深深吸了口气：“这就是问题所在。我一直在帮妈妈脱离困境。五年了，我在那间破餐馆里工作，听从她的所有意见，从发型指挥到鞋子。难怪我花了那么久才遇到一个像样的男人。”她倾身向前，“现在我是个妻子，有个爱我的丈夫，我不想毁了我们的关系。我应该停止把德萨利亚放在第一位，把其他事往后排的做法了。萨尔值得排第一。”

安吉想冲莉薇发火，想让姐姐屈服；然而一时间她痛苦地想起了自己的婚姻，也许跟孩子相比起来，她本来应该更看重婚姻一些。她叹气，现在太迟了。“你想要重新开始。”她低声说，意外地与姐姐心灵相通。她们达成共识。

“正是这样。”

“你做得对。我应该——”

“别往那边想，安吉。我知道你嫌弃我的其他丈夫，但我从他们身上得到了教训。生活在继续。你想让它停下，等你哭够了再说，可它会一直继续前进。别浪费时间回头看，你不会想错过前面的事物。”

“我猜眼下这就是我前面的事物了。非常感谢。”她勉强笑着，“至少你能用你的方式来帮帮我？也许给我一些意见？”

“你向我要意见？”

“就这一次，而我可能还不会听。”她在包里摸索着记事本。

莉薇大笑：“让我看你的清单。”

“你怎么知道——”

“你从三年级开始就在列清单。记得它们以前常常会消失不见吗？”

“是。”

“我把它们冲进了厕所。它们让我心烦，所有那些你要达成的目标。”她笑了，“我本来应该列一份自己的清单。”

这是安吉从姐姐那里听到的最接近表扬的话。她递出记事本，清单有三页长。

莉薇翻开它，默念着，一丝微笑渐渐勾起。到她看完的时候，差不多是捧腹大笑：“你要做到所有这些事？”

“有什么不对吗？”

“你没见过我们的母亲吗？要知道，这个女人往圣诞树上挂同样的装饰小玩意挂了超过三十年？为什么？因为她喜欢那棵树就那个样。”

安吉退缩了。真是这样。妈妈宽宏大量、有爱心、会分享……只要事情正随她的心意就成。她不会欢迎做出改变。

“不过，”莉薇继续说，“你的主意能救德萨利亚……要是行得通的话。可我不想在你那个位置。”

“你首先会做什么？”

莉薇低头看向清单，翻过纸页：“没有写。”

“没写什么？”

“首先，你得雇个新的服务员。罗莎·康塔多利在你出生以前就在德萨利亚端盘子。她写下一份订单的时间我都能学会打高尔夫球了。我能补救她的懒散，但是……”她耸了耸肩，“我可没见你当过服务生。”

安吉没法反驳：“有建议吗?”

莉薇一笑：“保证她是意大利人。”

“有意思。”安吉拿起笔，“还有别的什么?”

“多的是。让我们从最基本的开始……”

安吉站在人行道上，看着在年轻时曾那么重要的餐馆。妈妈和爸爸每天晚上都在这里。他在前门迎客，她在后厨烹煮。家庭用餐时间是有客人来之前的四点三十。他们围坐在厨房的圆桌边，这样如果有客人来早了也不会看到他们。晚餐后，蜜拉和莉薇去工作，接待客人或清理桌子。

但是安吉不会去。

“这一位是天才，”爸爸总这么说，“她要去念大学，所以她得学习。”

从来没人有过意见。只要爸爸说了，事情就定了。安吉要去念大学，就是这样，她一晚接一晚地在厨房学习。

难怪她能拿到奖学金。

现在她站在这里，回到生活的起点，准备挽救她一无所知的生意，今晚还没有莉薇来帮她。

她低头盯着笔记。她和莉薇又往上添了四页，冒出一个又一个点子。

由安吉来实现这些改变。

她登上步阶，穿过前门。餐馆当然已经开门营业了。妈妈三点三十就到了，不早一分钟，也不晚一分钟，就像三十年来每个星期五晚上一样。

安吉听到从厨房传来嘀嘀咕咕的话声。她走进去，发现母亲在骂人。“蜜拉迟到了。罗莎今晚请病假，我知道她是在厄克思赌博。”

“罗莎生病了?”安吉的声音带着恐慌，“她是我们唯一一个服务员。”

“现在你是我们的服务员。”妈妈说，“没那么难，安吉拉。只管给客人他们要的东西。”她回身继续做肉丸。

安吉离开厨房。她在餐厅的桌子间走来走去，确认每个细节，保证盐和胡椒瓶都装满了，餐具都干干净净地摆得整整齐齐。

十分钟后，蜜拉冲进门来。“抱歉我来晚了。”她朝厨房走时对安吉喊道，“丹妮拉掉下了脚踏车。”

安吉点点头，继续看菜单，像临考抱佛脚背文学经典指南一样研究着它。

五点四十五分，第一位客人上门了，是在镇上开诊所的费恩斯坦医生及夫人。二十分钟后，朱利安尼一家到了。安吉像父亲从前那样迎接他们，领他们去座位。头几分钟她自我感觉还不错，似乎她终于对得起她的血统了。母亲眉开眼笑地看着她，点头鼓劲。

六点十五分，她遇上麻烦了。

七个人怎么能搞出那么多事来?

“请再加点水。”

“我要的是帕尔马干酪。”

“我们的面包在哪?”

“还有油。”

“你或许是个了不起的广告文案，安吉拉，”妈妈指出，“但是我可不会给你很多小费。你太慢了。”

安吉没法回嘴。她在费恩斯坦夫妇桌上放下烤碎肉卷。“我马上去拿你的龙虾，费恩斯坦夫人。”她说着，赶紧跑向厨房。

“我希望费恩斯坦医生不会在他老婆等着上菜的时候就吃完了。”妈妈不高兴地唠叨，“蜜拉，把那些肉丸弄大个一点。”

安吉退出厨房赶回费恩斯坦夫妇桌边。

她把龙虾端上桌时，听到前门开了。门铃响了。

来了更多的客人。“哦，别来。”

她缓缓转身，看到了莉薇。她的姐姐瞧了她一眼，爆笑出声。

安吉挺直腰板：“你来这嘲笑我?”

“看公主在德萨利亚餐厅干活? 我当然是来这里嘲笑你的。”莉薇碰了碰她的肩膀，“还要帮你一把。”

这一晚过去以后，安吉的头一跳一跳地痛起来。“好了，正式宣布，我是史上最糟糕服务员。”她向下看着自己的衣服。她把红酒洒到了围裙上，袖子蹭到了英式奶油酱。裤子上一块深色当然是被烤宽面弄的。她坐到屋角的桌旁，就坐在蜜拉身边，“难以置信我居然穿着开司米和高跟鞋干活。难怪莉薇每回看到我都要笑。”

“你会更好的。”蜜拉保证，“给，餐巾。”

“好吧，见鬼的我确实不能更糟了。”安吉不禁开怀大笑，尽管这并不好笑。老实说，她没想过这会那么不容易。她这辈子做事都手到擒来。她无论想做什么都能轻松上手。也许不算优秀，但也是中上水平。她从洛杉矶大学毕业，在校四年成绩优异，毕业后立即被西雅图最棒的广告代理公司雇用。

坦白地说，手忙脚乱当服务员的整个过程简直是晴天霹雳。“丢脸啊。”安吉说。

蜜拉从餐巾上抬起眼，“别担心。罗莎几乎不请病假。通常她能应付这样的一大波人。你会好起来的。”

“我知道，但是……”安吉低头看向两手，两个粉红色烧伤斑点印在她的皮肤上。还好，她把滚烫的调味汁溅在自己身上而不是朱利安尼夫人身上，“我不知道能不能办到。”

蜜拉把厚厚的白色餐巾折成天鹅，推过桌面。

安吉想起有一天晚上爸爸曾教过她怎么把一片四方的布折成鸟儿。她抬起头看到姐姐的微笑，知道蜜拉是特意让她想起来的。

“莉薇和我花了好几个星期学习要怎么折。我们跟爸爸一块儿坐在地上，模仿他的每一个动作，希望他会对我们笑，对我们说干得漂亮，我的公主。我们以为自己已经干得不错了……然后你走过来，只试过三次就学会了怎么折。‘这一位啊，’爸爸边说边亲你的脸，‘什么事都能办到。’”

这份记忆本该让她笑起来，如今她明白了更多事：“你和莉薇一定很难受。”

蜜拉挥挥手扫开她的同情：“那不是我的重点。这个地方——德萨利亚家庭餐馆——它流在你的血里，就像我们一样。这些年没有参与并不会改变你的身份。你是我们的一分子，你能做到需要做的一切。爸爸相信你，我也是。”

“我害怕。”

蜜拉温柔地勾起嘴角：“你才不会。”

安吉转头盯着窗户望着空荡荡的街道。树叶落向地面，飞掠过粗糙的水泥步道。“我变成了会害怕的人。”她讨厌承认。

蜜拉倾身向前：“我能说实话吗？”

“绝对不要。”安吉想笑，但是她看到姐姐认真的表情时，笑不出来了。

“你变得……最近几年变得以自我为中心。我并不是说你自私。你一直希望有孩子，接着失去了索菲……让你……变得沉默。不知怎么有些孤单。”

不知怎么有些孤单。

确实。

“我觉得像是吊在一根线上，脚下还有一个大洞。”

“不管怎样你是掉下去了。”

她琢磨着，就在同一年里，她失去了女儿、父亲和丈夫，那当然就是她害怕的坠落。“有时我觉得自己还在往下掉。晚上时感觉特别糟。”

“大概到时候往外看看了。”

“我有餐馆。我在努力。”

“到我们关门的时候要怎么办?”

安吉咽了口唾沫。“会很难。”她承认，“我努力学习还做笔记。”

“一份工作是不够的。”

安吉希望她能否认这句陈述的真实性，但她早早就明白了真相，爱着工作的同时，她也渴望要一个宝宝。“不够。”安吉承认道。

“也许是时候去外面接触别人了。”

安吉想了想。脑海里最先冒出来的画面是在停车场安全车道上见过的那个少女。安吉帮助那位姑娘时觉得自己也被拯救了。那天晚上，她一觉睡到天亮。

大概那就是答案：帮助别人。

她发现自己开始微笑：“我每个星期一有空。”

蜜拉回以微笑：“你早上大部分时候都有空。”

第一次，劳伦醒来时觉得完完全全的安心。戴维搂着她，甚至在睡着时都紧紧抱住她。

她放纵自己感受着，微笑着想象婚后生活会不会一直就是这样。

她躺了好长一阵子，看着他的睡脸。最后，她从他怀里挣脱，翻身下床。她打算为他做好早餐，送到床上。

她站在床头橱前，打开了最上层的抽屉。她找到一件长 T 恤，穿上，下楼。

厨房非常棒——都是花岗岩和不锈钢，镜子一般光亮。煮锅和煎锅在晨曦中闪着银光。她扫过案板和冰箱，找到做炒蛋、培根和松饼需要的所有材料。她做好早餐，放在一个漂亮的木托盘上端着上了楼。

戴维在床上坐起来，打着呵欠。“你还在。”他说，见她进门时笑咧了嘴，“我担心……”

“好像我真会离开你似的。”她爬上床坐到他身边，把餐盘放在两人中间。

“看起来好赞。”他亲了亲她的脸。

他们吃着早饭，聊起平常的事：马上要开始的SAT考试、足球、学校里的闲话。戴维说到他和父亲修好的保时捷车。那是他和爸爸一起做的唯一一件事，所以戴维对这辆车很在意。他爱和父亲一起在车库里度过的每一刻。老实说，这回事他讲得太多，她都不再用心听了。他滔滔不绝地讲到关于齿轮比和起步速度之类的内容，听得她意兴阑珊。

她瞥了眼窗外。阳光在玻璃窗上流泻，她突然想到加利福尼亚和他们的未来。她一时忘记了自己多么频繁地把院校介绍简册按照能拿到奖学金的可行性排来排去。照她的计算，最佳选择是能拿到全额奖金的私立院校。在这些学校里，她最最喜爱的是南加州大学。它兼有世界级的运动资源和顶级的学术资源。

很不幸，它离斯坦福大学的车程差不多有八个小时。

她得想法说服戴维考虑去念南加州大学。第二种方案就是她去读圣塔克拉拉大学。可是老实说，她已经受够了天主教学校。

“……完全紧密贴合。理想的外包皮革。劳伦？你在听吗？”

她转头对着他：“当然在听。你在讲齿轮比。”

他大笑出声：“是，大概一小时以前在说。我知道你没在听。”

她觉得脸上热了起来：“对不起。我在想大学的事。”

他拿起托盘放到左手边超大的床头柜上：“你总是在担心以后。”

“而你从不担心。”

“那没用。”

她还来不及回应，他就倾身吻住她。所有关于学校和不安定未来的想法全都消失了。她在他的亲吻中迷失，在他的怀抱中迷失。

几小时后，当他们终于推开毯子离开床的时候，她几乎已经把担忧全都忘记了。

“我们去朗维溜冰。”他说，埋头进衣柜找要穿的衣服。

通常她喜欢去溜冰。她垂眼瞧着她那堆衣服。外套的破旧模样让她退缩了，她知道自己袜子上还有破洞。“我今天不能去。我得找份工作。”

“星期六找工作？”

她抬头看他。就在那时，感觉像他俩之间隔了好远，“我知道这样烦人，可是我能怎么办？”

戴维朝她走来：“多少？”

“什么多少？”

“你的房租。她欠了多少？”

劳伦觉得脸红了：“我从没说过——”

“你从来没有。我不蠢，洛！你欠多少？”

她希望地上能开个洞吞了她：“两百。但是星期一得交头款。”

“两百。我买方向盘和变速杆也就两百。”

她不知道要怎么开口。对他来说，那个数只是口袋里的零钱。她别开眼，垂下目光看着自己的衣服。

“让我——”

“别。”她说，不敢抬头看他。眼泪在她眼中灼烧，羞愧几不可挡。不该这样，她清楚。他爱她，他一直都在这么跟她说，可还是不该这样。

“为什么不？”

她慢慢站直身，最后看向他。“我这辈子，”她说，“都在看着妈妈从男人那里拿钱。刚开始好像没什么。只是啤酒或者香烟钱。然后为了新裙子要五十块，为了缴电费要一百。这……钱让事情变了。”

“我不像那些家伙，你懂的。”

“我需要我们不一样。你不明白吗？”

“我明白你不想让我帮你。”他碰触她的面颊时那么温柔，她想哭。

她要怎样才能向他解释，那样的帮助会像一条河流，会将他俩卷到河底？“只管爱我就好。”她小声说，伸出双臂揽住他，抱紧。

他搂起她，把她亲得晕头转向，亲得她再次泛起笑容。

“我们去溜冰，就这样。”

她想去，想在寒冷中迷失自己，想一圈又一圈旋转，想除了戴维暖和的手之外什么都不用关心。“好。不过我没带够衣服。我得先回趟家。”她不自觉笑起来。这样感觉真好，暂时放手，休息一天不去想她的糟心事。

他牵起她的手，领她走出他的房间，沿着走廊来到他父母的卧室。

“戴维，你在做什么？”她跟上他，皱眉。

他打开门，走向衣柜，再打开衣柜门。有盏灯自动亮起。

这衣柜比劳伦家的起居室还大。

“她的外套在后面。选一件。”

劳伦木然前行，走到海恩斯夫人的外套前。那里至少有十二件。皮衣，开司米，羊毛，羊羔皮。没有一件有任何穿过的痕迹。

“选一件，好出门。”

劳伦动弹不得。她的心跳得太快，她快喘不过气来。她突然觉得脆弱不堪，赤裸裸地暴露了她的穷困。她拧过身，转向戴维。如果他确实注意到她的眼睛有多么闪亮，或她的微笑多么破碎，他也没有表露一丝一毫。

“我刚想起来。我确实带了外套来。我没事。”

“你确定?”

“当然。我刚借了一件你的衣服。好了，我们走。”

chapter 07

为爱而行

chapter 07

安吉沿着滨海路开到镇郊。在她左侧，太平洋似乎正酝酿着一场秋天的暴雨。白色海浪拍打着泥灰色的沙，将树木推上岸。天空是种不祥的青铜灰色，风尖啸着在沿岸的树枝间穿行，嘎嘎响地摇晃着她的挡风玻璃。大雨害她调高了雨刷的速度，可它们还是不够快。

在杜鹃花小路，她左转拐进一条曾铺过沥青的小小窄巷。如今这里路上的凹坑比沥青还多。她的车像个醉鬼一样在凹凸不平的路面上摆来摆去。

助邻会就在这条破烂不堪的街道的尽头，在一座淡蓝色的维多利亚风格房子里，正对着一片越来越稀落的活动住房。邻近都是这种活动住房。其他大部分的围栏都在外挂着“内有恶犬”，这里只简简单单写着“欢迎光临”。

她开进碎石停车场，惊讶地看到那里已经停了很多小车和卡车。现在还没到星期日早上十点，这里已经繁忙起来了。

她停在一辆破烂红色皮卡旁边，红皮卡有着蓝车门，还有把枪架在窗边。她收起捐赠物——罐装食品、洗漱用品，还有几张当地杂货店的火鸡礼品券——沿着碎石路走向亮丽的前门。一个小精灵陶像在门廊一角朝她笑。

她笑起来，打开门走进一片喧嚣。

屋里整层楼都挤满了说个不停走来走去的人。几个孩子在窗边扎堆，玩着乐高积木。一脸疲惫的女人们沿墙边坐着，带着苦笑在记录板上填写表格。远处的角落，两个男人正从地上的箱子里往外搬罐头。

“要帮忙吗?”

安吉过了一会儿才反应过来被问的人是自己。一明白过来，她对着朝她说话的女士笑了笑：“抱歉。这里那么忙。”

“像个马戏团。假日都会这个样。不管怎样，我们抱有希望。”她朝安吉皱了皱眉，手上的笔轻敲着下巴，“你看着脸熟。”

“小镇姑娘都这样。”她绕开地上的玩具，在桌对面坐下，“我是安吉·马隆。婚前姓德萨利亚。”

发问的女人一巴掌拍到桌上，晃得金鱼缸嗒嗒响：“果然。我是蜜拉的同学。黛娜·赫脱。”她伸出手。

安吉握了握。

“我们能帮什么忙？”

“我回家待一阵……”

黛娜红润的脸庞皱起沙皮狗一样的褶子：“我们听说你离婚了。”

安吉奋力保持微笑：“你们当然已经知道了。”

“这是个小镇子。”

“非常小。总之，我在餐馆工作了一阵，我觉得……”她耸了耸肩，“只要我还在这里，也许做些志愿者工作不错。”

黛娜点头：“道格离开我以后，我就从这里开始。道格·莱默？还记得他吗？JV摔跤队队长？他现在跟凯利·桑托斯住一起。婊子。”她笑了笑，颤抖的笑容没有点亮她的双眼，“这地方帮了我的忙。”

安吉往后靠着椅子，有种不可思议的脱力感。我是其中之一，她想。未婚人群，人们会因为她婚姻失败而对她有各种猜测。她怎么会没发现？“我能帮什么忙？”她问道。

“多的是。给。”黛娜把手伸进桌柜，抽出一本双色小册子，“这介绍了我们的服务项目。读一读，看你对什么有兴趣。”

安吉拿过册子翻开。她刚开始看，黛娜对她说：“你能把要捐的东西给泰德吗？就在那边。他过几分钟就要走了。”

“哦。当然。”安吉捧着箱子交给那两个男人，他们笑着接过，回头继续工作。她回到大厅，坐到临时等候区的一张塑料椅上。

从头到尾翻过手册，看提供的服务项目：家庭顾问，亲子中心，家暴治疗，食物赈济，还有一个筹募基金活动的列表——高尔夫球比赛、无声拍卖会、自行车赛、跳舞马拉松。“每天都有我们社区中慷慨的市民路过，提供食物、钱、衣服，或者时间。我们以此自助助人。”

安吉心中一颤。她意识到那就是希望，她抬头，微笑着，希望能跟人说一说。

她下一个念头就是：康兰。她的笑容淡去。以后还会有很多像这样突如其来的时刻。只有一霎，却久得足以受伤。有好多次她都忘记自己已经是一个人。她逼着自己撑起笑容，尽管这笑容耷拉着，并不自然。

就在那时她看到了那个女孩。那姑娘走进前门，像一只落水的小狗，鼻尖、发梢、裙边都在滴水。她湿透的长发是红色的，不过没法认出确切的色调。她的皮肤像尼科尔·基德曼那么苍白，眼眸是无法描述的深邃褐色。对她的脸蛋来说，那双眼睛太大，使她看起来特别年轻。雀斑星星点点缀在她的面颊与鼻梁上。

就是那个在停车场的女孩，往挡风玻璃上贴求职传单的姑娘。

这孩子站在门边。她裹紧外套，可那东西太破，无济于事。这外套太小，袖口也磨破了。她朝接待台走去。

黛娜抬头，微笑着说了什么。

安吉忍不住了，她动动脚，凑近到能听见的地方。

“我听说有冬衣募捐。”女孩说，抱起胳膊，微微发颤。

“我们上星期才开始募集。你得给我们你的名字和码数。有合适你的尺寸时，我们会通知你。”

“是给我母亲的。”女孩说，“她穿小号。”

黛娜在下巴上叩着笔，打量着这女孩：“为自己领一套怎么样？那件看起来……”

女孩笑了，笑声尖锐，紧张不安。“我没事。”她躬身在一张纸上写了什么，推过桌面，“我叫劳伦·瑞比度。这儿有我的电话号码。有合适的请通知我。谢谢。”她径直朝门走去。

安吉站在原地一动不动，注视着关上的门。她的心跳得太快。

跟上她。

这想法涨满她的脑海，强烈得让人吃惊。

疯狂的念头。为什么？

她不知道，没有答案。她只知道自己觉得……和那个自己需要一件外套却为母亲申请的可怜少女有关联。她站起来，踏前一步，又一步。她不自觉已经走到了屋外。

雨水将野草拍打得伏在地面，在地上最浅的凹痕里聚起棕色的水洼，勾勒出停车场轮廓的火红树篱亮起水光，随风摆荡。

女孩在路的尽头奔跑。

安吉钻进车，打开灯和雨刷，退出停车场。她驶下崎岖不平的街道，前车灯照向女孩的身形，她都不知道自己究竟在做什么。

“跟踪。”那个现实的自我说。

“援助。”做梦的另一个回应。

她靠近街角，减速，停车。她刚打算摇下车窗让女孩搭个便车（没有聪明姑娘会答应），7 路公共汽车就靠边停下了。它呼哧呼哧响着刹车，咔嗒咔嗒响着开门。女孩跳上台阶，消失了。

公交车开远。

安吉一路跟着它往镇里去。在流木路和高速路的拐角，她面临选择：拐弯回家或是跟着公交车。

说不清出于什么原因，她选了跟上公交车。

最后，西端镇黑暗之地的中心，女孩离开了公交车。她穿过一片能把大部分人吓跑的地带，走进一幢特别名不符实叫作“奢华公寓”的楼。过了一阵，四楼的一扇窗亮起灯光。

安吉靠在路边，凝视着这栋建筑。它让她想起罗尔德·达尔某本小说里的某些东西，尽是腐朽的木头、空荡荡黑黢黢的空间。

难怪那姑娘要往车窗上贴求职传单。

“你没法救下所有人。”当安吉为世界的不公平哭泣时，康兰曾对她这么说过。“我连任何一个人都救不了。”她总这么回答。

在那时，有这种念头时，还会有他拉住她。

现在……

要靠自己了。她当然没救那个女孩，那也不是她的身份能做的。

但是也许她能找到办法帮助她。

归根结底这就是命。星期一早晨安吉站在“衣衫前线”的展示橱窗前时，她想到的就是这句。

它就在那儿，正在她面前。

一件暗绿色的及膝冬装，人造毛皮绕过衣领垂至前襟，在袖口也环有一圈。正是姑娘们今年在穿的款式。事实上，安吉四年级时有过一件非常相像的外衣。

它要是穿在那个白肤红发，有一双悲伤棕眼睛的女孩身上会很好看。

她花了一两秒的时间劝自己别管这事。毕竟她不认识那姑娘，这也不关安吉的事。

反驳虚弱无力，并没有改变她的主意。

有时只要感觉对就行，说真的，她很高兴能为某个人着想而不是想着自己。

她推开门走进小店。进门时，头上响起了铃声。铃声让她忆起过去，一时间她又变为曾经那个瘦得像铅笔一样的啦啦队员，仔细梳理过黑发，跟着姐姐走进镇上唯一一间衣服店。

当然了，现在有好几间店了，在高速路边甚至还有一间杰西潘尼连锁百货，但是想当年，“衣衫前线”还是卖佐迪切牛仔裤和暖腿套的地方。

“不会是安吉·德萨利亚吧。”

这熟悉的声音把安吉扯出幻梦。她听到匆忙的吧嗒吧嗒的脚步声（胶底鞋踩在油毡地面的声音），开始笑起来。

科斯坦萨夫人穿过重重衣架，闪避扭动的精巧劲连拳王伊万德·霍利菲尔德都得羡慕。一开始，能看见的只有她那一堆显眼的染过的黑发，接着出现描画过的纤细眉毛，最后是她樱桃红的笑脸。

“嗨，科斯坦萨夫人。”安吉向她打招呼。这位女性为她挑了她的第一件文胸，十七年来她的每一双鞋都是向她买的。

“不敢相信真是你。”她掌心对着掌心地拍起手，因为得保护点着亮片的长指甲。“我听说了你在镇上，可我以为你会在大城市里买衣服。让我看看你。”她扳着安吉的肩膀把她转来转去。“罗伯特·卡沃利的牛仔裤。不错的意大利男孩。挺好。可你的鞋不适合在镇上走。你需要新鞋。我听说你在餐馆工作。你需要合适的鞋。”

安吉撑不住笑脸了：“你总是说得没错。”

科斯坦萨夫人摸摸她的脸：“你妈妈那么高兴你能回家。今年年景不好。”

安吉敛起了笑：“大家都是。”

“他是个好人。最好的。”

她们沉默了一阵，目不转睛地看着对方，两人都想起了她的父亲。最后，安吉说：“在你卖给我一双舒服的鞋以前，我想看看橱窗里的外套。”

“那外套对你来说太年轻啦，安吉拉。我知道在城里——”

“不是我穿。是给……一个朋友。”

“啊。”她点头，“那就是所有的姑娘今年都想要的。来。”

一小时以后，安吉离开“衣衫前线”，带走了两件冬衣、两双安哥拉手套、一双不是品牌的网球鞋，还有一双工作时穿的黑色单鞋。她先在镇上的包装店里停下，把衣服装进箱子。

她打算把衣服交给助邻会。她真的这么想。

但是不知怎么她又把车停到了女孩家的街上，抬头凝望着这幢破败的公寓楼。

她抱起箱子往大门走。她的高跟鞋卡在人行道的裂缝里，让她失去了平衡。她想象自己就像冲浪时那样蹲式前倾，向前直冲出去。老实说要是真有人看见了，那些空空的漆黑的窗口也没显示出什么迹象。

大门没锁，其实就只挂在一边合页上。她推门踏进一片迷蒙的黑暗。左手边是一排信箱，上面标着数字。唯一列出的名字是物业经理的：德洛丽丝·莫克，1A。

安吉穿过大厅去1A。她把盒子挟在胳膊下，走到门前敲了敲。没人应门，她又敲了敲。

“来了。”某人说。

门开了。一位中年妇女站在门后，面色冷硬，眼神柔软。她身上穿着印花家居服和匡威高帮网球鞋。红色头巾包住了大部分头发。

“你是莫克夫人?”安吉突然觉得自己明知故问。她觉得这位女性提高了警觉。

“我是。你想怎样?”

“包裹。给劳伦·瑞比度的。”

“劳伦。”她的嘴角融出一个浅笑，“她是个好姑娘。”接着她又皱起眉，“你看起来不像邮差。”莫克夫人的视线往下落到安吉的鞋上，又拉了回来。

“是件冬装。”安吉说。鉴于接下来的沉默，安吉觉得必须解释清楚：“我在助邻会看到她，看到劳伦进来，为她的母亲申请领一件外套。我想……为什么不拿两件？所以我来了。我把箱子交给你。可以吗?”

“最好这样。她们现在不在家。”

安吉把箱子递过去。她刚转过身，那位夫人问起她的名字。

“安吉拉·马隆。婚前是德萨利亚。”她在镇上总会加上后面这句，似乎人人都认识她的家人。

“那间餐馆的人?”

安吉笑起来：“就是我。”

“我的女儿以前很喜欢那地方。”

以前。那就是餐馆现在的问题。人们已经把它忘了。“再带她过来吧。我保证让她得到王室级的接待。”安吉立刻发现说错话了。

“谢谢。”莫克夫人沙哑地应道，“我会的。”

门关上了。

安吉站在原地，不明白她做错了什么。最后，她一声叹息，扭头朝门走去。

她回到车上，坐着，透过前车窗看着衰败的四周。亮黄色的校车靠向街角停下。几个孩子蹦下步级，跳到街面上。他们还小，可能是一二年级生。

没有妈妈等在街角接他们，没有一边彼此交谈，一边端着星巴克杯子啜着昂贵拿铁咖啡的妈妈。

她感觉到胸中那份从前的纠结，绽放出熟悉的绞痛。她忍气吞声，眼望着那些孩子结成一群，踢着罐子走下人行道，一路欢笑。

没等他们走出她的视线，她就察觉少了什么。

外衣。

没有一个孩子穿着冬装外衣，即使外面很冷。到下个月，会更冷。

一个想法立即跳出来：在德萨利亚组织一次冬衣募捐。每收到一件新的或轻微磨损的外衣，他们就提供一份免费餐。

完美。

她塞进钥匙点火，发动车。她等不及要告诉蜜拉了。

劳伦跑过校园。冷风打着她的脸。她呼出的白雾在走动时迅速消散。

戴维在旗杆下等着她。看到她出现，他灿烂地笑出来。她看出他已经等了一小会儿，他的脸都冻红了。“该死，外面好冷。”他把她拉近，来了个依依不舍的法式长吻。

他们穿过庭院，一面朝朋友们挥手微笑，一面小声地交谈。

在她的教室外，他俩停下了。戴维又吻了她一次，扭头朝自己班走去。他还没走出几步就停下，回过身。

“嘿，我忘记问了。我该为返校舞会准备什么颜色的礼服？”

她觉得血从脸上退去。返校舞会。离舞会还有十天。

天哪。她忙着准备装饰，安排 DJ 和灯光。

她怎么能忘记了最要紧的事：一条裙子？

“劳伦？”

“呃。黑色。”她挤出笑脸答道，“黑色最保险。”

“知道了。”他轻松一笑。

事情对戴维来说总是很轻松。他不必操心怎么存钱买新裙子——忘了还有鞋子和披肩。

整节三角函数课她都心烦意乱的。一下课她就箭一般冲到图书馆的安静角落，翻遍了钱包和背包找钱。

＄6.12。那是她现在名下的所有财产。

皱起的眉头凝在前额，接下来一整天都没变过。

放学后，她没去开装饰会，跑回了家。

公交车把她带到苹果路和小瀑布街的交角。天正在下大雨，不再是银色的雨雾，而是一场把世界变成冰冷灰色的暴雨。雨滴连续不断地急速打在人行道上，街面看起来像是煮开了。她的帆布头巾一丁点用处都没有。水从她的侧脸滴下，钻进衣领，又冷又粘。她的双肩包塞满了书和笔记，还有材料，感觉有一吨重。更糟糕的是，她的胶鞋在三个街区前就断了鞋跟，害她现在只得一瘸一拐地下山回家。

她在街角朝布巴挥了挥手，对方挥手回应，继续去画他的文身。霓虹招牌在他的头上懒懒地闪动。更小一些的招牌在窗上——写着“我给你的爸妈文过身”——已经被雨水冲花了。她一瘸一拐地前进，路过现在已经打烊的美发店，母亲声称在那里工作，路过朱姓一家子经营的小超市，还有拉米尔兹一家的红烧外卖店。

她在她家公寓楼外停下，突然不愿意走进去。她闭上眼睛想象着总有一天她会有的那个家。黄油色墙面，饱满的沙发，超大的窗户，环绕门廊长满茂盛的花朵。

她想要抓住这个熟悉的梦，发现它溜走太快，就跟烟雾一般没有实体。

她不得不改变自己的心态。期待与希望从来不能让桌上有食物，也不能让妈妈早回家一分钟。它当然也没法让一个女孩得到返校舞会的长裙。

她走过破裂的水泥路面，经过莫克夫人上周为刺激房客的自尊而摆出来的园艺工具箱。它们很快就会开始生锈。肯定还没等到有人愿费劲剪下玫瑰花枝，除掉横生蔓长占了半片空地的黑莓灌木，那些工具就早早锈坏了。

迎接她的是黑暗的走廊。

她上楼，发现套间的门打开着。

“妈妈！”她在外边喊，推开没闩上的门。咖啡桌上的烟灰缸里燃着一支烟，里面积了一堆烟头，木板桌上到处都是摁熄烟头留下的痕迹。

房间是空的。妈妈大概五点就从工作的地方回家（要是她一开始有去工作的话），然后换下白衣美容师装束，穿上邋遢的骑行装，冲向她最喜欢的吧台凳子。

劳伦跑过走廊奔进卧室，一路祈祷，“拜托拜托拜托。”

她的枕头下空了。

妈妈发现了那笔钱。

chapter 08 为爱而行

chapter 08

劳伦想要动弹。她想要站起来，上妆，再去借苏西·莫克的衣服，可她只是坐在地上，死盯着桌上烟灰缸里的那堆烟头。她的二十块有多少化成了烟?

她希望自己能像从前那样哭出来。她现在明白了，泪水意味着希望。什么时候你的眼睛干涸了，就一点希望也不剩了。

门被甩开，拍到墙上。这一下震得整个套间都在抖。一个啤酒瓶从沙发垫下滚出来，咚地掉在粗毛地毯上。

她的母亲站在门口，穿着黑色迷你百褶裙，配着黑靴子和紧身蓝色 T 恤衫。劳伦觉得很新的上衣让她看起来太瘦了。从前骨肉均匀的脸如今只是嶙峋的棱角和黑暗的空洞。酗酒嗜烟和长年入不敷出凿去了她的美丽，只余下她眼中迷人的翠色。由灰白的脸庞衬着，妈妈的眼睛仍然勾人。劳伦一度认为她的母亲是世上最迷人的女人，那时有很多回头客。好些年妈妈都凭着长相过日子，随着美貌消退，她的才能也消失了。

妈妈拿出烟叼在嘴上，深吸了一口，猛然呼出："你在瞪我。"

劳伦叹气。于是又变成了那种晚上，那种时候妈妈回家时更清醒些，而不是醉醺醺地生气。劳伦徐徐站起，开始收拾起居室里的一团乱，"我没瞪。"

"你该在工作。"妈妈踢上身后的门。

"你也是。"

妈妈笑着摔到沙发上，把脚搭上咖啡桌："我走上了那条路。你知道是什么样。"

"是。我知道。你得路过潮流酒吧。"她听到自己话音中的苦涩，真希望不会再有。

"别惹我。"

劳伦走向沙发坐到扶手上："你把我枕头下的二十块拿走了。那是我的钱。"

妈妈丢下那根烟，点着另一支："所以呢？"

"离返校舞会还不到两星期了。我……"劳伦顿住，讨厌承认她的需求，可她还有什么选择？"我需要一条裙子。"

妈妈抬眼看她。烟气盘旋在空中，似乎扩大了她俩之间的距离。"我在返校舞会上被灌倒了。"妈妈最后说。

劳伦坚持住不要翻白眼："我知道。"

"去他的舞会。"

劳伦没法相信过了这么些年，这事还是让她难过。她什么时候才能不再相信妈妈可以改变？"谢谢，妈妈。跟以往一样，你帮了大忙。"

"你会懂的。等你长大的时候。"妈妈往后一靠，狠劲抽烟，她的嘴唇发颤，在那短短的一瞬间，她看起来很悲伤，"都不重要，你想要的东西，你梦想的东西。你忍受剩下的一切。"

如果劳伦信了那些话，她永远也没法离开床榻，或者离开一张酒吧凳子。她垂手拨开落在母亲眼前的金发："我会不一样的，妈妈。"

母亲快要笑起来了："我希望是这样。"她的话音那么低，劳伦得往前凑才能听见。

"我会找到办法付房租和买裙子的。"她再次找回了勇气。它离开了她一阵，失去它的热量使她变得冰冷麻木，但现在它又回来了。她滑下扶手，回到母亲的卧室。在塞满的衣柜里，她翻找着看看有什么能让她改造成舞裙的。当她拿起一件黑色缎子睡衣时，门铃响了。

她没有应门，可母亲在外面喊她："莫克夫人来了。"

劳伦悄声骂了一句，要是妈妈没有打开门就好了。她挤出笑脸，把那件小小的睡衣扔在床上，回到起居室。

莫克夫人微笑着站在那，脚下有个大纸箱。妈妈在她旁边，正扣起一件又漂亮又柔软的黑色羊毛长外套，它有一条细腰带，还是披肩衣领。

劳伦皱起眉头。

"这是件老太太的外套。"妈妈嘟哝着走过门厅去浴室。

"莫克夫人？"劳伦问。

"还有一件是给你的。"她弯腰从箱子里拿起一件缀着假毛领的绿色外衣。

劳伦倒吸一口气："给我的？"

它跟梅利莎·斯通布利吉穿的那件差不多一模一样，她可是菲克瑞斯特学院最富有、最时尚的姑娘。劳伦不由自主伸手摸了摸那柔软的皮毛。“你不该有，我是说……我不能……”她抽回手。莫克夫人买不起这个。

“不是我的。”莫克夫人说道，嘴角带上悲哀而会意的微笑，“有个从助邻会来的女人带来的。她叫安吉拉，是德萨利亚家的——你知道的，流木路上的那家餐馆。我得说她买得起。”

施舍。那位女士多半见到了劳伦还可怜她。

“这外套对我来说太老了。”妈妈从另外的房间出来，“你的那件怎么样，劳伦？”

“拿着。”莫克夫人说，把外套推给劳伦。

她忍不住接过，套上身，突然觉得暖和了起来。她直到刚才都没有意识到自己被冻了多久。“你要怎样才能感谢这样的给予？”她低声问。

莫克夫人的眼神充满理解。“很难。”她悄声答，“当一个需要帮助的人很难。”

“是。”

她们对视了好一阵。最后，劳伦撑起笑脸：“我得去餐馆看看能不能找到她……说声谢谢。”

“挺好的想法。”

劳伦瞥了眼走廊：“我过一会儿就回来，妈妈。”

“给我带件好点的外套回来。”妈妈回喊。

劳伦看都不敢看莫克夫人。她们一起走出门，下了楼，两人都一言不发。

走出楼外，劳伦向莫克夫人挥手道别，后者总是躲在窗帘后，但总会观察街上发生了什么。

不到三十分钟，劳伦就到了开着门的德萨利亚餐馆。

她注意到的头一件事是香气。这地方闻起来像天堂。她这才发觉自己有多饿。

“我猜你找到我了。”

两人快面对面站着了，劳伦之前都没有发现她走过来。这位女士只比劳伦高差不多一英寸，可她看起来威风凛凛。首先，她很美——有电影明星那么美——黑发黑眼，灿烂的笑容。她的衣服看起来像是从奢侈品目录里挑的。黑色小喇叭裤，黑色高跟靴子，淡黄色大圆领毛衣。她看着有点眼熟。

“你就是安吉拉·德萨利亚？”

“是我。请叫我安吉。”她看向劳伦，在她的褐色眼睛流动着温柔，“你是劳伦·瑞比度。”

“谢谢你的外套。”她的声音被感情堵住，带着鼻音。她突然想起在哪里见过这个女子了，“是你给了我钱。”

安吉微笑，可它看起来有些疏离，并不怎么真心。“你大概会以为我在跟踪你，我没有。只是……我刚到镇上，全无头绪。就看到你需要帮忙。”

“你帮了我。”劳伦又一次感受到噎住声音的情感。

“听到这个我很高兴。我还能做些别的吗?”

“我需要一份工作。”劳伦安静地说。

安吉似乎有些吃惊:“你以前当过服务生吗?”

“在秘湖牧场打过两次暑期工。”劳伦忍着不要扭动。她确定这位美丽的女士看到了自己试图掩藏的缺点——头发得好好梳一梳，鞋里渗了雨水，背包都磨薄了。

“我想你不是意大利人?”

“不。至少就我所知不是。要紧吗?”

“应该不……”安吉回头看向一扇关着的门，“不过我们总是以某种方式来做事。”安吉没说出口:“而你不合适。”

“我懂。”

“你在存钱上大学?”

劳伦想答“是”，可当她看到安吉黑眼睛中的了然神色，发现自己脱口而出:“我得为返校舞会准备裙子。”话一出口她就脸红了。她不敢相信自己竟对一个陌生人说出这么私密的事。

安吉又打量了她一阵，既没笑也没皱眉。“我说这样吧，”她最后开口，“你在这张桌子坐下，吃点东西，然后我们再来谈。”

“我不饿。”她刚说，肚子就咕咕响起来。

安吉轻笑，这笑容让劳伦有些受伤。“吃晚餐。然后我们再谈。”

安吉发现蜜拉站在后门外，喝着卡布奇诺，两手捧着细瓷杯。水汽混着她的气息在她面前结成一层薄雾。“今天冬天来早了。”安吉凑过来时，她说道。

“我以前一到洗盘子的时候就躲到这里来。”安吉笑着回忆。她简直能听到爸爸中气十足的嗓音穿过砖墙。

“好像我不知道一样。”蜜拉大笑。

安吉靠得更近一些，和她贴着肩膀。两人都倚在毛糙的墙面，这些墙里存着她们那么多的生活。她们凝视着外面空空荡荡的停车场。更远处，街道在渐深的夜色中像一道银飘带。再远些，嵌在房屋林木间的银带之中的，是灰蓝色的大海。

“还记得莉薇帮我补充的清单吗?”

“那份被妈妈叫作德萨利亚破坏清单的？我怎么忘得了?”

“我想我要开始做出第一个改变了。”

“哪一个?”

“我找到了新的服务员。一个女高中生。我想她能在周末和晚上工作。”

蜜拉转头看她：“妈妈会让你雇一个女高中生?”

安吉退缩了：“有问题，嗯!?”

“你懂的，妈妈宁愿雇一头母牛。至少告诉我这姑娘是意大利人。”

“我不这么想。”

蜜拉咧嘴一笑：“这就有意思了。”

“别来。正经点。找个新的服务员会是好主意吗?”

“是。罗莎太慢，没法处理再多事了。我猜你要是打算给这里做一些变化，这是个很好的开头。你怎么发现她的？就业办公室?”

安吉咬着嘴唇和低头看向碎石地面。

“安吉?”这次蜜拉不笑了。她的声音里只有关心。

“我去当志愿者时，在助邻会看到她的。她去那里为母亲申领一件冬装。所以我才想到冬装募集的主意。”

“所以你给她买了件衣服。”

“你说我应该帮助人的。”

“还给她一份工作。”

安吉叹了口气。她在姐姐的话里听出了不信任，而她也理解。人人都觉得安吉好骗，都是因为莎拉·德克。安吉和康兰曾打算领养她的宝宝，朝那个遇到麻烦的年轻人打开了心扉和家门。

“你有太多爱想给出去了。”蜜拉最后说道，“一直憋着肯定很痛。”

这话像有小小的倒刺扎进了她的皮肤，“那是什么意思？见鬼。我以为我就只是找了个孩子在周末端端菜。”

“也许我错了，是我反应过度。”

“也许我没做出最好的选择。”

“别那么想，安。”蜜拉柔声说，“抱歉是我先提起的。我太担心。那是跟家人有关的问题。不过你雇个新服务员做得没错。妈妈只能理解。”

安吉差点笑出声：“是。她很擅长那个。”

蜜拉停下，接着说：“只是要小心，好吗？”

安吉明白这是善意的忠告：“好的。”

安吉站在阴影里看着那姑娘吃晚餐。她吃得很慢，似乎在珍惜每一口。她几乎有种老派的作风，那种圆润的柔和让人想起另一个时代的女孩。她长长的金红色头发打着卷披落在身后。那颜色反衬出她苍白的脸颊。她的鼻子在鼻尖的位置有点翘，点缀着几星雀斑。但是她的眼睛——出人意料地有着成年人的内涵——引起了安吉的注意，并让她一直好奇。

“你不想要我。”那双眼睛说。

“你有太多爱想给出去了。一直憋着肯定很痛。”

蜜拉的话回响在安吉心中。她从来不曾走回到老路上去，不会骑上旋转木马团团转。

她知道失落就像那样。她从来不知道什么时候或者在什么地方它会突然袭来。最小的事情都会让她开始回想。一辆婴儿车，一个玩具娃娃，一段悲伤的音乐，生日快乐歌，一名绝望的少女。

但是这次与那无关。不会。她几乎肯定。

那女孩——劳伦——抬起头四处张望，然后看了看手表。她推开空盘子，抱起胳膊等着。

要么现在说要么绝口不提。

要么妈妈让安吉改变这里，要么一成不变。

是找出答案的时候了。

安吉进了厨房，看到妈妈在洗今晚最后几个盘子。四盘刚出锅的烤宽面摆在桌上。

“肉酱面快好了。”妈妈说，“我们为明晚准备了很多。”

“够吃完这个月。”安吉嘀咕。

妈妈抬眼瞧来：“什么意思？”

安吉谨慎地挑选用词。词语就像导弹，每一发都可能引起战争，“我们今晚有七位客人，妈妈。”

“对周日晚上来说不错。”

“不够好。”

妈妈用劲拧上水龙头：“假期的时候会更好。”

安吉另找突破口：“我当服务生一团糟。”

“对。你会变好的。”

“连我都比罗莎好。我在别的晚上观察过她，妈妈。我从没见过谁的动作那么慢。”

“她在这里很久了，安吉拉。尊重她一点。”

“我们需要有些变化。所以我才在这里，不对吗？”

“你不能炒了罗莎。”妈妈摔下洗碗布，它跟铁手套一样砸到流理台上。

“我不会的。”

妈妈放松了一点：“好。”

“跟我来。”安吉拉起妈妈的手。

她们一起走出厨房。安吉在拱廊后的阴影里停住了，“你看见那姑娘了？”

“她要了烤宽面。”妈妈说，“看来她挺喜欢。”

“我想…我想让她周末和晚上来帮忙。”

“她太年轻。”

“我雇用她。她不算太小了。莉薇和蜜拉在小得多的时候就开始当服务员了。”

妈妈动了动，皱起眉打量着那姑娘：“她看着不像意大利人。”

“她不是。”

妈妈猛吸一口气，把安吉拉到阴影深处：“看看这里——”

“你要我在餐馆帮忙？”

“是，可是——”

“那就让我帮。”

“罗莎会感觉被轻视。”

“说真的，妈妈，我觉得她倒是会高兴。昨晚她撞到墙上两次，她累了，她会高兴有人帮一把。”

“高中女生从不在外面打工。去问你爸爸。”

“我们不能问爸爸。这事由你和我来下决定。”

提到爸爸让妈妈觉得有些失落。她脸上的皱纹变深了。她咬着下嘴唇，又往角落里看：“她的头发乱七八糟。”

“外面在下雨。我想她在找工作。你也曾经这样过，记得吧，在芝加哥，你和爸爸刚结婚的时候。”

回忆让妈妈软了心，“她的鞋上有洞，衬衣太紧。可怜的孩子。不过，”她皱眉，“上一个在这里工作的红头发偷走了一整晚的进账。”

“她不会从我们这里偷东西。”

妈妈撑了一把墙，沿着走廊进了厨房。她在说话，嘀嘀咕咕的，从头到尾一直用力比画手势。

如果安吉闭上眼睛，或许会看到父亲就在那里，站得笔直，温柔地朝比手画脚的妻子微笑，即使他并不赞同她的意见。

妈妈转回身朝安吉走来：“他总是觉得你才是那个聪明人。好吧，雇用这个女孩但不能让她用收银机。”

安吉差点笑出来，这太荒唐了：“好。”

“好。”妈妈拧身离开了餐馆。

安吉朝窗外看去。妈妈大步走下街道，跟一个并不在那里的人争辩。

“谢谢，爸爸。”安吉说，她笑着穿过如今空旷的餐馆。

劳伦抬眼看她。“真美味。”听起来她很紧张。她仔细地折起了餐巾，把它摆在桌上。

“我的母亲真的很会做饭。”安吉坐到女孩对面，“你是个负责任的员工？”

“非常负责。”

“我们能指望你准点出现吗？”

劳伦点头，她眼神真挚：“一直准时。”

安吉笑起来，这是她这个月感觉最好的时候：“那么好的，你明晚就能开始。从五点到十点，可以吗？”

“太棒了。”

安吉伸手越过桌面握住劳伦暖和的手：“欢迎成为家庭成员。”

“谢谢。”劳伦迅速站起身，“我最好现在回家去。”

安吉确信她在那姑娘的褐色眼睛里看到了泪水，但她还没来得及确认，劳伦就走了。没过多久，安吉关上收银机的时候，她忽然明白了。

劳伦是因为听到家庭成员这个词才冲了出去。

安吉回到家时，木屋沉静而黑暗，所有的暗影里都躺着孤寂。

她关上身后的门，站在原地，倾听着自己的呼吸声，那是她自小习惯的声音。然而在这里，在这间她年少时吵吵嚷嚷的屋子里，这声音刺痛了她。她再也受不了了，她把钱包丢在门口的桌上，打开了起居室里的老音响。她把一盒录音带推进放音机，开始放。

托尼·班尼特的嗓音从音箱飘出，让屋里盈满音乐与回忆。这是爸爸最喜爱的磁带，他自己录的。每首歌都录慢了，有时会少掉一整小节。每当他听到一首喜欢的曲子，就从椅子上跳起来跑到音响那去，一边喊道："我爱这首歌！"

她想为了回忆微笑，却没有那份心思。老实说，那感觉很遥远了。"我今晚找了个新服务生，爸爸。她是个高中生。你能猜到妈妈是什么反应。哦，她还是红头发。"

她走到窗边望向外面，月光在海波上洒落光尘，深蓝的海水波光粼粼。下一首歌响起来了，贝特·迈德尔的《翼下之风》。

他的葬礼上放了这首歌。

音乐在她周围盘旋，几乎要将她打倒。

"对他说话很容易，是吧？尤其在这里。"

安吉听到母亲的声音，回过身。

妈妈站在沙发后面，瞧着她，显然想要挤出微笑。她穿着鼠灰色的旧法兰绒睡衣，那是爸爸几年前送给她的。她穿过屋子关掉音响。

"你怎么在这里，妈妈？"

妈妈坐到沙发上拍了拍旁边的垫子："我知道今晚会不好过。"

安吉坐到她旁边，靠在母亲坚实的肩上："你怎么知道？"

妈妈伸手搂住她。"那个姑娘。"她最后说。

安吉不敢相信自己居然没发现，当然了，"我得跟她保持距离，对吗？"

"你从来不擅长那么做。"

"不。"

妈妈搂紧她："只是要当心，你心肠软。"

"有时好像它已经碎成几片了。"

妈妈发出一声小小的叹息："那种时候我们会坚持住。没别的。"

安吉点头："我知道。"

之后，她们打了一会儿牌，玩着金拉米牌直到深夜。后来她俩肩并肩地在沙发上睡着了，盖着一张妈妈好多年前做的被子，安吉再次找回了力量。

chapter 09 为爱而行

chapter 09

劳伦早来了十五分钟。她穿上了最好的黑色牛仔裤和白衬衫，她让莫克夫人帮忙烫过了。

她敲了敲门等人应门，没人过来，于是她十分小心地开门往里瞧。

餐馆里黑漆漆的，餐桌立在阴影中。“喂?”她关上身后的门。

一个女人很快从角落里拐出来，衣服外罩着白围裙，两手在围裙上擦着。她看见劳伦，停住了。

劳伦自己像只被困在小孩子手里的甲虫。那个女人就那么瞪着她，皱起眉眯着眼。老式的眼镜让她的眼睛看起来特别大。

“你是那个新来的?”

她点头，觉得红晕慢慢爬上面颊：“我是劳伦·瑞比度。”她上前，伸出手，她俩握了握手。对方握手的力度比劳伦预想的要强劲。

“我是玛丽娅·德萨利亚，这是你的第一份工作?”

“不，我打工好几年了。我还小的时候——五六年级的时候——我去过马格鲁德农场摘草莓和覆盆子。去年夏天来德爱开业的时候我就在那里打工了。”

“摘草莓?我以为那多半是移民劳工做的活。”

“是的。大部分都是。对孩子来说报酬不错。”

玛丽娅偏过头，打量劳伦时还是皱着眉：“你惹过麻烦吗?离家出走，嗑药?类似的事?”

“没有。我在菲克瑞斯特学院念书，绩点3.9。我从来没惹过任何麻烦。”

“菲克瑞斯特。嗯。你是天主教徒?”

“是。”劳伦紧张地拧起眉答道。这些天承认这事挺危险，教会有那么多问题。她逼自己站得笔直，别慌。

“好。不错，如果你不是红头发就好了。”

劳伦不知道该如何回答，所以保持了沉默。

“你以前当过服务生吗?”玛丽娅最后问。

“当过。”

“那么我叫你去摆好桌子，擦干净菜单的时候，你懂我的意思。”

“是的，夫人。”

“银器在那个柜子里。”玛丽娅说，“不过它不是真的银。”她很快补上一句。

“好的。”

她俩面面相觑。劳伦又觉得自己像只虫子了。

“好。动手吧。”玛丽娅说。

劳伦跑向餐柜，拉开顶层抽屉。她拉得太猛，银餐具撞得咣当响。她缩起身，明白自己已经做错了事。

她焦急地回身瞥向玛丽娅，见她站在原地，皱起眉头看着劳伦在抽屉里摸索。

取悦这位夫人可不容易，劳伦想着。完全不容易。

到下班的时候劳伦明白了两件事：她得穿网球鞋来工作，而且在德萨利亚打工是赚不回房租和裙子钱的。

不过她还是喜欢这地方。食物很棒。她尽可能勤快地工作，试图在别人发现叫她去做之前找到要干的活，这个别人就是玛丽娅。现在她在往瓶子里倒橄榄油。

“要知道，”安吉上前走到她身后，“要是人们真的都来的话，这里会是间了不起的餐馆。就这里。”她递给劳伦一个装着一片鸡蛋饼的甜点盘，“跟我来。”

她们坐到壁炉旁的桌边，火焰噼啪作响。

劳伦觉得安吉在看她，于是抬起头。在那双黑眼睛里，她看到了什么。也许是同情，还带一点点怜悯。安吉在停车场那晚就见过劳伦，然后在助邻会那边见过她。现在没有秘密可言了。“你愿给我这份工作真是太好心了。虽说你们并不需要另一个服务员。”她立即希望自己刚才闭上了嘴。她需要这份工作。

“我们需要。我有个大方案要改造这里。”安吉笑起来，“虽然我并不怎么懂生意的事，只能问我的姐姐莉薇。她觉得我会搞砸的。”

劳伦没法想象这位漂亮的女子会在任何事上失败：“我确信你会干得很棒。这里的食物棒极了。”

“是。妈妈和蜜拉真的很会做饭。”安吉又咬了一口，然后问，“那么，你在西端镇住了多久？也许我跟你的亲戚是同学。”

“我不这么想。”劳伦希望她听起来没有那么苦涩，可是这很难开口，“我四年级的时候搬来了这里。”她停住，“只有妈妈和我。”她喜欢这种说法，好像她们是一个团队，就她和她的母亲。不过，她的家人，也没几个家人，不是她想谈论的话题，“你怎么样？你一直住在西端镇吗？”

“我在这里长大。但我离开去读大学，然后结婚了……”安吉的话音弱下去，她盯着甜品看，用叉子戳它，“我只是离婚以后想回一下家。”她扬起头，试图笑出来，“对不起。我还是不习惯说起它。”

“哦。”劳伦不知该如何反应，她埋头吃东西。她们的叉子碰在瓷盘上的声音听起来特别响。

最后，安吉说：“你今晚搭个便车回家吗？”

“不用。”她被这问题吓了一跳，“我男朋友会来接我。”话音刚落，外面就传来了喇叭响。她跳起来，“他来了。我得走了。”她低头看着盘子，“我该——”

“走吧。明晚见。”

劳伦低头看向她：“你确定？”

“确定。回见。”

“再见。”劳伦动身。她弯腰在领位台拿起双肩背包。把它甩过肩，她朝门走去。

人们都疯了。

跟别人一样，劳伦又是尖叫又是拍手。看台涌过一阵欢呼。记分板翻动，显示出新分数：菲克瑞斯特——28；凯尔索基督教徒——14。

“太赞了。”安娜·里昂扯住劳伦的袖子。

劳伦忍不住了，她欢声大笑。戴维的过人很漂亮，完美的四十码回旋球正落进杰拉德的手里。她希望他父亲有看到。

“过来。”有人说，“快半场了。”

劳伦跟着姑娘们的队伍走下通道，到水泥台阶上。她们跑下边线，各色各样的摊位已经摆起来了。她在热狗摊后站好，校刊工作人员已经就位努力工作。“到我了。”她向麦西·莫福特说，后者正忙着倒满芥末罐。接下来一个半小时，游行队伍穿过赛场时，她把热狗和汉堡卖给挤在球场边线的人群，时不时道贺说上两句。家长，老师，学生，毕业生，橄榄球赛季的周五晚上，他们全都拥到体育馆来看当地的比赛。人人都在谈论戴维，他是在用生命打球。

劳伦的轮班结束时，她加入到朋友群中，看完比赛。

菲克瑞斯特把其他学校打得落花流水。

摊位慢慢地空了。劳伦和朋友们清扫货摊上的杂物，然后去更衣室。他们在门外站成两排，一边说笑一边等。球员一个接一个地出来，跟他们的女友勾肩搭背地走开。

最后，双开门打开，最后几个球员冲出来，谈笑风生，捶着彼此的胳膊。戴维就在他们中间，不过还是鹤立鸡群，布拉德·彼特或乔治·克鲁尼高中时一定也是这么出类拔萃。聚光灯独独落在他头上，一时间他全身闪着金光，从闪亮的金发到明亮的微笑都那么灿烂。

劳伦朝他跑去。他脱开人群，给她一个拥抱。“你真了不起。”她小声说。

他咧嘴一笑。“我就是，对不对？你看到扔给杰拉德的炸弹了吗？见鬼。急死我了。”他笑着吻她。

他在旗杆停下，四处看了看。

劳伦知道他在找什么，或说什么人。她紧张起来，伸手环住他，收紧。

其他人都跑向他们的车。他们听到远处引擎发动的声响，车门关上，喇叭响起。今晚在海滩有盛大的聚会。没有什么会像一场盛大的庆功宴那么吸引人。他们上一次的主场比赛很安静，她和戴维坐在他妈妈的车后座，聊着天。今晚不一样。她不在乎他们要怎么庆祝，只要他俩能在一起。

“嗨，戴维。”有人在车外叫，“你和劳伦来海滩吗？”

“我们会去。”戴维挥手。他眯起眼，目光离开灯光，看向赛场、停车场。最后，他说：“你看到他们了？”

劳伦还没开口，就听到了他母亲的声音。“戴维，劳伦，你们在这里。”

海恩斯夫人穿过庭院向他们走来。她用力抱住戴维，朝他笑，“我为你骄傲。”劳伦不知道戴维有没有看出那笑容在发抖。

“谢谢，妈妈。”戴维往她身后看去。

“你爸爸今晚有商务会议。”她慢吞吞地说，“他很抱歉。”

戴维的脸垮了下来：“随便吧。”

“我会带你们去吃比萨，如果你喜欢——”

“不用，谢谢。克莱邦海滩有聚会。不过还是谢谢。”戴维握住劳伦的手，拉着她离开。

海恩斯夫人落下几步跟在他们后面。他们仨沉默着走向停车场。戴维为劳伦打开了车门。

她停了一会儿，看向他的母亲。“谢谢邀请，海恩斯夫人。”她说。

“不用谢。”她安静地回答，“玩得开心。”然后她看向戴维，“午夜要到家。”

他绕到另一侧车门，“当然。”

那晚，他们围着篝火坐成一圈，讲起从前的校友聚会，劳伦倚在他身上，小声说：“我确定他想来的。”

戴维叹了口气，“是。他下一个星期五会来的。”他说。他看向她时，眼睛亮闪闪的，“我爱你。”

“我也爱你。”她说，把手滑进他手里。

他终于笑了。

过去几天里，安吉不停不休地工作。每天早晨，她破晓前就起床坐到厨房桌边，面前摊着笔记、菜单和各种文书。在沉静的淡粉色晨光中，她准备好一场冬衣募集活动，还筹划了一系列的广告促销。七点三十，她已经到了餐馆，向妈妈学习台下的日常工作。

首先，他们去见供货商。安吉看着母亲穿梭在新鲜蔬菜的箱子之间，一天又一天地挑选着同样的东西：番茄、青椒、茄子、冰莴苣、黄洋葱还有胡萝卜。妈妈从不停下看看波特贝罗蘑菇或波西尼蘑菇，也不看摆得整整齐齐的亮丽彩椒，或是嫩豌豆、奶油莴苣，或者味道浓郁的黑松露。

在鱼肉市场也是同样一成不变的行动。妈妈买下小个头的粉虾做鸡尾酒，就再不买别的了。她从艾尔帕克兄弟家挑特瘦牛里脊、猪肉糜和小牛肉，还有论打的无骨鸡胸肉。第四天最后，安吉开始发现那些错失的机会。最后，安吉拖在后面，叫妈妈“回家”，她很快就来。妈妈刚走，安吉就转身面对农产品店主。“好了，”她说，“让我们假装德萨利亚是一家新店。”

接下来几小时，他像个马戏演员一样朝她扔出各种各样的消息。她记下每个字，然后在鱼市和肉市的老板那里如法炮制。

“她肯定问了有上百个问题。”

“如果鱼速冻会怎样？”

“最好的蛤蜊什么样？牡蛎呢？”

“为什么我们要买鱿鱼汁？”

“你怎么选好的蜜瓜？”

“为什么邓杰内斯蟹比雪蟹或国王蟹好？”

商贩们都耐心地回答每个问题。这周过去时，安吉开始了解她们要怎么改良菜单了。她像得了强迫症一样从洛杉矶、旧金山和纽约最著名的一些餐馆收集菜谱和菜单。她注意到它们用最新鲜的当地食材来做时令菜色。另外，她读过了父亲所有的笔记和记录，还把姐姐们烦得求饶。

这辈子里头一回，她成为这间餐馆的一份子，而不是围着它转。让安吉，也让所有人吃惊的是，她爱它。

星期六晚上，在给劳伦帮忙的间隙，她看完了应付账目、已付款项，记下什么菜色的利润低。一天这么忙过去了，到最后一个客人离开时，她快累死了。

感觉棒极了。

她对妈妈和蜜拉说过晚安，端着两碗冰激凌坐到壁炉旁的桌边。她喜欢晚上的这个时候，在关门的餐馆里一片宁静。这让她放松，有时，在火焰的噼啪声和打在顶棚的雨点声中，她觉得父亲就在这里。

“我回家去了，安吉。”劳伦穿过餐厅。

“跟我一起来点冰激凌。很好吃。”过去几晚它变成了某种仪式：安吉和劳伦在每晚结束前一块儿分享甜品。安吉其实期盼着这么做。

劳伦笑了：“这样下去我要胖得跳不动舞了。”

安吉放声笑起来：“真好笑。坐。”

劳伦坐在她对面，安吉已经摆上了一碗冰激凌和勺子。

安吉舀起一勺，让它化在嘴里：“哦，真好吃。太糟了，我们今晚几乎没有客人。”她看向劳伦，“你的小费肯定不多。”

“是不多。”

“明天开始冬衣募集广告。那应该有用。”

“我希望是。”

安吉听出劳伦声音里的失望：“现在一条返校舞会的裙子要花多少钱？”

劳伦叹了口气："很多。"

安吉打量着她："你穿几号？"

"八号。"

"跟我一样。"答案明摆着，就像手里的勺子一样直接，"我能借你一条裙子。康兰——我的……前夫，曾是《西雅图时报》的记者。我们时不时就要出席某些场合。所以我有几条裙子。或许有一条适合你穿。"

劳伦脸上的表情很容易认出来：混合了渴望的羞愧。"我不能那么做。不过还是谢谢。"

安吉决定不要硬塞给她。劳伦可以考虑。"你是跟那个下班后来接你的男孩去吗？"

劳伦脸红了："戴维·海恩斯。"

安吉看到了这变化，明白这意味着什么。爱。不奇怪。劳伦是个正经姑娘，就是那种很难坠入爱河，陷进去又很难脱身的姑娘。换句话说，好姑娘。

"你和戴维约会多久了？"

"差不多四年。"

安吉挑起眉。高中生活短暂，四年简直是一辈子。

她想说要当心，劳伦，爱能杀了你，但是她当然不能这么说。如果劳伦走运，那是她永远不用学的一课。

这想法让安吉叹了口气。她突然又想起了康兰和她爱着他的那些年。它消失的时候是什么感觉。

她迅速站起身，不想让人看见她伤心。她站到窗边，看着夜色。今年秋天的寒意早早来临，外面的路面上已经结了一层霜。整个镇上的树都开始落叶，树叶在人行道上落成一堆又一堆，飘满了路边。下周这时候，那些落叶就会变得黏滑发黑，不久就没有叶子剩下了。

"你还好吗？"

安吉听出劳伦的担忧，这让她觉得尴尬。"没事。"她还没来得及多说几句，道个歉，或解释一下，一辆车靠近餐馆，停下了。

"戴维来了。"劳伦蹦起来。

安吉看向外面的小车。一辆经典款保时捷速跑，漆成浅灰色。车轮镀了铬，闪闪发亮，轮胎也显然是新的。

"好车。"

劳伦走到她身边："我有时叫他极速车手。你知道的，老动画片里的角色。因为他简直在为了那车活着。”

“啊。男孩和他的车。”

劳伦大笑：“我要是再看到一丁点油漆碎片就要尖叫了。当然我不会告诉他。”

安吉低头看着她。她从来没见过这么纯净的感情，这么喧嚣的爱恋。初恋。她突然想起了初恋的感觉是多么热烈。她差点说出口，你得当心，劳伦，但她没资格说这个。这样的忠告是母亲给女儿的。

“星期二见。”劳伦走开了。

安吉看着劳伦出去。这姑娘跑过人行道，消失在跑车里。

她突然想到很久以前，当年她一头扎进对汤米・马图奇的爱恋的时候。他开着一辆又老又破的福特菲尔兰，那辆车摇摇晃晃，变化无常，可是他爱它。

有意思。

她好些年没有想到这事了。

他们停在劳伦家公寓楼前的老地方。她轻轻调整自己的位置，在这么小的一辆车里这么做不容易，变速器好像占去了好多位置。不过他们还有好些年来磨炼技巧。

戴维搂她进怀里亲了亲。她觉得自己坠入到那片只有呼吸声的黑暗中，只有渴求。她的心跳加速。几分钟后车窗起雾，没人能看到车里的他们。

“劳伦。”他呢喃着，她在他的声音中也听到了渴望，就跟她一样。他的手滑进她的衬衣。她在他手下发抖。

然后他的手表开始发出鸣叫。

“该死。”他哀叹着把手从她身上拿开，“不敢相信他们要我这么早回家。我想知道八年级谁能在外边待到午夜。”他特别夸张地抱起胳膊。

劳伦竭力不笑出来。他不知道他现在这样子看起来有多么孩子气，了不起的戴维・瑞尔森・海恩斯在噘嘴。“你很幸运。”她偎到他身上，“这说明他们爱你。”

“啊，对。”

劳伦感受着他的心跳，它在她的手掌下怦怦直跳。一时间，就在那一瞬间，她觉得自己比他老了好几岁。

“你的妈妈就不给你定什么回家的门禁。也不管你是不是回家。”

“正说明了我的观点。”她被从前那种苦涩哽住了。她和妈妈很久以前就门禁的问题谈过。“我不会当你的看守，”妈妈说过，“我的父母试过那么对我，结果只让我更野。”现在劳伦想回就回，想走就走。

戴维又亲了亲她，叹息一声，退开。

她马上知道有什么不对劲了，“怎么了?”

他越过她打开手套箱。“给。”他递给她几张纸。

“什么——”她低头看，“斯坦福大学申请表。”

“我爸爸要我早下决心。十一月十五日截止。”

“哦。”劳伦说，回到自己的座位。她知道他会为父亲做任何事。

“我也觉得你该早下决心。”

他话音中的殷切让她想哭。他怎么能开车送她回家，看到她家公寓的样子，却还是不明白?“我读不起，戴维。我需要奖学金，不是做样子的一点钱，我需要全部奖学金。”

他呼吸沉重：“我知道。”

他们就这么坐了一阵，各自坐在座位上，彼此没有接触，就这么看着起雾的车窗。

“我可能不会被录取。”他最后说。

“得了，戴维。他们有幢楼以你的家人命名。”

“以后也会有以你命名的楼。”他转向她，揽着她，抱住，吻她。她让自己专心投入亲吻，直到感觉除了他俩没有什么其他事是重要的。

之后，当她一个人的时候，她穿过公寓楼中悲伤的黑暗，不由得希望自己能生活在他的世界，在那里一切都会变得容易。尤其是梦想。

蜜拉拼车回来时，安吉站在她的前门廊下。

“你来得真早。”蜜拉走上小道，“而你看起来有点糟。”

“你应该说是不是每个人都穿着撕破的运动衫和橡胶鞋合伙拼车?”

“大部分人都是。进来。”她笑着把安吉让进屋，屋里一股咖啡和松饼的香味。她一路拾起玩具，走进厨房倒了两杯咖啡。“好了。”她窝进乱糟糟的亲子活动室里的一张格子花呢椅子，“为什么你到这儿来，为什么看起来像是幸存者真人秀的参赛者?”

“真好笑。”安吉扑通倒进一张椅子，“我一晚都醒着，在工作。”

“工作，嗯!?”蜜拉呷了一口咖啡，看着安吉坐到椅边。

安吉递给她一个笔记本："这是我想做的。"

蜜拉放下杯子翻开笔记。她读着读着就睁大了眼睛。

安吉看着她这样子发笑。"在冬装募集之外，打算每个星期二作为葡萄酒之夜，所有酒水半价；每个星期四是约会之夜，晚餐会送两张电影票；星期五和星期六特价。我们三点开店，提供饮料和小吃到五点。就你知道的：开胃菜、芙蓉面包那类小食。我的研究表明每星期几次特价几乎能让一个星期的收入翻倍。我们在浪费酒类营业执照，应该用起来。这样如何：德萨利亚，重约浪漫。那是我的广告口号。我觉得可以给来的情侣送玫瑰。"

"我的老天爷啊。"蜜拉喃喃说道。

安吉知道这意味着什么：姐姐要参与她的大项目，改变菜单。"我想把价钱翻倍，把现在菜单上的菜减半。我们要用更多新鲜鱼和时令蔬菜。"

"我的老天爷。"蜜拉又说了一次，抬起头，"爸爸会爱死这些的，安。"

"我知道。我担心的是妈妈。"

蜜拉大声笑出来，"就像我们以前说的，嗒。"

"我要怎么把这些点子塞给她？"

"站得远远的，最好穿上防弹衣。"

"你逗我。"

"是，公主。有两种办法应付妈妈。第一种也是最明显的办法是利用爸爸。毕竟，她愿意做任何事让他开心。"

"不幸的是，她才是跟他说话的那个人。"

"对，所以你需要备用计划。让她以为这是她自己的主意。我想去国王巨蛋看羽翼乐队演出时就这么干的。花了差不多一个月，她最后确定我如果不能跟朋友一块儿去就不够美国人。"

"我要怎么才办得到？"

"从向她要建议开始。"

chapter 10 为爱而行

chapter 10

劳伦站在餐厅中间，呆看着收集到一起的盐瓶和胡椒瓶。

一整晚她都在绞尽脑汁想着要怎么向安吉开口要求预支薪水，或者借一条裙子。

不管选哪样，她看起来都像个真正的失败者。更别提德萨利亚一家人可能会奇怪她收的小费都用去哪里了。

“嗑药，”玛丽娅会一边说一边摇头，“可惜了。”毫无疑问她会把这全怪罪是劳伦长了红头发。

要是她说出事实——说出她得凑齐欠下的房租——玛丽娅和安吉又会交换惊诧的眼神，露出“哦，她好穷/太可怜了”那种表情。劳伦这辈子从老师、学校顾问和邻居那里看过那种表情上百次了。

她去到窗边，看着外面雾气茫茫的夜色。

有些关键时刻会改变你的生命。返校舞会会是那种该不惜一切代价去争取的关键时刻吗？她会……因为没能参加舞会而被轻视吗？也许她该穿一件老套的裙子去，假装那是新潮，故作轻松地漠视传统，而不是因为她身无分文。不管怎样所有人都知道她是拿奖学金的，没人会说什么。但是劳伦清楚，一整晚她都会觉得心里有什么破碎了。舞会值得那样吗？

那是一个女孩应该向她母亲征询的问题。

“哈。”劳伦毫无笑意地说。

跟以往一样，她得听从自己的劝告。有两个选项，她能说个谎……或者向安吉求助。

安吉坐在不锈钢柜台前，面前摊着笔记和纸片。

妈妈在她背后对着水槽，抱起了胳膊。不必当专家也能读懂她的身体语言。她眯着眼睛，嘴唇因为不快抿得跟针一样细。

安吉万分小心地继续说："我已经跟影院的斯科特·费曼谈过了。他准备给我们五折票，只要我们在广告里把他加进去。"

妈妈哼了一声："近来的电影糟透了。太多暴力，让人反胃。"

"他们会在去看电影前吃东西。"

"正是这样。"

安吉继续说。在冬装募集活动开始以后，生意真的有了起色，是实行其他计划的时候了，"你觉得这是个好主意吗？"

妈妈耸了耸肩："我想我们可以走着瞧。"

"还有广告——你觉得还算漂亮吗？"

"花了多少钱？"

安吉摆出价目单。妈妈瞟了单子一眼，"太贵。"但眼神没有离开水槽边的位置。

"我会看看能不能谈个好价钱。"她轻轻地翻动记事本，翻出一张温哥华的四星意大利餐厅"仙后座"的菜单，"你对葡萄酒之夜有什么建议？"

妈妈又哼了一声："我们能跟维多利亚和凯西·麦克雷谈一谈。他们在沃拉沃拉有酿酒厂。叫什么来着——罗马七丘？贝克山葡萄园的兰迪·芬雷也出好酒。也许他们会给我们不错的折扣来主推他们的酒。兰迪喜欢我的红烩牛膝。"

"这想法太棒了，妈妈。"安吉往她的清单上写下更多的笔记。她在写的时候用胳膊肘推开"仙后座"的菜单。

妈妈伸长脖子扬起了头："那是什么？"

"什么？"安吉憋住笑，"现在，关于鲜鱼。我们——"

"安吉拉·萝丝，为什么你有那张菜单？"

安吉装作吃了一惊："这个？我只是对竞争对手有兴趣。"

妈妈飞快地挥手："那些人，他们甚至都没去过那个国家。"

"他们的价钱有意思。"

妈妈看着她："怎么说？"

"主菜＄14.95起。"安吉停下，摇摇头，"真伤心那么多人以为贵的就是好的。"

"把那给我。"妈妈从桌上抄起菜单打开，"野菌杂菜松饼和油煎白鱼——＄21.95。这不是意大利菜。我的妈啊，上帝保佑她的灵魂，做纸包金枪鱼，把金枪鱼包在锡纸里烤——那会化在嘴里。"

"泰瑞这星期有金枪鱼卖，妈妈，也有黄鳍金枪鱼。他的煎乌贼也不错。"

"你还记得你爸爸的最爱，酿鱿鱼，得用最好的番茄。"

"农贸市场的琼尼保证给我红色天堂。"

"鱿鱼和金枪鱼很贵。"

"我们可以试一两次——就当广告特别餐。要是没用，我们就把它给忘掉。"

这时传来一记敲门声。

安吉暗自骂了一声，妈妈都快点头了，任何微小的干扰都能让她们退回到老一套去。

劳伦走进厨房，攥着她好好叠起的围裙。

"晚上好，劳伦。"安吉说，"出去的时候记得锁门。"

劳伦没有动。她看上去莫名的困惑，犹豫不决。

"谢谢，劳伦。"妈妈说，"晚安。"

劳伦还是没动。

"怎么了?"安吉问。

"我……呃……"劳伦拧着眉头，"我明晚也能来。"

"太棒了。"安吉说，回头看笔记，"五点见。"

劳伦离开时，安吉继续跟妈妈讨论："那么，妈妈，你觉得提高一点价钱，再加一道每日鱼类特卖怎么样?"

"我想我的女儿打算改动德萨利亚已经用了很多年已经够好了的菜单。"

"就改一丁点，妈妈，能让我们与时俱进。"她停下，准备扔出爆弹，"爸爸会同意。"

"他爱我做的酿鱿鱼，这倒是真的。"妈妈推了水槽一把，坐到安吉旁边，"我记得你爸爸给我买下那辆凯迪拉克的时候，他是那么为那辆车骄傲。"

"但是你不开。"

妈妈笑了："你爸爸以为我疯了，居然无视那么漂亮的车。所以有天他把我的别克卖了，把新车钥匙放在桌上，跟一张纸条放在一起，上面写着：来找我吃午餐。我会带酒。"她笑起来，"他知道我得被人推着才能接受改变。"

"我不想推得太用力。"

"不，你会。"妈妈叹了口气，"你一辈子都在往前推进，安吉拉，追着你想要的东西。"她摸了摸安吉的脸，"你爸爸就爱你那个样，他现在一定会为你骄傲。”

突然间安吉完全不考虑菜单的事了。她想着父亲，想起所有她怀念的关于他的事。想起他怎样把她举起放到肩上看感恩节游行，想起他在夜里为她念的祷词，在早餐桌上讲的那些没劲的蠢笑话。

“那么，”妈妈说着，她的眼里也泛起了水光，“我们这星期就试几次特餐看看。”

“会有用的，妈妈。你会看到的。开始做广告以后生意真的有起色，我们在周日娱乐版的前页呢。”

“已经来了更多的人，我必须承认这点。你雇了那姑娘是件好事，她是个好服务员。”妈妈说，“你雇用她——一个红头发——的时候，我相信我们正在亏本，你跟我说那个可怜孩子需要一条裙子，我还以为——”

“哦，坏了。”安吉跳起来，“舞会。”

“怎么了?”

“明天晚上是返校舞会，所以劳伦刚才在厨房转悠，她想提醒我她明天不能来。”

“那后来为什么她又说会来工作?”

“我不知道。”安吉从口袋里掏出车钥匙，从门背衣钩抓过外衣就走，“再见，妈妈。明天见。”

安吉仓促离开餐馆。外面下起了小雨。

她看了看左右的街道。

没有见到劳伦。

她跑向停车场，钻进车，朝北开上流木路。路上一辆别的车都没有。她打算拐上高速路时看到了公交车站。

光从附近一盏路灯洒下，为一切打上柔和的琥珀色光辉。即使隔了这么远，她还能看到劳伦的金红色头发。

她停到她前面。

劳伦慢慢抬起头。她的双眼又红又肿。

“哦。”她说，一见安吉就噎住了。

安吉按下车窗按钮，车窗滑下，寒冷的空气立即灌进了车里。她靠向乘客座位：“上车。”

劳伦指了指身后：“我的公交车到了。不过还是谢谢。”

“明天就是舞会了，对吧?”安吉说，“你在厨房时就想跟我说这个。”

“别担心。我不去。”

“为什么不?”

劳伦别开眼：“我不喜欢去。”

安吉往下瞟见了这姑娘又旧又破的鞋子：“我愿借给你一条裙子，记得吗?”

劳伦点头。

“你要借吗?”

“要。”声音小得几乎听不见。

“那好。你三点来餐馆。你有约好要去朋友家换衣服吗?”

劳伦摇头。

“也许你喜欢来我家做准备？会很有意思的。”

“真的？太好了。”

“那好。给戴维打电话，告诉他来我家接你，奇迹里路 7998 号。过桥以后第一条车道。”

公车停在他们后面，按起了喇叭。

安吉走进她黑暗空旷的屋里时，时间还不算很晚，她不知道自己是不是犯了个错。

帮姑娘去舞会做准备是当母亲的责任。

第二天一早安吉就忙得脚不沾地。她和妈妈七点钟与供货商和运输商见面。到十点她们已经订了这周的大部分食材，挑选新鲜蔬菜水果，付过了工资单，结算餐馆的账目，把桌布送去清洗。妈妈离开去忙她的事，安吉则埋头应付打印机，为葡萄酒之夜和约会之夜印传单和奖券。然后她把第一批冬衣募集的衣服送去助邻会。

她站到干洗机前时，天开始下雨了。到了中午它已经变成了暴雨，街道就像一大锅沸腾的水，没啥新鲜的。

这时节的这种天气完全是预料之中，从现在直到五月初的天气都会是灰沉沉的天空加雨点。接下来的几个月，阳光会是罕见意外的恩赐，指望不上，即使出现也不会长久。那些受不了持续灰蒙蒙幽暗世界的人会发现，午夜梦回，自己在敲打屋顶的雨声中辗转难眠。

她把车停到餐馆时已经晚了十五分钟。

劳伦站在侧廊上，头上是餐馆绿白相间的雨篷。在她脚边的人行道上放着一个旧旧的蓝色背包。

安吉摇下车窗："抱歉我来晚了。"

"我还以为你忘了。"

安吉不知道是否有人遵守过对这姑娘许下的诺言，或者说，有没有人对她下过保证。

"上车。"她说着，打开了客座侧的门。

"你确定?"

安吉笑起来："相信我，劳伦，我总是确定。莉薇会代我的班。现在上来。"

劳伦照办，用力关上了车门。雨水锤打着小车，把它摇得咔咔响。

她们一言不发地开着车。雨刷节奏稳定的啪啪响声太吵了，聊天没有意义。

等她们开到小屋，安吉停在门前。

安吉转向劳伦："也许我们应该叫你妈妈也来？大概她会乐意参与。"

劳伦大笑，笑声苦涩，全无欢喜："我不这么想。"她似乎意识到自己的声音有多么突兀，她浅笑着耸了耸肩，"她不是关心舞会的人。"

安吉没有继续追问。她是这女孩的顶头上司，就这样。她要借一条裙子给劳伦，就那样。

"好的。我们进去看看都有什么。"

劳伦往旁边倒过来，伸手抱住安吉，"谢谢，安吉。哦，谢谢你。"她的微笑那么灿烂，都快占了整张脸，让她看起来才刚十一岁。

劳伦不是靠相信人长大的。跟她的大部分朋友不同，她的童年时光都在看电视，讲的都是枪击、流娼和处于险境的女人。真实的生活，就像她母亲经常指出的那样。瑞比度家没有卡通动画，没有迪士尼特别篇故事。才七岁稚龄，劳伦已经懂得白马王子是个废物。当她躺在公寓里狭窄的双人床上，模模糊糊闻到烟味和酒气的时候，她没想过变成灰姑娘或白雪公主那种事。她从来不明白公主掉了水晶鞋那类幻想片的卖点。

直到今晚为止。

安吉·马隆这天晚上为劳伦打开了一扇门，站在门廊上看到的东西惊世绝伦。这是个沐浴着阳光，有一切可能性的世界。

首先是衣服。不对，首先是房子。

chapter 10

“我的爸爸建起了这里。”安吉说，“我还是小孩时，我们在这里避暑。”

这屋子挤在高耸的树木之间。空中飘着远处的浪声。

一圈门廊围着这间盖着木瓦的两层小屋。柳条摇椅仔细安放在四周，像今天这样的日子可以坐在椅子上边喝热可可，边看下面荡着银波的大海。

劳伦看到小木屋就站住了，她一直梦想着的家园就是这个样子。

“劳伦？”安吉回身看向她。

光是看到这样的家就点燃了渴望的深井。

“对不起。”劳伦跑上前。

屋子内部的每丝每毫都跟外部表现的一样。大大的塞得鼓鼓胀胀的粗布沙发相向而放，摆在鹅卵石壁炉前。一段老树桩当咖啡桌。

厨房虽小却显得活泼，有奶黄色的橱柜和一扇窗，能看到门廊和后面的蔷薇花园。屋子周围都是巨大的枞树，使木屋看起来跟周围的房子不像在同一个世界。

“它很漂亮。”劳伦小声说。

“谢谢。我们喜欢它。那么，”安吉说，弯腰生起炉火，“你想看上去什么样？”

“嗯？”

安吉转身面对她：“性感？天真？公主？你今晚想变成什么样？”

“什么裙子都可以。”

“你需要女装部的正经补救，也许甚至需要一个救护车救，来。”她从劳伦身旁走过，领她登上狭窄的楼梯，步级一路吱嘎响。

劳伦跟着她跑上楼。他们沿着一道窄廊走进一间通风良好的卧室，有挑高的白色天花板和刷成白色的木地板。一张四柱大床稳居中央，左右的旧桌子上放着台灯和一摞摞平装本。

安吉走向步入式壁橱，拉下灯绳。头顶上的灯泡亮起，投下一片光照到一排排衣服上。

“让我们看看。我就只带了一些长裙过来。我其实打算在 eBay 上把它们卖掉。”她走向壁橱的一端，那里有几个米黄色的诺德斯特龙衣袋挂着挤在一起。

诺德斯特龙。

劳伦从来没有过任何从那间可敬的西雅图地标买来的东西。天哪，她连那间店外面报亭里的一杯咖啡都买不起。她往后缩了一步。

安吉拉开一个衣袋的拉链，抽出一条黑色长裙，朝她转过身："你觉得这件怎么样？"

这裙子是露背款，在喉部点缀有莱茵石，在腰上则围着两条由更大颗的水钻铺成的饰带。衣料柔滑，很可能是丝绸。

"我觉得怎么样？"劳伦不能借这样的。万一洒了饮料怎么办？

"你说得对，太成熟了。今晚要玩得开心。"安吉把裙子放到地上，回头继续翻衣袋，钻在衣服堆里翻来找去。

劳伦弯腰捡起被丢下的裙子。衣料爱抚着她的指尖。她从没摸过那么柔软的织物。

"啊哈！"安吉抽出另一条长裙，这回是粉红色的，像扇贝一样嫩的颜色。这件的衣料坠手一些，是某种有弹性的针织材料，能伸缩贴合一个女人或一个女孩的身体。它前面是无袖背心的样子，后面露背。"它自带内衬胸罩。十七岁姑娘的胸部不需要胸罩。"

安吉又扯出一条裙子，这回是露肩长袖宝石绿裙子。它很华丽，但是劳伦的目光回到之前那件粉色针织裙上。

"那件多少钱？"她斗胆发问。

安吉瞅着那条粉裙子笑起来："这件老衣服啊？我在仓库买的。不，是在国会山的二手店里。"

劳伦不由得笑了，"啊，好吧。"

"所以你选这条粉的，对吧？"

"我可能会弄坏它。我不能——"

"就这条粉的。"安吉把黑色和绿色的裙子挂回去，粉色的搭在胳膊上，"洗澡时间。"

劳伦跟在安吉后面出去，看她把长裙丢到床上，然后朝主浴室走去。

"你有舞鞋了吗？"

劳伦点头。

"什么颜色？"

"黑色。"

"我们能找点什么来配。"安吉边说边打开淋浴，"水变热的这段时间我都能织件毛衣。"她从柜子上拿起瓶瓶罐罐，"这是去角质霜。你知道那是什么，对吧？"

在劳伦点头的时候，安吉又拿起了别的。

“这是补水面膜。它对皮肤有好处。让我看起来少了十岁。”

“那会把我变回幼儿园去。”

安吉放声大笑，把东西丢进劳伦怀里：“洗个澡，然后我们来做头发和化妆。”

劳伦洗了这辈子时间最久也最奢侈的一次澡。水管不会轰轰响，水也不会时断时续突然变冷。她用了那些昂贵的保养品，出去的时候觉得自己焕然一新。她弄干头发，用厚厚的超大白毛巾包起来，回到卧室。

安吉坐在床边。她周围有一堆零零碎碎的小物件——发刷、化妆品、卷发棒、手提包和披肩。“我找到一个串珠黑披肩和一个黑色晚装包，还有这个！”她举起一个漂亮的粉黑相间的蝴蝶形发夹，“来，坐下。我的姐姐们和我以前会花几个小时帮彼此弄头发。”她往跟前的地上丢了个枕头。

劳伦老实地背对着床坐下。

安吉马上开始给她刷头发，感觉好得让劳伦不禁叹息。她记得没人给她刷过头发，就算是母亲花时间给劳伦剪头发的时候，也不会用发刷刷。

“好了，”过了一会儿后，安吉说，“现在坐到床上来。”

劳伦换了位置。安吉跪在她前面：“闭上眼睛。”

眼影如耳语一般轻柔地刷过……一抹腮红。

“我要往你的脖子上扑一点闪粉。我给外甥女买的，可蜜拉说这不合适……就这。”半晌后，她说，“都好了。”

劳伦站起身，滑进那条裙子里。安吉给她拉上拉链。

“完美无缺。”安吉感叹，“去瞧瞧。”

劳伦缓缓走向挂在门背后的全身镜。

她猛吸一口气。裙子非常适合她，让她看起来就像从没读过的故事书里的公主。这辈子头一回，她看起来就跟学校里的所有其他姑娘一样。

chapter 11
为爱而行

chapter 11

安吉站在衣柜前，顶上的抽屉开着。抽屉里，在一堆文胸、内裤和袜子下面，埋着她的相机。

“给我的孙子们拍些照片。”妈妈把相机送给安吉时这么说。

宝宝——妈妈的笑容表明——会像春天里的绿芽一样自然长出来。安吉叹气。

多年来，她一直用这台相机记录下生命中的一点一滴。她年复一年地为家族聚会拍下照片——生日派对、婴儿洗礼、幼儿园毕业。不知何时起，这让她心痛，就像在反光镜中回顾自己求而不得的一生。渐渐地，她不再给外甥和外甥女拍照。如此鲜活地看到她的失落实在太痛苦。她知道这样自私，还幼稚，但是有些坎儿就是迈不过去。到小丹尼出生的时候——只不过是五年以前，感觉像过了一辈子——安吉再没有拿起过相机。

她抄起相机，装上胶卷，下楼。

劳伦站在壁炉前，背对着炉火。金色的光辉笼罩着她，为带着雀斑的苍白皮肤打上青铜般的光泽。那件粉红的裙子对她来说大了一点，也长了一点，不过这两处不足并不显眼。她的头发盘成法国卷，用蝴蝶发夹别住，她看起来就像一位公主。

“很漂亮。”安吉说着，走进房间。她为自己突然涌起如此丰富的感情而尴尬，只是件小事——不过是帮一名少女为学校舞会做准备，真的没什么——可为什么她如此激动？

“我知道。”劳伦说。她的声音里带着惊诧、惊喜。

安吉突然觉得需要一段隔着反光镜的距离。她开始拍照。她一张接一张地拍着，直到劳伦笑起来喊道：“等等！给戴维留些胶卷。”

安吉觉得自己像个白痴：“你说得对。坐吧，等他时我们可以喝杯茶。”

她往厨房去。

“他说他七点钟到，然后我们会去俱乐部吃晚餐。”

安吉在厨房里泡了两杯茶，端进起居室：“俱乐部，嗯？挺神气嘛。”

劳伦咯咯笑起来。她一时间看起来年轻得不可思议，轻轻坐在沙发边上，显然她在担心把裙子弄皱。她小心翼翼地抿了口茶，两手捧着茶杯。

安吉突然涌起一阵不安。她担心这样一个女孩会在世界上遭遇的一切，这姑娘有时看起来非常孤独。

“你看着我的样子有点奇怪。我这么拿杯子不对吗？”劳伦问。

“没事。”安吉飞快地又拍了一张照。她把相机放到腿上时，迎上劳伦瞪大了眼睛瞧她的目光。一位母亲怎么会不愿经历这样的时刻？“我想你去过很多场学校舞会。”她说。大概这就是原因。

“对，去过大部分。”然而劳伦似乎并没有真心在听，她听起来心烦意乱，终于，她放下茶杯开口道，“我能问你件事吗？”

“一般来说对这样的问题应该答不，该坚决说不。”

“说真的，我能问吗？”

“问吧。”安吉往后倒，靠进粗布沙发垫里。

“为什么你要为我做今晚这些事？”

“我喜欢你，劳伦。就是这样，我想帮忙。”

“我想是因为你同情我。”

安吉叹息一声，她知道自己不能回避这个问题，劳伦想听真心的答案。“那是部分原因，也许是。但主要原因……我知道得不到想要的事物是什么感觉。”

“你吗？”

安吉艰难地咽了口唾沫。她希望自己没有打开这扇特殊的心扉——然而话很自然就说出了口。尽管现在她已经开了口，却真的不知道要怎样继续。“我没有孩子。”她说。

“为什么没有？”

安吉实际上感激这问题问得如此直接。她这样年纪的女人会认出谈话中的地雷，并谨慎地绕开它。“确切地说，医生不知道。我怀过三次孕，可是……”她想起索菲娅，不禁闭了一会儿眼睛，然后才继续说，“运气不好。”

“所以你喜欢帮我打扮？”劳伦的声音有着与安吉相似的渴望之情。

“是的。”她柔声回答。她正打算说些什么时，门铃响了。

“是戴维。”劳伦跳起来朝门跑去。

“别去！”安吉大叫。

“什么？”

“约会的时候女士应该应邀到场。上楼去，我来应门。”

“真的？”劳伦的话音几不可闻。

“去吧。”

劳伦一上楼，安吉就去打开了前门。

戴维站在狭窄的门廊上。剪裁完美的黑色晚礼服、白衬衫、银色领带，他是每个少女的绮梦。

“你一定就是戴维了，我见你来过餐馆。我是安吉·马隆。”

他跟她握手时很用力，她觉得都能听到骨头咔嚓响。“戴维·瑞尔森·海恩斯。”他回应，笑得有些紧张地朝她身后望去。

安吉退后，把他让进屋，“木业家族？”

“正是。劳伦准备好了吗？”

那就能说明为什么他可以开保时捷了。她大喊劳伦的名字，不过一秒，她就出现在楼梯顶上。

戴维倒吸一口气。“哇哦。”他轻叹，朝楼梯走去，“你看起来太赞了。”

劳伦匆匆下楼奔向戴维。她仰头看他，笑容有些发颤，“你真这么想？”

他递给她一只雪白的手腕花环，然后吻了她。

即使隔了整个大厅，安吉也能看出那个亲吻的温柔，她微笑起来。

“行啦，你们两个。”她说，“合影时间。站到壁炉边去。”

安吉拍了好几张照，要停手需要一点意志力。“好了。”她最后说道，“玩得开心点。安全驾驶。”

她都不确定他俩有没有听她说话。劳伦和戴维四目相接，已然忘情。

但是走出门前，劳伦伸手环住安吉，紧紧地抱了抱她。“我永远不会忘记。”她悄声说，“谢谢。”

安吉低声回应：“不客气。”她哽住了，都不知道她的话有没有说出声。

她站在门口看着戴维把劳伦领上车，为她打开车门。

一挥手的时间，他们就走远了。

安吉回到屋里，关上门。一片死寂突然向她压来。

她都忘了自己的生活是多么沉寂。如果她没有打开音响，除了自己的呼吸声还有走在硬木地板上的脚步声，她听不到任何别的声音。

她觉得自己在滑下一个太过熟悉的坡道，坡底就是孤独和清冷。

她不要再掉下去了，爬上来要那么久。她希望自己现在能给康兰打电话，他曾经那么擅长用谈话帮她脱离暗礁，但是那样的日子也过去了。

电话铃响了。感谢上帝。她跑去接电话。“喂?”她很意外自己的声音听起来竟能如此平和，快溺死的女人听起来不该是这样的声音。

“舞会准备得如何了?”是妈妈。

“棒极了，她看起来很漂亮。”安吉让自己发出笑声，期望听起来能跟平常一样。

“你还好吗?”

为了这句问候，她爱母亲。

“我没事。我想我会早点睡觉。我们明早再谈，好吗?”

“我爱你，安吉拉。”

“我也爱你，妈妈。”

挂掉电话时她在发抖。她想过去做别的事——听听音乐，读读书，准备新菜单什么的。然而最终她累得什么都不想做。她爬上大床，把被子盖到下巴，闭上了眼睛。

晚些时候，她醒了。

有人在呼唤她的名字，她瞟了一眼钟，还没到九点。

她爬下床，摇摇晃晃地下楼去。

妈妈站在厨房，衣服上挂着斑驳的水痕，溅着红色污点的围裙都没有换下。她两手叉腰道：“你才不是没事。”

“我会没事的。”

“我总有一天会九十岁。那并不说明活到那时就容易。过来。”妈妈拉住安吉的手，把她领到沙发边上。她俩一起坐下，抱在一起，就像安吉还是个小姑娘一样。妈妈抚摩着她的头发。

“帮她打扮好去舞会很有意思。直到后来……她走以后……我开始想起……”

“我知道。”妈妈轻声说，“让你想起你的女儿。”

安吉长叹。悲伤就是那样，她和妈妈都很清楚。不论过去多久，有时伤痛犹新。有些亡失伤得太深，而时间过得太慢，终其一生无法治愈。

“我曾失去过一个儿子。”妈妈打破两人间的沉默。

安吉猛抽一口气：“你从没跟我们说过。”

“有些事太难开口。他本该是我的长子。”

“为什么你不告诉我？”

“我开不了口。”

安吉体会到了母亲的痛苦。这痛苦让她们连在一起，同样的亡失带给她们仿佛友谊一般的情感。

“我只想说些鼓励的话。”

安吉垂眼盯着自己的双手，发现结婚戒指不见了让她一时间吃了一惊。

“当心这个姑娘，安吉拉。”母亲轻声说。

这是她第二次这样忠告安吉了。安吉不知自己能不能做到。

秋日的晨光是来自神明的恩赐，稀有得如同世间罕见的粉红钻石。

劳伦将它看作一个征兆。

她伸了个懒腰，渐渐苏醒。她能听到街道上的车流嘈杂。隔壁邻居正在吵架。某个地方有人按响了车喇叭。楼下的卧室里，母亲正在进行彻夜狂欢后的补眠。

对其他人来说，这不过是个普普通通的星期天早晨。

劳伦翻过身侧睡。身下的旧床垫从她记事起就是她的床，这会儿因为她的动作吱嘎作响。

戴维四仰八叉地躺着，头发乱七八糟地盖住半张脸。他一条胳膊半挂在床边，另一条歪横过额前。她看到几颗红红的青春痘长在他的发际线上，有条细微锯齿形伤痕越过他的颧骨。他在六年级受的伤，因为去玩触身式橄榄球。

“我像只被宰的猪一样。”提起那件旧事时他总这么讲。没有什么事比吹嘘旧伤更让他喜欢了。她总是笑他是个忧郁症病患。

她碰了碰那道伤痕，用指尖描绘着它。

昨晚完美无缺，比完美更棒！她感觉就像个公主，戴维领她上台的时候，她简直是飘在他后面。播放的曲子是史密斯飞船乐队的《天使》。她不知道自己能把这事记多久。她会把这个故事告诉他们的孩子吗？来，孩子们，过来听听妈咪当上返校节舞会王后的故事。

“我爱你。”戴维呢喃着，在王冠戴到她头上时握住她的手。她记得自己当时看向他，泪眼迷蒙。她那么爱他，爱得心口发痛。她无法想象要跟他分开。

如果他们没有读同一个学校……

光是想到不读同一个学校，她就觉得不舒服。

戴维慢慢醒来。他看见她，笑了：“我得经常跟哥们儿说我在杰拉德家里。”

他把她拉进怀里。她完美地贴合在他身上，仿佛他俩就是为彼此量身打造的一样。

如果他们能一起读大学就会是这样，以后，当他们结婚了也会是这样。她再不会感觉孤单了。她亲吻他，碰触他。“我妈星期天不睡到中午不会醒。”她缓缓勾起笑容。

他退开：“我的姑父彼得一小时后会到我家见我，我跟斯坦福大学某个大人物约好见面。”

她往后缩：“星期天见面？我以为——”

“他只在周末才在镇上。你可以一起来。”

她的笑容退去，连同对今天那些罗曼蒂克的幻想一齐消失。“啊，对。”要是他真心想让她一起去，在这之前他早就问她了。

“别想岔了。”

“够了，戴维。别做梦了，我在斯坦福大学拿不到奖学金，也没有能开张支票的妈妈和爸爸。然而，你，能够进南加州大学。”

老一套。他沉重地叹息一声，表示已经疲于讨论：“首先，你能进斯坦福大学。其次，如果你在南加大，我们也能经常见面。我们彼此相爱，劳伦。不会因为隔了几英里就改变。”

“几百英里。”她仰望着天花板破破烂烂的隔音砖，一个水斑从角落漫开，她希望自己能笑得出来，“不管怎样，我今天还得去上班。”

他把她拉近，给了她一个能让她心跳加速的吻。她觉得怒意融化了。他最后放开她离开床铺的时候，她觉得冷。

他拿起晚礼服往身上穿。

她在床上坐起，拉高毯子盖住裸露的胸脯：“我昨晚过得很棒。”

他绕过床，在她身旁坐下：“你过于担心了。”

“看看你周围，戴维。”她的声音噎在喉里，若是和别的任何人一起，这本来会很难堪，“我总是不得不担心。”

“不是担心我。我爱你。”

“我知道。”她真的知道，她用全身每个细胞相信他，她挨向他，吻他，

“祝你好运。”

他走之后，劳伦呆坐了很久，孤零零地紧盯着那扇打开的门。最后，她起床洗了个热水澡，穿上衣服走下门廊。她在母亲的卧室门外停下，她听到里头传出的打呼声，

涌起某种熟悉的渴望，她碰了碰门，不知道母亲昨晚是否想起过有舞会这回事。

去问她。

有时，在这样的清晨，当阳光斜透过布满灰尘的百叶窗，妈妈醒来时几乎可算心情愉快。也许今天会是那样，劳伦需要她心情愉快。她轻轻敲了敲，打开门，“妈妈？”

她的母亲在床上，横趴在毯子上，穿着磨薄的旧 T 恤衫，看起来清瘦单薄。她最近吃得不够。

劳伦顿住，她难得记起自己的母亲其实多么年轻。“妈妈？”她走进屋，坐在床边。

妈妈翻身仰卧。她没有睁开眼睛，咕哝着：“几点了？”

“不到十点。”她想拨开挡在母亲眼前的头发，可是不敢伸手。那样的亲密动作会毁了一切。

妈妈揉揉眼睛。“我觉得像坨屎。菲比和我昨晚玩疯了。”她懒洋洋地笑了，“不奇怪。”

劳伦倾身向前，“我是返校舞会的王后。”她悄声说，仍然还没法相信。她绷不住脸上的笑意。

“嗯？”妈妈再次合上眼。

“舞会？是昨晚。”劳伦说，但知道母亲的注意力已经不在她身上了，“别在意。”

“我想我今天得请病假。我觉得像坨屎。”妈妈又翻了个身。几秒以后，她打起了呼噜。

劳伦不肯接受失望。期待能有别的是多么愚蠢，有些教训在很久以前就应该学会。

她叹息一声，站起身。

一小时后，劳伦搭上公交车，穿过镇子。阳光已经再次消失，将自己埋在一片蓦然涌起的乌云背后。乌云推进到附近的交通灯时，开始下雨了。

现在还是星期天早晨。几乎没有车停在小街小巷里，可教堂的停车场满满当当。

这让她想起某段时光，就在不久以前，真的。那时她在安息日打开了卧室的窗户，外面不知下着雨还是雪。什么天气并不重要，她曾倾身出窗，聆听鸣响的钟声。她合上眼，想象在星期天打扮整齐上教堂会是什么感觉。她的白日梦一成不变：一个红发小女孩，穿着亮绿的裙装，奔跑着跟上一名美丽的金发女子。再往前，一整个家族在等着她们。

“来，劳伦，”想象中的母亲总是边说边温柔地笑着，伸出手牵住她，“我们别迟到了。”

劳伦已经很久没有再打开过那扇窗户。如今她向外望去，满目所见只有隔壁破败倾颓的大楼和桑切斯夫人那辆凹瘪的蓝色汽车。如今她只在夜里才做那个梦。

公交车减速进站。劳伦低头看向腿上的购物袋，她应该先打个电话——有家教的做法应该是那样的。你不能突然拜访别人家，哪怕是去交还东西。但是很不巧，她不知道安吉的电话号码。而且——如果她至少能对自己诚实一点——她并不想一个人待着。

“奇迹里路。”公交车司机嚷嚷。

劳伦摇摇晃晃站起，匆匆走过通道，努力不要撞到别人，然后踩着狭窄的步阶下了车。

车门呼哧呼哧响着在她身后合上，咣当一声关紧。车开走了。

她站在原地，把袋子抱在胸前，想在冰碴一般掉下来的雨里保护它不被淋湿。

道路在她面前延伸，两旁围着高耸的香柏，树尖直插灰黑的云底。道边四处点缀着邮箱，但除此之外全无生命迹象。这是一年之中属于森林自身的时光，在这阴湿幽暗的几周时间里，哪个徒步旅行者若是胆敢闯入青绿漆黑的荒野，可能会就此迷失直到春天来临。

等她走到车道时，当真下起雨了——又急又冷，剃刀一样削她的脸。

房子看起来没人在，透过窗户看不到灯光。雨水捶打着屋顶，在一个个水洼中溅出水花。幸运的是，安吉的车还在车棚里。

她上前敲门。

从屋里传出嘈杂的声响。音乐声。

她再敲了敲门。她觉得每过一分钟，双手就会失去一点知觉。外面冷得厉害。

最后敲了一次门，她将手伸向门把手，门把手出人意料地轻易就被转动了。她打开门。

“喂?”她走进屋，将身后的门关上。

屋里没开灯。没有阳光的时候，这屋子看起来有些阴沉。

她注意到有个钱包丢在厨房柜台上，旁边的白色胶木桌上有一串车钥匙。

“安吉?”劳伦脱下鞋袜，把袋子放在台子上的钱包旁边。

她朝起居室走去，边走边喊着安吉的名字。

屋里空无一人。

“该死。”劳伦小声说。现在她不得不一路走回公交车站待在冷冰冰的雨里，她不知道在这个街角等到 9 路公交车需要多久。

哦，好吧。

既然来都来了，她或许应该把裙子放回到该放的地方去。她走上楼梯。

踏板被她的重量压得吱嘎响，她回身看到身后留下的一串湿漉漉的脚印。

好极了。现在她还得一路把地板擦干净。

她站在紧闭的卧室门前，为以防万一敲了敲门，不过安吉不可能在早上十点半了还在睡觉。

她打开门。

房间里一片漆黑，厚重的印花窗帏把窗户遮得严严实实。

劳伦摸索着灯的开关，开灯。光芒自头顶激射而出。

她跑向衣橱，放下裙子，走回卧室。

安吉坐在床上，蹙着眉，眨眼蒙眬地瞧着她，一脸困惑：“劳伦?”

她尴尬地原地僵立，脸上烧了起来。“我——呃——对不起。我敲过门了。我以为——”

安吉露出疲倦的笑容，“没事，伙计。”她的眼睛肿着，眼眶发红，像是哭过，细小的粉红印子横过她的脸颊，又长又黑的头发一团乱。总而言之，她看起来不太好。

“我该走了。”

“别走!”接着，更柔和的请求，“要是你留下，我会很高兴。”她抬了抬下巴指向四柱大床的床脚，“坐吧。”

“我全身都湿透了。”

安吉耸了耸肩：“总会干的。”

劳伦低头看着自己的赤脚，皮肤几乎冻成深红色，青色的血管一望可见。她爬到床上，伸长腿，靠向踏板。

安吉扔给她一个硕大的绒线枕头，然后堆过一张软得不可思议的毯子盖住她的脚："跟我说说昨晚。"

这个要求解脱了劳伦心里的某些东西，一整天里她第一次感觉到心口不痛了。她想要说出每一丝浪漫的细节，但有什么拦住了她，是因为安吉眼中的悲伤。"你哭过。"劳伦很肯定地说。

"我老了。我早上看起来就这样。"

"首先，现在是十点半，都快下午了。其次，我知道在睡着的时候哭过是什么样。"

安吉仰头偎向床头板，盯着天花板上探着的白色木榫头，过了半晌她才开口："有时我心情不好。不常有，但是……你知道的……有时会这样。"她又叹了口气，看向劳伦，"有时生活并没有转向你希望的那条路。你还太年轻，还不懂。不管怎样，这不要紧。"

"你觉得太年轻还不懂什么是失望?"

安吉沉默地看了她很久，然后说："不，我不这么想，但有些事不是说说就有用的。来给我讲讲舞会，我想要立即听到详细情况。"

劳伦希望自己能更了解安吉一些，那样她就会知道是该丢下这个话题不管，还是该继续讨论。重要的是要对眼前这个悲伤的好人说些安慰的话。

"说吧。"安吉说。

"舞会完美无缺。"劳伦终于开口，"人人都说我看上去棒极了。"

"你确实是。"安吉现在有了笑意。那是真正的笑容，不是之前那种"我没事"的假笑。

这让劳伦感觉好点了，像是她回报了安吉。"装饰也很赞。主题是冬季美景，到处都点缀着假雪花，所有的镜子看起来都像冻住的池塘。哦，布拉德·盖佳尼还带来了五分之一加仑朗姆酒。一下子就过去了，就像，过了一分钟。"

安吉皱起眉头："哦，挺好。"

劳伦真希望自己没说出来，她该收起这套假装闺蜜的样子。她都忘记了自己在跟一个成年人说话。老实说，她没有什么跟成年人交谈的经验，她从来没跟妈妈讲起过学校的事。"我完全没醉。"她飞快地撒了个谎。

"听到这个我很高兴，喝酒会让女孩子做出不该做的事。"

劳伦听出了安吉忠告里的委婉。她禁不住想起自己的母亲，想起她是怎样一头栽进为之悔恨的生活，最主要的一件就是成为母亲。

“你猜后来怎么样了?”劳伦根本等不及让安吉猜下去，她说，“我是返校舞会王后。”

安吉笑起来，为她鼓掌：“太赞了。继续说，小姐。我要知道所有的事。”

接下去一个小时里，她们都在谈那场舞会。到了十一点半，该动身去餐馆的时候，安吉又能开怀大笑了。

chapter 12 为爱而行

chapter 12

电话响了一整天。十月的第三个星期天，在小报《西端公报》所谓娱乐版的头版登出了整版广告。

“德萨利亚，重约浪漫。”

广告详尽地解释了餐馆的变革——约会之夜、葡萄酒之夜、特价时段——还附上了不少的优惠券。一瓶葡萄酒半价，主菜送免费甜点，周一至周四的买一送一特餐。

那些早把德萨利亚餐馆忘个精光的人们都想起了过去的时光，想起他们跟着父母到流木路那间小小餐饮店中度过的夜晚。看来他们大部分人都拿起电话来预订了位置。在德萨利亚餐馆众人的记忆中，这么多年来第一次，餐馆预订满座了。外套捐赠箱满得快爆了。每个人看来都想要借此机会帮助邻里。

“我真搞不懂。”妈妈边说边洗着金枪鱼排，把鱼排放上蜡纸，“没法知道今晚有多少人会点鱼。这是个坏主意，安吉拉，太贵了。我们应该做更多烤碎肉卷和烤宽面。”之前一小时里她这么说过五遍了。

安吉冲正憋着不要笑出声的蜜拉挤了挤眼：“要是现在有场核战争，我们冰箱里的烤宽面够喂饱整个镇子，妈妈。”

“别拿战争开玩笑，安吉拉。把荷兰芹切细点，蜜拉。不能让客人们说话时在牙缝里夹着根树桩，再细点。”

蜜拉一边大笑一边切着荷兰芹。

妈妈精心摆放好皮纸，往上面刷上橄榄油，“蜜拉，给我红葱。”

安吉悄悄退出厨房回到餐厅。

才五点十五，餐厅里已经半满了。罗莎和劳伦忙碌着为客人下单倒水。

安吉走过一张又一张餐桌，照记忆中父亲的模样问候客人。他总是能蓦然出现在每张餐桌旁，展开餐巾，为女士拉开座椅，或是招呼着“加水”。

她看到了多年未见的人们，每一个似乎都想给她讲讲她父亲的故事。在关注着自己家中的亡失时，她都忘了父亲的离去给整个社区留下了多么大的空缺。在确定每张桌子都得到妥善照看之后，她回到厨房。

妈妈急坏了，紧张得团团转：“已经订了八份鱼特餐，可我毁了第一批。烤得太快，皮纸炸了。”

蜜拉站到一旁，切着番茄。显然，她在努力装隐身。

安吉走向母亲，拍了拍她的肩膀：“深呼吸，妈妈。”

母亲停下，挺起胸狠狠吸了一口气，躬身吐气。“我老了。”她咕哝，“老得不能——”

门砰的一声被甩开。莉薇站在门口，穿着及膝黑色褶裙、白衬衫和黑靴子。“那么，是真的？妈妈改菜单了？”

“谁把你叫来了？”蜜拉问道，在围裙上擦了擦手。

“坦南先生从五金店跑去了洗衣店，他从印刷厂的加西亚先生那里听说的。”

妈妈专心忙碌，对女儿们视而不见。她弯腰给鱼排撒上盐和胡椒粉，往上装点新鲜的百里香、荷兰芹和切碎的樱桃番茄，接着她封好每一份皮纸包，摆进饼干烤盘，放进烤箱。

“是真的。”莉薇喃喃自语，“那是什么？”

“鲔鱼包。”妈妈哼了一声，“不是什么大菜，我还有大比目鱼，我在做你们爸爸最喜欢的番茄刺山柑煮比目鱼。这星期的番茄挺不错。”

烤箱发出哔哔声。妈妈从烤箱抽出饼干盘，往碟子里摆盘。今晚的吞拿鱼特餐配有腌烤甜椒、烤西葫芦和自制玉米糊。“你们都在看什么？”劳伦和罗莎正好这时进了厨房。妈妈把餐盘递给她们。两位服务员走开后，妈妈快活地说道：“我想着改变菜单好几年了。变化是件好事。你们的爸爸——祝他灵魂安息——总是说我能随便改动菜单，只要不撤下烤宽面。”她挥手赶人，“别跟木桩子一样傻站着，出去。劳伦需要你们帮手。蜜拉，再拿些番茄来。”

等莉薇和蜜拉走开了，妈妈放声大笑。“过来。”她对安吉张开双臂，“你们爸爸啊，”她小声说，“他会为你骄傲。”

安吉紧紧抱住她：“他会为我们骄傲。”

那天夜里，等给最后一拨客人也上完菜，等他们的主菜盘子已经清空让位给提拉米苏和有新鲜覆盆子的浓味蛋奶冻时，妈妈走出厨房来看她的菜品反响如何。

大部分客人都已经认识玛丽娅很多年，鼓掌欢迎她到来。福顿斯先生大喊："好吃得不得了！"

妈妈笑了。"谢谢你，往后常来。明天我会做芦笋马铃薯汤团，配新鲜番茄。好吃到哭。"她看向安吉，"那是我的天才小女儿最喜爱的菜。"

等最后一位客人终于在十点半离开时，劳伦已经筋疲力尽。今晚所有的餐桌都坐满了人，甚至有几次在门外还排起队来。可怜的罗莎可能都跟不上点单。刚开始的一小时左右，劳伦跑来跑去，紧张得快吐了。然后安吉的姐姐登场，天使般的莉薇像朵带笑的云彩飞过，缓解了劳伦的负担。

现在劳伦站在前台。罗莎至少一小时前就已经回家，其他女人全都在厨房里。一整晚上的第一次，劳伦可以歇口气。她从围裙兜里摸出小费点了点。

点了两次。

今晚挣到六十一块。突然间她的脚酸、手痛和抽筋都没关系了。她有钱了。这样的晚上再多一些，她就能存够大学学费。

她解下围裙朝厨房走去。她才走到半路，厨房门突然打开。

莉薇先出来，蜜拉就跟在她后面。虽然她俩长得不像，但毫无疑问是姐妹。她们举手投足一模一样，两人都有跟安吉同样沙哑的笑声。若是隔了一个房间，很难分辨她们的声音有何不同。

有个声音忽然穿过餐馆。法兰克·辛纳屈醇厚柔和的嗓音突然停了。

蜜拉和莉薇停步，仰起头。

另一首曲子响起，还很大声。这声音来得突然，劳伦过了一会儿才认出它。

布鲁斯·史普林斯汀。

《荣耀之日》。

"我有个朋友是了不起的棒球手

回想高中"

莉薇喊了一声，双手举高。她立即开始跟蜜拉一块跳起舞来，像是被电到了一样。蜜拉的动作有些别扭。

"我好久没跳了，打从……呀，我都不记得上回跳舞什么时候了。"蜜拉朝妹妹大叫，想压过音乐声。

莉薇纵声大笑："太明显了，姐姐。你就像《宋飞正传》里的伊莱恩。你得多多出门。”

蜜拉用臀部撞了撞妹妹。

劳伦惊诧地看着她们，一整晚几乎都没说话的这两姐妹现在看起来像是另两个人。

更年轻，更奔放。

血脉相连。

门再次打开，安吉牵着身后的母亲跳着舞出来。“康茄舞。”有人大叫。

莉薇和蜜拉手牵着手退到后面。她们四个绕着空桌子舞蹈，时不时停下踢出脚或甩一下头。

傻透了，像是从哪个老人家的电视节目上跑下来的。

但也棒得让人受不住。

劳伦的胃抽紧了，她不知该做何反应。她知道的只有一件事：她不是其中一员。她只是个打工的。

而她们是一家人。

她往后退，朝门边去。

“哦，别，你别走。”安吉喊。

劳伦停下，抬起头。康茄舞列分开了。

蜜拉和莉薇在一旁跳着。玛丽娅站在角落，微笑着看向女儿们。

安吉朝劳伦跑来：“你还不能走，这是派对。”

“我不——”

安吉拉起她的手，冲她一笑。

那个“是”字没能说出口。

音乐一变。音箱里燃起《鳄鱼摇滚》。

“埃尔顿!”莉薇大叫，“我们去塔科马港巨蛋看过，记得吗?”

舞蹈又开始了。

“跳起来。”安吉说。等到劳伦反应过来，她已经加入了女人堆，舞动起来。到放第三曲时——比利·乔尔的《上城女孩》——劳伦已经笑得跟其他人一样大声了。

接下来半小时左右，她都被这个相亲相爱家庭温暖的沙哑笑声包围着。她们欢笑，她们起舞，她们无休无止地说起餐馆曾经如何热闹。劳伦热爱每一分钟，等到将近午夜，派对结束时，她真心实意地讨厌回家。

当然，她别无选择。她打算去搭公交车——这想法几乎立刻被反对了。

安吉带她出去往车上走，她们一路谈笑风生，可最后劳伦还是到家了。

她拖着脚爬上通往公寓的阴暗楼梯，把沉重的背包从一边肩膀换到另一边。

公寓套间的大门敞开。

屋里悬着丝丝缕缕的灰烟，沿着斑驳的隔音砖扶摇而上。烟屁股在咖啡桌上的烟灰缸里躺成堆，还四处散落在地板上。一个空琴酒瓶在摇摇晃晃的餐桌上慢慢悠悠地来回滚动，最后咣啷一下落到油毡地面。

劳伦认出了各种迹象：两种不同的烟，厨房柜台上有啤酒瓶。不需要一支法庭取证队来分析犯罪现场，这非常眼熟。

妈妈从酒馆把某个窝囊废（他们都是废物）带回了家。

他们现在就在母亲的卧室里。她认出了母亲那张金属框老床架的撞击节奏，咔——咔——砰，咔——咔砰。

她快步走进自己卧室，合上门。她不想让人发觉自己在家里，蹑手蹑脚地抄起行事历，翻开，在今天的行程中写下：德萨利亚聚会。她不想忘记它，她想要看到这几个字就能记起今晚是什么感觉。

劳伦以创纪录的速度洗好澡准备上床睡觉，她最不愿意遭遇的事就是在走廊上撞到那个人。

她跑回房间，甩上门。爬上床后，她把被子拉到下巴，瞪着天花板看。

她满脑子都是今晚的回忆。伴随着回忆画面袭来某种陌生的情绪，既幸福，又失落，纠缠不清。

只是一间餐馆，她提醒自己，一个打工的地方。

安吉是她的上司，不是她的——

母亲。

这就是了，她在意的事实，那粒压在床垫下的豌豆。她孤单了那么久，而现在，她仿佛有了归属——简直不可理喻。

即便是个假象——那是当然的——也比现实的空虚冰冷要好。

她努力不要再去想它，不要再一遍又一遍在脑海里回放她们的对话，可就是停不下来。这晚最后，她们全都挤在壁炉旁又说又笑，劳伦已经放松得敢给她们讲自己听过的笑话。蜜拉和安吉大声笑了好久，玛丽娅则说："这讲不通。为什么那人要说这种话？"这句疑问让她们全都笑得更大声了，劳伦是笑得最狠的。

回忆起这些让她想哭。

chapter 13 为爱而行

chapter 13

十月过得飞快，但进入十一月时，日子似乎又过得慢起来。一天淌过又一天。雨下个不停，有时倾盆而泻，层层堆叠的风暴把大海搅成喧嚣狂暴的旋涡。然而多半时候，水汽会从浮肿疲惫的天空脸上如泪珠串一般落下。

过去两个星期里劳伦尽量不要待在家里。那个人一直在家里，一脸脓包相，喝啤酒、抽烟，熏臭空气。妈妈当然会爱上他，他正是她喜欢的类型。

劳伦特地在每个晚上和周末一整天都留在餐馆工作。即使后来她们又招了一个女服务生，劳伦还是努力保证她的工作时间有这么长。她不去上班的时候，就待在学校图书馆或者跟戴维在一起。

努力挣钱和提高本来已经不错的成绩的唯一坏处就是把她累坏了。眼下在上课时保持清醒耗费着她的每一丁点意志力。教室前方，高曼先生正大肆渲染杰克逊·波洛克使用色彩的方式。

对劳伦来说，那幅油画看起来就像某个发脾气的小孩手上有颜料时会涂出来的东西。

选修课。

实际上她今年读的全是这样的课。她之前投入热情加紧学习的时候还没有意识到，等毕业班时她已经几乎把必修课都读完了。也就是说，理论上讲在这学期结束以后她就可以毕业了。三角学是她需要在意的唯一一科，而毕业甚至都不要求修这项课程。

下课铃响，她一把合上书，从座位上弹起，融进周围嬉笑推搡的人群。

在旗杆下，她看到戴维在跟男同学们玩沙包。他一看到她，眼睛就亮了起来。他朝她伸出手，拉她入怀。一整天里她就这时候不会觉得累。

“我饿死了。”有人说。

“我也是。”

劳伦伸手勾住戴维，随他跟着人群沿街走向充当他们日常据点的汉堡餐厅。

马西·莫福德往自动电唱机里扔了些钱，电唱机立刻响起了阿弗洛曼的《疯狂饶舌》。

人人都哀叹一声，接着爆笑。安娜·里昂讲起家政课老师菲奥里夫人的趣事，这让每个人都争着说在溜冰课上做实践作业有多恶心。

劳伦点了草莓奶昔、熏肉汉堡和炸薯条。

口袋里有钱感觉真好，几年来她都假装从来不饿，现在她一直在吃。

“呀，劳。”艾琳·赫尔曼笑说，“该打包了。你能借我一块钱吗？”

“没问题。”劳伦从牛仔裤抽出几块钱递给朋友，“我知道你还能来一份奶昔。”

这让所有人聊起自己能吃下多少东西。

“嘿，”过了一会儿后，金姆说，“你们拿到加州学校的通知了没有？”

劳伦抬起眼：“什么通知？”

“他们这个周末在波特兰有大活动。”

波特兰，一个半小时车程，劳伦心跳加速了。“听来不错。”她将手滑进戴维手里，轻轻握紧，“我们能一起去。”她看向他。

戴维垂头丧气：“我这周末得去看奶奶。”他说，“在印第安纳州，没法取消，是他们的周年纪念聚会。”他扫了一眼桌上众人，“谁能让劳伦搭个便车？”

他们一个又一个地都有借口。

屁话。现在她不得不搭公交车去。似乎这还不够糟糕，她不得不去又一场大学展会，还是唯一一个没有父母陪同的孩子。

等到吃饱喝足，人群散尽，桌边只余下劳伦和戴维两人。

“你能自己去吗？也许我能假装感冒——”

“别。如果我有爷爷奶奶，我会喜欢去见他们。”她坦白时感到一丝刺痛。她有多少次梦到去奶奶家里，或是梦到跟表亲见面？她简直愿意做任何事来见一见一个真正的亲人。

“我猜安吉可以带你去，她看起来真的很酷。”

劳伦考虑起来。有可能吗？她可以求安吉帮这么大一个忙吗？“对。”她说，这样戴维就不会担忧了，“我会问问她。”

这一天剩下的时间里，还有第二天，劳伦心里一直在想着戴维的评价。

她不习惯能有某个人可以请求帮助，这隐隐地使她显得可悲，或许还会让人觉得她的母亲有什么问题。通常来说这些理由已经足以让她忘却整件事，决心搭公交车去。

但是安吉和别人不同。她似乎是真诚地关心她。

到这个周末，劳伦仍然没下定决心。星期五，她勤奋工作，迅速地在餐桌间移动，保证让顾客开心。一有机会她就会偷瞥安吉一眼，琢磨着她会如何应对这样的请求，但是安吉一晚上都像只飞来飞去的蝴蝶，忙着跟每位客人说话。有两次劳伦都已经开口了，可是两次她都失去了勇气，突然转开了话题。

“好了。”安吉边说边合上收银机，“有话直说，伙计。”

劳伦正在灌满盐瓶，一听这话她缩了一下身，盐洒出了桌子。

“那会倒霉的。”安吉说，“往左肩后洒点盐。快。”

劳伦捏起一些盐弹过肩膀。

“呼。就是这样。我们不会被雷劈了。好了，你在动什么脑筋?”

“脑筋?”

“你两只耳朵中间的东西。你一晚上都瞅着我，跟着我转。我了解你，劳伦，你有事要说。星期六晚上你要离开吗？新来的服务生可以来。如果你和戴维要约会，我能放你的假。”

这就是了，要么坦白要么闭嘴。

劳伦回身从双肩包里抽出一张宣传单，递给安吉。

“加利福尼亚的学校……咨询会……招生见面会。嗯。”安吉抬眼，“我还小的时候，他们可没有这么酷的活动。所以你星期六想去?”

“我想去，你能给我搭个便车吗?”劳伦急忙说。

安吉朝她皱眉。

这是个坏主意。安吉用那种“可怜的劳伦，太可怜了”的眼神看她。“别在意。我就休假一天，可以吗?”劳伦垂手拿背包。

“我喜欢波特兰。”安吉说。

劳伦扬起头：“你愿意?”

“当然。”

“你会搭我去?”劳伦说完，几乎不敢相信。

“我当然会搭你去，劳伦。下回别这么畏畏缩缩的。我们是朋友，相互帮助是朋友该做的。”

劳伦突然为自己有多么在意这事而有些尴尬："当然，安吉。我们是朋友。"

温哥华市到波特兰市的车流时停时行。直到她们在华盛顿到俄勒冈的跨州大桥上走了一半时，车流才变通畅，她们那时才明白堵车的原因——下午是华盛顿大学对俄勒冈大学的橄榄球大赛，哈士奇队对小鸭队，持续多年的彼此对抗。

"我们要迟到了。"安吉在二十分钟里至少这么说了三回。她会这么生气令人吃惊。她担起让劳伦准时赴约的责任，可现在她们要迟到了。

"别担心，安吉。我们只会错过几分钟，不会有什么大损失。"

安吉打亮转向灯，迅速左拐下桥，总算到了。

她们一开上街面，拥堵就缓解了。她风驰电掣地碾过一条街，转上另一条，接着停进一个空车位。"我们到了。"她看了看仪表盘上的钟，"只晚了七分钟，跑起来。"

她们奔过停车场跑进大楼。

这里挤满了人。

"该死。"安吉动身往前排去，没办法的时候她们也能坐在台阶上。劳伦抓住她的手，拉她到后排坐下。

主席台上大概有十五个人坐在会议桌后。会议主持正引导讨论讲述入学要求、学校选择标准、本州与州外学生的入学率。

劳伦把每个词都记到日程备忘录上。

安吉莫名地有几分自豪。如果能有个女儿，安吉希望她能像劳伦这样聪明、上进、专心。

接下来一小时里，安吉都在听一份又一份统计报告。介绍结束的时候她确定了一件事：照现在的标准她进不了常春藤联盟。在她那时候，只要你不必戴着呼吸器生活，平均有 3.0 的绩点就够了。现如今想进斯坦福大学，你最好要么治愈过什么疾病，要么得全美科技展的奖。当然了，除非你擅长扔皮球，然后你就只需要 1.7 的绩点。

劳伦合上笔记本。"就这样了。"她说。

在她们周围，人们都站起来朝出口通道走。各种喋喋不休的谈话在室内合起来隆隆作响。

"那么，你想到什么了？"安吉坐在原位问。现在挤到人流中去没有意义。

“公立学校百分之九十的生源来自本州，离得越远学费越高。”

“好吧，你确实看到了半空的杯子。真不像你。”

劳伦叹气：“有时候……在菲克瑞斯特学院过得挺难受。我所有的朋友都选他们喜欢的学校，而我不得不找出哪所学校喜欢我。”

“听起来论文很关键。”

“对。”

“还有推荐书。”

“是。太糟了我拿不到推荐，杰瑞·布朗或阿诺德·施瓦辛格不会给我写一份。我倒是希望巴克斯特先生——我的数学老师——能打动他们。不幸得很，他有一半时间都不记得黑板在哪里。”

安吉低头望向主席台。那些人还在台上，他们来自罗耀拉·玛莉蒙特大学、南加州大学和桑塔·克拉拉大学。他们还坐在桌边彼此交谈。

“你的第一志愿学校是哪个？”她问劳伦。

“我想去南加州大学。戴维的第二志愿学校。”

“我不想多嘴评论追着男朋友进学校的事。好吧，我在骗人，那是个馊主意，别跟着你的男朋友选大学。现在过来。”她站起身。

劳伦把日程备忘录放进背包，也站起来。“你去哪儿？”她正说着，就见安吉径直下了台阶往前走。

她拉住劳伦的手：“我们开这么远的路不是为了过来看戏的。”

劳伦想拉住她，可是安吉就像一列火车。她走下台阶，绕过乐队席，步上主席台。她拖着身后的劳伦，大步流星朝南加州大学的代表去。

他扬起头，疲倦地笑了笑，毫无疑问他已经对妈妈们拖着孩子上台司空见惯了。他可不知道安吉并不是当妈的。“你好，有什么要帮忙吗？”

“我是安吉拉·马隆。”她伸出手，他与她握手。她说：“我毕业于常春藤联盟，但劳伦心属南加州大学。我不明白为什么。”

这人放声大笑：“真是新颖的方法。先批评我的学校。”他看向劳伦，“你的名字？”

她涨红了脸：“劳——劳伦·瑞比度，菲克瑞斯特学院。”

“啊，好学校。那有用。”他朝她微笑，“别紧张，为什么选南加州？”

“新闻学。”

安吉没听说过。她笑起来，感觉像个骄傲的家长。

“觉得你会是下一个伍德沃或者伯恩斯坦，嗯？”这人说，“你的成绩如何?”

“年级前百分之六。绩点大概 3.92，修过许多荣誉课程。”

“SAT 分数?”

“去年得分 1520。不过我会再考的，那些分不算。”

“1520 的得分已经足以给人深刻的印象。你参加运动或在社区当志愿者吗?”

“是的。”

“而且她每周工作二十到二十五个小时。”安吉插嘴。

“真不错。”

安吉出击：“你认识威廉·雷顿吗?”

“商务学院系主任？当然认识。他的家乡在附近，对吧?”

安吉点头：“我曾和他的女儿同校。如果他给劳伦写推荐信有用吗?”

那人看向劳伦，然后从衣袋抽出一个小黄铜盒子。“这是我的名片。把申请书发过来，给我本人，我会批准申请。”他答复安吉，“雷顿写的推荐信会很有帮助。”

劳伦还是没法相信，她一直无缘无故就笑出声。开到凯尔索附近时，安吉不得不要求她停止说感谢的话。

可她怎么能停下？她这辈子第一次被当作个重要人物来看待。

她有机会去南加州大学了。有机会了。

她看向安吉。“谢谢，我是真心的。”她又说了一次，雀跃不已。

“我知道，我知道。”安吉放声笑起来，“你的样子就像是第一次有人帮你的忙一样。这没什么。”

“哦，它很重要。”劳伦敛起笑容。安吉做的事对她来说意义重大，劳伦终于有一回不再是孤军奋战。

chapter 14 为爱而行

chapter 14

今天的高中校园里人声鼎沸。现在是十一月第三星期，大学入学申请审批正在紧张进行中。人人都在关注大学，人人都在谈论大学。劳伦已经填完了所有申请财政援助和奖学金的文件，拿到所有的成绩单，写好了所有的论文。奇迹中的奇迹是安吉为她拿到了南加州大学雷顿博士的推荐信，她开始相信自己真的有机会拿到奖学金。

“你们听说安德鲁·沃纳梅克的事没有？他爷爷让他进了耶鲁大学。提前录取结果都还没出，他就知道了。”金姆·赫尔特恩背靠到树上，叹气，“如果我进不了斯沃斯摩尔学院，我的爸爸会觉得没面子。他才不关心我讨厌下雪。”

他们全都坐在空地上吃午餐，他们这帮人从还是新生起就是好朋友。

“我做梦都想去斯沃斯摩尔学院。”杰拉德说着，摩挲着金姆的后背，“我应该会去石山，又一个私立天主教徒学校。我怕自己会抓狂。”

劳伦往后躺，枕在戴维腿上。眼下，阳光灿烂，草地又厚实又干爽。虽然外面挺冷，但是阳光温暖了她的脸。

“我得去妈妈的母校。”苏珊说，“哟嗬。威廉与玛丽学院，我来了。现在这所高中都比那个学院大。”

“你会去哪里，劳伦？有奖学金的消息吗？”金姆问。

劳伦耸了耸肩：“我一直在填写文件，再来一份我为什么该拿奖学金的文件我就要尖叫了。”

“她会拿全额奖学金。”戴维说，“说到底，她是高中最聪明的家伙。”

劳伦听出戴维话音里的骄傲，通常那会让她开心起来，可是现在，当仰望着他的下颌时，她想的一切就是他们的未来。他向斯坦福大学递了申请，会被录取已是定论。他俩会分离的想法比十一月天气更让她感觉寒冷，而他似乎全然不在意。他那么确信他们的爱情，一个人怎么能有那样坚信着的心?

金姆打开了音乐，音响啪地打开，响起嘶嘶声。“我等不及要甩脱所有这些申请破事了。”

劳伦合上眼。谈话还在她周围回旋，但是她没有加入。

她不确定原因，但突然觉得快崩溃了。大概是因为天气清冷明净。晴空如洗，流云由西向东飞掠，风暴常常跟着这样的晴天到来。也可能是因为关于学校的聊天话题，她所知道的就是有什么不对劲了。

一层银色的薄雾挂在带着晨露的草上。安吉坐在后门门廊，边喝咖啡边远眺大海。一波波冲刷过的海浪有种熟悉的平稳节奏，正如她自己的心跳。

那是她年轻时代的背景音乐。海潮隆隆咆哮，雨点拍打杜鹃花叶，她的摇椅在饱经风霜的门廊地板上吱呀作响。

唯一缺失的就是来自人的声音，没有孩子们大叫大嚷，咯咯发笑。她扭头想对丈夫说些什么，晚了一秒才想起自己现在孤身一人。

她慢吞吞地站起，回屋去再倒些咖啡。她刚摸到咖啡壶，前门就响起敲门声。

“来了。”她前去应门。

母亲站在廊上，穿着长至脚踝的法兰绒睡衣和绿色的胶便鞋，“他要我去。”

安吉皱眉，摇摇头。妈妈似乎刚哭过。“进来避避雨，妈妈。”她一手搂住母亲，带到沙发坐下，“怎么了?”

妈妈伸手进口袋，摸出一个皱皱巴巴的白色信封，“他要我去。”

“谁?”安吉接过信封。

“爸爸。”

她打开信，里面是两张《歌剧院魅影》的票。妈妈和爸爸以前常去西雅图市中心的第五大道剧院，那是父亲难得一见的嗜好。

“我打算让这天就这么过去，七月时我没去看《金牌制作人》。”妈妈叹了口气，耷拉着肩膀，“但是爸爸觉得你和我应该去。”

安吉闭了一阵眼睛，看到父亲穿上他最好的黑色西装，朝门走去。他最欣赏音乐剧，总是哼着唱段回到家。理所当然的，《西区故事》成为他的最爱。托尼和玛丽娅。

“那就是你妈妈和我，”他总是这么说，“只不过我们一直相爱到永远，对吧，玛丽娅?”

她慢慢张开眼睛，看到母亲脸上浮现着同样苦甜参半的回忆。

“好主意。”安吉说，“我们去一晚上。到围栏餐厅吃晚餐，在费尔蒙奥林匹克酒店订个房间。会不错。”

“谢谢。”妈妈说，她的声音支离破碎，“那是你爸爸说的。”

第二天早上，劳伦早早起来做好早餐，但是当她看到碟子里的蛋时，突然受不了要吃这么一摊流动的、黏糊糊的黄色东西。她把盘子推开得太快，餐叉掉下落到胶木板桌上。一时间她以为自己要吐出来了。

“你有什么毛病?”

她惊诧地抬起目光。妈妈站在门口，穿着短得碍眼的粉色粗布裙子和一件黑色安息日旧T恤。她的黑眼圈有一个旅行箱那么大。她在吸烟。

“老天，妈妈。真高兴能再见到你，我还以为你死在卧室里了。白马王子到哪里去了?”

妈妈靠在门边。她脸上有种朦胧的自鸣得意的微笑：“这一个不一样。”

劳伦想说物种不一样吗?但是她憋着没吭声。她现在情绪恶劣，一肚邪火，跟母亲多纠缠没好处。“你总这么说。杰瑞·艾克斯坦德不一样，好吧。那个开大众牌公交车的——他叫什么来着?德克?他确实不一样。”

“别当贱人。”妈妈狠狠抽了一口烟，呼出烟气时，她啃了啃指甲，“你是不是来月经了?”

“不是，可我们又晚交房租了，而你看起来打算退休。”

“那不关你的事，不过我可能坠入爱河了。”

“上次你也这么说，那人的名字是斯内克。天知道你绝不会看错一个用爬虫当名字的家伙。你很清楚你会得到什么。”

“你肯定有什么不对头。”妈妈穿过房间，坐到沙发上，她把脚架上咖啡桌，“我真的觉得这家伙可能是对的人，洛。”

劳伦以为听到了母亲话音中的破碎，但是那不可能。母亲的生活中一直有男人来来去去，离去的居多。她爱上过其中几十个人，他们从不长久。

“我正跟菲比喝几杯，打算走的时候，杰克进来了。”妈妈狠狠抽了一口烟，“他像个枪战好手，要到酒吧里来战一场。灯光落在他脸上时，我一时间还以为那是布拉德·皮特。”她大声笑，“第二天早上，当然了，我在他身边醒来时，他看起来就不那么像电影明星了。但是他吻了我，在白天的阳光下，吻了我。”

劳伦感觉她们之间打开了某种纤细的通路。这样的瞬间极为罕见，她忍不住要亲近。她坐到妈妈身边：“你听上去……你说他的名字时和从前不一样。”

这一次，妈妈并没有安心。“我想这不会发生在我身上。”她似乎意识到自己说了什么，表露了什么，于是笑了，“我确定什么也没有。”

“我想我能跟他打个招呼。”

“对了。他以为你是我想象出来的。”妈妈大笑，“就像我会假装自己有个孩子似的。”

劳伦不敢相信她又走回到这条路上去了，但这还是伤了她的心。她想站起身，但母亲拦下她，实际上是碰了碰她。

“还有性爱。滚它的，挺不错。”她又吸了口烟，呼出来，做梦似的微笑着。

烟雾回旋在劳伦的脸周边，钻进她的鼻子。她被这气味噎住，觉得胃里直翻腾。

她跑进浴室，吐了出来。之后，她抖着手刷完牙，回到餐桌前：“我跟你说了多少次不要对着我的脸喷烟?”

妈妈在堆满了的烟灰缸里摁熄烟头，瞪着劳伦看：“呕吐倒是个新反应。”

劳伦抄起桌上的餐盘朝水槽走：“我得走了。戴维和我今晚一块儿学习。”

“谁是戴维?”

劳伦翻了个白眼：“好吧。我已经跟他约会快四年了。”

“哦，他。那个好看的。”妈妈的目光穿过依然逗留不去的烟雾落在劳伦身上，接着又喝了一口可乐，这一次，劳伦感觉母亲确实是在看着她，“你条件很不错，劳伦。相信我，我告诉你一根硬着的屌能毁了一切是真的。”

“对。我想布兰迪夫人也向玛西娅说过同样的话。”

妈妈不笑了，也没有移开目光。过了半晌，她轻声开口：“你知道一个姑娘不会无缘无故就想吐，对吧?”

“不敢相信我居然让你劝我买下了这条裙子。”安吉在酒店房间里打量镜子里的自己。

“我没劝你买。”妈妈在浴室答话，“我给你买的。”

安吉转到侧面，发现红色的丝绸贴向她的身体。妈妈在诺德斯特龙特价衣架上挑了这条裙子，那是安吉绝不会给自己选的类型，红色是那么引人注目的色彩。更可恶的是这裙子性感至极，安吉通常更喜欢典雅型的。

一般来说，她是不肯穿的，但是她和妈妈今天白天过得太棒了。午餐在佐治亚餐厅吃，到吉娜·华雷斯美容院的中心区分部做面部护理，然后在诺德斯特龙购物。妈妈看到这条裙子的时候，大叫着直跑过去。

一开始安吉还以为她在开玩笑。裙子是深红色系带式，还是露背款。上千颗细碎的银色管珠贴合着曲线闪闪发光。就算打了三折，标价也很惊人。

“你肯定是在开玩笑。”她朝母亲摇头，“我们是去看戏，又不是参加奥斯卡颁奖。”

“你现在单身。”妈妈从浴室出来，虽然她在微笑，却带着悲伤的了然眼神。“生活在改变，”那种神情说道，“不管你想不想变。五金店的坦南先生说汤米·马图奇问起你。”

安吉决定当作没听到，跟高中时的男朋友搭在一起可不在她的准备事项列表上。“所以你觉得我要是穿得像个高级应召女郎——或者好莱坞名人，其实是一回事——我就能找到新生活。”安吉想装出轻浮的腔调，可说到新生活这词的时候，她的笑脸绷不住了。

“我觉得，”妈妈慢慢地说，“是时候向前看，而不是回头望了。你在餐馆的事上干得漂亮。约会之夜了不起地成功。你还收集了足够多的外套送给镇上大部分的小学生。现在，去追求幸福。”

安吉明白这是善意的忠告：“我爱你，妈妈。我最近告诉过你吗?”

“说得不够。好了，走吧。你爸爸说我们迟到了。”

她们不到十五分钟就赶到了剧院。她们穿过一道道门，拿出票，走进人山人海的堂皇大厅。

“他爱这里。”妈妈说，声音紧绷，“他总是买很贵的节目单，而且从来不丢掉。我在壁橱里还收着一大摞。”

安吉伸手揽住她母亲，紧紧搂住。

“他会直接带我们去酒吧。”

“那我们就跟上他吧。”安吉领路前往提供鸡尾酒的地点。她挤过人群，要了两杯白葡萄酒。她和妈妈端着酒杯，一边抿着酒，一边绕着大厅走动，欣赏那些金碧辉煌的巴洛克式装饰。

七点五十，灯光闪烁。

她们连忙赶到第四排的位置坐下。剧场里充满细碎的嘈杂声响——脚步声、低语声、乐队成员走动就位的声响。

然后演出开始了。

接下来一小时里，观众为展开的美丽而悲哀的故事所感动。幕间休息时，灯光亮起，安吉拧身对向母亲。

“你觉得怎么样?”

妈妈在哭。

安吉能理解。音乐会让你这样，会让你释放心底的情感。

“他会爱这个。”妈妈说，“我会厌烦背景音乐。”

安吉碰了碰母亲柔软的手：“你会告诉他。”

妈妈转向她。那副老式眼镜放大了她黯淡的泪眼：“他不再那么经常跟我说话了。他说：‘到时间了，玛丽娅。’我一个人不知道该怎么办。”

安吉了解那种寂寞。很痛，有时不可忍受，但无处可逃。你只能继续前进，等着它过去。“你绝不会孤单，妈妈。你有孩子有孙子还有家。”

“不一样。”

“是的。”

妈妈悲伤地撇下嘴角。她们坐在原位，默默回忆往昔，后来妈妈开口了：“你能给我拿杯喝的吗?”

“好。”

安吉侧身走出过道，融入人群。她在门口停了一会儿，回头望去。

妈妈是唯一一个还留在第四排的。从这里看去，她显得那么娇小，微微耸起肩。她在跟爸爸说话。

安吉匆匆横过大厅朝酒吧去。那里已经聚集了几十个人。

就在那时她看到了他。

她深深吸了一口气，缓缓呼出。

他看起来不错。

能让你屏气凝神，能让你痛彻心扉。

从前，他一直都是她见过的最英俊的人。她还记得与他的初次相会，多年以前在亨廷顿海滩。她想学冲浪，但是笨手笨脚。一个巨浪掀翻了她，把她卷入水下，又抛出来。她心慌意乱地拍打着海水，分不清哪边朝上。然后有一只手攥住她的手腕，将她拉出水面。她发现自己看见了平生所见最蓝的一双眼眸……

“康兰。”她悄声念出他的名字，也许他并不是真的在那里，那只是她的想象。她朝他移去。

他看见她了。

他们四目相接，上前拥抱，然后各自退开。他们像一对卡在暂停状态的人偶，挣扎着。

“很高兴见到你。”他说。

“也很高兴见到你。”

尴尬的静默梗在二人之间，突然间安吉希望自己从没有来到这里，从没有打过招呼。

“你过得怎么样？还在西端镇？”

“我挺好。看来我抓到了运营餐馆的诀窍。有谁知道呢？”

“你的爸爸。”他说，几个字就让她想起他有多么了解她。

“对。没错。新闻报道怎么样？”

“不坏。我写了关于高速公路杀手的系列报告。也许你读过了？”

她真希望自己能说读过了，从前，她是他一切作品的头号读者。“我最近差不多就看看当地新闻。”她说

“哦。”

她的心鼓胀起来，开始发痛。光是站在他身边就会受伤，这还只是开头。她应该在还能保留体面的时候离开。然而，她发现自己开口发问：“你一个人来的吗？”

“不是。”

她点了点头，更像是扬了扬下巴。“当然不该是。好了，我最好——”她转身要走。

“等等。”他拉住她的手腕。

她停下，低头看向他强壮的、晒黑的手指，反衬着自己苍白的手腕。

“你怎么样？”他靠近她，“认真的？”

她能闻到他须后水的气味，是昂贵的杜嘉班纳牌，她去年圣诞节买给他的。她扬起脸看他，注意到他下巴上有一小片黑色没有刮到。他总是那样，做什么都匆匆忙忙。安吉曾经不得不每天早晨监督他刮胡子。她想抬起手摸摸他的脸，用指尖抚过他的下颌。“我没事。好些了，真的。我喜欢回到西端镇。”

“你以前总说你绝不回家。”

“我说过很多事，还有很多事没有说。”

她看到他的表情起了变化，深切的悲伤拉下了他的唇角，“别，安——”

“我想你。”她不敢相信自己说出口了，他还没来得及回应（或不做回应），她就挤出笑容，“我跟姐姐黏在一起，又是安吉拉姨妈了。很有意思。”

他笑出声，显然为改变话题松了口气：“让我猜猜看，你向詹森担保会说服蜜拉有个眉毛环也不坏。”

一瞬间他俩又像是回到从前，从前的美好时光。“真好笑。我从不觉得眉毛环好。他倒是提到了文身。”

“康兰?”

安吉看到一位三十左右的金发女子朝康兰走近。她穿着纯海蓝色的裙子，戴着珍珠项链。头发服服帖帖。她看起来像是一间流行专卖店的老板娘。

“安吉，这位是劳拉。劳拉，安吉。”

安吉强颜欢笑，可能笑得有些莫名地过于灿烂了，不过她也没办法。“真高兴能见到你，好了，我该走了。”她想要跑开。

康兰轻轻地拉了拉她。“我很抱歉。”他悄声说。

“为什么道歉?”她逼自己微笑。

“有空给我电话。”

她靠意志力撑住笑脸：“当然，康兰。我很开心再遇上你。再见。”

chapter 15 为爱而行

chapter 15

最糟糕的部分她几乎忘记了。至少，她以为自己已经忘记了，最终，重蹈覆辙。

“否认”，蜜拉用一个词回应了安吉辩解自己在离婚后如何处理情绪的长篇大论。

没错，她想着，像所有的观察结论一样令人折服。从五月到十一月的几个月里，她容许自己仔细衡量失去的事物。尤其她父亲的去世与女儿的夭折以及随后意识到再也没有孩子了。实际上，她很自豪自己能处理好悲伤。伤痛时不时就会击中她，将她拖下冰层，但是每一次，她都能够挣脱。

离婚不知怎么就被放到一边，只是巨人前的小矮子。

现在她看清楚了，却没法看开。

“否认并没有什么错。”她对蜜拉说，后者正站在不锈钢案板前做生面团。

“也许不是，但会积累起来在某一天爆发。那就是有人拿着上膛的枪跑去麦当劳的原因。”

“你暗示我将来会犯下重罪?”

“我在指出你忽视自己的感情只能这么久。”

“接着我就完蛋了，嗯?”

“康兰曾是个好人。”蜜拉柔声说。

安吉走向窗户，注视着外面繁忙的街道：“我想这句的关键词是‘曾是’。”

“有些女人会选择去追她们意外放过的男人。”

“你把康兰说得像是挣脱狗绳跑掉的狗，我应该在志愿者公园贴悬赏海报吗?”

蜜拉绕过案台站到安吉旁边，伸手按住她的肩膀。她俩一起望向窗外，背衬着夜色，泛着银光的窗玻璃上映着她俩氤氲的面庞。

“我还记得你遇到康兰的时候。”

“够了。”安吉说。她现在不能顺着回忆走远。

“我只是说——”

“我知道你要说什么。”

“真的?”

“当然。”她朝姐姐温柔地笑了笑，希望看上去没有透露出伤心，“有些事结束了，蜜拉。”

“爱不应该是其中之一。”

安吉倒希望自己能再一次如此天真，然而天真已随着离婚一并消亡。或许是最先亡故的。“知道的。”她应着，倚在姐姐身上。她无法说出她们都知道的事：每天都有爱面临终结。

劳伦在肖伍德街下车。

她眼前就是那家店：明亮宽广的安全路商店。

“你知道一个姑娘不会无缘无故就想吐，对吧?”

她拉起帽衫的帽子，想把自己藏在柔软的棉布衣褶里。她低下头避开跟别人的眼神接触，大步走进店里，抓过一只红色的购物篮，径直朝“女性用品”的货架去。

她没有费神去看试条的价格，直接拿了两盒扔进篮子，然后跑向杂志架，抽走一本《美国新闻与世界报道》。封面专题是“如何选择学校”。

正合适。

她把它扔到妊娠检测试条上，笔直地向收银台走去。

一小时后她回到家，坐在浴缸边上。她锁上了门，其实没有必要。从母亲卧室里传来的声音错不了：妈妈现在不会来烦劳伦。

她盯着盒子看。上面的小字几乎看不清，她抖着手打开盒子。

“求求你了，上帝。”她没有说出她的恳求。他知道她想要什么。

或者，更准确地说，知道她强烈地不想要什么。

安吉站在领位台前，往日历上写备忘。之前二十四小时她从日出工作到日落，做什么都比想着康兰好。

她一抬头就看到劳伦站在壁炉，盯着火苗发呆。餐馆里满是客人，而劳伦呆站着，什么也没干。安吉走过去，拍了她的肩。

劳伦转身，看起来有点蒙，“怎么了？你说了什么吗？”

“你还好吗？”

“没事。没事。我刚要给第七桌拿些东西。”她拧紧眉，似乎不记得自己刚说了什么。

“蛋奶冻。”

“嗯？”

“第七桌。雷克斯·梅贝里先生和夫人，他们等着蛋奶冻和卡布奇诺。还有柏妮·斯密特点了一份提拉米苏。”

劳伦的微笑令人同情。她的黑眼睛黯然无神，甚至有些悲伤。“没错。”她朝厨房去。

“等等。”安吉叫住她。

劳伦站住，回头。

“妈妈多做了一些奶油布丁，你知道它的口感很快就会变差，下班以后跟我一起吃一点。”

“我不需要吃会发胖的食物。”劳伦答，走开了。

接下来几小时，安吉密切关注着劳伦，注意到她苍白的肤色和僵硬的微笑。她好几次想要逗劳伦笑，全都白费心机。显然有什么事不对劲，大概是因为戴维，也可能她被某间大学拒绝了入学申请。

安吉送走最后一位客人，跟妈妈、蜜拉和罗莎都道了别，关上收银机，她当真担忧了起来。

劳伦站在观景窗前，目不转睛地看着外面的夜色，胳膊紧紧抱在胸前。街对面，志愿者们忙碌地往街灯上挂起火鸡和朝圣帽。安吉知道下一次，他们就会为感恩节之后的圣诞节挂上庆祝彩灯。新年树点灯仪式是值得铭记的盛事，上百的游客会到镇上来看点灯，就在十二月的第一个星期六。安吉几乎没有错过哪次点灯，即使在结婚以后也没有。有些家庭传统不可破坏。

安吉上前站到劳伦身后：“离第一次点灯庆典只剩一周了。”

“对。”

她从窗户倒影看到劳伦的脸，倒影苍白而模糊：“你们一家每年都去看典礼吗？”

“我们一家？”劳伦放下胳膊。

“你和你的妈妈。”

劳伦发出的声响或许是嗤笑："亲爱的妈咪可不是那种站在冷飕飕的夜里看开灯的人。"

安吉意识到这是成年人的说法，大人丢给渴望去看圣诞彩灯的小孩子的解释。安吉想拍拍这姑娘的肩膀，让她知道她不是孤单一人，可是这样的亲密举动眼下看不合时宜。"也许你愿意跟我一起去，我应该说跟我们一起去。德萨利亚家会像一群蝗虫落到镇上，我们吃掉热狗，喝热可可，还会从流动货摊上买烤栗子。我知道，这有点奇怪，可是——"

"不用，谢谢。"

安吉听出女孩的话音里带着防备，拒绝之下隐藏着心痛。她也察觉劳伦随时都会冲进夜色，因此她谨慎地挑选要说的字眼："出什么事了，蜜糖?"

听到蜜糖这词，劳伦似乎畏缩了。她叹了一声，"回见。"转身从窗前离开。

"劳伦·瑞比度，你给我站住。"安吉让自己都吃了一惊。她都不知道自己能用妈妈那样的语气说话。

劳伦慢吞吞地转向安吉："你想我怎么样?"

安吉在女孩的声音里听到一口痛苦的深井，她能分辨那种声音的每一丝差别。"我关心你，劳伦。显然你很难过。我想帮忙。"

劳伦像被打了一拳："别。拜托了。"

"别什么?"

"别对我这么好，我今晚真的受不了了。"

安吉明白那种感觉，那种脆弱。她痛恨有人还如此年轻就得受这种罪，但是再想想，如果没有强烈的困扰和狂热的情感还叫什么青春期呢? 所有的事很可能就是因为考砸了一次。除非是——"你和戴维分手了?"

劳伦差点笑出来："谢谢提醒我还会有更糟糕的事。"

"穿上外套。"

"要带我去哪里吗?"

"对。"

安吉抓住机会，她回厨房拿自己的外套。等到她回来，劳伦已经站在门边，穿着她的绿色新外套，双肩背包甩到一边的肩上。

"过来。"安吉说。

她们肩并肩走下黑暗的街道。每隔几英尺就会有一根华丽的铁路灯朝她们投下灯光。一般来说，这些街道在工作日晚上十点半时就已荒无人迹，但是今晚到处有人在为中心区迎接节假日做准备，寒冷的空气里能闻到燃烧的木材和大海的气息。

安吉停在街角，本地职业妇女福利互助会的成员正在派送热可可。

“你喜欢棉花糖吗？”派送的女子朗声问，呼出一片绒绒的白羽毛。

安吉笑起来：“当然喜欢。”

安吉两手捧住保温杯。热意浸上指尖，蒸汽扑面而来。她把劳伦带到镇上的广场。她俩坐在一张水泥长凳上。即使隔了这么远，还是能听到海浪声。它是城镇的心跳，平稳不变。

她斜了一眼劳伦，后者阴郁地呆看着杯子。“你能跟我说，劳伦。我知道我是个成年人，所以像是敌人，但是有时候生活会朝你扔个曲线球。跟人聊一聊你的麻烦会有帮助。”

“麻烦。”劳伦重复着这个词，似乎那不过是件小事。但是十几岁时麻烦是生活的一部分，安吉知道的。仿佛每件事都很重要。

“说吧，劳伦。”安吉催促，“让我帮你。”

最终，劳伦朝她转过身：“是戴维。”

当然是了。在十七岁的年纪，差不多所有心事都围着某个男孩子转。如果他不经常打电话给你，会让你心碎；如果他在午餐时间跟梅利莎说了话，会让你哭上好几个钟头。

安吉等着。要让她开口，她会告诉劳伦她还年轻，总有一天戴维会变成初恋甜蜜的回忆。那可不是十几岁年轻人想听的话。

最后，劳伦问：“你要怎么把坏消息告诉别人？我是说，告诉你爱的人？”

“最重要的是你得诚实。保持诚实。我很艰难才学会这点。我想分担丈夫的感情，却对他说了谎话。那毁了我们。”她看向劳伦，“是大学的事，对吗？”安吉放轻话音，希望接下来的话不会让人刺痛，“你担心你和戴维会分开，但是你还没有收到申请学校的回复，做出反应之前你得了解全部事实。”

头上的夜空里，月亮从云层后冒头。银色月光落在劳伦的脸上，她看起来突然变得更为成熟敏慧。饱满的脸颊被阴影遮蔽，双目深黑神秘莫测。“大学。”她木然应声。

“劳伦？你还好吗？”

劳伦迅速撇开脸，像是要藏起泪水。“没事。就是它。我害怕我们会……分开。”这词对她来说似乎不可承受。

安吉伸出手，按到劳伦的肩上。她发觉这姑娘在发抖，她相信这不仅仅是因为天冷，“那完全正常，劳伦。我毕业那年爱着汤米。他——”

劳伦骤然跳起身，推开安吉的手，“我得走了。”月光照亮她两颊的泪痕。

“等等，至少让我送你回家。”

“不必。”劳伦已经毫不掩饰地哭起来，“谢谢鼓励我，可我现在就得回家。我明晚会来上班，别担心。”

说着，劳伦跑进黑夜。

安吉站在原地，听着女孩的脚步声远去。她今晚做错了事，要么方法不对要么有所疏漏，她不确定是哪一项。她所知道的就是事情比一开始更糟糕了。无论安吉说过什么，她说错了。

“也许我没有孩子是件好事。”她大声说。

接着她想起自己的青春岁月。她和妈妈忙着每天互呛，什么都要吵，从裙子长度到鞋跟高度到门禁时间。妈妈不管说什么都不对，尤其对妈妈关于性、爱情和毒品的忠告更是充耳不闻。

也许是安吉的错。她急于解决劳伦的问题，但是也许那不是一个少女想从她这里听到的。

下一次，安吉发誓道，她会只听不说。

chapter 16

为爱而行

chapter 16

约会之夜大获成功。看来不论老少，有许多西端人都在找机会出门吃晚餐、看场电影。很可能还得归结于天气。这是个灰暗阴沉的十一月，即使感恩节即将来临，天气似乎也并未有所改善。这样寒冷多雨的夜晚在镇里可以做的事可不太多。

安吉在餐桌间穿行，与来客交谈，确认罗莎和新来的服务生卡拉完成了工作。她亲自上阵加水、送餐包，还清理了很多张桌子。

妈妈的特餐今晚销量特别好。她们在八点就卖完了藏红花贻贝烩饭，再过不到一小时，配有烤番茄和蒜泥蛋黄酱煎洋蓟心的鲑鱼细面也会售罄。能这么成功真是令人惊讶。

安吉最近仔细考虑过，实话说，是在遇见康兰以后，毕竟她有很多时间来思考。在一个小镇里，一个没有孩子也没有约会计划的单身妇女有大量的思考时间。

一旦她开始思考她的生活，似乎就无法停止了。她想起自己很久以前做出的选择，那时她还没有成熟到能够明白真正重要的是什么。

十六岁时她决定要变成个大人物。也许因为她在一个小镇里的大家庭中长大，或者因为父亲给予的宠爱与尊重对她来说分量太重。即使到如今她也无法确定是什么催促她的选择成型。她只知道自己渴望着另一种不一样的、节奏更快、更能见世面的生活。就读常春藤联盟是个开始，她的高中班里没有谁去了那么遥远的大学。从那以后，她学会的东西使她与高中时代的朋友和自己的家庭越行越远。俄国文学、艺术史、东方宗教、哲学，所有这些科目的学习让她更为关注广阔的世界。她想全都抓住，想去体验。你一旦将自己绑上赛车，咆哮着奔上快车道，你就会忘记减速下来看风景。一切模糊一片，只除了终点线。

然后她遇到了康兰。

她是那么爱他。爱得足以在神明面前发誓，今生今世不会再爱别的男人。

那份爱，刚开始萌芽的时候过于幼小，她还并不确定，毕竟当时她刚刚抓住生活中缺失的事物，然而最终水到渠成。爱使他们期盼得到一个孩子，而在期盼过程中又耗尽了他们继续爱下去的能力，这实在是讽刺。

如果亡失能催促他们更紧密而不是让他们分开就好了。

如果他们能更坚强些就好了。

这些都是那天她在剧场时应该跟他说的。然而，她表现得像个没头没脑的青少年，徒劳无功地一头压在四分卫身上。

餐馆打烊时她仍然考虑着这事，于是她给自己倒了杯酒，在壁炉边坐下。所有人都离开之后，餐馆非常安静。她没有回家的理由，她觉得在这里很自在。而在家里，太容易一头沉入孤寂自怜的黑暗道路。

孤寂。

她抿了一口葡萄酒，告诉自己方才的一阵战栗全是因为炉火太热。

厨房门突然打开。蜜拉走进餐厅，一脸疲惫。

“我以为你回家了。”安吉说，朝姐姐推过一张椅子。

“我陪妈妈走到她停车的地方。我们站在雨里的时候，她十分确定地告诉我，我那十来岁的女儿穿得像个妓女。”她沉进椅子里，“我要来一杯。”

安吉倒了一杯酒，递给姐姐：“这年头所有的青少年都那么穿。”

“我也这么跟妈妈说。她回答：‘你最好告诉莎拉，她在给太年轻还不能出卖的东西打广告。’哦，爸爸会在坟墓里气得翻身。”

“啊。这话说得重。”

蜜拉疲惫地一笑，啜了一口酒：“你看起来也不开心。”

她叹气：“我有麻烦了，蜜拉。自我又见到康兰以后——”

“你从你们分开那天就有麻烦了。人人都知道，就只除了你自己。”

“我想他。”安吉悄声承认。

“那么你打算怎么做？”

“做什么？”

“把他赢回来。”

光说出来都让她伤心：“火车已经离站了，蜜拉。太晚了。”

“到死都不晚。还记得肯特·约翰吗？他甩了你的时候，你发起的活动能载入史册。”

安吉放声笑起来。确实，那个可怜人一点反抗机会都没有，她像阵寒风一样追在他后面。“我那时才十五岁。”

“是，现在你三十八了。康兰可比某个高中运动员有价值得多。如果你还爱他……”像所有优秀的渔夫一样——西端镇上人人都懂怎么钓鱼——蜜拉正晃着鱼钩。

“他现在不爱我了。”安吉迅速答。

蜜拉看向她：“你确定？”

这辈子里，劳伦第一次逃了一整天的课。但是安吉说得对：劳伦需要事实，而不是恐惧。

她在灰狗公交车上，僵直地坐在窗边，瞧着外面的风景变化。她付费上车时，外面还是一片黎明来临前的黑暗。等到公交车穿过菲克瑞斯特，阳光刚刚爬上山头。公交车在菲克瑞斯特停了好几站。每到一站她都神经紧张，祈祷着不会有认识的人上车。谢天谢地，她安全了。

她最后闭上眼睛，不想再看行经的路途。每一英里都在将她带往目的地。

“你知道一个姑娘不会无缘无故就想吐，对吧？”

“我没有。”劳伦悄声祈祷那不是真的。

那些家庭装妊娠测试的便宜货总是出错，人人都知道。

她不可能怀孕，不管那根小细杠显示的是什么。

“第七大道盖伦。”司机在公交车匆匆靠站时大喊。

劳伦抄起她的背包仓促下车。

冷风迎面而来，潮湿的冷冽空气包拢了她，害她猛吸一口气。这里的空气和家里不同，家里有松香、绿树和大海的咸风，这里闻起来像大城市，一股汽车废气味，空气也不流通。

她翻起衣领挡住脸，四下张望确定方向，然后步行过两个街区走上切斯特城大街。

目的地就在那里：一座低矮朴素的平顶水泥建筑。

“计划生育”

真是笑话。如果真是笑话，她就跟这里完全没有关系。它应该叫作无计划不要生育。

她深深呼出气，迟了一点才发现自己在哭。

“别哭，你没怀孕，你只是来确认。”

她快步走上建筑物前门的石板路。她一刻也没敢停顿，推开大门，路过保安，走进候诊室。

一开始她看到的都是女人——还有女孩——都是比她先到的。没有一个人来这个地方看上去很高兴。这里没有男人，接着她发现了这里的沉闷——灰色的墙壁、灰色的塑料椅子、量产型灰色的地毯。

劳伦大步走向前台，接待员抬头朝她微笑。

“要帮忙吗？”女接待员边问边从蓬起的头发里抽出一支笔。

劳伦倾身向前低声说：“瑞比度。我电话预约过看医生。”

女接待员查阅文件：“哦，对，妊娠检测。”

劳伦不禁瑟缩，这女人根本是把妊娠这词尖叫出来。“对，没错。”

“请坐。”

劳伦小心地避开跟任何人的眼神接触，连忙找了张椅子坐下。她低着头让长发垂落挡住脸，呆看着腿上的背包。

没完没了的等待之后，有个女人走进候诊室叫出劳伦的名字。

她跳起来奔上前：“我是劳伦。”

“跟我来。”那女人说，“我叫朱迪。”她们进走一间小小的检查室。朱迪指示劳伦坐上一张盖着纸的检查台，然后手拿写字板在她对面的椅子坐下。“那么，劳伦，”朱迪说，“你想做妊娠检测？”

“我确定我并不需要，不过……”她强颜作笑，“保险一点，以免后悔。”她的微笑淡去。她等着朱迪挑明如果劳伦真做到保险一点，现在也不必后悔担心。

“性生活频繁吗？”

要应答这些成年人的问题让她觉得羞愧，她还太年轻不该到这里来。

“是的。”

“性行为安全吗？”

“是，绝对安全。我和戴维一起三年了，才让他……你知道的……我们只有一次没用保险套。”

朱迪的表情是满满的带着悲伤的理解：“一次就够了，劳伦。”

“我知道。”现在她感觉凄惨和愚蠢的程度和羞愧一样深，“那是在十月的第一周，我会记得是因为那就在朗维比赛之后。我那个月的月经准时来了。”

“那么为什么你今天还要来这里？”

“我这个月的月经来晚了，还有……”她没法大声说出来。

“还有?”

“我用那些家用验孕棒测过一次，结果阳性。可它们总是出错，对吧?”

“它们当然有可能出错。上个月出血量多吗?”

“几乎不明显，但是有。”

朱迪看向她，“你知道怀孕时也会有少量出血吗？有时那看起来就像来了月经。”

劳伦身上泛过一阵寒意，“哦。”

“好了，让我们给你做个检测看看情况。”

劳伦关上身后的公寓门。

她把背包甩上沙发，然后朝母亲的房间走去，回家的路上她一直在想该说什么。现在她已经到家，在闻起来还有未散去的烟味的公寓里，站在母亲半掩的卧室门前，还是没有想好该说什么。

正打算敲门时她听到了说话声。

真不错。那个他又来了。

“你记得我们相遇那个晚上吗?”他的嗓音沙哑苍老。妈妈所有的男朋友听起来都那个样，仿佛他们打从少年就开始抽没过滤的烟。

然而，那仍是一个浪漫的问题，真令人意外。劳伦发现自己正倚向前，紧张地等着母亲的回答传出门外。

“当然记得。”妈妈说，“我怎么忘得了?”

“我告诉过你我只在镇上留个几周，现在过一个月了。”

“哦。”母亲的声音有着令人吃惊的脆弱，“我知道。过得开心之类那些话。”

“别。”他柔声说。

劳伦凑近。

“别什么?”妈妈说。

“我定不下来，比莉。我干了些破事。我让人伤心，尤其是嫁给过我的那三个女人。”

“你以为我是特蕾莎修女吗?”

劳伦听见他穿过房间，床垫在他的体重下嘎吱响，床头板撞到墙上。

“我离开镇上时你要是跟着我走就太傻了。”他说。

劳伦倒抽一口气，她听到母亲也是一样。

“你是要我跟你走?”妈妈问。

“我想是的。”

“劳伦六月毕业，要是你能——”

“我不是会等人的那种人，比莉。”

一阵很长的停顿，然后母亲开口了：“太糟了，杰克。也许我们可以……我不知道……做些什么。”

“是。”他说，“时机不好。”

劳伦听见他站起身朝门口走来。

她磕磕绊绊退回起居室，想装作刚到家的样子。

杰克匆匆走出卧室。看到劳伦时，他停下步子，笑了笑。

这是第一次劳伦真正看到他。他挺高——大概六尺三寸——一头长金发。他穿着摩托车服——黑色旧皮裤、黑色重靴、镶着花里胡哨饰物的黑色皮衣。他的面容让她想起国家森林公园里那些嶙峋的山岩，生硬粗糙。他脸上全无一丝柔软，尽是尖锐的棱角与深邃的沟壑。一道彩色文身盘过他的喉部向下埋入衣领。那是条尾巴，大概是龙的或者蛇的。

如果麻烦长了一张脸，它就长这样。

“嗨，小鬼。”他点点头，从她旁边走过。

她眼看着他离开，然后回头看向妈妈的卧室。她朝门口走了几步，接着停下。

也许现在时机不对。

卧室门吱呀响着打开。妈妈趔趄走出，跟劳伦擦身而过时骂骂咧咧：“我该死的烟在哪里?”

“咖啡桌上。”

“谢谢。哦，我觉得像坨屎。昨晚派对玩过火了。”妈妈垂眼看向流理台上一堆比萨饼盒，发现烟盒时笑起来，“你回家挺早，怎么了?”

“我怀孕了。”

妈妈猛然抬头，烟叼在她嘴边，没有点燃：“跟我说你骗我。”

劳伦靠近母亲。她忍不住。无论她过去多么频繁地失望，她总是相信——或说希望——这一次会不一样，眼下她渴望拥抱和安慰，渴望听到有人说“没事，蜜糖”，即使她明知那是谎言。“我怀孕了。”她这回放柔声音说。

妈妈甩了她一耳光，打得结结实实。她俩都被这番突兀举措惊呆了。

劳伦倒吸一口气。她的脸痛得要命，然而反倒是妈妈的眼里涌起泪水。

“别哭。”劳伦说，“求你。”

妈妈原地不动，瞪着她看，烟还叼在嘴上。

她穿着粉红的低腰裤和剪短的白衬衫，本该看起来还青春年少，然而她看上去像个希望落空的老年妇女。“难道你就没从我身上学到点东西吗?”她往后靠向粗糙的灰泥墙壁。

劳伦过去站到她身边。她们肩挨着肩，可谁也没伸手去碰一碰另一个。劳伦木然呆看着凌乱的厨房，试图忆起自己竟然指望过母亲说些什么。“帮帮我。”劳伦无力地说道。

“做什么?”

劳伦这辈子一直觉得有母亲在场自己都很孤单，但从未像此刻这般孤立无援，“我不知道。”

妈妈转头看她。化妆品糊脏的眼睛里那份悲哀比耳光更伤人。“拿掉它。”她疲惫地说，“别让一时犯错毁了你的一切。”

“我以前就是这个？只是你一时犯错?”

“看看我，这就是你想要的生活?”

劳伦艰难地咽了口唾沫，抹了把眼睛，“它是个宝宝，不……没事。如果我想把它留下呢？你会帮我吗?”

“不会。”

“不会？就这样，不?”

她的母亲终于碰了碰她。这记碰触悲哀温和，几乎未做停留，“我为自己的错误付出了代价。我不会背负你的错。信我这一次，去流产，给自己一条生路。”

“你确定?”

这问题害安吉昨晚全无睡意。

“去你的，蜜拉。”她嘟哝。

“你说什么?”妈妈来到她身后。她们现在都在妈妈的家中的厨房里，在做感恩节要吃的馅饼。

“没什么，妈妈。”

“你来以后一直都在嘟嘟囔囔，我以为你有事要说。把山核桃摆整齐，安吉拉，没人想吃乱七八糟的馅饼。”

“我都不知道自己到底在干什么。”安吉把那包山核桃扔到流理台上，出去了。露台上到处都是露水，扶手上挂着，地板上粘着。草坪茂盛柔软，像一幅圣诞节丝绒帷幕。

她听到滑动门打开，又关上。

妈妈来到她身旁，站在一边低头看着光秃秃的玫瑰园，“你不是来说山核桃的。”

安吉揉了揉眼睛叹了口气，“我在西雅图看到康兰了。”

“你也该告诉我了。”

“蜜拉多嘴了，嗯？”

“我会说是分享。她担心你，我也是。”

安吉把手放上冰冷的木扶手，靠上去。一时间，她以为自己听到了远方的海浪声，接着她发现那不过是头顶飞过的一架飞机。她叹息一声，想要问问母亲自己是怎么落到这般地步，三十八岁的女人，无夫无子。但是她自己清楚，是自己让爱情漏出指间。

“我觉得迷失了。”

“那么你现在打算做什么？”

“我不知道。蜜拉问了我同样的话。”

“那姑娘，她有了不起的基因。还有呢？”

“也许我会给他打电话。”她说，头一回允许自己去想这回事。

“会有用。当然了，要是我的话，我要看着他的眼睛。只有那样你才能知道真相。”

“他只会走开。”

妈妈似乎惊呆了：“你听见了，当爹的？你的安吉拉变成了胆小鬼。这不是我认识的孩子。”

“前些年我干成过一些事，妈妈。”她勉强笑着，“我没有以前那么坚强了。”

“才不会，以前的安吉拉为她失去的崩溃了。我的这个新女儿不会害怕。”

安吉转过身，看向母亲幽深的黑眼睛，那里映着她的一生。她闻到妈妈的水网发胶和“禁忌”香水味，突然间她很欣慰能与这个女人一并站在这庭院里的露台上。这提醒她无论生活如何天翻地覆，总有一部分不曾改变。

亲情。

真是讽刺。她一路奔向加利福尼亚，拉开自己与家人的距离。她早该知道那种事情办不到，亲情浸血入骨，家人以前一直陪伴她，即使是已经过世的爸爸也……他们依然会继续在寒冷的秋日清晨陪伴她。

“我很高兴回家了，妈妈。我都不知道自己有多想念你们。”

妈妈笑了：“我们知道。去把馅饼放进烤箱，我们还有很多烘焙活要做。”

chapter 17 为爱而行

chapter 17

劳伦的校服袖口一如既往松松垮垮，它还是不合身。她看向镜中的自己，努力劝说自己没人会发现。她觉得自己就像赫丝·特普林，只不过鲜红的字母是个 P，印在她的肚子上。

她洗过手，擦干，离开浴室。

刚到放学时间。学生们从她旁边跑过，一堆一模一样的红黑格子花呢彼此谈笑风生。假日前的最后一个上课日，总是这么喧闹。她都不知道有多少人大声招呼她。他们不可能没看出她现在有多么异样，多么疏离。

“洛!”戴维叫她，飞奔而来，背包拖在地上。他一到她面前就把包扔了，拥她入怀。

她偎依着他。到她最终退开时，她在发抖。

“你去哪里了?”他边问边用鼻尖蹭着她的脖子。

“我们能去别的地方说话吗?”

“你听说了，对吧? 该死，我跟所有人讲我要给你个惊喜。”

她仰头看他，突然发现他的眼睛那么明亮，笑意如此明显，他看起来随时都会放声大笑。“我不知道你要说什么。”

“真的?”如果可能的话，他的微笑简直在生长。他拉起她的手一路牵着她跑。他们跑过自助餐厅和图书馆，一头扎进音乐室旁边一个黑漆漆的凹室。行进乐队正在练习，断断续续的《龙舌兰酒》音符吐向下午的寒气。

他狠狠亲了她一口，然后退开，咧开了嘴：“给。”

她垂眼盯着他手上的信封。它已经打开过了，上缘破破烂烂。她从他手里接过，看向回信地址。

斯坦福大学。

她屏住气抽出信纸看向第一行：“亲爱的海恩斯先生：我们很高兴录取你

为……”

泪水害她没法再读下去。

“不是很好吗?”他说，从她手里拿过信，“之前还在纠结。”

“太早了……还没有别人知道。”

“我猜我就是走运。”

运气好，是啊。“哇嗷。”她不敢看着他，她不可能现在告诉他。

“这才开始，劳伦。你会进南加州大学或伯克利分校，我们就开始新的征程。我们会一起过周末。还有节假日。”

她终于抬头看向他。如今他俩相距遥远，像隔了一片海。读不同学校算不上什么问题。“你今晚要走，对吗?”即使在自己听来，她的声音也呆板发木。

“感恩节要在弗雷德里克叔叔家过。”他把她拉进怀里抱紧，悄声说，“只过周末，然后我们就能庆祝了。”

她想为他高兴。斯坦福大学，他的梦想之地。“我为你骄傲，戴维。”

“我爱你，劳伦。”

真的。他爱她，并不是那些傻乎乎的高中生式的“我只想找人睡”的爱法。

若是在昨天那就已经足够，可今天她看事情的眼光不一样了。

生活不复杂的时候爱一个人很容易。

上个星期劳伦最大的担忧——似乎有无敌绿巨人那么可怕的担忧——曾是担心不能进斯坦福大学。如今那不过是最小的烦恼，很快，她就得告诉戴维关于孩子的事，从那一刻起，就没有什么事是容易的了。爱微不足道。

无论怎样劳伦还是挺过了周三在餐馆上班的时间，老实说她不知道自己怎么办到的。她的脑子塞得满满的，她应该不可能记住一份订单，别说是一堆。

“劳伦?”

她转过身，发现安吉正朝她笑，眼神里有着担心。

“我们希望你和你的母亲来妈妈家吃感恩节晚餐。”

“哦。”劳伦希望没有露出自己的渴望之情。

安吉朝她靠近：“我们真的希望你们能来。”

她这一生都在等这样的邀请。“我……”她似乎无法拒绝，“我妈妈不喜欢派对。”除非你们提供琴酒和大麻。

“如果她很忙，你就自己来，考虑一下，可以吗？大家会在一点左右到妈妈家。”安吉递给劳伦一张纸，“地址在这里，你要是能来就太好了。你在德萨利亚工作，你是家人。”

感恩节那天，劳伦醒来，第一个念头就是：你在德萨利亚工作，你是家人。

这一次，她在过节时有地方可去，可她现在一塌糊涂、呆头呆脑的怎么能去？安吉看她一眼就会知道真相，劳伦从发现自己怀孕那一瞬间就在害怕这一刻到来。

到十一点电话铃声响起时她还在公寓里徘徊，才响一声她就接起了电话："喂?"

“劳伦？是安吉。”

“哦，嗨。”

“我想你今天会不会需要搭个便车。看起来会下雨，我知道你妈妈的车不能用。”

劳伦叹气，满心向往地叹息：“不用，谢谢。”

“你会在一点钟到，对吧?”

她问得那么温柔，劳伦没法拒绝。她太想去了。“当然。一点钟。”她挂了电话，走向妈妈房间，站在门前聆听，里面很安静。她终于敲了敲门："妈妈?"

床垫弹簧响声，接着是脚步声，门开了。妈妈站在门后，眼神蒙眬，皮肤泛灰，穿着一件及膝的 T 恤衫，上面印着酒馆广告，口号是“酒鬼为酒鬼服务 89 年”。

“什么事?”

“今天是感恩节，还记得吗？我们被邀请去吃晚餐。”

妈妈从旁边摸了一包烟，点燃了一支，“哦，对。你的老板。我以为你还没想好。”

“我……我想去。”

妈妈往身后瞧了瞧——无疑在看床上的男人，“我想我要待在这里。”

“可——”

“你去，好好玩。反正我不爱凑热闹，你知道的。”

“他们邀请了我们两个，只去一个人很尴尬。”

妈妈抽着烟笑了：“没有比跟我一起露面更尴尬的。”她特意看向劳伦的肚子，“再说，你再也不是一个人了。”

门关上了。

劳伦走回卧室。十二点十五分，她扯出三套衣服，挑来拣去。老实说，她感谢选衣服能让自己分心。这让她脑子空不下来，让她除了怀孕之外有事可想。

最后，她没时间了，决定就穿着身上的衣服：顺滑的印度印花纱裙、黑色蕾丝领口的白 T 恤衫和安吉送她的外套。她梳直头发，往后梳成马尾，上了一点妆，刚够给苍白的面颊和浅色的睫毛上点颜色。

她赶上了十二点四十五分穿过镇子的公交车。

她是感恩节白天里的唯一乘客。她觉得这有点悲哀，将举目无亲表现得惟妙惟肖。

然而同时这意味着她有地方可去。比那些今天独自坐在家里的人要好些，边吃锡箔纸盒里的饭边看电影会让你为自己没有的事物伤心。所有的假日特别活动都这样，电影也好，游行也罢，它们展示的都是家人团聚欢度节日，享受彼此陪伴，母亲抱着……

宝宝。

劳伦深深叹息。

它一直像个漂着的软木塞，准备着随时跳出她的脑海。

“不是今天。”她大声说。为什么不能自言自语？这里没人会发笑，也没人会神经紧张地偷偷溜走。

今天会是她第一个合家共度的感恩节。她等了一辈子，她不能让那个孩子毁了它。

在枫树路和哨兵路的交叉街角，她下了车。天空是铅灰色，看上去更像是傍晚而不是正午。风刮扫过地面，卷起发黑的树叶，摇动着光秃秃的树。还没下雨，不过很快就要下了。暴风雨快来了。

她扣上外套避寒，跑下街道，一路看着门牌号——尽管其实无须如此。她接近德萨利亚家时，一下就认出它了。庭院修剪得整整齐齐，被精心照料。紫甘蓝沿着步道开放，在冬日枯荒的地面造出一道色彩的溪流。

房子是美丽都铎风格，有含铅玻璃窗和倾斜的屋顶以及拱形的砖砌门廊。门边站着一尊耶稣像，伸出双手迎客。

她走下水泥路，经过一座圣母玛利亚的喷泉，敲响门。

没人回应，但她能听到屋里一阵骚动。

她按响门铃。

又一次，没人应门。她正打算转身离开时，门突然打开了。

一个小小的金发姑娘站在门口，仰着头。她穿着漂亮的缀有白边的黑天鹅绒衣服。

“你是谁?”小女孩问。

“我是劳伦。安吉邀请我来吃晚餐。”

“哦。”女孩朝她笑，转身跑开了。

劳伦站在原地，困惑不解。冷风吹过她的后背，提醒她关上门。

她小心翼翼地穿过窄小的门厅，在起居室外停下。

里面吵吵嚷嚷，至少有二十个人在里头。三个男人站在观景窗边的屋角，边喝鸡尾酒边比手画脚地谈天、看橄榄球赛。几个少年坐在游戏桌边玩牌。他们放声大笑，冲彼此大叫大嚷。一些年纪小些的孩子趴在地毯上，围着糖果土地游戏板爬，就像车轮上的几根辐条。

她害怕穿过人群，于是从门口退开，转过身。门厅另一头是另一个房间，里面有几位长者在看电视。

劳伦屏住呼吸匆匆穿过，没人问她是谁，然后她发现自己来到了厨房门前。

香气最先击中她。

完全是天堂。

然后她看到了那些女人。她们一起在厨房里忙活，蜜拉在削土豆皮，莉薇在往华丽的银盘子里摆开胃菜，安吉在切蔬菜，玛丽娅在擀面团。

她们全都在说话，还经常笑起来。劳伦只能听清谈话的零星片断。

“劳伦!”安吉大叫，从蔬菜山里抬起头，“你来啦。”

“谢谢你请我来。”她突然意识到自己应该带些东西来，比如一束花。

安吉往她身后看去：“你妈妈呢?”

劳伦脸红了：“她……呃……得了流感。”

“好吧，我们很高兴你来了。”

接着劳伦发现自己被女人们围住了。接下来一小时里，她也在厨房里忙活。她帮莉薇摆好桌子，帮蜜拉在起居室里放上开胃零食，帮安吉洗盘子。

任何时候厨房里都有至少五个人在。到开始上菜的时候，人数翻了倍。

似乎人人都很清楚该做什么。女人们行动起来就像花样游泳运动员，端着托盘将菜送去一个又一个房间。到最后坐下的时候，劳伦发现自己坐在成年人的餐桌上，就在蜜拉和萨尔中间。

她这辈子从没见过那么多菜。有火鸡，这是当然的，还有两碗馅料——一份填在火鸡里煮的，一份没填。一堆又一堆土豆泥，一碗又一碗肉酱汁，青豆炒洋葱，蒜香培根，帕尔玛干酪配意式熏火腿，阉鸡汤粉，烤蔬菜盒子，还有家制面包。

"满满当当，对不对?"蜜拉歪过身笑着说。

"很漂亮。"劳伦出神地应道。

玛丽娅在主座带领所有人祈祷，以为全家祈福结尾，然后她站了起来，"这是我在你们爸爸的位子上过的第一个感恩节。"她停下，紧紧地闭上双眼，"他在想着他有多么爱我们大家。"

当她张开眼睛，他们眼里都涌满泪水。"开吃。"她蓦然坐下。沉默了半晌之后，众人重拾话头。

蜜拉端起片好的火鸡肉递向劳伦。"给，年轻人比美人优先。"她开怀大笑。

劳伦从吃火鸡开始但并未到此为止。她往盘子里装食物直到能堆起来，每一口都比前一口要美味。

"你的大学申请得怎么样了?"蜜拉尝了一口白葡萄酒。

"我把申请信全寄出去了。"她努力往话音里倾注热情。不过在一周以前，她还被申请书逼得喘不上气，害怕也许不能被录取，害怕会跟戴维分离，但是仍然为未来而兴奋不已。

不像现在。

"你申请了哪些地方?"

"南加州、加州大学洛杉矶分校、佩珀代因、伯克利、华盛顿大学，还有斯坦福大学。"她叹气。

"好厉害的名单，难怪安吉那么为你骄傲。"

劳伦看向蜜拉："她为我骄傲?"

"她一直都这么说。"

这话一箭穿心："哦。"

蜜拉把她的火鸡切成可入口的小块。"要是我能离开去上大学就好了，也许去莱斯大学或布朗学院。但我们那时候没这么想过，至少我没有，安吉有。

后来我遇上了文斯，然后……你懂的。”

“什么？”

“计划是在菲克瑞斯特的社区大学读两年，然后在西华盛顿大学读两年。”她笑了，“某程度上是这样。我没有算上大学二年级和三年级之间那八年，但生活还是按着计划走了。”她的目光越过房间落在孩子们那一桌。

“因为有宝宝害你没能读大学。”

蜜拉皱起眉头：“多奇怪的说法。不，只是让我放慢了速度，就那样。”

这番交谈之后，劳伦再也没法舒心进餐了，连微笑都困难。她吃完了——或是假装吃完了——然后像个自动机器人一样帮着清理盘子。她想的全都是肚子里的孩子，它越长越大，将她的世界越挤越小。

她周围所有人都在谈论孩子、宝宝还有拖大带小的朋友。安吉进屋的时候这话题就停了，但她一离开，女人们就又开始讲小孩的事。

劳伦希望自己能离开，就这么不为人注意地溜进夜色里消失不见。

可那样很无礼，她是守规矩和与人为善的那种姑娘。

那种让男朋友说动了有那么一次不用避孕套也没事的姑娘。“我会拔出来。”他保证过。

“不够快。”她喃喃着拿起一片馅饼走进起居室。

她坐在起居室里，挤在莉薇的两个小儿子中间时，注意力飘远了。她低头盯着丝毫未动的馅饼看。有个男孩一直在对她讲话，向她问起她从没听说过的玩具和从没看过的电影。他的问题她一个也答不上。见鬼，她几乎都不记得要点头微笑假装自己在听。眼下她怎么可能去关注一个孩子的提问？就在此时此刻，有一个生命在她体内扎根，随着她每一次心跳成长。她摸了摸腹部，那里还那么平坦。

“跟我来。”

劳伦扬起头，连忙从腹部抽开手。

安吉站在眼前，肩上披着格子花羊毛毯。她没等劳伦回应，转身就朝着滑动玻璃门去。

劳伦跟着她走到后院露台。她们肩并肩坐到木长凳上，两人都把脚搭上了露台栏杆。安吉用毛毯裹紧了她俩。

“你想谈谈吗？”

这温柔的语气是劳伦的弱点。她的决心消退，余下一片苍白阴沉的绝望。她看向安吉：“你了解爱，对吧？”

“我和康兰相爱了很久，我的家人结婚近五十年。所以，是的，我对爱还是懂一点的。”

“可是你离婚了，所以你也明白它会结束。”

“对，它会结束。它也能建立起一个家庭，永远延续下去。”

劳伦对那种在困苦年月中仍能坚定不移的爱一无所知，但她确实知道如果戴维听说了他俩有个孩子会做何反应。他的笑容会消失。他会努力说这没关系，他爱劳伦，他们会没事的，但他俩谁都不会相信这话。

“你爱过你丈夫?”劳伦问。

“爱过。”

劳伦情愿自己没有问出这个问题，安吉现在看起来很难过，可她停不下来：“那么是他不爱你了?”

“哦，劳伦。”安吉叹气，“在这些事情上答案并不是一直那么分明的。爱能让我们挺过最难熬的时候，但它也会是最让我们难熬的时候。”她垂眼看向自己露出的左手，“我想他爱了我很长一段时间。”

“可你的婚姻没能保持下去。”

“我们有个大问题，劳伦。”

“你的女儿。”

安吉抬起目光，显然吃了一惊，然后她悲哀地笑了：“没什么人敢提起她。”

“我很抱歉——”

“别。我有时喜欢讲讲她。总之，她夭折的时候，就是康和我关系结束的开始。现在让我们谈谈你的事，你和戴维分手了?”

“没。”

“那么一定是跟大学有关的事了，你想聊聊吗?”

大学。

一时间她没明白是在说什么。大学现在看起来如此遥远，完全不像现实生活。

不像一个怀孕了的女孩那么近。

也不像一个愿意付出一切怀上孩子的女人那么近。

她看着安吉，求助的话在嘴里憋得发苦，但是她不能开口，不能把麻烦甩给安吉。

“也许是比那更严重的事。”安吉慢慢地说道。

chapter 17

劳伦甩开毛毯站了起来。她走向栏杆，望向黑魆魆的后院。

安吉来到她身后，搭着她的肩膀："我能给你帮什么忙吗？"

劳伦闭上眼睛，有人愿意伸出援手感觉真好。

但是任何人都没法帮忙，她知道的，该由她自己来处理。

她叹气。她真能有什么选择吗？她才十七岁。她刚刚提交大学申请书，把每一分钱都花在能去念书上。

她还是青少年，她不能当母亲。天知道她算是理解了为什么有些妈妈恨她们的宝宝。她不想那样对待一个孩子。她继承了这样痛苦的馈赠，厌恶将之传续下去。

如果她打算处理它——

"说出来，"她的潜意识命令道，"既然你想到了，就说明白。"

如果她要流产，她应该告诉戴维吗？

她怎么可以不说？

"相信我。"她低声说，看着自己的吐息凝成有网眼的白色叶子，"他宁可不知道。"

"你说什么？"

劳伦转向安吉："其实是……家里情况不太好。我妈妈又爱上了一个没出息的人——大吃一惊吧——而且她不去工作。我们……吵架了。"

"我在你这年纪的时候，我妈妈和我对这种事处理得还不错。我确定——"

"相信我，不是一回事，我的妈妈不像你的。"劳伦再次感到孤独涌上嗓子眼，安吉看向她的眼睛之前，她就撇开了目光，"你知道我们住得怎么样。"

安吉靠近她："你说过你的妈妈很年轻，对吗？三十四岁？那说明她有你的时候还只是个孩子。那是一条很艰难的路，我确定她竭尽所能了。"她碰了碰劳伦的肩膀，"有时我们不得不原谅爱的人，哪怕自己都气死了。就只是那样。"

"是的。"劳伦木然应道。

"谢谢对我说实话。"安吉说，"家庭问题很难开口。"

就是这种感觉——在你以为已经掉到底的时候，还有更糟的。劳伦盯住外面的黑暗，没法再看安吉。她努力想要说些什么，但是什么也没想到，只除了一句轻得几不可闻的"谢谢，聊聊很有用。"

安吉伸手揽住她，温柔地搂了一下："这就是朋友的用处。"

chapter 18 为爱而行

chapter 18

"那么是他不爱你了?"安吉发现自己将劳伦的问题想了整整一晚上。它逗留在她脑海，徘徊不去。到了早晨她满脑子想的都是这话。

那么是他不爱你了?

他从来没有对安吉这么说过。在瓦解他们的婚姻的那几个月中，他俩谁都没有说过"我不再爱你了"。

他们不再爱他俩在一起的生活了。

那完全不是一回事。

"如果，会怎样"这颗细小的种子扎下根，开出花。

如果他还爱着她呢?或者如果他还能再爱上她呢?一旦她有了那样的念头，其他事情再也不重要了。

她给姐姐打了电话："嗨，莉薇。我需要你今天给我顶班。"她甚至都没费神先打个招呼。

"今天是感恩节周末，为什么我应该——"

"我要去见康兰。"

"我去上班。"

姐姐啊，感谢上帝能有她们。

现在快中午，安吉开到了西雅图的郊外。这个城市多年前就已经建好高速公路，交通仍一如既往地拥挤。

她从下一个出口离开高速路，绕回市中心。出人意料，在《时报》办公室外的大街上正好有个停车位。她靠边停车。

她不知道自己来这里到底要做什么，她甚至不知道他今天上不上班。她现在对他的生活一无所知。

他们分开了，离婚了，是什么让她以为他还想见到她?

“你听见了，当爹的？你的安吉拉在害怕。”

确实。不能这么过。

她翻下镜子照了照脸。她看得到时光和遭遇留下的每一条皱纹。

“该死。”

要是有时间去个死皮就好了。

“勇敢点，安吉。”

她抓起钱包往楼里走。

前台接待员是新来的。

“我来找康兰·马隆。”

“你预约了吗?”

“没有。”

“马隆先生今天很忙，我看看——”

“我是他的妻子。”她瑟缩了一下，更正道，“前妻。”

“哦，让我——”

亨利·切西，在这大楼里工作了不知多少年的保安，拐了出来。“安吉。”他笑着说，“很久不见。”

她松了一口气：“嗨，亨利。”

“你来看他?”

“是的。”

“来吧。”

她回头对接待员笑了笑，对方耸了耸肩，伸手拿起电话。

安吉跟着亨利走向电梯，和他告别，然后上楼。她在三楼出电梯，走进康兰生活中繁忙的中心地区。

到处都是办公桌。今天这个假日周末里，很多桌子空着，她为此高兴。然而，还是有许多熟悉的面孔。人们抬头看，紧张地笑起来，瞥向康兰的办公室。

显然，前妻来访令人担忧。毫无疑问，她来的事从一桌传到了另一桌，记者就是爱打听消息再传出去。

她昂起头，汗津津的手指攥紧手包，一路向前。

他看到她之前，她先看到了他。他站在转角的办公室的窗前，在讲电话。他边讲边穿上了外套。

一瞬间，她压抑着的一切洪水般涌回来。她记得从前他早上的第一件事是吻她，每天都是，哪怕他要迟到了。有时她会推开他，因为她脑子里还有其他更重要的事。

她在玻璃门上敲了敲。

康兰转过身，看向她。他的微笑慢慢散去，眼睛眯起。生气？失望？她不再确定了，她看不懂他的表情，也许那表情曾是某种悲伤。

他挥手让她进来。

她开门进去。

他朝她竖起一根手指，然后对着电话说："那样不行，乔治。我们另做安排。摄影师已经做好准备，他正在车上等着。"

安吉低头看向他的书桌。桌上铺满了备忘录和信件，一摞报纸霸占了一端。

她的照片不见了。现在桌上完全没有任何私人物件，看不出他下班之后与谁在一起。

她没有坐下，担心一坐下她就会紧张地抖脚或扭来扭去。

"十分钟，乔治。你别动。"康兰挂了电话，转向她，"安吉。"他就说了一句。那句"你为什么来？"没说出口，但是显而易见。

"我来城里，我想我们可以——"

"来得不巧，安。刚才是乔治·斯蒂凡诺普洛斯的电话。我跟他约在——"他看了一眼表——"十七分钟后。"

"哦。"

他垂手拿起公文包。

她退后一步，手足无措。

他看向她。

两人都没有动弹，没有开口。这个房间满是幽影，充斥着早已消失的声音——笑声，叫声，耳语。

她希望他靠近她，给她一点鼓励的信号，不管多小都好。接着她就能笑着说抱歉，而他会得知她为什么来这里。

"我得走了。抱歉。"他朝她伸出手，可能是想拍一拍她的肩，但在碰到她之前就把手抽了回去。他们目不转睛地看着彼此好久，然后他走开出去了。

她栽进他书桌前的椅子里。

"安吉？"

她不知自己在那里失魂落魄地坐了多久，力图收回每块飞散的心神。她抬起头看到了黛娜·范德比克。

安吉没有站起来，她不确定双腿是否能撑住自己，“黛娜，很高兴能再见到你。”

是真的，黛娜与康兰共事过很长时间，她和她的丈夫约翰跟他俩是多年好友。离婚时康兰把友情扣留下来了。不，并不是那样。安吉毫不反抗地舍弃了他们。在分居几周后，黛娜曾给她打过电话，安吉没有打回去。

“看在老天分上，放过他吧。他终于恢复正常生活了。”

安吉皱起眉头：“你说得好像他离婚以后崩溃了一样。他像石头一样坚强。”

黛娜默不作声地垂眼瞪着她，似乎在斟酌该说什么。过了一会儿，她瞥向窗外十一月灰沉沉的天空。她通常会迅速挑起笑意的嘴唇一直合成薄薄一线，或许甚至抿了起来。

安吉绷紧身体。黛娜有着记者直来直去的个性，有话直说是她的口头禅，无论她观察到了什么，安吉非常确信自己不想听。

“你真的错过了这么多没看到?”黛娜终于发问。

“我觉得我不想谈这个。”

“今年里有两次我进他办公室时发现他在哭。一次是索菲夭折，一次是你决定要离婚。”她的声音变柔和了，眼神也是，“关于索菲，我曾想过：他不得不到这里才能哭泣是多么悲伤。”

“别。”安吉悄声道。

“我以前试过告诉你，在那还算重要的时候，可是你不听。你现在为什么要来?”

“我以为……”安吉霍然起身。再过五秒，她就得哭出来了。要是她开始哭，只有天知道她什么时候才能停下，“没关系，我得走了，我就是个傻瓜。”她朝门跑去。在她转过拐角走进走廊时，她听到黛娜说：

“别烦他，安吉。你把他伤得够深了。”

安吉当晚无法入睡。她爬到床上闭好眼睛，脑海里闪过的都是回忆。

四年前她和康兰在纽约为她过生日。他给她买了一条阿曼尼的裙子——她的第一件名牌服装。

“它比我的第一辆车还贵，我觉得我不能穿，老实说我们应该退了它，非洲还有儿童在挨饿……”

他站到她身旁，他们的倒影框在酒店房间完美的椭圆形镜子里，“我们今晚别去担心挨饿的儿童。你很美。”

她转过身，伸手圈住他，抬头看向他蓝蓝的眼睛。

她本来应该告诉他她对他爱逾生命，胜过上帝不肯赐予他们的宝宝。为什么她没有说？

“这大概是丝的，”他的手从她的背后滑下，“滑下跟滑上身一样容易。”

当时一波欲望战栗过她全身，她记得一清二楚，但是那个时间并不是当月合适的受孕期。

“时间不合适。”她当时说，过后才发现那句话让他有多么失落。

蠢女人。愚蠢。

另一个回忆冒出来。时间更近些，那次他们去旧金山出差，她正为国民账户推行一场高概念宣传活动。康兰来凑热闹，他认为他们可以出来度个浪漫的周末，他是这么说的。她同意了，因为……好吧，他们的浪漫周末在那时已经少之又少了。

在漫步道酒吧，在繁忙旧金山街道的三十四层楼上，他们选了一张靠窗的桌子。城市珠光宝气地在他们周围闪闪发光。

康兰道了个歉去了厕所。安吉给自己点了杯大都会鸡尾酒，为他点了杯加冰波本威士忌。她等待的时候又研究起了公司的统计数字。女侍者送来酒。

安吉被账单震住了：“一杯大都会鸡尾酒十七美元？”

“这里是漫步道。”女侍者答，“魔法是昂贵的，你还要酒吗？”

“当然，谢谢。”

康兰一分钟后回来了。他还没坐下，安吉就凑过去说：“我结账了，一杯酒十七块。”

他叹口气，然后笑了。那是强作笑颜吗？那个时候她没有这么想过。“我们今晚一点也别提你们德萨利亚的财政计划。我们有钱，安。我们也可以花钱。”

终于，她明白了。他跟来并不是为了寻求浪漫，而是寻求另一种生活。在用他的方式来处理没有成真的梦想。他想提醒自己——还有她——就算没有孩子，他们也能有一份充实的精彩生活，外出度周末是为了离开那个过于安静的房子和空荡荡的育儿室。

她本来应该说的是：“那么我要来上三杯……再点份龙虾。”

本来应该那么容易办到。他本来会吻她，也许他们会就此开始新生活。

然而，她开始哭泣。“别叫我放弃。”她低声说，“我没准备好。”

就像那样，他们重新开始滑落到老一套的泥沼当中。

为什么她那时没有看清真相，当它就在她身边，与她一夜又一夜同床共枕？一直以来，她都以为是想要个孩子的事毁了他们。

但那并非完整的事实。那毁了她，而她毁了他们。难怪他跟她离婚。

难怪。

“我有两次进他办公室时发现他在哭……他不得不到这里才能哭泣是多么悲伤……”

周六晚上餐馆里忙疯了。每张桌子都坐满人，还有一排人在角落里翘首以盼。安吉对生意好心怀感激，这意味着她没时间多想。

想心事是她最不想做的事。

到了打烊时间，蜜拉现身了，她还在感冒流鼻涕。“好了？”她说，“莉薇说你去见康兰。怎么样？”

“不好。”

“哦。”蜜拉饱满的脸皱起来，“真遗憾。”

“没有我那么遗憾，相信我。”

“爱能让我们挺过最难熬的时候。

但它也会是最让我们难熬的时候。”

整个周末劳伦都在思考她和安吉的谈话。劳伦一直希望答案就在哪个地方，等着她足够聪明能看见它。因为她眼前能看到的除了糟糕的决定就没有别的。

她不想当妈妈。

她不想生下孩子又把它送走。

她想要的是没有怀孕。

到星期天时她都急坏了。她无视还在工作的安吉，没跟任何人道别就溜出了餐馆。她一路走回家，没费心去搭穿过镇子的公交车。不管她多么努力去考虑其他事情，那个宝宝一直梗在前面。

走在路上时，天开始下雨。她拉上兜帽，继续前行。这种天气符合她的心情，她在寒凉冷冽中有种荒谬的快意。

她转过街角朝家走时看到了他。

戴维站在她公寓楼前的人行道上，拿着一束红玫瑰，雨水泼在他身上。“嗨，特里克茜。”戴维热切地向她喊道。

爱情燎过，灼热如火，吞噬一切。她跑过去，伸出双手圈住他。他搂起她，紧紧抱住，紧得她几乎喘不过气。

他爱我。

那就是她这个周末忘记的事，她并不是独自面对，她不像她的母亲。

她滑下身站住脚，抬脸朝他笑，在雨水里不停眨眼：“我以为你们出城去要到明天早上才回。”

“我想你，所以提前回来了。”

“你妈妈可不会高兴的。”

“我跟她说我有化学测验。”他咧嘴笑，“我们可不想斯坦福大学改主意。我的未来金光灿烂，你不懂吗？”

劳伦的微笑淡去，他的未来金光灿烂。

斯坦福大学。

孤独感全面回归，让她觉得自己比戴维老上了几分，离他无限遥远，即使她就在他的臂弯里。她得告诉他关于宝宝的事，那是该做的事。

“我爱你，戴维。”她发现自己开始哭泣，泪水混着雨水，在他看见之前就被冲去。

“我也爱你。让在得肺炎以前我们进车里去。”他笑着说，“艾瑞克家有个聚会。”

她想说，不，别是今晚，她想把他带进她破旧的公寓屋里再关上门。可是他们一旦单独相处，她就得告诉他真相，她不想那样做。反正，现在还不想。她想要他俩再多当一晚上的孩子。极速小子和特里克茜，和他们的朋友们一块开怀大笑。

所以在他牵着她的手，把她拉上车时，她跟着走了。

爱能让我们挺过最难熬的时候。

求您，上帝，她想着，让这话成真。

chapter 19
为爱而行

chapter 19

安吉当晚的梦境一片黑白，从某本被遗忘的家庭相册里散落已褪色的照片，记录着那些有过和从未有过的时刻。她在瑟尔公园，在旋转木马边，朝一个黑发小女孩挥手，女孩有着父亲的蓝色眼瞳……

慢慢地，女孩褪去色彩变灰，消失不见，仿佛有一阵迷雾掠来，遮盖了世界。

接着她看到康兰在球场上，指导着小小联盟。

那画面漫着水雾，看不真切，因为她从来没有真的坐在看台上过，没有看过丈夫如何指导朋友们的儿子，没有在比利·冯一德比克冲过中场过线时为之鼓掌。那些日子她待在家里，在床上像婴儿一样蜷缩成一团。“太痛了。”当丈夫来求她一起去的时候，她对丈夫这么说。

为什么她那时就没有想过他会需要什么？

“我很抱歉，康。”梦里的自己低语着，向他伸出手。

她喘着气醒来。接着几个钟头里她躺在床上，侧身团起，想把一切都抛开。她本来不该想着回到过去，太受伤了。有些事过去就是过去了，她本该知道的。

她时不时会发现自己在哭。等她听到敲门声时，她的枕头都湿了。

感谢上帝，她想。得有人让她的想法从过去挣脱出来。

她坐起身，拨开眼前的头发。她甩开被铺，爬下床，磕磕绊绊地下楼。“来了，别走。”她喊道。

门甩开。妈妈、蜜拉和莉薇站在门口，所有人都穿着礼拜日最好的衣服。

“今天是降临节。”妈妈说，“你得跟我们一起去教堂。”

“也许下个礼拜日吧。”安吉疲惫地说，“我昨晚熬夜，没睡好。”

“你当然没睡好。”妈妈说。

安吉知道自己撞上墙了，德萨利亚家女人们的意志都是用实心砖砌的。“好吧。”她只好妥协。

她花了十五分钟洗澡穿衣擦干头发，又花了三分钟化妆，准备好出门。

到了十点，她们停在了教堂停车场。

安吉走进十二月冷冽的早晨，感觉仿佛回到了过去。她又变成了小姑娘，穿着第一次圣餐仪式时的白裙子……然后是婚礼那天全身雪白的新娘……接着是为父亲哭泣的全身素黑的女儿。她一生中有那么多大事就发生在这些彩色花窗下。

她们走到第三排，文斯和萨尔已经带着孩子们站在座位边上。安吉坐到妈妈身边。

之后一小时里她重复着少女时代的动作：站起、跪下、再站起。

结束祈祷时，她察觉心里有什么已经改变，突然间一切各安其位，尽管在此之前她都不知道有这么乱。

她的信仰一直都在，在她血脉中流淌，等着她归来。某种平和的感觉流过她全身，让她感觉更坚强，更安全。礼拜结束，她走出教堂，走进清冽寒冷的空气，望向街对面。

它就在那里：瑟尔公园。她梦中的旋转木马在明丽的阳光里闪闪发光，她在这个公园里玩耍着长大，她的孩子们也会爱上它。

她穿过大道，听到从未有过的笑声响起：“推我一把，妈咪。”

她坐在冰冷的波浪形铁条上，合上双眼，想起那场失败的收养，再不会有的宝宝，太快被带走的女儿，还有破裂的婚姻。

她曾为之痛哭流涕。哭过很好，哭泣似乎撕裂她的胸膛，让心伤痕累累，但是当哭泣结束，内心的泪水会风干。终于，她昂头看向淡蓝的天空。她觉得父亲就在身边，是一片寒冷中温暖的体温。

“安吉？”

她抹了抹眼角。

蜜拉跑过大路，长裙在腿边翻飞。她跑进公园时上气不接下气的：“你还好吗？”

笑起来如此轻松真出人意料：“你知道吗？我很好。”

“不骗人？”

“不骗人。”

蜜拉坐到她旁边。她们踢着沙子，旋转木马慢悠悠地转动。

安吉往后躺，仰望天空。她又再次前进了。

劳伦花了一整天来积攒勇气。等她到富豪山的时候，天已经黑了。大门紧闭，门卫室似乎空无一人。穿着黄褐色制服的人在往高高的铁栅栏上绕圣诞彩灯，栅栏护卫着里面的房屋。

她走向门卫室，从窗户往里张望。桌上摆着汽车杂志，桌后的空椅子吱嘎响。

“要帮忙吗？”

说话的是那个放彩灯的人。她的出现似乎让他心烦，也可能只是因为在烦手上的工作。

“我来这里见戴维·海恩斯。”

“他约了你？”

“没有。”她的声音几不可闻。不奇怪，昨晚的派对震天响，她和戴维得对着嚷嚷才能说上几句话。后来，在他回家以后——以防万一他的家人出现——她哭着睡着了。

这不是她能一直保密的事，它要从心里把她撕裂了。

在她面前，大门猛地晃了晃，然后慢悠悠朝里打开。

劳伦朝警卫点了点头，尽管透过那个小小的窗口，她根本看不到人。在地砖表面她能看到自己的倒影：瘦小的、被吓坏的女孩，一头红鬈发，棕色的眼睛里已经含满泪水。

等她走到戴维家——她一路走来这么远，上上下下好几条不熟悉的道——天开始下雨了。其实算不上雨——更像是雾，沾湿你的面颊，让人难以呼吸。

她终于走到了他家。宏伟的佐治亚风格建筑看起来就像一张高清的圣诞节卡片，有着完美度假气氛的屋子，四处亮着灯，窗口摆着装饰蜡烛，前门上挂着常青树枝。

她推开停车场边上的门，走上拼花石砖路，朝前门去。她站到门前，廊灯自动亮起。她按了门铃，响起一曲交响乐，大概是巴赫。

海恩斯先生来应门，他穿着有笔直裤中线的卡其布裤子和白得像刚下的雪一样的衬衣。头发与晒黑的肤色一样无可挑剔：“你好，劳伦。真是惊喜。”

“我知道很晚了，先生，快七点三十了。我应该先打个电话，实际上，我确实打过，但是没有人接听。”

“所以不管怎样你还是来了。”

“我以为你还离家很远，而我……真的需要见戴维。”

他笑了：“别担心，他只是在玩那该死的 Xbox，我相信他会很高兴看到你。”

“谢谢你，先生。”她又能呼吸了。

“到楼下去，我去叫戴维。”

楼梯上的地毯很厚，她的鞋子都没有发出任何声响。楼下的房间很宽敞，装饰完美。亚麻色地毯，金色和暗灰褐色的靠垫隔出一张超大的乳白羊羔皮，灰白大理石做的咖啡桌。雕花木门后藏着一个巨大的等离子电视。

她浑身不自在地坐在沙发边上等着。她没有听到楼梯上的脚步声，戴维突然就冒出来蹦进房间，一把将她捞进怀里。

她贴在他身上。

她愿付出一切让时光倒流，除了她有多爱他之外没有更重要的话要对他讲。大人们总是在说犯下错误、做错事要付出的代价。现在她真希望自己当时能听进去。

“我爱你，戴维。”她听到自己的声音细弱无力、绝望得快崩溃，不禁畏缩。

他低头对她皱眉，退开。

她讨厌他把她推开。

“你最近真的表现得很古怪。”他躺上沙发，把她拉到身上。

她拧身滑下来，跪在沙发旁边，“你父母在家，我们不能——”

“只有我爸在，妈妈在镇上募捐。”他又试了一次，想把她拉到身上。

她也想，想吻他，想让他碰她，直到她忘记一切……

忘记孩子。

她轻轻地推开他，跪坐着。“戴维。”她似乎要倾尽全力才能叫出他的名字。

“怎么了？你吓着我了。”

她无法自持，泪水灼烧着她的双眼。

他摸上她的脸，擦掉眼泪：“我以前从没见过你哭。”她听出他话音中越升越高的恐慌。

她深深吸了一口气：“还记得朗维的比赛吗？今年第一次主场？”

他显然一头雾水：“记得，21 比 7。”

“我想的是另一场得分。”

“嗯?”

“比赛以后我们都去了洛可家吃比萨，然后去了州立公园。”

“对。你的重点是什么，洛?”

“你开着你妈妈的凯迪拉克。”她轻声说，想起了所有一切。他放下后座，拿出淡蓝的毛毯和绒线枕头。应有尽有，只除了最关键的一件东西。

安全套。

他们停在海滩边上，香柏古木树下的幽影里。巨大的银色月轮照亮他们，他们脸上透着光辉，投下暗影。收音机里响着野人花园的《真情、痴情、深情》。

他也记得，她见到他的表情为回忆改变。他恍然大悟时，她立刻就知道了。恐惧让他眯起了眼，他皱着眉往后退：“我记得。”

“我怀孕了。”

他发出的声音撕裂了她的心，那声叹息迅速淡入沉默。“不。”他闭上眼，“操。操。”

“我想我们找到了问题所在。”她觉得他在摆脱她，这比她想象的还要伤心。她让自己做好心理准备面对任何反应，但如果他不再爱她，她受不了。

他慢慢地张开眼睛。他转身，看向她呆滞的眼神：“你确定?”

“确定。”

“哦。”他轻声应道。尽管他看起来既茫然又害怕，还是努力想保持微笑。这份努力赶走了她的几分绝望。“现在怎么办?”他终于问出来，话音低沉紧绷。

她不敢看他，她能察觉他快要哭出来了，她不能看到他崩溃，“我不知道。”

“你……可以……你知道的?”

“堕胎。”她猛地闭上眼，觉得内里有什么被生生撕开。泪水再次涌起，但没有落下。她有过同样的想法。可为什么听到他说出来还是觉得这么痛?“大概只能这么解决。”她无力道。

“对。”他附和得太快，“我来付账。我陪你去。”

她感觉自己在缓缓沉入水下。“好。”即使在自己听来，她的声音也这么遥远。

劳伦瞅着车窗外一片金色和绿色的模糊风景，不愿去想她要去哪里，要做什么。戴维在她身边，两手紧握着方向盘。他们差不多有一小时都没有开口，现在有什么可说的？他们正要去……

拿掉它。

想到这就让她打寒战，可是她还有什么选择？

从西端镇到温哥华市的路像是要开到天荒地老，每过一英里，她都觉得骨头收紧了一点。她本可以在家附近做手术，但是戴维不想冒险让人看见。他们一家跟太多的本地医生相熟。

到了，透过覆膜的车窗能看到那间诊所。她本以为在前门会有卫道士扛着标语牌，写着可怕的字句或是贴有讨厌的图片，但是今天的诊所入口安安静静，空空荡荡。大概连抗议者都不愿意在这样萧瑟冰冷的天气出门。

劳伦闭了闭眼睛，强行压下一阵突然升起的恐慌。

戴维第一次碰了碰她。他的手冰冷发抖，奇怪的是，他的焦虑给了她力量。“你还好吗？”

她为此爱他，为他愿意陪她来并爱着她而爱他。她应该说出来，可她喉咙发紧无法出声。他们停好车，之前所下决心的重量全压到了她身上。她没有当心，于是得堕胎。

她一时间怕得不得了，无法动弹。戴维绕过车头，为她打开门。她拉住他的手。

他俩一起走向诊所。一步，再往前一步。她让自己只想着这个。

他为她打开门。

候诊室全是女人——大部分是姑娘，独个儿坐着，低垂着头像在祈祷或是因绝望而丧气，她们紧紧合着膝盖，这样的姿态来得太迟。有些人假装在看杂志，另一些则没有假装忘记她们出现在这里的原因。戴维是屋里唯一一个男孩。

劳伦去前台登记，然后回到一个空座位上填写要递交的文件。等写完了，她把写字板放到桌上，推给接待员。对方检视着她写的表单。

“你十七岁？”她边问边抬眼看来。

劳伦忽然一阵恐慌。她本该写个假年龄，可她太紧张了没想到。“快十八了。我……”她放低声音，“需要我的妈妈的许可才能……做这个吗？”

“在华盛顿州不需要，我只是需要确认，你看起来比较小。”

她无力地点点头，松了口气：“哦。”

“坐吧，我们会叫你。”

劳伦回到座位上。戴维在她身边坐下，他们牵着手，但没有看向彼此。如果那样，劳伦怕她会哭出来。她读起桌上的小册子，显然是另一个不幸的女孩留下来的。

上面写着：手术不超过十五分钟。

……二十四到四十八小时即可康复，恢复工作……

……以最轻微的不适……

她合上小册子，丢到一边。她可能还年轻，但她也明白重要的不是什么疼痛程度、恢复时间或者“手术”时间。

重要的是：她受得了吗？

她伸手按向仍然平坦的肚子，在她身体里有一个生命。

生命。

不这样看待她的妊娠能容易些，能更容易假装一个十五分钟的手术就能洗刷掉她的麻烦。可是如果不能呢？如果她的余生都在为这个失去的宝宝哀伤呢？如果今天让她觉得永远被玷污了呢？

她抬眼看向戴维：“你确定要这样？”

他的脸白了：“我们还能怎么办？”

“我不知道。”

一个女人走进候诊室。她拿着书写板，念出几个名字：“劳伦，莎莉，贾丝婷。”

戴维捏住她的手：“我爱你。”

劳伦站起身时摇摇晃晃，另两位姑娘也站了起来。劳伦留恋地最后看了一眼戴维，跟着白衣护士走下走廊。

“贾丝婷，二号房。”女护士说，在一扇紧闭的门前停下。

一脸惊慌的少女走进去，关上身后的门。

“劳伦。三号房。”护士几秒后说着，打开一扇门，“穿上袍子戴上帽子。”

这一回劳伦就是那个一脸惊慌走进门的少女。当她脱掉衣服穿上白棉袍，戴上纸帽，她禁不住注意到这有多么讽刺：帽子和长袍。作为毕业生，她没想过会这样穿上这些。她坐在桌边。

明亮的银色柜子和台面让她瑟缩，它们在头上灯光的照射下太亮了。

门打开。走进一位已过中年的男人，他戴着帽子，松松垮垮的口罩在他走动时滑到了喉咙上。他看起来疲惫不堪，像一支老旧的铅笔。“你好，”他低头看向她填的表格，“劳伦。上前把脚踩到踏板上往后躺。睡得舒服点。”

另一个人进来。“你好，劳伦。我是玛莎，我会协助医生。”她拍了拍劳伦的手。

劳伦觉得泪水扎痛了眼睛，模糊了视线。

“几分钟就结束了。”护士说。

结束。

几分钟。

再没有婴儿了。

手术。

她想通了。

她坐直。“我不做了。”她说，泪水滚落面颊，“我受不了。”

医生沉重地叹了口气。他悲哀的、垂下的眼睛让她知道这样的一幕曾在他面前上演过多少次。“你确定?”他翻了翻她的表格，“你能做手术的空窗时间只有——”

“堕胎。”劳伦第一次把这个词大声说出口，它锋利的边角似乎割伤了她的舌头。

“是的。”他说，“堕胎，超过——”

“我知道。”这些天来她头一次确信了某件事，这份决心使她平静，“我不会改主意。”她扯下帽子。

“行，祝你好运。”他说完，离开手术室。

“生育计划能协助办理收养……如果你有兴趣的话。”护士说。没有等她回应，她也离开了。

劳伦坐在原地，孤零零的。她的情绪全都纠葛在一起，她觉得自己下的决定没错，这是她唯一能接受的选择。她绝对相信女性有权选择是否生育，这就是她的选择。

她滑下手术台，动手脱掉袍子。

她已经为自己做了正确的决定，她做对了。她完全彻底这么认为。

可是戴维会怎么说?

几小时后，劳伦跟戴维坐在他家媒体室的乳白色沙发上。在楼上，也许还在继续着日常生活，而在楼下，一片诡异的沉寂。她把他的手握得那么紧，手指都麻了。她似乎止不住哭泣。

chapter 19

“我想我们得结婚。”他的话音平板。

听到他这么丧气比什么都要让她受伤。她转过身，搂住他。她察觉他的泪水落在她的喉咙上，每一滴都烫伤了她。她退后一点，刚够能看见他。他看上去……崩溃了。他竭尽所能想当个成年人，但是眼神出卖了他的年轻。他俩都被吓坏了，他的嘴唇在颤抖。她摸着他打湿的面颊，“只因为我怀孕了并不意味着——”

戴维推开她：“妈妈！”

海恩斯夫人站在门口，穿着毫无瑕疵的黑色套装和一件雪白的衬衫。她在身前托着一个比萨饼盒。“你爸爸给我打了电话，他觉得你们可能想吃比萨。”她麻木地说道，注视着戴维，接着她哭了起来。

chapter 20 为爱而行

chapter 20

劳伦感觉不能更糟糕了。那天晚上，就算坐在起居室雅致的白色椅子上，就算坐在火堆旁边也无法温暖她，她意识到自己犯下多大的错误。看到海恩斯夫人哭泣简直不堪忍受。戴维看到母亲的泪水时，反应更糟。在一切混乱之中——那些叫嚷、争吵、交谈和哭泣之中——劳伦能不说话就尽量不说话。

仿佛一切都是她的错。

在她心里，她知道并不是那样。得有两个人才能造出一个婴儿，但是有多少次妈妈告诫过劳伦要在钱包里放安全套?“没有哪个男人硬着的时候会用脑子，”她不止一次说过，“会大肚子的是你。”她关于性的忠告合起来就这么多。劳伦应该听她的。

“我在洛杉矶和旧金山认识人。”海恩斯先生伸手扒过乱糟糟的头发，“出色的医生，为人谨慎，没人会知道。”

他们就这个话题谈了至少十分钟，反反复复地捶胸顿足以及“你们怎么这么不小心”之后，他们终于过来关照惹麻烦巨星。现在是什么?

“她试过了。”戴维说。

“在温哥华市。”劳伦说。她几乎听不到自己的话。

海恩斯夫人目不转睛地盯着她。慢慢吞吞地，徐徐缓缓地，她坐了下来。事实上，更像是倒了下去。“我们是天主教徒。”她说。

连这么小一句话都能让劳伦感谢不尽。“是。”她答，“而且……有比那更重要的。”她不想把那个字眼大声说出来——婴儿或是生命——但它就在那里，就像眼前的家具或者从另一个房间里飘来的音乐声一样确实存在。

“我向劳伦求婚了。”戴维说。

她能看出他努力保持坚强，并为此爱他；她也看出他有多么接近崩溃，她为此恨自己。一点一点地，他现在完全明白了自己将要放弃的事物。爱为何要求如此多的牺牲才能存续？

“看在老天分上，你还太年轻不能结婚。告诉他们，安尼塔。”

“我们也还太年轻不该有个孩子。”戴维说。这话让每个人都陷入了沉默。

“有收养机构。”海恩斯夫人说。

戴维抬起头：“对，劳伦。会有人爱这个宝宝。”

他的声音中的希望是她毁灭的原因。泪水刺痛她的眼睛，她想反对，想说她能爱这个宝宝，她的宝宝，他们的宝宝。但是她说不出话。

“我会给比尔·塔博特打电话。”海恩斯先生说，“他一定会为我找到合适人选，我们会找到一对夫妻提供条件优渥的家。”

他说得就像他们是要送出一只小狗崽似的。

海恩斯夫人目送丈夫走出房间，然后她叹了口气，垂下头。

劳伦皱起眉。他们表现得好像已经做好了决定。

戴维朝她走来。她从不知道他的眼神能如此悲哀，他牵起她的手，握紧。她等着他开口，她几乎不顾一切地想听到他说我爱你，但是他什么也没有说。

有什么可说的？这种情况没有最佳选择，没有能让人——主要是劳伦——不心痛的办法。她还没准备好做出这样的决定。

“我们走吧，劳伦。”海恩斯夫人最后说着站起来。

“我能开车送她回家，妈妈。”

“让我来。”海恩斯夫人的话音，即使接近破碎也不容争辩。

“那我们一起去。”戴维拉住劳伦的手。

他们跟着海恩斯夫人走向车库，那里停着那辆闪亮的黑色凯迪拉克。

犯罪现场。

戴维打开客座前门。劳伦本想反对坐在前座，但她不想表现得粗鲁。她叹了口气，钻进车里。唱片立即播放起来，《加州旅馆》孤寂飘忽的声线溢满车内。

戴维告诉母亲走西边的高速路，除此之外再无交谈。在沉默中每过一秒，劳伦都觉得自己的胃在收紧。劳伦胆战心惊地觉得海恩斯夫人想见她的母亲，那才是送她回家的真正理由。

劳伦能说什么？他们开到公寓楼时已经将近午夜。

“我妈妈去镇上出差了。”劳伦连忙撒谎，恨透了说假话的感受。

“我以为她是美发师。”他的母亲说。

“她是，是交流会，会上他们要展示新产品。”劳伦记得母亲的老板有时会去那样的交流会。

“我明白了。”

“你可以让我在这儿下车。”劳伦说，“没必要——”

“在安全路商店下？”海恩斯夫人拧起眉，“我觉得不行。”

劳伦艰难地咽了口唾沫，她说不出话。戴维在后座指路。

他们停在那栋荒废的建筑物前。月光下，它就像是出自罗尔德·达尔小说里的什么东西，某个贫穷的可怜小孩住的地方。

戴维钻出车，走到前面想开门。

海恩斯夫人按下门锁，拧紧眉头转过身。

响亮的锁门声让劳伦缩起身。

“这就是你住的地方？”

“是。”

海恩斯夫人的表情意外地变柔和了。她重重叹了口气。

戴维想打开车门。

“戴维是我唯一的孩子。”海恩斯夫人说，“他真的是个奇迹。也许我太溺爱他了。母性……不知怎么会改变你的本心。我想要的一切，不过是让他幸福，能拥有所有我没能有过的机会。”她看向劳伦，“如果你和戴维结婚并留下这个孩子……”她的声音破碎，“带着一个孩子的生活会很艰难。没有钱或者教育，会比艰难更糟糕。我知道你有多爱戴维，我看得出来，他也爱你，爱得足以让他舍弃自己的未来。我想我该为此骄傲。”她轻声说出最后一句，仿佛想表现得真心骄傲，然而并非如此。

戴维捶打着车窗：“开门，妈！”

劳伦理解海恩斯夫人并未明说的话外之音。如果你真心爱戴维，你就不该毁了他的生活。

劳伦自己也考虑过同样的事。如果他爱她爱得愿意舍弃一切，难道她不能爱他爱到不让他这么做吗？

“如果你需要聊一聊，任何时候你都可以来找我。”海恩斯夫人说。

这个提议让劳伦吃了一惊：“谢谢。”

“告诉你的母亲我明天会给她打电话。”

劳伦连想都不愿想那种谈话：“好。”

她不知道还能说些别的什么，于是按下门锁，下车。

“她到底跟你说了什么？”戴维边问边甩上她身后的车门。

劳伦瞧着他，想起他的母亲之前哭泣的模样，那样沉静那样深切，仿佛内心被击碎。

“她说她爱你。”

他为之动容：“我们该怎么办?”

“我不知道。”

他们四目相对，在那里站了很久。然后，他开口说：“我该走了。”

她点头。他吻别时，她竭尽全力不要贴向他。拿出所有意志力让他离开。

劳伦发现母亲在起居室，坐在沙发抽烟。她看起来有些神经质，而且紧张。

妈妈把酒放在地板：“我今天真的想跟你一起去。”

“是吗？然后呢?”

妈妈伸手拿酒，显而易见她的手在发抖。“我去小超市买烟。在回家路上，我撞上芮蒂。潮流店门开着，我以为自己就随便喝一杯。我需要喝一杯才能……你知道的……但是等我抬起头，已经太晚了。”她猛吸一口烟，透过灰色的薄雾看向劳伦，“你看上去很糟。也许你该坐下。来片阿司匹林？我给你拿一片。”

“我没事。”

“我很抱歉，劳伦。”她轻声说。

这一次，劳伦听出母亲声音中真心的后悔。“没关系。”她弯下腰从地上拾起比萨饼盒和空烟盒。“看来你和杰克昨晚玩得挺开心。”劳伦抬头，她的母亲在哭。这简简单单的感情宣泄让她的心温暖起来。

劳伦走过去，跪在沙发前：“我没事，妈妈。你不用哭。”

“他要离开我了。”

“什么?”

“我这辈子一事无成。我越来越老。”妈妈丢下那支烟，点着另一支。

这比抽她一耳光还痛。即使到了现在，这么糟糕的一天里，她的母亲仍然只想着她自己。劳伦艰难地咽了口唾沫，挪开。她慢慢腾腾地回身收拾公寓，每次呼吸都忍着不要掉泪，“我没拿掉它。”她悄声说。

她的母亲抬头。她的眼里充血，眼周有一圈晕开的睫毛膏。“什么?”她花了一分钟想明白劳伦的话，“跟我说你骗我。”

“我没骗你。”劳伦想保持坚强，可感觉自己快瘫倒了。心痛一掠而过，锋利如刀。尽管她知道这有多疯狂——知道有多不可能——她还是希望她的母亲现在会向她张开双臂，前所未有地给她一个拥抱，对她说，没关系，蜜糖。“我不能拿掉它，我是要为自己犯错付出代价的人，而不是……”她向下看着自己的肚子。

“婴儿。”她的母亲冷淡地说，“你连这个词都说不出口。”

劳伦上前一步。她咬着下唇，攥紧两手，“我害怕，妈妈。我觉得——”

“你就应该害怕，看看我，看看这里。”她站起来，在屋里边走边挥舞双手，“这就是你想要的生活？像个傻子一样学习就是为了过这种日子？你今年去不成大学了——你知道的，对吧？你现在去不成，就永远去不了。”她握住劳伦的肩膀摇晃她，“你会变成我这样。在辛辛苦苦奋斗以后变成我这样，那是你想要的？是吗？”

劳伦挣扎脱身，踉踉跄跄后退。“不是。”她小声说。

妈妈重重叹了口气：“如果你连堕胎都受不了，老天在上，你怎么会以为能应付得了收养手续？或者更糟糕点，当个母亲？明天回诊所去。这次我陪你去，给自己一条生路。”怒气像是从她身上漏光了。她拨开劳伦眼前的头发，别到她耳后。也许这是母亲历来最温柔的一次。

这份温柔比大喊大叫更伤人：“我不去。”

妈妈瞪着她，两眼闪动着泪花：“你真让我伤心。”

“别那么说。”

“我还能说什么？你已经下了决心。好吧。我劝过了。”她弯腰拿起钱包，“我得喝一杯。”

“别走。求你了。”

妈妈朝门走去。走到半路，她回过身。

劳伦原地不动地哭个不停，她知道自己满眼都是绝望的恳求。

妈妈差点也哭起来：“抱歉。”然后她走了。

第二天早上，几乎一夜无眠的劳伦被穿墙而过的音乐吵醒，是布鲁斯·史普林斯汀的唱片。

她缓缓坐直，揉了揉红肿干涩的双眼。

妈妈的派对显然开了一个通宵。她觉得这并不奇怪，你的十七岁女儿大了肚子，除了开派对无事可做。

她叹口气，爬下床，磕磕绊绊走进浴室，洗了个长长的热水澡。洗完澡，她站在当作防滑垫的一块旧毛巾上，打量着镜中自己的裸体。

她的胸部显然变大了。大概乳晕也扩大了，她不太确定，乳晕从来不在她的高度关注列表上。

她侧过身。

肚子跟以往一样平坦，没有迹象表明里面有个新生命在成长。

她往身上围了一条毛巾，回到卧室。她整理好床铺，穿上校服——红色圆领毛衣、格子花呢裙子、白袜子和黑色平底鞋。她关掉卧室灯，走下走廊。

她在起居室停下，皱起眉头。

不对劲。

咖啡桌上的烟灰缸是空的，厨房柜台上没有喝了一半的酒瓶，总是盖在沙发靠背上的破旧紫色阿富汗毛毯不见了。

不见了。

不可能。连妈妈也不——

她听到外面传来引擎发动声，是哈利·戴维森摩托那种无法错认的沙哑咆哮。

劳伦冲向窗户，一把掀开薄薄的窗帘。

在楼下的街上，妈妈坐在杰克的摩托车后座。她仰头看向劳伦。

劳伦的指尖按上窗玻璃："不。"

像是动弹会疼一样，她的母亲慢慢地挥动手，告别。

摩托车咆哮着奔下街道，转过街角，从视线中消失不见。

劳伦在原地站了很久，望向下面空空荡荡的街道，等着他们回来。

她最后转过身，看到咖啡桌上有张字条。

那个时候她心里明白了。

她捡起纸条，打开。只有一个词，用蓝墨水写的粗体字。

这一个词浓缩了她们整段母女关系：

抱歉。

波士乐队唱道："宝贝，我们生来就要奔跑……"

chapter 21 为爱而行

chapter 21

安吉第三次拨打了劳伦家的电话。

“还是没人接?”妈妈从厨房出来。

安吉走向窗户朝外望：“没有。旷工可真不像她做的事，我有点担心。”

“那种年纪的姑娘有时候会搞砸，我确定没有事。”

“也许我该去一下她家……”

“老板不会就这么露面。她一晚没来，那又怎样？大概她出去跟男朋友喝酒了。”

“你没在安慰我，妈妈。”

妈妈走到她身边：“她明天会来的，你看着吧。为什么你不跟我一起回家？我们可以喝两杯。”

“改天吧，妈妈。我要去弄一棵圣诞树。”她靠在母亲身上，“老实说，如果没事的话我想早点离开。”

“你爸爸……会很高兴看到他的小屋又一次被装饰起来。”

安吉听到母亲话音中的裂痕，她能理解。妈妈要面对第一个没有爸爸的圣诞节。她伸手勾住母亲的细腰，拉近，“我跟你说，妈妈。星期三，我们去玩一天。我们可以去逛街吃午餐，然后回家装饰圣诞树。你能教我怎么做意式饺子。”

“饺子对你来说太难了，我们慢慢来，从橄榄酱开始怎么样。你会用搅拌器，对吧?”

“真好笑。”

妈妈的微笑变得柔软。“谢谢。”她说。

她们一块儿又站了一阵，搂着彼此看向夜色。最后，安吉道别，拿起外套离开餐馆。

城镇广场在这样寒冷多云的夜晚就是个热闹的蜂箱。一帮帮顽固的游客转来转去，冲着挂满全镇的数以千计的白色灯光哦哦啊啊地感叹。在大街尽头是一组穿红着绿做维多利亚时代打扮的歌手，正唱着《平安夜》。更多游客和一些本地人挤在他们周围听唱歌。你能认出本地人，因为他们不拿购物袋。马匹拉起四轮车辘辘响着跑下铺着砖的街道，铃声叮当。今年的第一场树木点灯仪式显然大获成功，下个星期天的场面会更加盛大。游客会一车车到来，本地人会抱怨他们的镇子变成了迪斯尼乐园，然后会不计代价地外出逃离这里。餐馆整周都会挤满人。

她到圣诞专卖店的时候，天开始下雪了。她拉起兜帽跑过街，一头扎进店里。

它是一处圣诞奇境，四处都是树和装饰还有彩灯，安吉停了下来。就在她面前是一株纤瘦宏伟的枞树，闪烁着银色和金色的挂饰。每一个都独一无二得令人惊叹，有天使、圣诞老人和色彩缤纷的玻璃球。

它让她想起康兰为她开了头的收集爱好，那么多年以前，他从荷兰带来的一个小小挂饰，上面写着：我们的第一个圣诞节。从那以后的每一年，他都送给她一个新的挂饰。

“嗨，安吉。”一个轻快的女声问候道。

安吉抬眼看去，睁大了眼睛。店主缇莉正从收银台后走出。她穿成圣诞奶奶的模样，在安吉还是个孩子的时候，那条红裙子就已经挺旧了。

“我听说你让德萨利亚变了个样。”缇莉说，“据说你妈妈骄傲得都快炸了。”

安吉装出笑容，西端镇的生活总像这样，没有什么事会因太小就不值得传播——尤其是别人的事。“她觉得新菜单很有趣，这倒是真的。”

“谁能想到呢？我最好也去看看，大概过完节以后。那么，你要找些什么吗？”

安吉四下看了看：“我需要一些挂饰。”

缇莉点头：“我听说你离婚了，真遗憾。”

“谢谢。”

“我跟你说，为什么你不过十分钟再来呢？我能给你一树的挂饰，成本价。”

“哦，我不能——”

“你请我和比利一顿饭做交换。”

安吉点头，她的爸爸在西端镇就是这么做生意的，“我去拿树，一会儿就回来。”

一小时之后，安吉在回家的路上，车顶上绑着一棵树，后座放了一箱挂件，客座堆上了一摞白色的挂灯。回家的时间比平常久，路面太滑还结冰了。音响里传出《铃儿响叮当》，很有气氛。

实话说，她需要假装投入到这种气氛中去。想到一棵圣诞树由她自己来选，自己立起，自己装饰，并自得其乐，这念头有点令人沮丧。

她停在小屋前，关了发动机。然后她站在那棵树旁边，盯着它看，直到雪花落下吻在她脸上。

这棵树比还在树丛里时看起来高大了一些。

哦，得了。

她从车库找出一双父亲的旧工作手套，动手把树放下来。到她完工的时候，她摔倒过两次，被一根显然在报复的树枝刮伤了鼻子，还划花了车。

她紧紧抱住树干，朝屋子拖去，一次往前一步。她都快走到门口了，有一辆车开上了车道。

车前灯照向她，雪花在灯束中懒洋洋飘落。

她扔下树，站直身。是蜜拉，她来帮忙装饰圣诞树。

姐姐啊。

“嗨，你来了。”安吉说，避开刺眼的车灯，“你要闪瞎我了。”

车灯没有关掉，驾驶座的门打开了，米克·杰格的嗓音跃入夜色，有人下车。

“蜜拉？”安吉皱起眉，后退一步。她突然发觉自己在这里有多么离群索居……

有人朝她走来，踩在新落的雪上悄然无声。

她看见他的脸时，倒抽了一口气：“康兰。”

他靠得那么近，近得能让她感觉到他的气息呼到她面颊上的温热。

“嗨，安。”

她不知该对他说什么。从前，就在几年前，他们能口若悬河滔滔不绝。近来那条河干涸了。她还记得黛娜的话。

我有两次进他办公室时发现他在哭。

作为一个妻子你怎么会没发现这样的事，你还能说什么？

“很高兴见到你——”

“夜色很美——”

他俩同时开了口，接着尴尬地大笑起来，然后再次陷入沉默。她等着他开口，可他默不作声。“我正要把树立起来。”

“我看得出来。”

“你今年买好树了？”

“没。”

看着他如此悲伤的表情，她宁愿自己没有问过。

“我想你是不打算帮我一把，把它扛进屋了？”

“我更想看你跟它较劲。”

“你有六尺二，我才五尺六。把树扛进去。”

他放声大笑，弯腰抱起那棵树。

她跑上前为他打开门。

他俩一起把树立到底座上。

“往左一点。”她说，把树推得更直些。

他咕哝着回到树下。

她应付着突如其来的伤感，回忆朝她冲来。那棵树竖直卡紧在底座上，她立即说：“我去拿酒。”接着跑进厨房。

她跑出房间，急忙吁出一口气。

光是看着他就让她心痛。

她倒了两杯红酒——他的最爱——回到起居室。他站在壁炉旁，瞧向她。他穿着黑毛衣和褪色的李维斯牛仔裤，黑发该修剪了，他这样子更像是上了年纪的摇滚明星而不是一流的记者。

“那么，”在她把酒递给他，并在沙发上坐下之后，他开口说，“我很想告诉你我来这边写篇报道，只是顺路看看。”

“我很想告诉你我不在乎你来的理由。”

他们坐在房间两头，谨慎试探，聊着不值一提的事。安吉喝完了第三杯，他这才委婉问到要紧的问题。

“你为什么来我的办公室？”

有很多种方法回应。问题在于：她愿往这片暗礁深入多远？她耗费了很多年只对康兰讲一半真话。刚开始她只是不想让他听到坏消息，但欺骗是一条结冰的路，会让你不断转圈。最后她为了保护自己而隐瞒真相。她的心破碎得越严重，她就越往内心退缩。直到某一天她意识到自己已是孤家寡人。

“我想你。”她最后说。

“什么意思?”

“你想我吗?”

“我不敢相信你会问我这个。”

她站起来，朝他走去：“想我吗?”

她跪在他面前。他们的脸靠得那么近，她都能在他的蓝眼睛里看到自己。她已经忘记了能在他眼中看到自己的倒影是什么感觉。“它曾经让我发疯。”她说，重复着数月前在育儿室对他说过的话。

“你现在恢复理智了吗?”

她感觉到他的呼吸喷在她的唇上，勾起许许多多的回忆。“理智是个成熟的词。我比那更好。主要是我已经接受现实。”

“你吓到我了，安吉。”他轻声说。

“为什么?”

“你让我心碎。”

她向他凑近了一丁点。“别害怕。”她呢喃着，向他伸出手。

chapter 22

为爱而行

chapter 22

安吉已经忘了被真正亲吻是什么感觉。这让她觉得又年轻了起来，实话说，比年轻更好，因为这份青春没有伴随着焦虑、恐惧与绝望。这美好的感觉冲刷过她全身，像电流蹿过她的身体，为她再次带来生命。细微的吟哦逃出她的嘴唇，消散。

康兰推开她。

她朝他眨眼，觉得欲望几乎令人发痛，“康?”

他也有那种感觉。她能从他变深的眼眸、绷紧的嘴唇上看出来。他一时间像是迷失了，现在他在爬向安全地带。“我爱过你。”他说。

如果在她的回忆前面曾蒙有一层面纱，这个句子的过去时态已经将它撕开。这四个字袒露着他的灵魂，告诉她她所在乎的一切。

她攥紧他的胳膊。他退缩了，想抽回手。她不让他动弹。在他的眼中，她看到犹疑和恐惧。但那里也有一星希望，她抓住了它。

“跟我说话。”她说，知道他已经学会不跟她说话。在索菲夭折后的数月时间，她变得那么敏感，让他学会沉默地抱住她。如今他害怕关心她，害怕她的脆弱卷土重来如同涨起的潮水将他俩淹没。

“现在有什么不同?”

“你什么意思?”

“我们的爱对你来说还不够。”

“我变了。”

“顽固不化了八年以后，你突然就这么变了，嗯?”

“突然?”她往后缩，“去年我失去了我的父亲、我的女儿，还有我的丈夫。你真以为我能挺过这些而毫无改变吗？但是所有这些，康，会将我撕裂，让我在夜里也无法入睡的是你。爸爸和索菲娅……他们真的走了。而你……”

她的嗓音放轻了，“是我离开了你。我花了很长时间才想明白。我没有陪伴你。没有像你一直陪伴我一样去陪着你，这难以忍受。所以说，改变得突然？我不这么想。”

“我知道你伤得有多深。”

“而我变得只关注自己。”她又一次轻轻地碰了碰他的脸，“但是你也受到了伤害。”

“是。”他就说了一句。

他们沉默地注视着彼此。安吉不知还能说些别的什么。

“跟我做爱。”她的话让自己都吃惊。她话音中的绝望如此明显，她不在乎，酒壮了她的胆。

他的笑声异样地发颤：“没有那么简单。”

“为什么不？我们一直过得循规蹈矩。读大学，天主教式婚礼，拼事业，要孩子，”她停住，“我们在那儿卡住了。我们就像喀拉哈里沙漠里的动物陷在了泥浆里死掉。”她向他贴近，近得他只要愿意就能吻她。“但是现在我们再也没有路线图了，没有正确的道路，我们就只是一对一起共患难的人来到了新地域，带我去床上。”她柔声说。

他骂了一句。他的声音里有愤怒，也有挫败。

她抓住机会，“求你了。爱我。”

他哼了一声向她伸出手，低喃道：“该死的你。”覆上她的唇。

次日清晨，安吉在熟悉的雨声节奏中醒来，雨水锤打着屋顶，从窗上滑落。

康兰的胳膊环着她，即使在睡梦中也将她搂在身边。她回到他怀里，爱着有他贴在她肌肤上的感觉。他缓慢平稳的呼吸挠着她的颈窝。

他们结婚后一直都这样睡，像扣在一起的勺子。她都忘了这让她感觉有多么安全。

她挣松一点刚够翻个身，她想看看他……

她摸着他的脸，拂过痛苦给他留下的纹路。那些纹路与她的相同，每一道皱纹都是他们的生活、他们的得失留下的印记。或迟或早，所有这些都会在你脸上安家。但是那个年轻人也还在，那个让她坠入爱河的男人还在。她在颧骨上、在嘴唇上、在还没有变灰但需要修剪的头发上看到了那个人。

他张开眼睛。

“早。”她说，为自己沙哑的声音吃了一惊。

是爱，她想到。它碰触过一个女人的全部，即使是寒冬早晨里她的声音。

“早。”他轻轻吻了她，退开，“现在怎么办?”

她禁不住笑，真是康兰风格。那一套“我们再没有路线图”的理论对一个以寻求答案为生的人来说不起作用，她清楚那是给她自己的答案。她在西雅图剧院看到他的那一刻就已明白，可能是更早以前。

但是他们已经失败过一次，那次失败给他们留下印记，让他们吃尽苦头。“我们就看看会怎么发展。”她说。

“我们从来不擅长那种事，你了解我们，计划制定家。”

我们。

现在这样就已足够，比她昨天拥有的多。

“我们这一次要不一样，不是吗?”她说。

“你变了。”

“亡失会改变一个女人。”

提到他们失去的让他叹了口气，她真希望能收回那句话。然而你要怎么收回好几年的时光？他们的爱曾经只是希望、欢愉和激情。他们那时还年轻，信心十足。现在的他们真有可能回到过去吗?

“我中午得去工作。”

“请病假。我们可以——”

“不行。”他推开她，下床，他浑身赤裸地站着，低头注视着她，眼神莫测，“我们在床上一直相处得不错，安。那从来不是问题。”他叹了口气，那声音提醒了他俩之间出了问题的一切。他弯腰捡起衣服。

他穿衣服的时候，她想要说些什么阻止他离开。但是唯一想到的就是：我有两次进他办公室时发现他在哭。

她伤了他的心。她现在才对他说些什么还重要吗？话语是如此短暂的事物，一次呼吸就会消散。

“回来。”在他朝门走的时候，她终于说，“哪天，等你准备好的时候回来。”

他一愣，回身看她：“我想我做不到。再见，安吉。”

然后他走了。

安吉工作时心不在焉。妈妈注意到她的表现，说了她不止一次，但安吉知道最好说些什么。我跟康兰睡了这样的八卦会着火一样传遍全家。她可不想听关于这事的十六种不同意见，更重要的是，他们的担心会毒害它。她想守住这份他迟早会回到小屋的希望。

于是她关注起更直接的担忧。比如说劳伦又旷了一次工，也没有打个电话通知。安吉留了几次留言，没有一条回复。

“安吉拉。”

她发现母亲是在跟她说话，于是放下电话：“什么事，妈妈?”

“你站在那里瞪着电话看有多久了？我们有客人在等着。”

“我担心她遇上麻烦了，得有人帮帮她。”

“她有个母亲。”

“但有时候青少年不会把一切告诉父母。如果她觉得孤立无援呢?”

妈妈叹了口气：“然后你会去救她。可你要当心，安吉。”

这是个忠告，常识。它让安吉两天没有接近劳伦的家。但是每天忧虑都在增长，安吉有种糟糕的预感。

“明天就去。”她坚定地说。

想要融入平常的高中生活每天都变得更艰难。劳伦觉得自己是个外星人，砰一声掉到这颗星球上，一无所长，无法谋生。她没法专心上课，没法接续谈话，没法吃了东西不吐出来。小宝宝……小宝宝……小宝宝不断地在她脑子里跑过。

她再也不属于这里了，每过一刻都像是在说谎，她等着消息随时炸开传出流言蜚语。

“有个劳伦・瑞比度……”

“穷姑娘……”

“怀上了……”

“完蛋了……”

她不知道她的朋友会围着她鼓劲还是会撇开她，事实上她不知道自己在不在意。她现在和他们没有共同语言了。谁会关心三角课上的随堂测试，或是罗宾跟克里斯跳舞时为什么吵架？感觉一切都很幼稚，然而劳伦被困在还不算成熟女性又不再是天真少女的灰色地带，她明白自己不会再那么年少懵懂了。

甚至戴维对她的态度都已不同。他仍然爱她，她知道那毫无疑问，感谢上帝。但是有时她觉得他离开她身边，到他自己的地方去思考，她知道在那些离开的时间里，他在思量他俩的爱要他付出的一切。

他会做出正确决定，无论那到底是什么，但是它会让他失去斯坦福大学入学资格以及像这样一所学校所带来的一切优势。最重要的，他会失去青春。她已经付出了同样的代价。

“劳伦？”

她抬起头，这才意识到之前她一直低着头。她没打算这样，现在她的老师奈斯布瑞吉先生站在她桌边，俯视着她。

“我让你觉得无聊了，劳伦？”

一波笑声漾过教室。

她挺直身：“没有，先生。”

“很好。”他递给她一张粉红色字条，“德特拉斯夫人让你去她的办公室。”

劳伦皱起眉头：“为什么？”

“我不知道，但现在是选择大学的时间，而她是毕业班指导老师。”

劳伦的大学申请都还没有回复，但也许她忘了填写什么或者把材料寄错了地方。像是现在这事还重要似的。

她收起书本纸页，全放进背包，穿过校园去主办公楼。室外冰寒刺骨，一层冰碴落在沟里和地上。

奇怪的是，在办公楼也感觉很冷。学校秘书玛丽，在劳伦进门时连头都没抬，学校护士珍迅速撇开目光，显得无礼。

劳伦穿过走廊，墙上糊满了大学的、集训营的和招暑期工的广告宣传单。她在德特拉斯夫人办公室前停步，深吸了一口气，然后敲门。

“进来。”

劳伦推开门，“嗨，德夫人。”她努力不要显得紧张。

“劳伦，坐下。”

一点也没有平常逗乐的气氛，她也没有笑。

坏兆头。

“我今天早上跟戴维谈过。他说他考虑放弃斯坦福大学，他说——让我引用原话——出了些事。你知道那是什么事吗？”

劳伦怔住了：“我确信他不会放弃斯坦福大学，他怎么能放弃？”

“确实是，他怎么能放弃。”德特拉斯夫人把钢笔放到桌面，紧盯着劳伦，“当然，我关心这事，海恩斯家对这所学校来说很重要。”

“当然。”

“因此我给安尼塔打了电话。”

劳伦重重叹了口气。

“她什么都不肯告诉我，可我能发现她很难过。所以我派特利普教练去男更衣室，你知道他和戴维很亲近。”

“是的，夫人。”

“那么说你怀孕了。”

劳伦闭上眼睛悄声诅咒，戴维保证过不告诉任何人。等到今天放学，话就会被传出去，如果它现在还没传开的话。从现在起，她去到哪里都会变成闲话的话题，还会有人指指戳戳交头接耳。

停顿了很长时间后，德特拉斯夫人开口：“我很遗憾，劳伦。比你以为的更遗憾。”

“我现在要怎么办？”

德特拉斯夫人摇头：“我没法告诉你该怎么办。我能告诉你的是菲克瑞斯特从没有过毕业的怀孕姑娘。事情要传出去，家长们会大发雷霆。”

“就像艾薇·柯赫兰？”

“对。艾薇想留下，但最后太艰难了。我相信她现在跟一位阿姨一起住在林登。”

“我没有亲戚。”

指导老师充耳不闻。她打开一个马尼拉信封，看了看内容，然后她合上文件夹：“我已经跟西端高中的校长谈过。你能在那里读完这个学期，并在一月毕业。”

“我不明白。”

“你在这里拿奖学金上学，劳伦。它能以任何理由随时撤回，而你无疑给了我们一个理由。我们将你看作模范学生，接下来几个月里并非如此，对吧？我们认为你从西端高中毕业对所有人都好。”

“这个学期只剩六个星期，我能应付闲话。求你了，我要从菲克瑞斯特毕业。”

“我想你会发现……这令人不快……姑娘们对待彼此能残酷得惊人。”

劳伦清楚，在脱宅计划之前，在她看起来与众不同，开口带着穷酸气，还住在镇上的贫民窟的时候，没有人想跟她做朋友。她从前天真地以为把自己变成合群的女孩能改变一切，现在她看到了令人痛苦的现实。一切都是虚饰，一片薄薄的清晰的谎言覆盖了她本身。如今这个真正的女孩被发现了。

她想生气，想再有第一次穿过菲克瑞斯特大门时的野心和决心，可所有燃烧的热情遥不可及。

而且她觉得心寒。

她要怎么争辩关于模范学生那一条？她就读私立的天主教学校，却怀孕了。如果她会鼓励其他人，眼前这就是警告。

要当心，不然你就会落到劳伦·瑞比度的下场。

“去西端高中。”德特拉斯夫人轻声说，“读完这个学期早早毕业，感谢上帝你的学分已经够了。”

“那才是你归属的地方。”即使并没有明说，劳伦清晰地听到了这句话。

但那是另一个谎言。

事实是她不属于任何地方。

劳伦回到班上，穿过高中的熙熙攘攘。她拿出笔记本往日程安排上写满之后的任务，还和同班同学聊了几句。她甚至还笑了一两次，但是她觉得心寒。某种不熟悉的愤怒在她的血中蔓延。

戴维保证过守住他们的秘密。他知道——他们知道——迟早会暴露，那是当然，但不该是现在。她还没有准备好面对这样的问题和被说闲话。

午餐时间，她已经出奇愤怒了，她气坏了。她无视他们的朋友，大步穿过校园到体能训练室去。他跟球队的哥们在一起，在举重砝码的碰击声与锻炼后的喘息声中，他们谈笑风生。

她走进房间的一刻，一切静了下来。

你该死，戴维。

她觉得脸上热了起来。“嗨。”她想表现得平常些，就像个普通高中女生而不是失足少女。

戴维慢慢地坐起身，他看向她的模样让她呼吸困难，“再见，各位。”

没人回应他。

她和戴维在沉默中穿过校园走向橄榄球场。天气寒冷凛冽，草地上结着闪闪发光的一层霜，有隐约的苹果香气。

“你怎么能这样？”她终于开口。她的声音轻软得惊人。她本来打算冲他尖叫，也许会加重语气还会打他，可是到了现在她觉得冰寒彻骨，满心害怕。

他牵起她的手，带她到看台上。他们坐到冰冷坚硬的座位上，他没有伸手抱她，而是望向草坪叹了口气。

“你保证过。”她又说，这回大声了些，嗓音尖锐，“特利普教练，人人都知道他大嘴巴。难道你没想过——”

“我爸爸再也不跟我说话了。”

劳伦皱眉：“可是……”她不知道怎么说下去。

“他说我是个愚蠢的白痴。不，是个操蛋的白痴。那是他的原话。”戴维的呼吸像团苍白的云朵飘出。

她怒意全消，就这么没有了。她心里像有什么蜷缩起来，她碰了碰他的腿，靠在他身上。她了解他这么些年，他一直想得到父亲的关注。他们同病相怜，有个似乎不够爱你的家长。

极速小子让戴维既自豪又高兴，不只是因为引来其他男孩或女孩的爱慕。他在乎那辆车，因为他的父亲爱它。戴维在乎跟爸爸一起在车库里共度的时间，在那里——也只有在那里——两父子会谈话。

“他甚至都不理睬那辆车了。他说为一个哪也去不了的孩子修理车轮没有意义。”他终于看向劳伦，“我需要跟某个人说说。一个男人。”

她怎么会不懂？这是几乎无法忍受的孤独时刻，她将手滑进他手里，“没关系，我很抱歉朝你大喊大叫。”

“我很抱歉我把事情告诉了他，我以为他会闭嘴。”

“我知道。”他们再次陷入沉默，都呆望着球场。最后劳伦说：“至少我们还有彼此。”

他的声音轻和，全无信心：“是。”

劳伦到家的时候，莫克夫人在前门台阶等着她。劳伦看到她时已经太晚了没法绕开。

“劳伦。”她重重叹了口气，“我今天去看了你妈妈有没有在工作。”

“哦？你遇到她了？”

“你知道我没有。她的老板说她已经辞职，离镇走了。”

劳伦被这四个字压垮：“对。我会找一份全职工作，我保证——”

“不行，孩子。”她说，虽然劳伦能看出她不喜欢这消息，但仍然说出了噩耗，“你自己租不起这里，我的老板已经厌烦了你妈妈总是晚交房租，他要我把你们赶走。”

“求你，别这样。”

莫克夫人肉乎乎的脸拧出悲伤的表情："我真希望能帮帮你，真对不起。"她慢慢转过身进屋，纱门在她身后砰地关上。

再来一个人跟劳伦说抱歉，她就要尖叫了。

但那毫无益处。

她拖着脚爬上楼，走进公寓，甩上门。

"想想办法，劳伦。"她想找回过去的自己，那个能登上任何高山的女孩，"想想办法。"

有人敲门。

毫无疑问莫克夫人忘了告诉她明天就得腾空屋子。

她朝门走去，一把拉开："我不能——"

门外，在阴沉的黑暗中站着的，是安吉。

"哦。"劳伦只能说出这么一句。

"你好，劳伦。"安吉微笑着，笑容里的温柔让劳伦发痛，"也许你乐意邀请我进去。"

劳伦想了想：安吉·马隆进了屋，走过发臭的粗毛毯，坐在——不，根本不敢坐下——歪斜不平的沙发上打量四周。做出判断，对劳伦表示同情。"不。真不想。"她抱起胳膊，用身体堵住门口。

"劳伦。"安吉很顽固，那是母亲般的声音。劳伦无力抵抗，她退到一边。

安吉轻松地经过她走进屋。

劳伦脚步不稳地走在她旁边。不难想象在安吉眼中这里是什么样，俗丽的灰泥墙被多年的烟熏染成斑驳，雾蒙蒙的窗外毫无景致，只有隔壁砖瓦建筑。她没法给安吉找个地方坐下。"你……呃……要喝可乐吗？"她紧张地问道，倒换着两只脚。当她意识到自己正在做什么——看在老天分上，实际上算是跳起了玛卡蕾娜舞[①]——她强迫自己站着别动。

安吉在破沙发上坐下，让劳伦大吃一惊，还不是那种"我怕会搞脏衣服"的沾着椅边的坐姿。她坐进沙发里，"我不需要可乐，不过谢谢。"

"关于我的工作……"

"怎么？"

"我本来应该打个电话。"

"是，你应该打。为什么没有？"

---

① 玛卡蕾娜舞（macarena），预祝胜利的赛前舞，常见于棒球、垒球赛事。

劳伦绞着双手："这星期糟透了。"

"坐下，劳伦。"

她不敢靠安吉太近。她害怕自己被碰一下就会开始哭。所以她从厨房餐桌边抓住一张餐椅拖进起居室，坐下。

"我以为我们是朋友。"安吉说。

"是朋友。"

"你遇上了某些麻烦，对吧?"

"是的。"

"我能帮什么忙?"

就是这句话，劳伦忽然哭出声，"没——没有。太迟了。"

安吉离开沙发走向劳伦，搂住她把她从椅子上拉起来。劳伦的哭声更响了，安吉抚摩着她的后背和头发："会没事的。"说了十几次。

"不，不会。"劳伦收住泪水时，惨兮兮地说，"我的妈妈甩掉我了。"

"甩掉你?"

"她跟一个叫杰克·莫罗的家伙跑了。"

"哦，蜜糖。她会回来——"

"不会。"劳伦悄声说。承认现实那么痛苦真令人吃惊。明知道这些年来她的母亲对她的爱微乎其微，但承认现实还是让她受伤。"还有莫克夫人说我不能留在这里。我怎么可能赚够钱租起公寓?"她低头看向地板，然后慢慢地抬头看向安吉，"那都还不是最糟糕的。"

"还有比那更糟糕的事吗?"

劳伦深吸一口气。她憎恨自己得向安吉说出这些，可她还有什么选择?

"我怀孕了。"

chapter 23 为爱而行

chapter 23

上帝救她，安吉的第一反应是嫉妒。她的心刺痛，她觉得毒素在散开。

“九周了。”劳伦说。她的样子可怜得很，同时那么年轻。

那么令人绝望的、不可思议的年轻。

安吉把自己的感情推开不管。她想着，会有时间的，在晚上迟些时候，当她脆弱孤独的时候，会去考虑世界为什么如此不公道。她匆忙后退坐到咖啡桌上，她需要跟她保持一点距离。劳伦的痛苦显而易见，安吉想安慰她，但现在不是时候。一个拥抱并不够。

她凝视着劳伦。女孩的红头发乱七八糟缠成一团，她圆润饱满的脸颊比平常苍白，棕色的眼睛浸润着伤悲。

如果一个女孩需要母亲……

不行。

“你告诉过你的母亲了吗?”安吉问。

“那就是她离开的原因。她说她已经养大了一个错误，不会再养一次。”

安吉叹气。在她不孕与失子的这些年来，她经常见证是否成为母亲全看运气。有太多不该养育孩子的女人得到那份天赐的礼物，而另一些女人则怀中空虚。

“我试过去流产。”

“试过?”

“我以为自己就能处理这个问题，你懂吗？像个成熟大人，但是我做不到。”

“你应该来找我，劳伦。”

“我怎么能让这个问题去烦你？我知道它会伤害你。我不想让你像现在这样看着我。”

“哪样？”

“认为我很蠢的样子。”

尽管她并无恶意，安吉还是被触动了。她将一绺头发别到劳伦耳后，“我没有那样看你。我为你悲伤和害怕，就那样。”

劳伦的眼睛慢慢涌起泪水，“我不知道该怎么做。戴维说他会放弃斯坦福大学和我结婚，但那不会有用。他会开始恨我，我想我受不了那样。”

安吉真希望能有某种魔法咒语能安抚这个可怜孩子的心，但是有时生活会把你逼到角落，无法轻易摆脱。

劳伦擦擦眼睛，抽抽鼻子，坐直：“我并没有打算把这些甩给你，我就是害怕了。我不知道怎么办，现在还得找个新住处。”

“没关系，劳伦。深呼吸。”安吉看向她，“你想做些什么？”

“回到十月用避孕套。”

安吉笑了，笑得悲伤还有些紧张：“你和戴维想留下孩子吗？”

“我怎么知道？我想……”她缩进椅子，垂下头。安吉看出她在哭。她哭得无声无息，仿佛已经学会让泪水往心里流。“是我的麻烦。我让自己陷进去了，我得把自己拉出来。也许莫克夫人会让我在这里再留久一点。”

安吉紧闭上眼，她眼中也有泪水。回忆奔流——劳伦在助邻会，外面天寒地冻，她却为母亲申请一件外套……雨夜的杂货店外的停车场，往挡风玻璃上贴传单……轻声说着我不能去返校舞会，后来拥抱安吉就为了借到裙子和帮化妆这样简单的事。

劳伦孤苦伶仃。她是个善良的、负责的女孩，她拼命在做正确的事，可是她才十七岁，怎么能在如此凶险的路途上找到正确的出路？她需要帮助。

“她不是你的女儿，安吉拉。”

“你要当心这姑娘。”

它是忠告，而现在，在此时此刻，安吉恐怕不能听从。她如此艰难才走出渴望孩子的黑暗，她怎么能让自己再滑落回去？她能在劳伦身边眼看着她的腹部渐渐膨起吗？她能经受住再分享另一个女人怀孕时的亲密吗——晨间孕吐、随着增加的每一磅体重增长的憧憬、只言片语中的奇迹：她踢我了……他是个小小运动员……来，摸摸我的肚子……

然而。

她怎么能在这样的时候离劳伦而去？

“我跟你说。”安吉慢吞吞地开口，她真的无法说出其他的话，“为什么你不跟我一起住？”

劳伦倒吸一口气，抬起头：“你不是当真的。”

“我是。”

“你会改主意的。你会看到我越来越胖，你会——”

“你以前相信过任何人吗？”

劳伦没回答，但是事实就在她的眼神里。

“相信我。到小屋来住一阵，直到你考虑明白你的未来。你需要照顾。”

“照顾。”

安吉听出劳伦声音中的惊愕。如此简单的一件事——照顾——而它的缺失在这个灵魂中留下多大一个火山口。

“我会为你打扫房子，会洗衣服。我也能做饭，如果你告诉我哪些是杂草——”

“你不需要为我打扫房子。”安吉笑起来。虽然还有担忧，但那种“我能受得了吗”的紧张感淡去了，她感觉挺好。她能让这女孩的生活起些变化。或许她不再能当一名母亲，但并不意味着她不能扮演母亲的角色。

“只要排到你的时候来上班，并且保持好成绩。好吗？”

劳伦奔进安吉怀里，死死抱紧她：“好。”

劳伦收拾好她的衣服和校服（现在不需要了），她的化妆品和纪念品，箱子里还余有空间。

她最后收起的是一张镜框里她和母亲的合照。照片里的她俩看起来像一对招牌女郎，正把脸探出五彩纸板的洞口。老实说，劳伦都不记得曾为拍这张照片摆过姿势。按照妈妈的说法，她们在往西走的路上暂停在一个维加斯的卡车停靠站。多年以来劳伦试图记起关于这张照片的回忆，可从没想起来过。

那是她们唯一一张合照。她把它稳妥地塞在一层层衣服当中，合上箱子。下楼时，她拜访了莫克夫人的房间。

“这是钥匙。”她说。

“你要去哪里？”

劳伦拉着她的胳膊带她到窗边。在外面的街上，安吉站在车旁正往楼上望。“那位是安吉·马隆。我打算跟她一起住。”她听到自己话音中的惊诧。

“我记得她。”

“你把家具卖掉付房租，可以吗?”

“好。”莫克夫人垂眼看着钥匙，抬眼看向她，她的笑容很悲伤，“我很抱歉，劳伦。要是我能做些什么帮你……”她没把话说完，她们两人都知道没什么可说的。

劳伦还是感谢她：“你对我们很好，愿让我们迟交房租还帮我们。”

“对你不公道，孩子。你妈妈太不像话。”

劳伦递给莫克夫人一张纸。她在上面写了安吉家的住址和电话号码，也写了餐馆的。“给。”她柔声说，“我妈妈回家的时候，她会想知道我在哪里。”她声音里仍有那种渴望，破碎不堪，可她忍不住。

“会是什么时候?”

“跟杰克分手的时候——分开的时候——她会回来。”

“而你会等。”莫克夫人说这话时格外伤感。

劳伦能说什么？她一生都在等待母亲的爱，她没法舍弃希望。那是她生命的一部分，那份信心根深蒂固如同心跳，如同脉搏。但是它再不会那么痛苦了，她失落的感觉已经麻木，几乎遥不可及。

她再次向楼下正等着带她回家的安吉瞥了一眼。

家。

然后她看向莫克夫人：“我现在没事了。”

“你是个好孩子，劳伦。我会往好处想。”

“也许我会再见到你。”

“我希望不会，劳伦。你一离开这片地方，就留在外面，不过你需要我的时候，我会在这里。”最后莫克夫人笑了笑，跟她说再见。

劳伦在门厅提起箱子，匆匆出门，跑下台阶。

“你需要我去搬其他行李吗?”安吉朝她走来。

“都在这了。”劳伦拍了拍箱子。

“哦。”安吉停步，她微微蹙眉，接着说，“那好吧，我们走。”

穿过城镇经过海滩爬上山坡的一路上，劳伦眼睛盯着窗外，一言不发，月光时不时落到某个角度正好让她发现自己在凝视着自己的倒影。她不由自主地看到了一个脸上挂着微笑、眼中有悲伤的女孩，她不知道她的眼神如今是否总这么悲伤，总是看向她已经失去的机遇。她的母亲一定也曾经这样过。

她瞟了一眼安吉，安吉正跟着收音机哼歌。大概她也不知道要说什么。

劳伦闭上眼睛。她想象安吉做她的母亲的生活会是怎样。一切都会是柔软甜蜜的，安吉绝不会掴怀孕的女儿耳光，或者在半夜里对她不告而别，或者……

“我们到家了。甜蜜的家。”

劳伦急忙张开眼睛。也许她刚才睡着了，这倒是，一切都感觉像场梦。

安吉把车停在屋边，下车。一路上她都回头跟劳伦说话，劳伦拖着箱子快步跟着她。

“……烤箱温度比显示的大概高二十度，没有微波功能，抱歉。这些生锈的老水管……”

劳伦努力记住所有的话。除了安吉给她的信息之外，她还注意到一些别的事。例如，窗户需要清洗，沙发扶手有道裂痕。这些都是劳伦能帮忙的杂活。

安吉一边上楼还在一边说话。“……水压很强。我建议你往下冲水，不然淋浴时会被冲出去。水管刚开始时会有点响，千万别在洗澡以前冲厕所。”她停下，转过身，“共用一间浴室没问题，对吧？如果不好——”

“很好。”劳伦赶紧说。

安吉笑起来：“我想也是。好，到了，这是你的房间。我们家的姑娘们都在这里睡过。”她打开大厅尽头的门。

那是一间宽敞漂亮的房间，有陡峭的天花板和原木横梁，印着小小玫瑰花蕾和蔓藤的粉红色壁纸覆盖了四壁。配套的床罩盖在两张床上，一张橡木小书桌塞在角落，书桌左边有三扇巨大的方窗俯瞰大海。今晚的月光染亮银波。“哇噢。”劳伦叹道。

“床单有一阵没洗了，我能现在就——”

“不必。”劳伦突兀反对，她没打算这样的，就只是……太惊人了，“我能自己清洗。”

“当然了，你是个大人了，我并不是说你不会洗衣服，就只是——”

劳伦丢下箱子奔向安吉，张开双臂抱住她。“谢谢你。”她说，把脸埋进安吉温暖香甜的颈弯。

安吉慢慢吞吞地伸手回抱。劳伦发现自己开始哭，于是想退后，但安吉不让她走。她抚着劳伦的头发，喃喃说没关系。说了一遍又一遍，“没关系，劳伦。没关系。”

劳伦一辈子都在等着这样的时刻。

“什么?”

众口一词，实际上是同时大叫。

安吉忍住不要后退：“劳伦搬来跟我一起住。”

她的妈妈和两个姐姐在妈妈的厨房里站成一排，她们全都瞪着安吉。

“你就这样当心那姑娘?”妈妈呵斥道，两手叉腰。

“我觉得很不错。”莉薇说，“她们相处得不错。”

妈妈不耐烦地挥手。“安静。你妹妹没想明白。”她一步上前，“你就是不能请一个红头发的陌生人回自己家。”

“她算不上陌生人。”莉薇说，“她一直在餐馆干活，她也很好心。”

“直到她三天都没见人。”妈妈说，“谁知道她是不是犯罪找乐去了。”

莉薇哈哈大笑，“对哦。开车穿过一个又一个镇子，抢抢小超市，停下补个弹药，考个数学测验。”

安吉紧张地倒换着两只脚，她没有料到让劳伦搬进来的消息会得到这种反应。

接下来的话就是另一码事了，冲击这个词在她脑海里冒出来。

“安吉，”蜜拉靠近，琢磨着她的样子，“你还有事没告诉我们。”

安吉退缩了。

“什么? 你还有秘密?”妈妈哼了一声，“你要知道你爸爸会把一切告诉我。”

安吉陷入了困境，她毫无办法，怀上孩子不是那种能一直隐瞒的秘密。她瞧着这一排女人，说：“还有一件事。劳伦怀孕了。”

说是冲击低估了情况。

争吵持续了几个小时。当它最后变成令人厌倦的唾沫横飞的情况时，妈妈叫来了援手。安吉的两位姐夫都来了，一起来的还有茱莉娅婶婶和弗朗西斯叔叔。关于安吉做得对不对，屋里人人都持同一个观点。

莉薇说出唯一的异议，一招怔住了所有人。“她想做什么就让她去做。”开吵第二个小时，她开了口，“我们没人懂得对她来说是什么滋味。”

莉薇的说法让这场争论戛然而止。这样间接点出安吉无儿无女的话，让每个人都迅速别开了目光。

安吉感激地瞟了莉薇一眼。莉薇眨了眨眼，回笑。

然后辩论再次开场。

chapter 23

安吉现在受不了了。他们在权衡这个决定的正反意见时，她溜出房间上楼去。

她走进旧日闺房，关上门。安宁的沉默使她平静，她估计在妈妈或者蜜拉来找她之前，能有大概六分钟的独处时间。

比那还短。

门开了。妈妈站在门口，一脸失望。那是她的女儿们都熟悉的表情。“两分钟。”安吉记下，迅速走到床边，“新纪录。”

妈妈关上身后的门：“我让所有人都回家去了。”

“很好。”

妈妈叹了口气，在安吉旁边坐下，老弹簧在她俩身下吱嘎响。

“你的爸爸——愿上帝使他的灵魂安息——今晚该朝你嚷嚷了。你也不会听他的。”

“爸爸从来不朝我们嚷嚷，嚷嚷的是你。”

妈妈大笑：“他不必非得大喊大叫。他会让我咆哮吼叫一会儿，然后在沙上画一道线。‘够了，玛丽娅。’他会说。”她一愣，“现在难了，沙上没有线了。”

安吉偎向母亲：“我知道。”

妈妈满是皱纹的手搭到安吉的腿上：“我担心你，就这样。这是母亲的责任。”

“我知道，我为此爱你。”

“你会当心的，对吧？我已经看过你心碎太多次了。”

“我现在更坚强了，妈妈。真的。”

“我希望如此，安吉拉。”

chapter 24 为爱而行

chapter 24

闹钟还没响，劳伦早早地就醒了。她大概五点起来上厕所，之后就没能再睡着。她本可以开始打扫，不过她不想吵醒安吉。

这里是那么安静。唯一的声响就是海浪冲刷沙滩和礁石的声音，偶尔会有拍打窗玻璃的风声。

没有汽车喇叭响，没有邻居彼此尖叫的吵架，没有酒瓶摔碎在人行道的声音。

这样一张堆着毛毯和羽绒被的床让人有安全感。

她瞥了一眼钟，六点，天还黑着。冬季最初几周，白天不长。如果这个星期一早晨要去菲克瑞斯特，她得在制服里穿上羊毛裤袜。

不过再没有关系了。

今天会是她在西端高中的第一天。一个只待到这个学期结束的怀孕的转学生，爱出风头的女生们肯定爱她。

她甩开被子，下床。她把东西拢在一起，去浴室迅速洗了个澡，然后仔细把头发吹干拉直。

回到卧室，她翻抽屉找衣服。

去新学校的第一天穿什么似乎都不对劲。

最后，她决定穿低腰喇叭牛仔裤，配流苏皮带和白色毛衣。她套上毛衣时，一只耳环脱开，飞快地滚过地板。

那是上次她过生日时，戴维送她的耳环。

她蹲到地上找，伸长手摸过地板。

摸到了。

她钻到床下找到了耳环……和一些别的。有个狭长的木盒塞在后面，它看起来很像地板木条，得凑近了才能发现。

劳伦抓住木箱把它从床底下拖出来。她打开它，发现一摞很旧的黑白家庭照。大部分照片里都有三个穿着漂亮裙子的小女孩，一名肤色暗沉、衣冠楚楚的男子搂着她们，他的整张脸都被微笑照亮。他高挑清瘦，开怀大笑时眼睛眯成缝。大部分照片上他都在大笑，他让劳伦想起过去的某个男演员——总是跟格蕾丝·凯莉相爱的那个。

德萨利亚先生。

说来荒唐，劳伦想认他作爸爸。她看过一张张照片，看到了她梦想拥有的童年：去大峡谷和迪斯尼乐园的家庭旅行；在格雷斯港的乡村集市消磨时日，吃棉花糖和坐过山车；就在这间木屋度过的夜晚，在水边的篝火上烤棉花糖。

门上传来一记敲击："六点三十了，劳伦。该起床啦。"

"我起来了。"她把木箱推回到床下，整理床铺，收拾房间。等她走出房间关上门时，没有任何痕迹表明她曾住过这里。

她下楼，发现安吉在厨房。"早上好。"安吉说，从平底锅里铲起炒蛋放进盘子，"来得正好。"

"你给我做了早餐？"

"不好吗？你介意吗？"

"你逗我吗？棒极了。"

安吉又笑了："那好，接下来几个月你得好好补补。"

她俩四目相对，突然陷入尴尬的沉默。远方海浪的嘈杂似乎越来越响，劳伦禁不住摸向腹部。

安吉退缩了："也许我不该提起。"

"我怀孕了，假装没有毫无意义。"

"不。"

劳伦想不到别的什么可说，她赶紧走向餐桌坐下："闻起来好香。"

安吉递给她一个盘子，里面有炒蛋，有两片焦黄的烤面包还有几片蜜瓜。"我会做的差不多只有这些了。"

"谢谢。"劳伦轻声说着，仰起脸。

安吉坐到她对面。"不客气。"她终于笑了，"那么，睡得怎么样？"

"很好，我得习惯这里这么安静。"

"对。我搬去西雅图时，总也习惯不了那些噪音。"

"你想念大城市吗？"

安吉被问住了，似乎她以前从没考虑过。

“实际上，不想。我最近睡得格外香，一定有什么原因。”

“大海的气息。”

“什么?”

“你的妈妈告诉我如果一个女孩闻着大海的气息长大，她绝不会适应内陆的空气。”

安吉放声大笑：“听上去像是我的母亲，但是西雅图算不上内陆。”

“你的母亲认为除了西端以外都算内陆。”

她们东扯西拉了一会儿，然后安吉站起来，“你洗盘子。我去洗个澡，十分钟后见，然后我们去学校。”

“你说什么?”

“当然是我送你去学校。餐馆今天不开门，所以一块儿坐个车没问题。嘿，顺便一句，我以为菲克瑞斯特有校服。”

“是有。”

“那为什么你穿便装?”

劳伦觉得两颊发热：“他们撤回了我的奖学金，我猜校服没有大象的尺码。”

“你是跟我说他们把你踢出学校就因为你怀孕了?”

“不算什么大事。”她希望自己的声音没有背叛真心。

“你在说什么鬼话。”

“我不知道——”

“洗盘子，劳伦，穿上校服。我们得去小小地拜访一下菲克瑞斯特学院。”

一小时后，她俩到指导老师办公室。劳伦背贴墙站着，想要消失到粗糙的白色灰泥里去。

安吉坐在椅子里，面对着德特拉斯夫人。夫人坐在办公桌后，两手扣起搁在金属桌面上。

“很高兴终于见到你了，瑞比度夫人。”德特拉斯夫人说，“我想关于劳伦在菲克瑞斯特的未来有些传达错误。”

劳伦猛抽一口气，看向安吉。安吉保持着微笑。

“我来这里讨论……我女儿的未来。”安吉跷起二郎腿。

“我明白。那么你需要与西端高中的指导老师讨论。你看——”

“我看到的，”安吉平静地说，“是一桩诉讼。也许还有一个头条：天主教学校以怀孕为由开除贫困的完美学生。我了解头条新闻，因为我前夫是《西雅图时报》的记者。要知道，他几天前才说过大城市的报纸可以讲讲小镇上的有名丑闻。”

“我们……呃……技术上并未开除劳伦。我仅仅建议说姑娘们会对有她那类麻烦的女孩很残忍。”她皱眉，“我不知道你丈夫的事。”她开始翻查劳伦的档案。

安吉看向劳伦：“你担心女孩们敌视你吗？”

劳伦摇头。她想出声也出不了。

安吉转向指导老师：“你在此事上考虑到劳伦的感情真是宽厚，不过如你所见，她很厉害。”

德特拉斯夫人慢慢合上劳伦的档案夹，然后她说：“我认为她可以在这里读完本学期期末考。本学期只剩六周，中间还有圣诞节假期。她可以在一月进行期末考试提前毕业，可我确实相信——”

安吉站起身：“谢谢，德特拉斯夫人。劳伦将从菲克瑞斯特毕业，理应如此。”

“不客气。”德特拉斯夫人显然很是恼火。

“我确信你会尽一切努力帮助她，而且我一定会告诉舅舅对劳伦来说这样的结果有多么令人满意。”

“你的舅舅？”

“哦，我忘记提起了吗？”她径直看向指导老师，“卡迪纳·兰兹是我母亲的兄弟。”

德特拉斯夫人似乎缩进了椅子里。她只能说出一声“哦”，几不可闻。

“我们走吧，劳伦。”安吉朝门走去。

劳伦摇摇晃晃地跟在她旁边。“太了不起了。”她们一走到外面，她就叹道。

“而且好玩。那只老蝙蝠需要个闹铃。”

“你怎么知道该说什么？”

“生活教会的，蜜糖。从来都有效。”

劳伦笑起来。感觉好极了，比好极了更棒。从来没有人这样为她战斗过，战果增强了她的信心，让她觉得没有什么不可战胜。有安吉站在她这边，她能做到任何事。

哪怕是进教室时明知道别人会用异样的眼神看她还会说闲话。

安吉咧嘴一笑："我倒真希望能有这么一位卡迪纳·兰兹。"

她俩同时放声大笑。

安吉站在角落里看着劳伦穿过校园。她压抑着自己不要大喊："再见，蜜糖。在学校过得开心。我六点来接你。"她还挺年轻，知道那样的场面土得掉渣。可怜的劳伦不需要吸引任何多余的关注，在私立学校就读时怀孕要面对的日子已经够受的了。一个土包子母亲可能会把她逼到极限。

劳伦在大楼的双开门外停步。她微微回身，朝安吉挥手，然后消失在门里。

安吉的胸口发紧。"你们那些小妖婆最好善待我的姑娘。"她说。她闭上眼，为劳伦祈祷，然后上车。

她开车回家，尽量不去想象菲克瑞斯特学院里闲言碎语的烈火风暴，她考虑过开回去停在旗杆旁，以防万一。如果劳伦哭着跑出来，被那些只有十来岁姑娘才会使出的各种琐碎恶意手段伤了心，那要怎么办？她会需要安吉………

"不会。"她大声说出口，控制住负面的幻想。劳伦必须靠自己挺过这样的日子，没有其他办法。她会发现走上这条路会陷入黑暗，会担惊受怕，但除了径直向前，没有别的出路。

手机的嗡鸣声救了她。她摸进包里找到手机，在响第三声时接了起来。

"安吉?"

直到她狠吸一口气时才发现自己一直在等着这个电话。"嗨，康。"她努力让自己的声音听起来漫不经心。为安全着想，她把车停到路边。她的心飞驰而去的速度是每分钟一英里。

"我一直在想几天前的事。"

我也是。

"我们需要聊一聊。"

"有几年没好好聊聊了。"她说，"你要来木屋吗?"邀请脱口而出的一瞬间，她就想起了：劳伦。

他不会喜欢这种情况。

"今天不行，我很忙。"他说，"也许……"他的声音走向犹豫不决的黑暗森林。他在重新考虑，她分辨得出来。

“星期一，餐馆不经营，我上城里去给你买份午餐。”

“午餐？”

“它指一顿饭，经常表现为三明治与浓汤。”对方没理会她的笑话，“得了，康。你需要吃午餐。”

“去艾尔·博卡利诺餐厅如何？”

“我十一点三十能到。”她亮起转向灯，轻松回到路上。

“到时见。”他说。

“再见。”安吉想要微笑，可她想到的尽是那个寄她篱下的女孩。康兰不会接受这消息。

她赶到西雅图市中心的时间能创纪录。她停好车，朝餐厅走去。

他俩的餐厅。

至少，以前是。

她离那里还有四个街区，天上下起瓢泼大雨。高尔夫球大小的雨滴抽打着她面前的人行道，沿着路缘汇成一条银色湍流。她撑开伞朝先锋广场去。在公园里，几十个无家可归的人挤成一堆，来回传递着香烟，想保持干爽。

她终于到了叶斯勒街。高架桥——那座连大地震也震不塌的拱形混凝土天桥——挡住了雨水。

她一头扎入餐厅。艾尔·博卡利诺餐厅在白天这么早的时候空无一人，来吃工作午餐的人群至少要再过一小时才会到达。

卡洛斯，餐厅的店主从拐角转出。他一见到她就笑了。

“马隆夫人，很高兴又看到你了。”

“我也是。”她把外套和伞递给他，跟着他走进这间托斯卡纳式的小小餐厅。她立即就闻到了混合大蒜和百里香的辛辣香气，那让她想起家。

“你应该什么时候带你的妈妈来。”卡洛斯笑着说。

安吉哈哈大笑。她有一次带父母来这里，妈妈一整个晚上都在厨房教训主厨居然在做海员式沙司时切了番茄。“要压碎，”她唠叨说，“所以上帝给了我们双手。”“没问题，卡洛斯。”她说。她的笑容在看到康兰时退去了。

他在她走进时站起身。

卡洛斯为她拉开椅子，给他俩一人一份菜单，接着消失了。

“再来这里感觉好奇怪。”安吉说。

“我知道。打从我们的周年纪念日以后我就没来过。”

她皱眉："我以为你的公寓套间就在这边的街角。"

"是的。"

沉默再次降临。他们看向彼此。

卡洛斯出现在桌边，拿着一瓶香槟。"我最喜爱的一对又在一起了，挺好。"他往两只笛形酒杯里注满闪亮的起泡酒。他看向康兰："你让我决定午餐菜单，对吧？"

"当然。"康兰应道，仍然看着安吉。

她觉得在那目光下自己无所遁形，脆弱易伤。她伸手拿起酒杯，需要在手上拿些东西。

我想告诉你我遇上的那个女孩。

"康兰。"她开口时，卡洛斯正好再次出现在桌边，端着一盘番茄奶酪沙拉。等他们感叹完食物美味，安吉已经失去了勇气。她喝完了那杯香槟，又倒了一杯。

她真的了不起，她跟我一起住。哦，我有没有提过她怀着孩子？

康兰俯身，把胳膊肘放到桌面上。"今天早上我接到代理商的电话，我得到一份书约。"他停了一下，然后说，"我唯一想通知的人就是你，你明白那意味着什么吗？"

她明白那需要他鼓起多大的勇气才能承认。她想拉着他，把他的手放到自己身上，告诉他她还爱着他，她以前爱他，以后也会爱他。但现在说那些太早了，实际上她开口说："我想那意味着我们彼此相爱了很长时间。"

"我的大半辈子。"

她跟他碰了碰杯，清脆的碰杯声是让一切开始的声音。她明白自己现在就应该告诉他关于劳伦的事，但她说不出口。这一刻感觉像是有魔法，一切皆有可能。"都讲给我听。"

他开始讲一个故事，90 年代，一个本地人曾被宣告强奸杀害几个老年妇女。安吉道。康兰完成一份对这个故事的调查报告，并被吸引住了。他越来越觉得那个人是无辜的，而 DNA 测试刚刚证实了他的清白。"是一场灰姑娘交易。"他说，"他们给了我不错的报酬来写这一本和另一本书。"

一小时后，当他们吃完甜点付账单时，他还在讲那个故事。

安吉站起身，发现自己不仅仅是微醺而已。

康兰站在她旁边，伸手稳稳地扶住她。

她抬头盯着他看。他的脸现在被微笑拧出了皱褶，让她想哭。

“我那么为你骄傲，康兰。”

他的微笑淡去：“这样不好。”

“什么不好？我——”

他把她拖进怀里亲吻，当着餐厅里所有人的面，吻她。那可不是某种“外婆你好”的问候吻。不，不是。

“哇噢。”吻过之后，她说。她发现自己有点发晕。她努力站稳，这很难，她心跳如鼓。她对他的渴望程度之狂烈让自己都吃惊。“可我们需要谈谈。”她想保持清醒。

“晚点再说。”他的声音沙哑得厉害。他牵起她的手，拉着她朝门外走，“去我那儿。”

她放弃了，不可能不放弃。

“能跑过去吗？”

“当然。”

走到门外，安吉惊讶地看到天还亮着。然后她想起来了：这本来是一次午餐约会。他们在雨中跑下叶斯勒街，转上杰克森路。

康兰把钥匙塞进锁。

安吉贴在他背后，搂着他。她的双手往下移向他的腰带。

“该死。”他喃喃着换上另一把钥匙。

锁开了。

他推开前门，把她拽向电梯。等到电梯门打开，他们一边亲吻一边跌跌撞撞地摔进去。

安吉像着了火。她爱抚过他每一处，吻他吻得自己头晕目眩。

她喘不过气。

电梯门开了。他把她扫进怀里，抱起她走出电梯厅。几分钟后——几秒后——他们已经在他的卧室里。

康兰把她轻轻地放在床上。她躺着，感受着曾被她遗忘的意乱情迷。“脱衣服。”她嗓音沙哑地下令，用肘部支起身体。他跪在床脚，置身于她双腿之间。“我没法离开你。”他低语道。他的声音里兼有惊诧与失望。

她知道将会为此时此刻付出代价。

而眼下，她毫不在乎。

chapter 25 为爱而行

chapter 25

安吉浑身赤裸地站在丈夫的——前夫的——公寓窗后，凝望着艾略特海湾。雨水给予世界一张模糊又遥远的面容，车辆在高架桥上南来北往。繁忙的交通只不过害得窗玻璃微微轻响，像是牙齿打战的声音。

如果现在是在电影里，她会点起一支烟，皱着眉，配上一段蒙太奇闪过银幕，画面从他们失败的婚姻到新生的和解。当电影回到现在，最后的影像将会是劳伦的脸。

“你看起来在担心。”康兰说。

他多么了解她。即使她只给他一个侧影，只用后背斜对着他，他也能看出来。大概是因为她的姿势，他总是说她难过的时候会挑起下巴、抱起双臂。

她没有回身面对他。窗户上，她面庞的虚影被雨水模糊，凝视着她的背后。“我不会称之为担心。也许算是深思。”

床的弹簧吱呀响。他一定是坐起来了，“安?”

她终于回到床上，在他旁边坐下。他抚摩着她的胳膊，亲吻她的乳房。

“怎么了?”

“我得告诉你一些事。”她说。

他退开：“听上去不像好事。”

“有个女孩。”

“哦?”

“她是个好姑娘，成绩优秀，工作努力。”

“她跟我们有怎样的联系?”

“我九月雇用了她，她每周在餐馆工作大概二十小时。你知道的，放学以后和周末时间。妈妈不愿承认，但她是她们请过的最能干的服务员。”

康兰瞪着她：“她的悲剧性缺点是什么?”

“一个也没有。”

“安吉·马隆，我了解你。现在我们真心要谈的到底是什么？别跟我说就是在讲一个优秀的女服务员。”

“她的母亲抛弃了她。”

“抛弃？”

“刚离开一天。”

他目不转睛地看她：“告诉我你给她找了个地方住——”

“给了她一个住处。”

康兰重重地叹一口气：“她跟你一起住在木屋？”

“是的。”

失望一下子印在了他脸上——在他的蓝眼睛里，在他抿起的嘴上，“所以你让一个少女住在家里。”

“不像那样，反正不像以前那样。我就是帮帮她，直到——”

“直到什么时候？”

安吉叹了口气，伸手盖住眼睛：“直到孩子出生。”

“哦，狗屎。”康兰掀开被子下床。

“康——”

他冲进浴室，甩上门。

安吉觉得像被踢了一脚到肚子上。她早就知道会是这样，可她还有别的选择吗？叹息一声，她弯腰捡起衣服穿上，然后她坐在床上等待。

他终于出来了，穿着破旧的牛仔裤和褪色的蓝色T恤衫。他的怒气似乎已经消失，不生气的他看起来很疲倦。他的肩膀耷拉着，“你说过你已经改变了。”

“我变了。”

“从前的安吉也把一个怀孕的少女带回了家。”他看向她，“那是我们关系结束的开端。我还记得，如果你不记得的话。”

“别这么说。”她觉得身体里像有什么被打碎了，她朝他走去，“我忘不了，就给我一次机会。”

“我已经给了你一生的机会，安。”他环顾四周，目光落在床上，“这是个错误。我本来不该那么笨。”

“这次不一样，我发誓。”她向他伸出手。他避到一旁躲开她的手。

“怎么可能？怎么不一样？”

“她十七岁，没人照顾她，她没地方可去。我在帮她，但是我不会再像以前那么疯狂。我已经能平静接受自己不能有个孩子。求你，”她悄声说，“给我一次机会让你看到有什么不同。来见见她。”

“见她？莎拉·德克让我们经受过——”

“不像莎拉那次，这个孩子是劳伦的。只管过来见见她，拜托了，为了我。”

他低头看向她，死死地盯着她看了好一阵，然后说：“我受不了再来一次了。狂喜。失落。着魔。”

“康兰，相信我，我——”

“你敢说完那句话。”他从柜子上拿起钥匙朝门去。

“我很抱歉。”她说。

他一愣，他头也没回：“你总是很抱歉，不是吗，安吉？我本来应该记住。”

在她去年的世界史课上，劳伦写过一份以维多利亚女王时代的伦敦为题的报告。她的研究资料之一就是电影《象人》。她还记得在图书馆坐了几小时，盯着小小的电视屏幕，看着富有的伦敦人侮辱嘲笑贫穷的约翰·梅里克，后者的脸和身体经受了非凡的痛苦扭曲。然而闲言碎语和异样的目光跟身体的畸形一样深深伤害了他。

劳伦现在明白了那种感受，成为流言蜚语的话题人物有多么痛苦。她就读菲克瑞斯特时一直在奋斗追求完美，只引来积极的关注。她从不迟到，从不违纪，从没对任何人讲过恶意的话。她千方百计地努力成为恺撒之妻一般的角色：不容置疑。

她本来应该明白摔落在地时跌得会有多痛，地面会有多硬。

每个人都盯着她看，指指戳戳，交头接耳。连老师们都为此惊讶，因为她在场而感到焦虑。他们表现得好像她染上了致命的病毒，会轻易在空中传播，感染无辜的路人。

放学后，她急步穿过又笑又嚷的人群。即使在所有这些基本都是朋友的人之中，她也觉得自己迥然不同。孤家寡人。她低着头，想让自己消失。

“劳伦！”

她本能地抬起头，立刻就后悔了。

一帮人聚在旗杆下：苏珊和金姆坐在旁边的砖砌护台上，戴维和杰拉德在玩踢沙包。

她下定决心准备应付不可避免的碰面。她午餐时间躲在图书馆避开了他们，可是现在她别无选择只能去打招呼。

“嗨，各位。”她朝这帮人走去。她犹豫了，看到戴维也一样。

他们隔着一段距离面面相觑。

女孩子们拥在她周围，拉起她的手臂。她跟着她们离开学校，到球场上他们的老地方去。男孩们跟在后边，一路踢着沙包球。

“怎么样?”所有人都围站在终点门柱旁时，金姆开口问，“什么感觉?”

“提心吊胆。”劳伦答道。她不想说这个，但是交谈总比被议论好，而且这些是她最好的朋友。

“你要怎么办?”苏珊边问边翻背包找东西，最后她掏出一瓶可乐。她打开喝了一口，然后递出去。

戴维走到劳伦身后，伸手搂住她的腰：“我们不知道。”

“你怎么不去流产?”金姆问，“我堂兄就这么做了。”

劳伦耸了耸肩：“我就是不能。”她开始盼望自己离这里远远的，盼望跟安吉在一起，那样会有安全感……

“戴维说你放弃了流产。好酷，我伯母西尔维亚去年流了一个孩子，她现在挺开心。”苏珊伸手去拿可乐。

劳伦抬眼看戴维。

她第一次意识到他可以摆脱这件事，把这跟他所有的高中回忆一块留在过去。总有一天它会像他十年级时的最有价值球员的奖杯或他的绩点一样被遗忘。为什么她以前没有看清楚?

她以为他们在一条船上，可突然间她想起了所有的告诫。怀孕的可是女孩。

“跟我来。”她悄声对他说，拉他到一边。他跟着她到看台边一个黑暗安静的角落。

她想不顾一切地抱他吻他让自己安心，可他就这么站在原地低头注视着她，困惑与爱恋同样一望即知。

“什么事?”

“我只是……放假时我会想你的。”她希望他能邀请她，可是圣诞节是属于家庭的假日。

“我爸会在一月安排一个会面，见一个律师。”他缩了缩，看向她的喉咙，

“是收养的事。”

“先别管它。”她的声音中泛着苦涩，对他来说很容易。

“我们至少应该听一听。”戴维像是快哭了，哪怕就在球场上，与他的朋友们不过几步之遥。

她懂了：对他来说这根本不好过。

“好。”她说，“当然，我们应该听。”

他看向她。她觉得离他那么遥远，觉得自己变老了。

“也许我得给你戒指。阿斯蓬有一大堆很酷的珠宝店。”

她的心跳加速：“真的?”

“我爱你。”他轻声说。

这话听起来跟从前不同，仿佛他在遥远的地方低声呢喃，或是在水下无声地做出口型。她到家时，已全然不能记起那些字句的声响。

安吉把乳清干酪汤团的制作说明看过至少四次了。她从没觉得自己是个蠢女人，但她就是见鬼地搞不清怎么拿叉子做出汤团。

“算了。”她把生面团滚成一条，切成小块，她决定学习烹调，并不意味着要靠它谋生，“够好了。”

然后她搅了搅调味汁。嗞嗞响的大蒜、洋葱和煨番茄的浓郁气味飘满木屋。当然没有妈妈做的那么好，商店里现成的调味汁没有那种家制调料的香气。她只希望她的任何家庭成员不要刚好路过。

至少她在做菜。

它应该有助于放松精神，她的两个姐姐总这么说。安吉曾不顾一切地想要试一试，现在她知道。所有那些混合食材、削皮切菜都完全没用。

“我受不了再来一次了。狂喜。失落。着魔。”

也许她不该告诉康兰关于劳伦的事。不管怎样都不该说，也许她应该先抓紧他们的爱。

不。

那会又变成从前那样，她留在围绕着他的孤独荒野中，不敢朝他走近。虽然他没有看到她的细微改变，但她真的变了。

诚实是她唯一的选择。

今天有过一两次她缓步走上后悔的道路，几乎希望自己不曾邀请过劳伦来家里跟她同住，但是实际上她没法真的朝这个方向想下去。她很高兴能帮助那女孩。

她洗了一束新鲜罗勒叶，动手切碎。碎叶粘在刀上，凝成一滴绿色。她把剪成薄片的食材也切碎。

前门打开。劳伦走进来，浑身湿透。

安吉瞥了一眼钟："你回来早了，我打算去接你——"

"我想我给你省下这个麻烦了。"劳伦剥下外套挂到铁制衣架上，蹬掉鞋子。鞋子弹上了墙。

"请把鞋放好。"安吉不自觉按母亲的腔调说。醒悟过来时，她大声笑起来。

"什么那么好笑？"

"是我。刚才我听起来就像我的母亲。"她把罗勒碎叶扔进调味汁，用木勺搅了搅，盖上锅盖。"好了，"她搁下勺子，"我以为你打算放学以后跟戴维在一起。"

劳伦看起来可怜兮兮的："是。对。"

"我跟你说。去穿上干爽的衣服，我们来喝杯热可可聊一聊。"

"你在忙。"

"我在做菜。这很可能表示我们不得不出去吃饭，所以你最好穿好衣服。"

最后，她笑了笑："好。"

安吉把炉子温度调低，做了一罐热可可，这是少数她能做得拿手的食物。等她做好可可，在起居室坐下时，劳伦也从楼上下来了。

"谢谢。"劳伦拿起一杯可可，坐到窗边大大的皮椅上。

"我想你今天过得不算好。"安吉努力让声音显得温和些。

劳伦耸了耸肩："我觉得……比我所有的朋友都老。"

"我想我能明白。"

"他们在担心内战战役的日期，而我在担心去念大学时要怎么付得起给托儿所的钱。毫无共同点。"她抬起头，"戴维说他可能给我买个戒指。"

"那是求婚吗？"

就不该提这个。可怜的劳伦皱起脸："我不这么想。"

"哦，蜜糖，别太苛求他。连成年男人都没法处理好马上要当父亲的情况。戴维大概觉得自己像被扔出飞机往下掉，地面扑面而来。他明白自己会摔得很惨，只是因为他害怕，并不表示他爱你就爱得少了。"

"我不知道自己能不能受得了。我是说，如果他不爱我。"

“我懂你的意思。”

劳伦倏然抬眼，她擦擦眼睛，抽抽鼻子：“对不起，我不该提这个，我不想你也难过。”

“怎么说?”

“你还爱着你的前夫，从你提起他的样子我能看得出来。”

“那么明显吗?”安吉低头看向两手，接着慢慢说，“我今天见到他了。”她不知道自己为什么与劳伦分享这个秘密。也许因为想谈谈这事。

“真的？他也还爱着你?”

安吉听到劳伦声音中怀有的希望，她理解这姑娘需要相信熄灭的爱火可以重燃。什么样的女人不想相信?

“我不知道。我们的桥下水很深。”

“他不喜欢我住在这里。”

这份洞见能力让安吉吃惊。“为什么你这么说?”

“得了。都有另一个怀孕的女孩对你们做出过那样的事。”

“那不一样。”安吉说，重复几小时前她对康兰讲的话，想要相信它，“当然，我也照顾过莎拉，但是我爱上的是她子宫里的宝宝。我本来会收养那个孩子，将他带进我们的生活，然后向莎拉道别。她会从我们的日常生活中消失。你不一样。”

“怎么不一样?”

“我关心你，劳伦。你本人。”她叹气，“而且，是的，有时从前的想法会冒出来。有时我躺在二楼的床上闭上眼睛，假装你是我的女儿。但是那不会再让我变成以前那样，它也不再让我痛心了。我得让康兰看到这一点。”安吉抬眼。她意识到她都不是在跟劳伦交谈，她是在跟自己交谈。

劳伦盯着她看：“有时我假装你是我的妈妈。”

“哦。”这声感叹几乎消失在随后的呼气声中。

“我真希望你就是。”

安吉想哭。她和劳伦，她俩都同样有所缺失，难怪她们那么容易走到一起。

“我们是一个团队。”她柔声说，“你和我。上帝不知怎么就明白了我们需要彼此。”她强作笑颜，抹了抹眼角，“好了，哀怨阴沉够了。我得去试试煮熟那该死的汤团，为什么你不来摆摆桌子呢?”

劳伦躺在床上，看向那些照片。几十张照片铺在她面前。德萨利亚先生和夫人。三姐妹的照片——分开的，一起的，有各种组合。拍照的时节有春季、夏季、冬季和秋季。地点会在海滩，在山地，甚至有一些是在路边。她看向这些美丽的照片，想象那会是什么感觉，一生都被这样爱着，身旁有个父亲，微笑着牵起她的手。

“跟我来，”他会说，“今天我们要——”

这时传来一记敲门声。

劳伦从床上弹起。她可不想被逮到翻看别人的家庭私照，她推开一道门缝刚够往外看。

安吉左眼正从那条缝瞪着她：“我们十分钟后就走。”

“我知道，祝你玩得开心。”劳伦关上门，等着听到脚步声。

又一记敲门声。

她打开门。

“你那是什么意思？”安吉问。

“什么？”

“你说祝你玩得开心。”

“对啊，市中心。”

“今天是圣诞节前夜。”

“我知道，所以你才去市中心。你昨晚都跟我讲了，你说德萨利亚家族会像蝗虫一样落到镇上，把一路的东西都吃掉。所以，玩得开心点。”

“我懂了，而你不算一个德萨利亚家的人。”

劳伦不明白：“不算，我不是。”

“所以你认为我会在圣诞前夜把你一个人留在这里，跑去跟我‘真正的家人’大吃小甜饼大喝香料酒。”

劳伦脸红了：“好吧，你那么说了——”

“去穿衣服。你现在还不够明白吗？”

劳伦感觉笑容在脸上展开：“好的，太太。”

“穿暖和点，预报说是白色圣诞节。另外请记住我还很年轻不能叫太太。”

劳伦关上门跑向床。除了选出的那些照片，她捞起其他所有照片堆回那个木箱，再把箱子推到床下，然后她拿起两个一次性相机藏在床头柜里。仔细清理完证据，她穿上标靶喇叭牛仔裤和黑色羊毛毛衣，还有她的毛领外套。

安吉在楼下等。她很漂亮，穿着林绿色羊毛裙和黑色皮靴，披着黑披肩。

她又长又黑的头发有种凌乱美，使她显得忧郁。

“你看起来棒极了。”劳伦说。

“你也是，现在过来。”

她们出门上车。她俩叽叽喳喳了一路，不谈至关重要的，就只聊聊家常。

她们开到前线街时，交通越来越拥挤。

“不敢相信所有这些人都在圣诞前夜出门了。”劳伦说。

“今天是最后的圣诞树点灯仪式。”

“哦。”劳伦并不十分明白所有大肆宣传是为了什么。她在这个镇上住了这么多年，从来没有去过任何一场庆典，她总是不得不在周末和节假日工作。戴维跟她说“还行”，但他也好些年没去过庆典。“人太多”是他父母的借口。

安吉找到车位停了进去。

劳伦一下车就听到了圣诞节的声音：钟声。镇上的每一所教堂都拉响了钟。附近某个地方有辆马车跑过，她能听到嘚嘚马蹄响还有马具上的铃响。

在城镇广场，几十个——也许是几百个——游客四处转悠，从一家店钻进另一家店，从货架上取走卖的东西，从热可可到甜酒蛋糕到拐棍糖什么都要。旋转摊点正在旗杆旁烤栗子。

“安吉拉!”玛丽娅的喊声压过人群。

劳伦知道的下一件事就是被卷进了德萨利亚一家人当中。人人都在同时说话，开玩笑，拉手。他们从一个货摊移到另一个货摊，什么都尝上几口，然后买了一袋又一袋不便当场吃的东西。劳伦看到几十个校友跟家人一道穿过人群。她这次终于也参与活动，而不再是站在外围看着。

“到时间了。”蜜拉终于说。像得到暗号一样，一家子都停下了。事实上，全镇都像被冻住了。

灯光熄灭，代以黑暗。头上的群星蓦然闪现，一片期待的气氛漾过人群，安吉把劳伦的手握在手里，轻轻地捏了捏。

圣诞灯光亮起，成百上千的灯同时大放光明。

劳伦倒吸一口气。

这是魔法。

“特别酷，是吧?”安吉说。

“是。”劳伦噎住了。

他们又在广场逛了一小时，然后去教堂望午夜弥撒，这年头午夜弥撒都在十点开始。劳伦跟在安吉身边进教堂时差一点就要哭出来。这正像她小时候的梦，她轻易就能假装安吉是她的母亲。弥撒之后，德萨利亚一家人散开，各自回家。

安吉和劳伦穿过人群，路上指点着各种东西让对方看。等她们走到车边，天已经开始下雪了。她们慢慢腾腾地开回家去。雪花大片大片的，飘飘忽忽着，懒洋洋地落到地上。

劳伦想不起上一次见到白色圣诞节是什么时候，下雨才更像是节假日的标准天气。

到了奇迹里路，雪变粘了。它裹上树枝，铺上路边。路沿被盖在一床闪闪发亮的白色毯子下。

“不知道明天能不能滑雪橇。”她在座位上雀跃不已。她知道自己表现得像个年幼的小孩子，可她忍不住，“也许我们能堆个雪天使，我在电视上见过一次。嘿，谁在那儿？”

他站在安吉家前门的一道扇形金光里，落雪像一层纱蒙住了他的脸。

车停了。

劳伦眯着眼从挡风玻璃往外望。

他从门廊走下，朝她们靠近。

劳伦突然明白过来。这个穿着旧牛仔裤和黑皮夹克的男人就是康兰。她转头看向安吉，安吉一脸苍白，眼睛显得特别大。

“那是他吗？”

安吉点头：“那是我的康兰。”

“哇。”劳伦只能叹道。他看起来就像皮尔斯·布鲁斯南。她下了车。

他朝她走来，鞋子嘎嘎响地踏过碎石车道。

“你一定就是劳伦了。”

他的声音低沉，瓮声瓮气，仿佛年少时过量地抽烟喝酒。

劳伦忍着不要畏缩。他有她见过的最蓝的眼睛，目光像能穿透她扎到骨头。他似乎在生她的气。“是的。”劳伦答道。

“康兰。”安吉屏住呼吸站到他身旁。

他没有看安吉。他的目光稳稳地落在劳伦身上，“我来见你。”

chapter 26 为爱而行

chapter 26

他在努力跟劳伦保持距离，安吉看得出来。他把当记者的疏离态度当作盔甲穿上，就像几块被打在一起的金属片能保护一个人的心脏。他在餐桌一端坐得笔直，正在洗牌。他们前一个小时在玩红心大战，一直在说话，然而安吉并不把那看作是谈话，更像是审问。

“你已经向大学提交申请书了吗？”康兰边问边出下一手牌，他没有看向劳伦，安吉知道这是老记者的小技巧，不去看人，对方就会以为那是随口问问，一个并不在意的问题。

“对。”劳伦答的时候没有抬眼离开牌面。

“哪里的大学？”

“南加州大学，佩珀代因大学，斯坦福大学，伯克利分校，华盛顿大学，加州大学洛杉矶分校。”

“你觉得还能念大学？”

这样并未明说地提到胎儿让安吉猛地抬起头。

劳伦的目光毫不闪躲，令人吃惊，显然她认为她已经听够了。“我会去念大学。”她清晰地答道。

“很难。”他打出牌。

“我不想显得无礼，马隆先生。”劳伦的声音很有力量，“但是生活总是艰难的，我能得到菲克瑞斯特的奖学金是因为我从不放弃。我会以同样的努力拿到奖学金上大学，无论我必须做什么，我都会去做。”

“你有亲戚能帮忙？”

“安吉在帮我。”

“你自己的家人呢？”

劳伦悄声答：“我是一个人。”

可怜的康兰。安吉看到他软化了，坐在桌子一头，手里还拿着牌。记者的面孔让道，留下一张悲伤的、已有皱纹的脸，那是个忧心忡忡的男人。

安吉看得出他在努力摆脱被激起的情绪，但他被困住了，陷落在女孩眼中的泪水里。他清了清喉咙："安吉告诉我你对新闻业有兴趣。"来了：更高的境界。

劳伦点头，她以方片二领先，"对。"

康兰打出王牌："也许哪天你会乐意来跟我一起工作。我能把你介绍给一些行内人，让你看看记者怎么工作。"

之后回想时，安吉能看到一切是怎样就在那一刻改变。审问气氛消失无踪，取而代之的是个小派对。接下来那一小时，他们又说又笑地打着牌。康兰讲了一大串关于傻瓜罪犯的有趣故事，安吉和劳伦回顾她们做小甜饼结果失手的故事。

十点钟左右，电话响了。戴维从阿斯蓬打来的，劳伦拿起电话上了楼。

康兰转向安吉。她并不确定，但觉得那是第一次他敢看着她。

"你为什么来?"她问。

"今天是圣诞节前夜，你是我的家人。"

她想凑过去吻他，但是她觉得别扭，犹豫不决。彼此相爱地一起生活过这么多年，他们现在分开了。"只是习惯还不够。"她轻声说。

"不够。"

"算是开始吗?"

他还没能回答，劳伦蹦蹦跳跳地回来了，笑得一脸灿烂，像个前途光明的姑娘。"他想我。"她滑进座位，凑到桌边。

安吉和康兰立即回去玩牌。接着的一小时，他们都在聊些无关紧要的事。

这是多年来安吉过得最好的一晚。过得太开心以至于午夜来临劳伦宣布要上床睡觉时，安吉其实还想劝她继续玩。她不想让这个夜晚结束。

"安。"康兰说，"让这可怜的姑娘去睡觉。很晚了，圣诞老人来时她还没睡着怎么办?"

劳伦哈哈大笑。那是年轻的、充满少女气息的笑声，满怀着希望。这笑声让安吉感觉很好。"好了，晚安。"劳伦奔向安吉，抱了抱她，"圣诞快乐。"她小声说，等退开时她又加了一句，"这是我最美好的圣诞前夜。"然后她朝康兰笑了笑，离开了。

安吉坐回椅子上。劳伦一走，屋里就显得太安静。

chapter 26

“你怎么能受得住经历她怀孕的过程?”康兰轻轻发问，仿佛这些字句会害他痛苦，“眼看着她的腹部隆起，感觉到孩子在动，出门买婴儿连身衣，你怎么能处理这些事?”

“会痛。”

“是的。”

她的目光平稳，即使声音并非如此，“不跟她一起经历会更痛。”

“我们以前经受过这样的事。”

安吉想过那一次，想过他们。他们也曾跟莎拉·德克一块玩牌，跟她一起看电视，为她买新衣服，但一直是那个未降生的婴儿联系着他们。“不会的。”她最后说，“这次不会。”

“你总那么容易怀有希望，安吉。这也是毁了我们的部分原因。你不知道怎么放弃。”

“希望是我仅有的一切。”

“不，你还有我。”

这个事实沉重地落在她心上：“让我们今晚不要回顾过去吧。我爱你。现在这样足够吗?”

“你是说，就今晚?”

她点头：“酒鬼能赢得一天，也许老情人也可以。”

说着，他俯身，托住她的后颈将她拉过来。他们的目光相遇，她的眼睛被毫不掩饰的泪水点得闪闪发亮，他的眼睛因为忧虑而黯沉。

他吻了她。她只需要这个，那个吻已经比她想象的要多。她知道的下一件事就是他把她拥进臂弯，抱着她上楼去。他正朝安吉以前的卧室走。

她笑起来：“去主卧，我们现在是大人了。”

他旋身，推开门，把它在身后踢上。

第二天早上安吉醒来时全身发痛。她侧过身偎向康兰，亲了亲他冒出胡楂的下巴。“圣诞快乐。”她咕哝着将手抚过他赤裸的胸膛。

他眨着眼醒来：“圣诞快乐。”

她凝视着他像要看到天荒地老，乳头压在他的胸膛，身体涌动的渴望如此尖锐如此甜蜜几乎让她发痛。她能感觉到他们的心再次一起跳动。她吻他时倾尽一切，所有美好的年华，所有艰难的岁月，所有喜忧参半的时光。那一吻剥去多年结起的硬壳，让她再次觉得年轻，觉得无忧无虑，满心憧憬。

她出神地抚摩着他的脸颊。也许在男人们出征归来时，女人们就是这样的心情。莫名的悲伤，然而出乎意料，爱恋更多。“爱我。”她小声说。

“我倒想不爱。没用。”他拥她入怀。

之后，当安吉又能平稳呼吸，身体的颤抖已经平息时，翻身下床找睡袍。

“你会跟我们一起去妈妈那里吧?”

他咧嘴一笑：“那肯定会让那个老八卦又传起来。”

“拜托?”

“我在圣诞节早晨还能到别的什么地方去?”

安吉放声大笑，感觉太棒了。“穿衣服。我们已经迟到了。”她找到睡袍，穿起，走大厅朝劳伦的房间去。她原以为会看到那姑娘已经醒着穿好了衣服在欢天喜地拆礼物，可她睡得死死的。

安吉走到床边坐下：“醒醒，蜜糖。”她拨开她眼前的头发。

劳伦眨着眼醒来。“早。”她咕哝。

“起床，懒鬼。今天圣诞节。”

“哦。对。”她的眼皮又一次合上。

安吉皱起眉头。什么样的孩子不会在圣诞节早上从床上蹦起来?

答案紧跟着问题而来：以前没怎么过圣诞节的孩子。她禁不住想起那个公寓楼……想到那个女人——一个母亲——竟然不辞而别。

她俯下身吻了吻劳伦的额头：“起来，睡美人。我们十五分钟后得去妈妈家，我们会在家里提前拆礼物。”

劳伦掀开被子奔向浴室。她俩都知道第二个洗澡的人只有温水，而到可怜的第三个就剩冷水了。

安吉回到自己的卧室。她发现康兰穿上了父亲那件旧格子浴袍，正站在窗边。他握着一个包着银纸的小盒子。他们总是在去妈妈家之前过自己的圣诞节，但是她今年没料到他会来。

“你给我准备了礼物？我没有——”

他朝她走来，给她那个小盒：“只是一件小东西。”

她剥开箔纸打开白色小盒，里面躺着一颗美丽的人工吹制的圣诞树挂饰，银色的天使亮着水晶的光芒，一对平展的翅膀。

“我上个月在俄罗斯找到的，我去那儿采访斯维特拉斯卡。”

她凝视着不盈一握的美丽天使，想到许多年前的另一个圣诞节早晨。“因为我总是想着你。”他边说边给了她一个在荷兰买的木鞋装饰。从那时开始收集起了挂饰，一个传统。最后，她抬眼看向他："你上个月买的?"

"我想你。"他悄声说。

她走向橱柜，拉开顶层抽屉，在她的一堆内衣里挖找。她回身转向康兰时，手里是个小小的蓝色天鹅绒盒子。"我也有一件礼物给你。"她朝他走去。

他们两人都知道那是什么。

他从她手里接过，啪地打开。

她的结婚戒指在里面，钻石在黑色天鹅绒衬底上闪亮。她不知道他是否也记起了他俩买下它的那一天。两个相爱的小孩，手牵着手，走过一间又一间店铺，全心全意相信着能到永远。

"你要给回我吗?"他说。

她笑了："我想你迟早会知道拿它怎么办。"

《美好生活》。

《34 街的奇迹》。

《圣诞故事》。

劳伦生命的大部分时间里，她会在看过那些著名的假期电影还有几十部其他的影片以后想到：啊，是这样啊。形状完美的圣诞树吊着数千小灯，裹着花环，披挂着精心挑选的代代相传的挂饰。冬青枝吊在壁炉架前，缠在楼梯扶手上。

不是真的，她本来会这么说。普通孩子眼里的圣诞节才不是那样。

然后她穿过挂着花环的德萨利亚家前门，发现自己简直到了仙境。到处都有装饰，每张桌子、每个窗槛、每个相框都有。有细小的玻璃驯鹿，有陶瓷雪人，还有黄铜雪橇，挂满亮丽的彩球。房间角落里的圣诞树巨硕无比，上面密密层层地堆满饰品，几乎都看不见绿色的枝叶。一颗美丽的白色星星在树顶放光，它的尖尖刚好碰到天花板。

还有那些礼物。

劳伦从来没在一个房间里见过那么多礼物。她转向康兰："哇。"她只能感叹。她等不及今晚要给戴维打电话描绘一番了，她一个细节都不想放过。

"我第一次来这里过圣诞节也这么想。"康兰笑着说，"我爸爸曾在圣诞节给我妈妈送了个烤面包机，都不耐烦把它包起来。"

劳伦能想象那样的节日。

安吉走到他们旁边："这有点荒唐，我知道。你等着看我们吃饭的样子吧，我们就像水虎鱼。”她伸手勾住劳伦，“来厨房，真正的活动都在那里。”她朝康兰咧嘴一笑，“会挺不错的。”

他们几乎花了半个小时才穿过起居室。不论老少，每个人在看到康兰时都大叫出声，从座位上蹦起来，拉住他，就好像他是个摇滚明星一样。劳伦粘在安吉手上，让她领着自己穿过人群。等她到了厨房，已经晕头转向。他们在门口停下。

玛丽娅在早餐桌边，从一张绿色生面饼上扣出小甜饼。蜜拉在往一个华丽的水晶盘里摆橄榄和胡萝卜片。莉薇正往馅饼壳里倒乳白色的混合料。

“你迟到了。”玛丽娅根本没抬头，“才三英里路，你还是迟到了。”

康兰走进来：“是我的错，玛丽娅。我让你的姑娘昨晚熬夜了。”

所有的女人同声尖叫，高举两手朝康兰奔来，对他又抱又亲。

“他们都爱康。”安吉对劳伦说，走到一旁让她的姐姐围住他。

等她们终于亲完抱完审完了康兰和安吉，女人们又回身继续做饭。劳伦学会了怎么把萝卜切成玫瑰的模样，怎么做肉汤，以及怎么在盘子里摆开胃菜。

然后孩子们开始往这里跑，拉着玛丽娅的袖子，请求打开礼物。

“好吧。”玛丽娅终于开恩，擦掉两手的面粉，“到时候了。”

安吉拉起劳伦的胳膊把她带进起居室，人人都找了个能坐的平整表面坐下——椅子、沙发、脚凳、炉围、地板。

孩子们围聚在圣诞树边，拿起礼物递给四散在屋里的人。

劳伦道了个歉离开屋子，安静地关上身后的门。她跑向汽车，取出她带来的一件礼物。她把它抱在胸前，回到有着肉桂香气的温暖屋里，在安吉旁边的炉围上坐下。

小丹尼朝她跑来，给了她一件礼物。

“啊，不会是给我的吧。”劳伦说，“好，我帮你看看——”

安吉拍了拍她的腿：“是给你的。”

劳伦不知该说什么。她喃喃道：“谢谢你们。”然后战战兢兢地把那件礼物放在腿上。她忍不住要摸摸它，手指抚过光滑的箔纸。

接着又一个给她的礼物，然后又有一个。玛丽娅给的，莉薇给的，蜜拉给的。

劳伦从没收到过这么多礼物。她转向安吉，小声说：“我不知道。我没有准备礼物给——”

“这不是比赛，蜜糖。我的家人在买礼物的时候记得你。只是这样。”

康兰设法穿过了在房间当中打闹的孩子们，在劳伦另一边坐下。她朝安吉的方向挪了挪，腾出位置。“有点难以招架，对不对？”他说。

劳伦无力地笑了笑：“确实如此。”

“都分完啦，外婆。”有个小孩大喊。这是个信号，人人都开始拆礼物。撕纸的声音跟链锯一样响，大人小孩都欢快地叫出声，跳起来彼此亲吻。

劳伦弯腰从她的礼物堆里捡起一个，它是蜜拉、文斯和他们的孩子们送的。

她几乎害怕打开它，那一瞬间就过去了。她沿着接缝撕开包装纸，仔细折好准备回收利用。她飞快地抬眼看有没有人在注意她。谢天谢地，人人都忙着拆自己的礼物。她打开白盒子的顶盖，里面是一件漂亮的手绣乡村式衬衣，合适孕期穿着。

这让她的心一紧。她抬眼望向房间，但蜜拉和文斯都忙着看自己的礼物。接下来，她打开的是莉薇一家送的银链手镯，她从玛丽娅那儿得到一本烹饪书，最后一件礼物是安吉送的华丽的手制皮面日记本。题字写道：

给亲爱的劳伦：

我们家的新成员。

欢迎。

爱你的，

安吉

她目不转睛地看着题字，这时安吉在她旁边倒吸一口气，“啊，老天。”

劳伦往左边看去。

安吉打开了劳伦带来的礼物。它是个朴素的橡木框，十七英寸宽，二十英寸长，象牙色衬垫上切割出大小不一的空位放进了各种照片。劳伦从那个箱子里挑出了最合适展示的照片，感恩节时用一次性相机拍的几张彩照。

安吉的指尖抚过她和父亲的合照。照片里，安吉穿着有花朵装饰的大喇叭裤和多彩横纹贴身 V 领毛衣。她坐在父亲腿上，显然在给他讲故事。摄影师抓住了他的笑容。

“你在哪里找到的这些照片？”安吉问。

“那是复制品。原件还在那个箱子里。”

屋里一点一点陷入沉默。有场谈话停下了，接着一个又一个都不说话了。劳伦觉得人人都朝她看来。

玛丽娅最先站起来穿过房间。她蹲在安吉前，把照片拿到自己腿上，低头看着它。她抬起头的时候，眼中有泪光。“这是我们去黄石公园旅行的时候……还有我们结婚二十五周年纪念派对。你在哪里找到了这些?”

“在我床底的一个箱子里，在木屋。对不起，我不应该——”

玛丽娅把劳伦拉到怀里抱紧。“谢谢。”等她退开时，她笑容灿烂，哪怕泪水流下了脸颊，“你把我的托尼带回来过圣诞，它是最好的礼物。你愿意明天把照片带来给我吗?”

“当然。”劳伦的微笑像是要占满整张脸，她控制不住。玛丽娅离开以后，她还咧着嘴，安吉捏捏她的手：“很美。谢谢你。”

德萨利亚家的圣诞晚餐比西雅图水手队的主场比赛稍微安静一点，也不多。晚餐摆了三桌，两桌在起居室，每桌四张椅子，还有一桌在餐厅，挤了十六个人。其中一张小桌是给小小孩坐的，另一张坐的是青少年，负责看顾小孩子。这份任务不巧会占去大部分时间。你还没能吃上几口，就会有某个大孩子来打小报告说小的捣乱，或者反过来。当然了，没人会过于关注这些事，等到喝完三瓶酒，孩子们就明白跑来餐厅没有用了。成年人可以享受的乐趣太多。

安吉没有料到第一个爸爸不在场的圣诞节会是这样，他们所有人都以为这一天都会被悄声交谈和悲伤的双眼占去。

劳伦的礼物改变了所有一切。那些几十年没见过的老照片把爸爸带回给了他们。现在，与其说是纪念往昔回忆，不如说他们在分享。现在妈妈给他们讲去黄石公园的整个旅程，他们怎么一不留神把莉薇漏在了用餐的地方。“三个小姑娘加一条狗真是太难看管了。”她大声笑。

唯一一个没有笑的人是莉薇，其实她一整天都很安静。安吉皱眉，不知姐姐的婚姻状况是否已经出了问题。她朝桌对面笑了笑，莉薇别开目光。

安吉在心里记下得在晚餐后跟莉薇聊聊，接着往右手边看了看。劳伦忙着跟蜜拉比手画脚地讲话。

她转向左边，发现康兰正盯着她看。

“她真了不起。”他说。

“她也得到你的心了，嗯?”

“这很危险，安。到她离开的时候……”

“我知道。”她靠向他，“你知道吗，康？我的心大得足够承受时不时丢掉一小片。”

他慢慢地笑起来。“听到这个我很高兴。”他刚想说些别的什么，叮叮响的叉子敲酒杯的声音让他闭上了嘴。

安吉抬眼看。

莉薇和萨尔站了起来。萨尔正用叉子敲他的葡萄酒杯。当沉默在桌上落下，他揽住莉薇：“我们想让大家知道下一个圣诞节家里就会有一个新宝宝了。”

所有人一言不发。

莉薇看向安吉，眼里慢慢地涌起泪水。

安吉等着疼痛袭来，全身僵直地做好了准备。康兰握住她的腿。稳住，这份碰触说。

但是她情绪稳定，这个发现让安吉不禁微笑。她站起来，绕过餐桌，紧紧地抱住了姐姐：“我为你高兴。”

莉薇退开：“你当真？我那么害怕要告诉你。”

安吉笑起来。疼痛还在，它当然在，它像片玻璃扎在她心上，还有嫉妒。但是它不像以前那么疼了。或者她终于学会了怎么应对这种痛。她只知道自己没有奔进安静的房间哭的冲动，而且她的微笑也不是勉强装出来的：“我真心的。”

由此，谈话立即恢复了生机。

安吉回到座位时，妈妈正好开始祈祷。祈祷最后，他们罗列出亡失的心爱之人并为之祈福，也包括爸爸和索菲娅。康兰朝她靠过来。

“你真的还好吗？”

“大吃一惊，对不？”

他盯着她看了好长一阵，然后非常温柔地说：“我爱你，安吉拉·马隆。”

“几点了？”劳伦从杂志上抬起头。

“比你上次问的时候过了十分钟。”安吉回答，“他会来的，别担心。”

劳伦丢下杂志，反正也没有必要假装在看了。她走到起居室窗边朝外望，夜色悠悠降临到海面。海浪几不可见，仅仅是贴着漆黑海岸线的一条银丝。一月带着东风来到西端镇，凛冽地吹折了林木。

安吉走到她身旁，伸手勾住她的腰。劳伦朝她歪过去，和平常一样，安吉总是能轻易就安抚她，只用碰一碰她——

母亲一般的碰触。

“谢谢。”劳伦听到自己的声音发颤。有时期盼安吉就是自己母亲的渴望会把她冲得喘不过气。这总是让她感觉有一点内疚，但她不会否认存在这种渴望。这些天来，每当她想起自己的母亲（通常在深夜，在黑暗中，在远方的海浪将她带往前所未有的深沉平和的睡梦时），她大部分时候感到失望，背叛那锋利的边缘不知怎么变钝了。她多半会为母亲感到遗憾，也为她自己惋惜。她瞥见了她的生活本来会变成的样子，如果她由安吉养大，劳伦会早早就明白什么是爱。她不会被迫去寻找爱。

门铃响了。

“他来了!”劳伦从窗边冲到门边，一把拉开。戴维站在门外，穿着红白相间的优秀运动员夹克和一条旧牛仔裤。他举着一束红玫瑰。

她张开双臂圈住他。等她退后，取笑自己有多么急切时，她两手发颤，泪水刺痛了双眼：“我想你。”

“我也想你。”

她牵起他的手，带他进屋，“嗨，安吉。你见过戴维的。”

安吉走向他们。劳伦看到她时，满怀自豪。她那么美丽，一身黑衣，一头滑顺的黑发，有着电影明星般的笑容。“很高兴再次见到你，戴维。圣诞节过得好吗?”

他揽住劳伦：“还好。阿斯蓬很棒，只要你穿着毛皮，再好好喝上几杯马丁尼。我想念劳伦。”

安吉笑起来：“那一定是你打那么多电话的原因。”

“太多了？我是不是——”

“我只是逗你玩。”安吉说，“你知道我要劳伦午夜前到家，对吧?”

劳伦咯咯笑起来，门禁。她一定是这世界上唯一一个会为有门禁开心的小孩。

他低头看劳伦，一脸困惑：“你想做什么？去看电影?”

劳伦想跟他在一起，就这样：“也许我们能在这里玩牌，或者听听音乐。”

戴维皱眉，瞟了安吉一眼，安吉迅速开口：“我在楼上还有活干。”

劳伦为此爱她：“你觉得呢，戴维?”

“当然可以。”

“行。”安吉说，“冰箱有吃的，爆米花在车棚。劳伦，你知道爆米花机在哪里。”她特地瞧着戴维说，“我会时不时路过一下。”

劳伦本该为此恼火，可是老实说，她爱这种感觉。关心，照顾。“好。”

安吉道别，上楼了。

chapter 26

到他俩独处时，劳伦接过花束放进花瓶。她一放好花就从厨房拿出礼物递给他："圣诞快乐。"

他们安坐在鼓鼓胀胀的大沙发上，搂在一起。"打开。"她说。

他打开那个小盒，里面是一个小小的金制圣克里斯多佛纪念章。

"它会保佑你。"劳伦的声音紧绷绷的，"当我们分开的时候。"

"你没准能进斯坦福大学。"他这么说，可这话没有说服力。

他深吸一口气，吁出。

"没关系。"她呢喃，"我知道我们会分开，我们的爱能经受得住。"

他低头看她。他慢慢地把手伸进口袋，抽出一个包得很漂亮的盒子。

不是戒指盒。

她从他手里接过，拆去包装的时候，为自己突然感到的不安深深吃了一惊。她直到刚才——到那一秒时——都没有意识到自己原本期待着今晚会被求婚。盒子里有对小小的钻石心形耳环，挂在一根纤细得像是钓鱼线的线上。"真漂亮。"她的声音发抖，"我从没想过能有一对钻石耳环。"

"我本想给你买戒指。"

"这很棒。真的。"

"我的妈妈和爸爸认为我们不该结婚。"

所以他们不得不谈到它了："你觉得怎么样？"

"我不知道，记得那个我爸爸打算跟他谈谈的律师吗？"

"记得。"她倾尽全力保持微笑。

"他说有人会爱这个宝宝，有人想要它。"

"我们的宝宝。"她柔声说。

"我不能当父亲。"他看上去如此悲伤的样子害她想哭，"我的意思是，我已经是了，我知道，可是……"

她碰了碰他的脸，不知道此刻的疼痛会持续徘徊多久。她现在觉得比他大了十几岁，突然间很明显感到这或许会毁了他们的关系。

她渴望能告诉他没关系，她会服从他父母的计划送走宝宝，按他们筹划好的一切去做。但是她不知道自己是否能做到。她偎向他。在火光中，他水汪汪的眼睛全然不是蓝色。"你应该去读斯坦福大学然后忘记所有这一切。"

"只管去跟律师谈一谈，好吗？也许他们会知道什么。"他的声音破碎，那微小的裂纹打垮了她的决心。他快哭了。

她叹气，有个小小的撕裂声，就像肌肉从骨头上撕下："好。"

chapter 27 为爱而行

chapter 27

劳伦关上课本看向钟。2：45。

2：46。

她紧张地吁一口气，她四周的孩子都说说笑笑地收拾东西往教室外走。在这个星期学校里人人都精神抖擞，意料之中。期末考从星期一开始，其他时候——没出意外的时候，劳伦本来应该会跟其他人一样加倍用功。但是现在，在一月的第三周，她有更需要担忧的事。到下周的这个时间，当她的朋友们忙着找下一间教室时，她的高中生活业已结束。她毕业了。

她提起双肩包放进她的书和笔记本，把包甩上肩，走出教室。她汇入熙熙攘攘的走廊，强迫自己向朋友微笑，跟他们闲聊，当作是又一个平常日子过下去。

与此同时她却想着：我今天应该让安吉陪我一起。

为什么没有这么做？

就算到现在她也不清楚。

她在杂物柜前停下，取出外套。正打算关上柜门时，戴维来到她身后拉了她一把。

“嗨。”他在她颈侧低语。

她偎进他怀里：“嗨。”

他慢慢把她扳回身面对自己，他的笑容灿烂明朗。自从她告诉他有孩子的事以后，这是他看起来最开心的时刻。“你看上去很高兴。”她话音中的苦涩害得自己都要退缩，这听上去就像她的母亲。

“抱歉。”

但是他并不知道自己为什么抱歉也不知道自己做错了什么，她怀疑从此以后他会战战兢兢地对待她。她强作笑颜：“别道歉，我的心情比天气变得还快。那么，我们去哪里？”

他之前有多困惑，现在就有多欣慰。他仍在笑，但眼神里也生出了警惕：“我家。妈妈认为你在那里会觉得更自在些。”他搂住她，揽到身边。

她一脚踢上柜门，由自己被带着扫过校园塞进他的车里。

菲克瑞斯特学院与富豪山之间几英里的路上，他俩闲谈了些杂事。八卦、毕业晚会、绯闻。劳伦努力去关注这些普通高中生活的零零碎碎，但是当戴维停在门卫室时，她狠狠抽了一口气。

大门打开。

她绞着两手望出车窗，看向那些宏伟富丽的住家。

近几年来，她走进这片富家之地时，仅仅看到了这里的美丽。她曾幻想过出身于这样的地方。如今她想知道为什么有这么多钱的人们不选择住到水上，为什么不愿加入德萨利亚家所在的繁荣社区。那里的街巷看起来生机勃勃。而这里，一切都过于稳固，过于明晰和完美。真正的生活——真正的爱——如何能在如此狭隘的空间成长？

当他俩的车停靠在海恩斯巨硕府宅前的路沿时，她察觉自己在想他们一家三口拿屋里这么多空地方做什么。

戴维停好车，转向她：“你做好准备了？”

“还没有。”

“你想取消会面吗？”

“绝对不要。”她离开乘客位，朝屋子走去。戴维半路赶到她身边，牵起她的手。这个表示支持的动作安抚了她的紧张。

在门前，他们两人都停下了。戴维打开门，领她进屋。

屋里很安静，一如既往。与德萨利亚家截然相反。

“妈妈？爸爸？”戴维一边大喊一边关上身后的门。

海恩斯夫人从屋角转出，穿着一身白色的羊毛冬裙，她红褐色的头发往后梳成一个紧紧的发髻。她比劳伦上回见到她时更加消瘦，也更显老态。

劳伦能理解是为什么。过去几个星期里，她已经了解了生活会怎样给人留下印迹。“你好，海恩斯夫人。”她走上前。

海恩斯夫人朝她看来，悲哀几不可察地扯动了她描画的嘴唇：“你好，劳伦。感觉怎么样？”

“还好。”

“谢谢你今天能来，戴维告诉过我们这对你来讲不容易。”

戴维捏住她的手。

劳伦明白这是说些什么的时机，也许该陈述她的观点，可她什么也没能说出来。她只是点点头。

就在这时海恩斯先生走了进来。他穿着深蓝色双排扣西装和鹅黄色衬衫，看上去完全是惯于在董事会上为所欲为的掌权者。他身旁有个穿着黑西装的魁梧男人。

“你好，劳伦。”海恩斯先生没有笑容，也不看儿子一眼，“我向你介绍斯图亚特·菲利普，他是位信誉良好的律师，专门办理收养事务。”

仅仅是那个词被宣之于口就让劳伦开始流泪。

海恩斯夫人立刻来到她旁边，递过一张纸巾，喃喃着什么一切都会好的。

但是不会好的。

劳伦擦擦眼睛，低喃着“对不起”，让他们带进了起居室。他们全都在那套昂贵的乳白色沙发上坐下，她担心自己的泪水会弄脏沙发。

一阵尴尬的沉默之后，律师开口了。

劳伦听着他说，至少想要听。她的心跳声响亮得让她有时候都听不到别的声音，只言片语朝她飘来，粘在注意力的捕网上。

“为孩子做出的最好决定……”

“另一个家庭/另一个母亲……”

“更有能力的父母……”

“终止的权利……”

“现在最适合你的学校……”

“过于年轻……”

到结束时，律师已经讲了该讲的一切，他往后靠向椅背，轻松地微笑着，仿佛那番话不过是声响与呼吸，如此而已。“你有什么要问吗，劳伦？”律师最后问道。

她环顾四周。

海恩斯夫人看上去马上就会泪流满面；戴维面无血色，他的蓝眼睛忧虑地眯起；海恩斯先生轻叩着扶手。

“你们都觉得我应该这么做。”劳伦慢吞吞地说。

“你们都太年轻还不该有孩子。”海恩斯先生说，“看在上帝的分上，戴维都不记得要去喂狗或铺床。”

海恩斯夫人狠狠剜了丈夫一眼，然后朝劳伦微笑。它很悲伤，那个微笑，而且知根知底。“这不容易，劳伦，我们知道。但是你和戴维都是好孩子，你应该有机会好好生活。做父母是艰难的工作，你也得为那个宝宝考虑，你要给你的小孩所有的机会。我想跟你的母亲讨论所有这些，可她没有回我的电话。”

“相信我，年轻女士，”律师说，“有几十个了不起的人会疼爱你的婴儿。”

“那就是关键。”劳伦的说话声太小，所有人都得凑近来才能听到，“它是我的宝宝。”她转向戴维，“我们的宝宝。”

他没有动弹，也没有移开目光。对不了解他的人来说，他可能显得无动于衷。但是对爱了他那么久的劳伦来说，他眼里的一切都改变了。他的表情扭曲成失望。

“好。”他说，像是答了她问的问题。她当时知道了——就像以前就了解他一样——他站在她这一方，支持她的选择。

但是他自己不愿意。对他而言，它不是一个宝宝，是一起意外、一个错误。如果由他来决定，他们会签下几份文件，交出婴儿，然后继续生活。

如果她不选择这么做，她会搞垮自己，也毁了他，大概还有那个孩子。

她深深吸了一口气，缓缓呼出。她应该与戴维分手。如果她够爱他，她该让他免受所有这些不幸。

想到这，想到失去他，恐惧使她动弹不得。

她环顾四周，看到了每个人的期盼，为此深受打击。

“我会考虑。”她说。

戴维的微笑蓦然绽开，这让她心都碎了。

“好了。”安吉走进起居室，“你听到炉子上的定时器响了吗?”

“它在响。”劳伦拱起膝盖贴到胸前。她坐在炉火前的地板上。

“是，它在响，你知道为什么吗?”

“晚餐准备好了?”

安吉翻了个白眼：“我知道自己不是世上最好的厨师，不过连我都知道不在早上十一点从烤箱里拿晚餐。”

“哦。对。”劳伦低头看向双手。她之前啃指甲快啃到肉了。

安吉在她面前跪低身：“你在屋里拖拖拉拉太久了。我上周给你带了你最喜爱的比萨饼，你根本没吃。昨晚你七点钟就上床睡觉。我一直耐心等着，等你向我开口，可是——”

“我去打扫房间。”她想站起来。

安吉碰了一碰她就让她停下了，“蜜糖，你的房间不能更干净了。你这几天在做的事就是那几样，上班、打扫房间和睡觉。怎么了？”

“我不想谈。”

“是宝宝的事？”

劳伦在安吉提起宝宝时听出了她话音中的小小裂痕：“我不想跟你谈论它。”

安吉叹气：“我知道，而且我知道为什么。但是我不再那么脆弱了。”

“你的姐姐们说你是。”

“我的姐姐们太多嘴。”

劳伦看向她。安吉理解的眼神让她不顾一切地开口了：“你怎么处理的？我是说，失去索菲娅的时候。”

安吉往后坐在脚跟上：“哇，从没有人正面问过我。”

“对不起，我不该——”

“别道歉，我们是朋友。我们可以谈论生活。”

安吉蹭到劳伦身边，伸手揽着她。她俩一同望向噼啪响的炉火。安吉感到从前的悲伤再次涌来，攫住她的胸口直到连呼吸都是痛楚。“你是问要怎么带着一颗破碎的心活下去。”她最后说。

“对。我想是。”

一旦回忆出现，安吉别无选择，只得把它们收近。“我抱过她，我有告诉过你吗？她那么小，那么蓝。”她哽咽着吸了口气，“她走的时候，我哭得好像都停不下来。我想她，那么想她。我让那份怀念占据了自己……然后康兰离开了我，我回家来，这时最让人吃惊的事发生了。”

“什么事？”

“一个聪明美丽的年轻女子走进我的生命，她提醒我在这世界上还有欢乐。我开始想起我得到的祝福。我明白了爸爸以前说得不错，这也会过去的。生活会前进，你得尽力与它一同向前。破碎的心会愈合，就像所有的伤口一样，会留下疤痕，但它会淡去。最后你会发现自己有一个小时没有想起它，然后是一天。我不知道这有没有回答你的问题……”

劳伦注视着火焰：“‘时间会治愈一切’的老一套，嗯？”

“我知道对十来岁的年轻人来说很难相信，但那是真的。”

“也许吧。”她叹气，“每个人都希望我考虑收养。”

上帝帮助她，安吉的第一反应就是“把宝宝给我”。她为此恨自己。她希望自己能说些什么，可声音无处可寻。她骤然想到她的育儿室和所有过去的幻梦。她与那些感觉战斗，把它们推得远远的，然后低声问：“你自己想怎么办?”

“我不知道。我不想毁了戴维，还有我自己。不想搞垮所有人的生活，可我就是不能放弃我的宝宝。”她转向安吉，“我要怎么办?”

“哦，劳伦。”安吉把她拉进怀里，她没有指出最明显的事实：劳伦已经做出了决定。她说的是：“看看我。”

劳伦退后，她的脸上满是泪水：“怎——怎么了?”

“我会帮你。”第一次，安吉敢去碰触劳伦的腹部，“这里有个小人儿需要你变得坚强。”

“我担心自己一个人做不到。”

“那正是我想要告诉你的话。无论你决定怎样，你再不是一个人了。”

短暂灰暗的日子一个接一个过去。天空总是布满乌云，雨水以平稳的节奏下落。

西端镇的人们汇聚在公理教会的巨大屋檐下，聚集在流木路沿路盖有天篷的人行道上。谈话总是围着天气转，他们每天都以各种方式在期盼见到太阳。

一月将尽，他们指望二月。

情人节那天，乌云散了些，但还是不见阳光，雨水减弱为蒙蒙雨雾。

餐馆里挤满了人。到了七点钟，两个餐室都已满座，还有一列人沿窗等位。

人人都在以最快速度行动。劳伦毕业之后就全职工作，正在应付两倍于往常的餐桌服务；妈妈和蜜拉做了三倍多的特餐；安吉则忙着倒酒送餐包，尽量收拾空餐盘，甚至连罗莎都精神十足——她一次端了两个盘子而不是一个。

厨房门砰一声打开。“安吉拉!”妈妈朝外大喊，“洋蓟心和乳清干酪。”

“就来，妈妈。”安吉抱着一大罐洋蓟心和新鲜的乳清干酪跑下楼。接下来一小时里，她跑前跑后忙得喘不上气。她们得再招一个服务员，也许需要两个。

她跑去看预定记录时一头撞上了莉薇，真的撞了上去。安吉放声笑起来：

chapter 27

"别跟我说你今晚来这吃饭?"

"在家里的餐厅过情人节?才不干呢。萨尔值夜班。"

"那你为什么过来?"

"我听说人手不足。"

"没有,我们挺好。很忙,但是还好。真的,你该走了,回家去和——"

有人来到安吉身后,握住她的双肩。她还没来得及转过身,康兰就一把将她搂进怀里,抱出了餐馆。

安吉听到的最后一句话是她姐姐说的:"我说过了,人手不足。"

他把她安放在副驾驶座时,脸上的笑容令人目眩神迷。"闭上眼睛。"康兰轻声道。

她照着做了。

"我喜欢这个新生的安吉,她听我的话。"

"暂时而已,哥们。"她笑出声。这感觉真好。天气挺冷,这个二月的晚上寒意逼人,可他还是没有关上车顶篷。冷风扎着她的脸,把她的头发掀得凌乱飞扬。"我们在海滩。"她说。她闻到海的气息,听到海浪的咆哮。

他停下车,转到她的车门边。她听到后车厢呼地打开,砰地关上。

他再次抱起她,往前走。从他沉重的步伐和有一丁点气喘的声音中,她认为他正走在沙滩上。

"有人需要再勤快一点去健身房啦。"她逗他说。

"跟我怀里这个重量级说吧。"

他把她放下。她听见毛毯抖开的声音,听见他摊平它时发牢骚。然后他点起了火,海风染上了那种呛人的气味,让她想起高中时参加过的每一次海滩聚会。

她深深吸了一口气,感受着她的整个少女时代。在沙滩上,又有海水浸润,所以漂流木从来不会彻底湿透也不会彻底干透。

"睁开眼睛。"

她照做,张开眼睛仰望着他。

"情人节快乐,安。"

她朝他仰起身,他跪下迎向她。他们像十来岁的青少年一样彼此亲吻,不顾一切地渴求着,在毯子上展开身体。

头上满天星辰,身旁干柴烈火,他俩彼此交缠,亲吻呢喃。他们想过做爱,但是天气真是太冷了,而且坦白地说,只是相处就非常有意思。

夜深时分，星光都过于刺目，月光照亮泛着泡沫的海浪。安吉偎向他，亲吻他的下巴、他的脸颊、他的唇角。

“打算怎么办?”他轻声问。这个问题总是梗在他们之间，要不是她一直在注意听，海浪声就把话音冲散了。

“我们不必做任何决定，康。眼下这些已经足够了。”圣诞节以后的几周以来，他俩时不时会见面，或是在电话里畅谈好几个小时。她是那么喜欢这样的相处，不愿意冒险索求更多。

“以前的安吉会想定下目标，再达成目标。她可不擅长‘走到哪儿算是哪儿’。”

“以前的安吉太年轻。”她吻他，吻得漫长而专注，用她心中每一分的爱来吻他。到退开时，她全身发抖。在他眼里，她见到一抹昔日担忧的幽影，见到对失败过一次之后是否能重建关系的不安。

“我们表现得就像一对小情侣。”

“我们当成年人太久了，”她说，“只管爱我，康。现在这样就够了。”

他的双手滑下她的后背，溜进她的裙底，“这我能办到。”

她抓住毛毯，拉上来盖住了他们。在他开始吻她之前，她打算说的只有一个字：“好”。

下着毛毛雨的二月一天天融化，融成一滩单调灰暗模糊的过往时光。直到这个最短月份的最后一天晚上，安吉才又梦到了那个婴儿的梦。她刚刚醒来，在床上翻过身，徒然地摸索着丈夫强壮安心的身形。她孤孤单单爬起身，打开床头灯，坐在原地，抱住膝盖，仿佛这样就能让自己感觉不再那么空荡似的。

好消息是没有泪水从她脸上滚落。她觉得想哭，但没有哭出来。有进步，她想着。日落之后有了微乎其微的进步。

她并不意外会再次梦到那个梦。跟劳伦一同生活有时候会将过往搅上水面。无可避免，无路可逃，尤其是现在。上周，那位姑娘终于开始增重了，她的腹部出现几不可见的圆润。陌生人不会注意到有变化，但在一个成年之后花费了大量时间去追寻这种变化的女人看来，它像霓虹灯招牌一样显眼，而且她们今天还预约了看医生。

安吉终于舍弃了继续睡觉的打算，着手处理床头柜上堆积的工作。接下来几小时里，她让自己忙着处理工资单和应收账款。和暖的阳光拍打她的窗户的时候，她再次获得了平静。

像这样的白天还算过得轻松，这样的夜晚她就只能忍耐过去。

之后的几个月里，她时不时地就会被激起失落与渴望。在她让劳伦住下的时候，她就已经明白会这样。有些梦境不会轻易散去，不再梦想它们会耗费一生的时光。她明白。

她掀开被褥，朝浴室去。好好地洗了个热水澡以后，她又感觉好些了。准备好面对眼前艰难的一天。很艰难，毋庸置疑。

为了劳伦，她会挺过去。听到劳伦叫她时，她正在铺床。

安吉打卧室门，回喊："什么事？"

"早餐做好了。"

她跑下楼，看到劳伦在厨房正搅着燕麦粥。

"早上好。"劳伦快乐地打招呼。

"你起得挺早。"

"不早了。"劳伦抬起眼，"晚上又睡不好了？"

"没有。没有。"安吉飞快地答道，真希望从来没有提起过自己有时会失眠。

劳伦笑起来，显然放心了。"那就好。"她拿起两碗燕麦粥摆到餐桌的蓝色餐垫上，在安吉对面坐下，"你的母亲对我说我得多吃些纤维，还教我怎么煮燕麦粥。"

安吉往碗里加了德萨利亚餐馆风格的配料——红糖、枫糖浆、葡萄干、牛奶，然后尝了尝。"美味极了。"她宣布。

"当然了，蜜拉也告诉我要吃很多蛋白质，而莉薇把我拉到一边说碳水化合物能让宝宝强壮。我猜我得什么都吃。"

"那是我家对人生中一切问题的解决之道：吃多点。"

劳伦大笑："我跟医生约在今早十点。公交车——"

"到底是什么让你以为我会让你搭公交车去看医生？"

"我知道这对你来说很难受。"

安吉本来想来个自作聪明的回答，但是看到劳伦认真的神情时，她说："人生里全都是艰难的选择，劳伦。我想要陪你去看医生。"

之后，她们的谈话又转回了熟悉的平常的路子。她俩肩并肩洗碗的时候，聊着餐馆、天气、这周余下的日程计划。劳伦讲了一件最近跟戴维约会时的趣事，还讲了一件跟妈妈有关的更好笑的事。

等她们到医生诊室前时，安吉又紧张起来了。

她停在诊所门口，努力让自己平静。

劳伦碰了碰她的胳膊："你想在车里等着吗？"

"绝对不要。"她挤出微笑，也不管笑得有多假，她打开车门，走进满是医药气味的诊室。

回忆扑面而来。她曾经去过那么多类似的诊室，那么多次穿上薄薄的病服袍，那么多次将两脚踩上冰冷的脚蹬。多年以来，她似乎一直在那么做……

她脚下不停，穿过房间，一步接着一步。走到接待台，她抓住台边。"劳伦·瑞比度。"她说。

接待员在一堆装着表单的厚纸皮文件夹中翻找，抽出一份，然后将一个写字板递向安吉："给。填完给我。"

安吉低头看向熟悉的表格：上次月经的开始日期……以往妊娠次数……妊娠月份……她慢慢地将东西递给劳伦。

"啊，"接待员皱眉，"抱歉。我还以为——"

"没关系。"安吉迅速打断她。她把劳伦带向墙边的一排椅子，她俩挨着坐下。

劳伦开始填表。

安吉听着笔尖在纸上刮擦的声音。不知怎么的，它让她平静了下来。

到劳伦被叫到时，安吉差点站起来，然后她想到：不行。劳伦需要成长起来。现在是个开始。安吉只能事后在这里陪伴她。

会诊像是没完没了。这让安吉有时间放松，重整自己。到劳伦出来的时候，安吉已经能再次控制自己了。她已经能做到跟劳伦谈论所有这些事——不良反应、疼痛、晨吐、拉梅兹助产法课程。

她们在回家路上停在杂货店买了更多的孕期维生素，然后在外面的一张长凳上坐下。

"为什么我们要坐到外面？"劳伦问，"看起来随时都会下雨。"

"很可能会下。"

"我要感冒了。"

"扣紧外套。"

一辆绿色小货车在她们前面停下。

"时间差不多了。"安吉嘟哝着，把咖啡纸杯扔进长凳旁的垃圾筒。

货车门就在这时打开。蜜拉、妈妈和莉薇冒了出来，她们全都同时张口说话。

妈妈和莉薇朝劳伦走去，两人一左一右抓住那姑娘的胳膊把她拉起身。

“我以为餐馆今天关门。”劳伦皱眉。

妈妈停下：“安吉拉说你需要一些新衣服。”

一抹红晕刷过劳伦乳白色的面颊，这让她的雀斑更显眼了：“哦，我没带钱。”

莉薇大笑：“我也是，妈妈，我忘记带钱包了。你不得不掸掉信用卡上的灰尘了，我也需要几件孕妇装。”

妈妈拍了一把莉薇的后脑勺：“自作聪明。得了，要下雨了。”

她们仨走过街道，手挽着手，吵吵闹闹像一大群蜜蜂。

蜜拉落在后面。“那么，”她柔声问，“你能应付得来吗？”

安吉为姐姐敢这么直白地发问而爱她：“我很久没有去过母婴用品店了。”

“我知道。”

安吉看向那条街。母婴用品的铁艺招牌就挂在人行道上，她上一次进那家店是跟姐姐们一块儿去的。安吉那时怀孕了，笑起来很轻松。她转向蜜拉，“我会没事的。”她说。话说出口时她意识到那是真的。或许有点伤心，或许会让她想起一些艰难的日子，但那些感觉是她人生的一部分，毕竟，逃离要比面对更痛苦。“我想去，为了劳伦。她需要我。”

蜜拉温柔地微笑着，只有一点点担忧：“有进步。”

“对。”安吉笑着说，“有进步。”

她终究还是挽住了姐姐的手，以汲取勇气。

chapter 28 为爱而行

chapter 28

春天早早来到了西端镇，寒冷多雨的冬季为奔放的色彩建好了舞台。当阳光终于敢从灰暗的云层间窥看世界，风景就在你眼前发生了改变。亮紫的番红花最先从萧瑟坚硬的土地上冒出，然后山腰转绿，林木舒展嫩叶，郁郁葱葱。水仙花在每一条路边绽放，在迅猛蔓长的沙巴叶当中添上星星点点亮色。

劳伦也如花朵开放。她已经重了快十五磅，现在每天她都觉得自己的产科医生要对着体重的飙升大皱眉头。她的行动也更慢了，有时候她在餐馆里不得不在厨房门外停下歇口气，在餐桌间穿行变成了一桩需要奥运会级运动能力的活动。

这还不是最糟的。她的脚疼；她上厕所的频率比好喝啤酒的酒鬼还高；她的胸口像有浊气烧出了一个洞；她还不停打嗝。

到了四月，她开始面对一个问题：接下来会是什么？

近几个月来她过得冲击连连，眼前看到的只有下一次到餐馆上班的时间或下一次跟戴维的约会。但是现在——又一次——他问起她那个重大问题，而她知道已经到了不能再回避的时候了。

“怎样？”戴维轻轻推了推她。

他们在沙发上搂在一起，手缠着手。壁炉里的火焰噼啪响。

“我不知道。”她柔声说。这四个字开始消磨他们的善意了。

“我妈妈说她上周又跟律师谈过了，他认识几对夫妇很乐意收养它。”

“别说它，戴维。这是我们的宝宝。”

他重重叹了一声：“我知道，洛。相信我，我知道。”

她朝他仰起脸：“你真要这么做？我是说，就这么放开我们的宝宝？”

他不再缠着她，站起身：“我不知道你要我怎么办，劳伦。”他的声音不稳。她突然明白他就快哭了。

她朝他走去，站在他身后，环着他的腰。她没法更贴近他了，她的肚子已经那么大了。孩子踢了踢她，轻如羽毛的拂动。

“我们会变成怎样的父母?”戴维问，没有转身看她，“如果我们不去上大学，我们能做什么？我们怎么供得起——”

她绕过去面对着他，这个答案她知道：“你会去读斯坦福大学，无论怎样都会。”

“以为我会就这么走开。”他木然道。

劳伦抬眼看向他泪汪汪的眼睛。她想跟他说一切会解决，他们之间的爱总会让他们渡过难关，可她现在觉得如此卑微，说不出那些话。肚子里的轻微拍击提醒——她此时此刻对她和他而言感受大相径庭。

如果留下孩子，她会失去他。

“艰难的选择。”安吉曾这么对她说过。直到此刻，劳伦才真正明白有多么艰难。

她正想说些什么——连她自己也不确定是什么时候，门铃响了。

她重重叹了口气，挣脱他的怀抱：“来了。”

她打开门，看到了邮差恩尼。他拿着几个小包裹和一摞信。

“给。”

“谢谢。”她把包裹放在门边的桌上，翻了翻那些信。有一封是给她的。

“南加州大学寄来的。”她的心猛然一跳。她都忘记了之前有几周时间她疯狂地寄出大学申请。

戴维朝她走来。他看起来和她一样既害怕又紧张。“你知道自己能行。”他说。她为他这份信心而爱他。

她打开信，看到了她梦寐以求的那些字句。“我办到了。”她悄声说，“我没想到——”

他拉她入怀，抱住。“还记得我们第一次约会吗？在阿伯丁那场比赛以后。我们坐在海滩上，在巨大的篝火边。那时人人都在周围又跑又跳喝着酒，我们在聊天。你跟我说你总有一天会得普利策奖，而我相信你。你是唯一一个看不到自己有多么了不起的人。”

普利策奖。她忍不住摸了摸膨起的腹部。“给自己一次机会，”她的母亲说过，“别落得跟我一样。”

“我要怎么办?”她小声说，抬眼看着戴维的蓝眼睛。

“拿奖学金。”他说。尽管他话说得糙，话音里却带着温柔。

那样做才对，她知道。至少，她的大脑知道。她的心不这么想。没有学历，没有前途，她要怎么养孩子？她又一次想到了自己的母亲，整天站着剪头发，整夜顾着喝酒，在阴暗中寻找爱。她重重叹了口气。事实尖锐得像针一般戳穿她的防御。她想去念大学，那是她能过得跟母亲不一样的机会。慢慢地，她又一次抬眼看向戴维：“那位律师已经找到好心人接过这个孩子了？”

“最好的。”

“我们能见见他们吗？让我们自己选人？”

喜悦改变了他的面容，将他变回那个让她坠入爱河的男孩。他紧紧地抱着她，让她喘不上气，直把她吻得头晕目眩。他放开的时候，咧着嘴笑：“我爱你，劳伦。”

她似乎笑不出来。他的热情不知怎么让她心寒，让她生气：“你总是要什么得什么，对吧？”

他的笑容垮了：“你什么意思？”

连她自己都不知道，她只知道自己鱼和熊掌不可兼得：“我不知道。”

“见鬼，劳伦。你到底出了什么问题？你十秒就改变一次主意，我要怎样才能不说错话？”

“好像你一直没说错过话一样，你想要的就是让我处理掉它。”

“我该说谎吗？你觉得我想一把扔掉整个前途去当爸爸吗？”

“你以为我想？你个混蛋。”她推开他。

这让他面无血色：“这事烦炸了。”

“烦死了。”

他们站在原地，怒目相对。最后，戴维朝她走来：“对不起。真的。”

“这要毁了我们。”她说。

他牵起她的手，带她回沙发。他俩挨着坐下，可是感觉他们仍然相距遥远。“我们别吵了，就谈谈它。”他小声说，“彻底谈谈。”

安吉下车，关门。

仓库在她面前。

C-22。

其他人的仓库在另一边，这个又长又矮的建筑是几十个仓库之一。“一流仓储，”前门上这么标着：“留着它。锁着它。”

安吉艰难地咽了口唾沫。钥匙触手冰凉，感觉陌生。她差点就想转过身，差点就觉得自己还不够坚强来做这件事。

是那份忧心，怕自己的进展不足，不敢来到这里的忧心最终促使她前进。她专心把一只脚踏在另一只脚前，接着她发现自己就站在门锁前。她插进钥匙，嗒的一声打开。车库风格的门咔啦咔啦地抬起，蛇一般卷向天顶。

她按下灯的开关。

天花板上一只孤零零的灯泡亮起，照亮一堆箱子、包着毯子的家具和寝具。

一场婚姻给她留下的东西全都在这里了。床是她和康兰在先锋广场买的，他们在上面睡了很多年。书桌是他读研究生时就在用的，最后不要了。组合沙发会被买下是因为全家都能躺到上面看电视。

但是她来这里不是为了拿那些东西，那些让她想起自己过去什么样子的东西。

她为劳伦而来。

她翻找着箱子，翻过一个又一个，一路走进了仓库深处。最后，她找到了要找的东西。它被塞在最深的角落，一组三个标着“育儿室”的箱子。

她本该只管拿起箱子放上车，可她办不到。她反倒是跪在沁凉的水泥地板上打开了纸箱。那盏维尼熊的灯摆在一叠粉红色法兰绒毯上。

她早就明白看到这些什物时会有什么感觉，一件件都是精心挑选而来，没有一件能用上。它们就像是她心上零零落落的碎片，一路丢下却从未被遗忘。

她拿起一件卷成一颗球的小小的白色婴儿连身衣，凑在面前。除了纸板的气味没有别的味道，没有婴儿粉或者强生洗发水的气味。

当然不会有了。从未有婴儿穿过它，从未有婴儿在维尼熊的蜂蜜水桶灯光下醒来。

她合上眼，回忆着她的育儿室的点点滴滴，回忆着她把这一切打包装起的那个夜晚。

在她的脑海里，她看到一个小小的黑发女孩，长着她爸爸的闪亮的蓝眼睛。

“照看好我们的索菲娅，爸爸。”她悄声呢喃，再次站起身。

到了让这些东西走出仓库萧索黑暗的时候了。它们是拿来用、拿来抱、拿来玩的，它们是拿来给一个宝宝的房间用的。

chapter 28

她把纸箱一个接一个放上车。等她再次锁上仓库时，下雨了。

安吉没法相信自己感觉有多好。这一天多年来都在她的世界里投下暗影，遮天蔽日。

育儿室、婴儿服和玩具。她知道只要自己还留着那些东西，她就无法摆脱阴影。

如今，她终于自由了。

她真希望康兰现在就在这里看着她，毕竟一直以来他总是发现她坐在育儿室里，手里拿着拨浪鼓或者毛毯或者玩具在哭。那几个纸箱里没有哪件东西没被她的泪水洗过。

老实说……

她点了车上手机的快速拨号。

“新闻编辑部。”

“嗨，凯茜。”安吉朝遮阳板上的喇叭说，“我是安吉。康兰在吗？”

“当然在。”

一分钟后康兰接电话：“嗨，来了。你在城里？”

“不。我在回西端的路上。”

“你走的方向不对。”

她开怀大笑：“猜猜我后车厢里有什么。”

“这可是新台词。”

她觉得自己像个终于承认自己有问题的酒鬼，她的嗜酒者互诫会就在后车厢的纸板箱里。

“婴儿用品。”

一阵停顿。接着：“怎么说？”

“婴儿床、婴儿服、一切。我清空了仓库。”

停顿的空隙像撑裂了小小的黑色喇叭。

“为了劳伦？”

“她会用上的。”

安吉知道康兰听出了这话的弦外之音：而我们用不上。

“你还好吗？”他问。

“这就是惊喜，康。我感觉比还好更加好。记得那次我们去惠斯勒山直升机滑雪吗？”

“去之前你三天没睡觉那次?”

“就是那次。我担心得要命，可是一等到直升机把我们放下去，我滑下山，就等不及再来一次。就是那种感觉。我又一次飞下山了。”

“哇。”

“我知道，我等不及把这些给她了，她会很激动的。”

“我为你骄傲，安。”

就是它，这就是她给他打电话的理由，尽管直到这一瞬间她才明白。

“我们明晚庆祝。”

“我可记住了。”

挂掉电话时她在微笑。收音机传出比利乔的一首老歌。“对我来说，仍一样的摇滚。”她扭高音量跟着唱。等她开进西端镇拐上海滩路，她已经在放声高歌，随着音乐拍打着方向盘。

她像是又变成了孩子，在本地队伍赢球之后开心地回家。

她把车停到屋边，拿起钱包跑进门。

“劳伦!”

屋里沉寂无声，壁炉里的火焰噼啪响。

一阵简直要持续到永远的沉寂之后，传来一声沙沙响。“在这里。”劳伦从沙发上坐起。她苍白的脸上闪着泪光，双眼红肿。戴维坐在一边握着她的手。他看上去也像是哭过。

安吉感到一阵害怕，她可清楚怀孕期间哭泣意味着什么：“怎么了?”

“戴维和我在聊天。”

“宝宝还好吗?”

“没事。很好。”

安吉大大地松了口气。跟往常一样，她反应过度了。“哦。那好，你俩继续聊。”她走向楼梯。

“等等。”劳伦叫住她，蹒跚站起。她从咖啡桌上拿起一张纸递给安吉。

戴维立即贴向劳伦，伸手搂着她。

安吉垂眼看向手中的信。

“亲爱的瑞比度小姐：我们很高兴录取你为南加州大学……大学生……提供全额奖学金作为学费和住房……六月一日之前回复……”

“我就知道你能办到。”安吉轻声说。她想要搂住劳伦笑着转上几圈，可那样的狂喜是给平常时期的平常女孩子的，完全不是眼下的情况。

“我想自己是没法回复了。”

安吉以前从没听过劳伦会如此悲伤，已然心碎。劳伦今年遭遇的所有考验中，达成梦想的这一件或许是最让她伤心的。她已经下了决心，在场的人都明白。“我为你骄傲。”安吉道。

“这让一切都变了。”劳伦的话音太低，安吉得凑近才能听见。

安吉渴望能抱抱她，但是戴维正握着劳伦的手。

“带着宝宝去上大学也不是不行。”

“两个月大的宝宝?”劳伦的话沧桑空洞。它回荡着散去，像是她冲着一口井说了那些话。

安吉闭上眼睛，怎么回答都是欺骗。安吉知道劳伦当然了解现实：给两个月大婴儿的日间看护非常少有，而且理所当然很贵。她摸了摸鼻子，轻叹一声。这就像搭上了沉船，她能发觉水位在上涨。“那倒是个问题。”她最后说，说谎没有意义，“可你是个坚强聪明的姑娘——”

“是聪明姑娘就不会做这些事。”劳伦说。尽管她在努力微笑，但眼里又涌上了泪水。她抬眼看向戴维，他点了点头鼓励她，然后她期待地看向安吉。

一时间谁都没有开口。

安吉觉得后背一凉，她突然害怕起来。

劳伦松开戴维的手，上前一步：“收养我们的宝宝，安吉。”

空气离她而去，她觉得肺都被抽动了。“别。”她悄声说，挥手扫开那些话。

劳伦又上前一步，更近了。她看起来那么年轻，那么不顾一切，泪水在她眼中漾动，“求你！我们希望你来收养我们的宝宝。我们一整天都在谈这个，这是唯一的办法。”

安吉闭上眼，几乎没听清从唇齿间逃窜出的细小声响。她不能回头走向那条梦之路，上一次险些害死她。她不能再去想充实自己空荡荡的臂弯，抱着……

一个婴儿。

她做不到。她没有那么坚强。

还没有那么坚强。她怎么可能离开?

一个婴儿。

她张开眼睛。

劳伦全神贯注地看着她。女孩面无血色，泪流满面，一双黑眼睛里都是血丝，眼皮还肿着。眼前南加州大学的录取信是能改变人生的一张纸……

“求你。”劳伦轻声说，又哭了起来。

安吉的心像是自行躲了起来，让她觉得空落落的，失落。毫无疑问她的理智让她必须拒绝接受这个婴儿，然而见鬼，她根本没办法拒绝。

她不能拒绝，不能拒绝劳伦，也不能拒绝自己。即使她轻声说出了“行”，但她知道，在被慢腾腾碾碎的心底里她知道，自己要做的事并不合适。

“你今天不对劲。”妈妈边说边推高鼻梁上的眼镜。

安吉别开眼，“没有，我没事。”

“你才不是没事。杰瑞·卡尔问了你三次有没有空位，你才答复她。”

“克兹坦扎先生要红酒的时候，你把瓶子递过去了。”蜜拉边说边在围裙上擦手。

安吉就不该进厨房。蜜拉和妈妈像一对敏锐的土狼一样，她们能感测到苦恼，而且一旦有了警觉，就会凑到一起一边追踪一边等候时机。

“我没事。”她转身离开厨房。

回到忙碌的餐厅，她就不那么惹眼了。她尽量保持正常。也许她的行动有些缓慢，但是就她现在的心境来说，任何行动都是胜利。她茫然地笑着，假装一切正常。

实际上，她心不在焉。之前二十四小时，她一直把情绪锁进盒子里，看都不敢看一眼。

最好别看见。她不想凑太近去看她和劳伦定下的交易，那就像浮士德和魔鬼定的交易。这场交易会将他们带往一段可怕的旅程，在旅程终点，路边都是破碎的心。安吉觉得像把自己关进了一间小黑屋。

她走到窗边望向外面的夜色。餐馆熙熙攘攘的喧嚣在她身后淡去，除了自己的心跳声以外她什么都听不到。

现在怎么办？

这问题昨晚一整晚都在纠缠她，今早也第一个出现在她脑海。

她的心情是一团缠结不清的希望和绝望，她不知从何下手解开。她一直想着，一个宝宝，随之而来的是心口膨得快满出来的甜蜜，然而在这想法的深处总有另一个晦暗的想法，觉得劳伦做不到放手。

不管哪样，都要心碎。在这条路的尽头有个可怕的选择：要么选劳伦，要么选那个婴儿。最好的情况，安吉能得到其中之一。最坏的情况，两个都得不到。

“安?”

她倒抽一口气转过身。康兰站在她身后，拿着一打粉红玫瑰。

她都忘了他俩有约。她想笑出来，可她的笑容虚弱绝望，于是她见他微微皱了皱眉。“你来早了。”她笑说，笑声有点尖厉。她希望自己没说错话。通常没错。

他还在皱眉：“就早来一两分钟。你还好吗？”

“当然好。让我拿个外套道个晚安。”她从他身边走过，朝厨房去。她走到门前才察觉自己还没从他手里接过花。

要命。

“康兰来了。”她对妈妈和蜜拉说，“今晚可以打烊了吗？”

妈妈和蜜拉会心地对望一眼。“那么是这事。”妈妈说，“你在想他。”

“我会送劳伦回家。”蜜拉说，“玩得开心点。”

开心。

安吉忘了笑一笑说再见。她回到餐厅。“好了，我们去哪?”她从他手里接过花，假装在嗅花香。

“你会知道的。”康兰带她上车，帮她坐进副驾驶座。几分钟后他们朝南边开去。

安吉望向窗外。晦暗的玻璃上，她的倒影回瞪着她。她的脸看起来又长又瘦，被拖长了。

“是孩子的事吗？”

她眨了眨眼，回头：“什么？”

“昨天你清空了仓库房间，对吧？所以你那么安静？”

又来了，康兰声音里的踌躇，对她那温和谨慎的态度，她恨这种熟悉感。“我昨天挺好的。”

只不过一天以前，她还蹲在遥远希望留下的遗迹前，相信自己已经向前看了，那是真的吗？

“真的？”

“我把东西都装箱带回小屋了，为了劳伦。”她的声音绊在那个名字上，回忆急流般奔来。

收养我们的宝宝，安吉。

“听上去不错。”他谨慎地说。

“我心满意足。”她希望自己的声音没有流露出渴望。在那以后发生了那么多事。

“我们到了。”康兰拐进一个碎石停车场。

安吉伸长脖子从挡风玻璃向外张望。

美丽的石头房子坐落在绿枞间，围着一圈杜鹃花。牌子上写着：欢迎光临秋沙鸭客栈。

她看向康兰，露出今晚第一个真心的笑容：“这不只是约会了。”

他咧嘴一乐：“你正跟一名少女同住。我得提前做好计划。”

她随他下车，走进舒适的旅店。

一位穿着全套维多利亚时代服装的女郎在门口迎接他们，将他们领向前台。

“马隆先生及夫人，”接待处的男子说，“来得正好。”

康兰填好文件，递出信用卡，然后搂着她往楼上走。他们的房间是个漂亮的双人套间，有一张四柱大床，鹅卵石壁炉，一个浴缸大得足够装下两人，魔术般的视野可见月光普照的海岸。

“安？”

她悠悠转身面向他。

我要怎么对他说？

“来。”

她无法抗拒他的声音。她朝他走去。他拥她入怀，抱紧，让她目眩神迷。

她得告诉他。

就现在。

如果还希望他们将来能相处，她得告诉他：“康兰——”

他吻了她，无限温柔。他撤身垂眼看着她。

她觉得自己沉溺在他的蓝眼睛中。

“我简直没法相信你会放开那些婴儿用品。我那么为你骄傲，安。如今看着你，我感觉又能呼吸了。直到昨天我才发现自己一直憋着一口气。”

“哦，康。我们得——”

他非常缓慢地单膝跪下，微笑着，拿出她的婚戒：“我明白该拿它来做什么了。再一次跟我结婚吧。”

安吉跪下来的时候像是把自己折了起来：“我爱你，好吗？请别忘记。就跟爸爸以前说过的一样，我对你的爱比天上落下的雨水还要多。”

他皱起眉："我原本期待就一句简单的同意，然后冲到床上去。"

"让我同意再容易不过了，可我得先告诉你一些事。你的想法可能会改变。"

"改变跟你结婚的想法？"

"是。"

他瞧着她看了很久，眉间拧出一道细纹："好吧。说吧。"

她深深吸了口气："昨天，我给你打电话讲育儿室的事，我那时非常激动。我等不及回家去告诉劳伦。"她站起身，从他身边离开，她走向这窗户，望向外面拍打着岸边的海浪，"我到家的时候，她在哭。戴维也在。"

康兰站起身，她听到老旧木地板的吱嘎声。他大概想走到她身后，但他并没有动弹。

"她拿到了南加州大学的全额奖学金，她做梦都想去的大学。"

"然后？"

"这让一切都变了。"她轻声说，重复着劳伦的原话，"如果她带着的是个刚学走路的孩子，还能撑过去，可是一个才两个月大的婴儿怎么行？她没办法在应付学校和工作的时候还要养一个新生儿。"

过了半晌康兰才发出声音，当他开口时，语不成声，全然不像往常的嗓音："还有呢？"

安吉紧紧闭上眼睛："她想送孩子让人收养，她认为那是对孩子来说最好的办法了。"

"大概是。她还那么年轻。"他来到安吉身后，但没有碰她。

"她说，'收养我的宝宝。'就那么说的。"她叹口气，发现他僵住了，"那就像车祸当头，对我的打击又狠又快。"

"你答应了。"

她听出他话音中的麻木。她转身面对他，庆幸至少他还没有离开："我还有别的选择吗？我爱劳伦。也许我就不该让她走进我心里——不，不，我不该这么说，我很高兴这么做了。她让我变回了原来的自己，让我回到你身边。"她伸手环向他的脖颈，拉近他，让他不得不看着她，"如果是索菲娅向我们提出这样的要求呢？"

"她不是索菲娅。"他说。她明白说出这话让他有多伤心。

"她是某个人的索菲娅。她是个被吓坏的十七岁姑娘，需要有人爱她，照顾她。我怎么能拒绝她？我要跟她说把孩子送给陌生人吗，明明我就在这里？

明明我们就在这里？”

“你真要命，安吉。”他推开她，走进另一个房间。

她知道自己不该跟着过去，该给他时间，但可能再次失去他的担心让她不顾一切。“我们怎么能拒绝？”她穿过房间，去到他身旁，“你可能会当他的小小联队的教练——”

“别说。”他的声音几不可闻。

“我们怎么能拒绝？”她轻声又说了一次，逼着他面对她。她问这问题，禁不住想起到他办公室去的那一天，黛娜那时说：“我两次到他办公室遇上他在哭泣。”

他一手扒过头发，叹了口气：“我想我受不了再来一次这种事了。很抱歉。”

她闭上眼睛，那两句话痛彻心扉。“我明白。”她垂下头。他说得没错。他们——她——怎么能再一次孤注一掷？泪水在她眼中灼烧，没有更好的办法。她不能再次失去康兰……可她怎么能拒绝劳伦？“我那么爱你，康。”她呢喃着。

“我也爱你。”他说这话的模样仿佛那些字句是诅咒一般。

“这会是我们的机会。”她说。

“我们以前也那样想过。”他木然提醒她，“你知道那对我来说是什么感觉吗，一直在抱你起来，擦干你的眼泪，听着你哭？不知怎么总在担心这都是我的错？”

她抚摩着他的面庞：“你曾流过泪。”

“是的。”他的声音粗哑。

“我从没有为你擦过泪。我怎么从来没有见过你哭？”

“你那时太伤心……”

“这次不一样，康。我们不一样了，我们会在一起。也许她能够坚持下去，而我们会成为一直想要做的父母亲。也许她会退缩，只留下我们。不管怎样，我们的关系都不受影响。我发誓。”她单膝跪下，轻声低语，“跟我结婚，康兰。”

他低头瞪着她，双眼发亮。“你真要命。”他慢慢沉身跪下，“没有你我再也活不下去了。”

“那就别离开。求你……”她吻他，“相信我，康兰。这一次我们能天长地久。”

chapter 28

劳伦听到戴维的车开近了。她跑向前门，开门，等着他。

这个月里第一次，他是笑着的。

“你准备好了?”他边问边拉起她的手。

“从没这么好过。”

他们穿过院子，上了车。开往富豪山的一路上，他都在讲这辆保时捷，讲齿轮比、起步速度和定制喷漆颜色。她看得出他有多么紧张，他的焦虑莫名地让她平静了下来。开进他家时，他停了车，深叹一口气，朝她看来：“你下决心了?”

“是。”

“好。”

他们沿着石头小路走向海恩斯家高大的前门。戴维打开门，带她走进他的家，走入一片米黄色的冷清与优雅。

“妈？爸?”

“你确定他们在家?”劳伦轻声问道，拉住他的手。

“他们在家，我跟他们说过我们得谈谈。”

海恩斯先生与夫人迅速走了进来，像是一直就在附近等着似的。

海恩斯夫人盯着劳伦膨起的腹部看。

海恩斯先生则刻意避开目光不看她。他将一行人领向下沉式的客厅，那里的布置都是浓重的乳白色，没有任何不协调的事物。

当然，只除了眼下这位怀孕的姑娘。

“好了。”所有人就座后，海恩斯先生开口。

“你感觉怎么样?”海恩斯夫人问。她的话音紧绷，仿佛不能面对劳伦的目光。

“胖了，不过挺好。我的医生说一切都很正常。”

“她拿到了南加大的全额奖学金。”戴维对他的父母说。

“难以置信。”海恩斯夫人说。她瞥了丈夫一眼，他倾身表示听到了。

劳伦拉住戴维的手，握紧。她意外地觉得很平静：“我们决定将宝宝送人收养。”

“谢天谢地。”海恩斯先生突兀地舒了口气。劳伦头一回注意到他绷紧的下颚，还有他眼中的忧虑。解脱的感觉改变了他的表情。他终于笑了。

海恩斯夫人坐到劳伦身旁：“你下这样的决心一定很不容易。”

劳伦感激她的体谅："是不容易。"

海恩斯夫人朝她伸出手，又在最后一刻抽了回去。劳伦有种奇怪的印象，觉得戴维的母亲害怕接触自己。

"我认为这样做最好，你们都还这么年轻。我们会给律师打电话——"

"我们已经选定了养父母。"劳伦说，"是我的……老板。安吉·马隆。"

海恩斯夫人点头。即使她看上去显然松了一口气，但不知怎么仍然让人觉得悲伤。她弯腰拾起她的手袋，放到腿上。她抽出支票簿，填了一张支票，撕下，站起身，将支票递向劳伦。

五千美元的支票。

劳伦抬起眼："我不要。"

海恩斯夫人垂眼看向她，劳伦第一次看到了在她妆容下的皱纹。"是你的大学资金。洛杉矶生活费很高，奖学金不能解决一切。"海恩斯夫人解释道。

"可是——"

"就让我帮这一次。"她柔声说，"你是个好姑娘，劳伦，也会是个好女人。"

劳伦噎住了，为自己会被如此简单的恭维所感动而惊诧："谢谢。"

海恩斯夫人动身离开，然后停步转回身："他出生以后，也许你能给我一张我的——一张宝宝的照片。"

劳伦第一次想到这个宝宝也是他们的孙子。"没问题。"她说。

海恩斯夫人低头看着她："你觉得你真的能做得到？"

"必须做到。这样做才合适。"

话已至此，再没有什么可说了。

chapter 29 为爱而行

chapter 29

劳伦到家时已几近午夜。她关上身后的门，靠在门上，哽咽着叹息。她等不及要爬上床闭上眼，这一整天她伤痕累累。

她摸了摸肚子，摸到轻拂而过的踢动。“嗨。”她一边对胎儿呢喃一边朝客厅走去。

走到餐厅的桌边时，她才注意到壁炉里生着火，音箱里飘来音乐，是某种轻柔的夏威夷风格的旋律，是用尤克里里演奏的《彩虹之上》。

安吉和康兰坐在炉火前。

“哎呀。”劳伦吃了一惊，“我还以为你们会出去来个浪漫之夜。”

安吉站起身，朝劳伦走来。走近了，她才亮出左手，一粒硕大的钻石闪闪发光，“我们复婚了。”

劳伦尖叫着扑进安吉怀里：“太棒了。”她紧紧地抱住安吉。直到刚才，她才意识到自己一整个白天都感觉孤孤单单的，她是那么想念安吉，她很难放手。“现在我的宝宝也会有一个爸爸了。”劳伦有些兴奋。

“抱歉。”她终于放手退开。她觉得自己犯傻了，她该成熟些而不该像个小姑娘。

她还说出了“我的”宝宝。

“劳伦，这正是我们回家来要跟你谈的。”

说这话的是康兰。

劳伦闭了闭眼睛，心头涌过一阵疲惫。她不知道自己还能不能接受再一次谈论这个宝宝。

可她别无选择。

“好。”

安吉牵起她的手，用劲握了握。这安慰了她。她俩就这么手牵着手，一起走到长沙发前坐下。

康兰仍坐在壁炉边。他弓着身，胳膊搭在大腿上。黑色的长发遮住了他的脸。火光中，他的双眼蓝得不可思议。

她觉得那双眼睛刺穿了自己，她在沙发上不安地动了动。

“你还只是个孩子。”康兰说，他的话音意外的轻软，“所有这些事让我觉得遗憾。”

劳伦笑起来：“几个月以前我就不是小鬼头了。”

“对。你不得不面对成年人要处理的事，但那和成为成年人不是一回事。”他叹了口气，“这事……安吉和我被吓到了。”

劳伦没有想到会这样：“我以为你们想要一个宝宝。”

“我们确实想要。”安吉的声音发紧，“也许是太想要了。”

“那你们应该开心才是。”劳伦看看康兰又看看安吉，“我给你们——哦。”她恍然大悟，“另一个姑娘。改变主意的那个。”

“对。”安吉说。

“我不会那样对你们的，我保证。我是说……我爱你们。我也爱我的宝宝，你们的宝宝。我要做对的事。”

安吉摸了摸劳伦的脸：“我们知道，劳伦。我们只是想——”

“只是需要，”康兰打断她的话，“——知道你已经认真考虑过，已经下定决心。这不是件容易事。”

“会比给十七岁的人当父母更难吗?”

安吉的微笑和她的抚摩一样温柔：“那是来自你的理智的回应。我问的是你的心。”

“没有一个是容易的，”劳伦边说边抹了抹眼睛，“可我想了又想，这是最好的回答。你可以相信我。”

这番声明之后一阵沉寂。壁炉里一块木头落下，溅起一片嘶嘶响的火星，这才打破了寂静。

“我们觉得你应该去找个法律顾问。”康兰最后说。

“为什么?”

安吉努力微笑，似乎想要装作这没什么，只不过是场闲谈，但是她眼中的悲伤出卖了她：“因为我爱你，劳伦，我也一样爱你的宝宝，这个宝宝将成为我的孩子，我明白我们的方向，你的方向。决定要放弃宝宝是一回事，能够做到是另一回事。我要你务必确认。”

劳伦在那句“我爱你”之后几乎什么都没听到，从前只有戴维对她说过这句话，她倒向前狠狠地抱紧安吉。“我绝不会伤害你。”她哽咽着低声说，“绝不。”

安吉退开：“我知道。”

“那么说你会去见法律顾问？”康兰听上去不仅仅是有一点担忧。

“当然。”劳伦露出今天的第一个真心的笑容，“我会为你做任何事。”

安吉又一次抱了抱她。远处传来非常轻柔的声音，劳伦听到康兰开口：“那就别伤她的心。”

律师事务所里挤满了人。房间左侧，贴着坐下的是海恩斯一家。房间右侧，安吉坐在康兰旁边。劳伦的位置在正中间，尽管她的椅子与别人相距不远，可她似乎隐隐约约地被孤立了，与其他人分割开来。

安吉起身，正想向她走去。

就在这时候律师大步迈进屋里。他又高又胖，一身价格不菲的黑西装。他的一句“日安，各位”引起了所有人的注意。

安吉坐了回去。

“我叫斯图·菲利普。”律师向康兰伸出手，后者立即站起身。

“康兰·马隆。这位是我的……安吉·马隆。”

安吉握了握律师的手，然后坐下。她非常安静，努力不去想起上一次类似会面时的情形：

有一个适合马隆先生与夫人收养的孩子。

有一个年轻人。

“那么，小姐，”斯图温和地看向劳伦，“你已经拿定主意了？”

“是的，先生。”她的声音几不可闻。

“那好。首先，让我们从各种手续开始。我得奉劝在场各位，有时候在收养事务中共用同样的法律代表是有问题的。这在本州是合法的，但通常不建议如此。如果出了事——意见不一致的情况——我不能为每一方都做代表。”

“不会有什么事。”劳伦说，她的话音现在坚强些了，“我已经拿定了主意。”

斯图看向康兰：“你们二位准备好面对双重代表的风险了吗？”

“那是我们冒的风险里最小的一种了，斯图。”康兰说。

斯图从一个马尼拉文件夹中抽出文书推过桌面：“签下这些文件，我们继续。这些文件陈述了你们已经了解并接受双重代表的固有风险。”

文件签好之后，他把它放到一旁。接下来一小时里，他讲解了整个流程。由谁付费，什么文件需要由谁来签字，华盛顿州法律范围内与范围外的相关内容，需要进行的家庭评估，生身父母各种权利的终止，将会指派诉讼监护人，这一切所需要的时间与花费。

这些安吉以前全都听过，她知道，最终这些手续都不能加强保障。关键的是情感、心情。你能签下世上所有的文件，许下一卡车的承诺，但是不到那时候你不会知道那是什么感受。那就是为什么法律规定收养手续不能在孩子出生之前完成。劳伦可能不得不边抱着她的孩子边签字放弃她的权利。

一想到这，安吉的心痛了起来。她向左边瞥了一眼。

劳伦非常安静地坐在椅子上，两手交叠在膝头。即使她挺着大肚子，看上去还是那么年轻纯真，吞下了一个西瓜的姑娘。她正朝对她问了些什么话的律师认真地点头。

安吉想要到她身边去，跪在一旁握住她的手，告诉她你并不是独自面对这件事，然而悲哀的事实是不久以后劳伦就会是孤单一人了。还有什么比把自己的孩子交出去更孤独的？

安吉无能为力，她没法保护劳伦免于经历那一刻。

安吉闭上了眼睛。他们要怎样才能在经受这一切之后还能保有完整的心？怎样——

有人扯了扯她的袖子。她眨了眨眼，瞟了旁边一眼。

康兰正盯着她看。同样看着她的有律师，有劳伦，还有房间里的每一个人。

“你刚才问我什么？”她说，脸上一热。

“正如我所说的，”斯图说，“我想做一个收养计划，那会使一切进行得更顺利。我们可以开始了吗？”

“当然可以。”安吉说。

斯图看看安吉，又看看劳伦：“在收养手续后，你们想要有什么样的联系？”

劳伦皱起眉头：“这是什么意思？”

“我猜测在马隆夫妇收养了你的孩子之后，你会希望有某种程度的沟通。在孩子的生日或者圣诞节打个电话，至少一年一次有通信和照片。”

劳伦狠吸一口气，听起来像被呛住了。她显然没有想过这么长远，没有意识到这次收养会改变他们所有人。她转身看向安吉，安吉突然觉得自己脆弱得像一片冬天的枯叶。

“我们会一直保持联系。”安吉对律师说，她听出了自己话音中的犹豫，“我们是……劳伦就像是家人。”

“我不确定那样开放式的关系对孩子有利，”律师说，“明确界线最为有效。我们发现——”

“哦。”劳伦咬住嘴唇，她不再听律师讲的什么，她在看康兰和安吉，“我没想过那些。孩子需要一个母亲。”

戴维倾身握住劳伦的手。

“我们的收养情况不必跟其他人一样。”安吉说。她想说得更多一些，可她的声音软了下去，破碎不稳，一时什么都没想到。她无法想象让劳伦离开他们的生活……但是不那么做的话这一切会走向什么结局？

劳伦看向她，在女孩黑色眼眸中的悲伤令人几乎无法忍受。一时间她看上去显得历经沧桑，甚至苍老。“我没想过……我应该想到的。”她挤出笑容，“你会是完美无缺的妈妈，安吉。我的宝宝很幸运。”

“我们的宝宝。”戴维柔声说。劳伦给了他一个心碎的悲哀微笑。

安吉呆坐了一阵，不知如何开口。

最后，劳伦又一次看向律师：“告诉我怎么办才最好？”

会议没完没了，字句被来回商谈再落到纸面，粗体标注出他们每一个人应当有的行动。

自始至终，安吉都想到劳伦身边，将这姑娘抱进怀里，悄声安慰一切都会好起来。

然而如今，坐在这个满是法令条例的房间里，四周围绕着不知滋味的纷乱心絮，她犹疑不决。

真会好起来吗？

在所有人的记忆中，这是第一次复活节时没有下雨。正相反，太阳高挂在晴朗的蓝天。人行道上涌满人潮，其中大部分都穿上了礼拜日最好的衣服，从四面八方走向教堂。

安吉走在康兰和劳伦中间。前方，教堂的排钟响起。她的亲友开始朝教堂行进，汇集其中。

恰恰在门外，安吉停下了脚步。康兰和劳伦别无选择只得也跟着停步。

“我们晚些时候要把一切都告诉他们。在复活节找彩蛋活动以后，对吧?”

他们两人点头。

安吉摸摸婚戒，将它转了个面，藏起钻石。这样的小花招骗不了德萨利亚家的女人太久，不过但愿她们在一片忙乱中不会注意到这个。她上前一步。

劳伦碰了碰她，让她停下了。

“怎么了，蜜糖?”劳伦的眼神让安吉看不明白。也许是某种敬畏之情，似乎与家人一同上教堂是件罕有的恩赐。也许是焦虑，他们对接下来的事都很紧张。“来，握住我的手。”安吉伸手给她。

“谢谢。”劳伦说。她迅速撇开脸，但还不够快，安吉看到了女孩突然涌出的泪水。手牵着手，他们一并走上水泥步阶，踏入美丽的古老教堂。

礼拜仪式似乎在漫无尽头的同时又持续得不够长久，安吉专心地协助劳伦一次次站起跪下再站起。

到安吉有空祈祷时，她在跪垫上垂下头默念：“神啊，请指引我们经受这一切的正道。保佑我们。保护看顾劳伦。我在此祈祷，阿门。”

礼拜仪式之后，所有人下楼前往教堂地下室，那里的桌上已经摆好了许多蛋糕与甜点。安吉跟亲朋好友谈天时一直将左手藏在口袋里。

最终孩子们都奔进大堂，个个都叽叽喳喳，手上提着自己做的彩蛋纸盒和珠宝盒。

人群朝各个门的方向移动。人们走进寒冷明媚的晨光，衣冠楚楚，不约而同。他们穿过街道走进公园。

安吉以空无一人的旋转木马为起点。阳光照得它像银币一般闪闪发光。

康兰走到她身旁，胳膊环上她的腰。她知道他同样想起了索菲。他俩有多少次一同站在这里，眼看着其他孩童玩耍，梦想着能有自己的孩子？无声地对彼此说：总有一天会有的。

孩子们跳上旋转木马，让它转了起来。

“好啦，孩子们。”奥霍利亨神父说话带着轻快的爱尔兰口音，“彩蛋都藏在这周围。去吧!”

孩子们尖声叫着出动开始搜寻藏起来的复活节彩蛋。

劳伦走向小丹尼，他正贴着蜜拉。

“来吧。”劳伦说着，想要蹲下身，然后放弃了，“我来帮你找。”她拉起丹尼的手走开了。

这段时间里德萨利亚全家都站在一块。他们就像一群鹅，安吉想道，不知怎么就游成了一支队伍。他们的交谈也糊成一片鸟鸣，竟有那么多种声音同时响起。

安吉清了清嗓子。

康兰攥紧她的手，投来一个鼓励的微笑。

“我有两件事要讲。”她开口道。没人听她说话，于是她大声又说了一遍。

妈妈拍了弗朗西斯叔叔的后脑勺一把：“安静。我们的安吉拉有事说。”

“总有一天，玛丽娅，我要打回来。”弗朗西斯叔叔揉着后脑说。

蜜拉和莉薇靠在一起。

安吉亮出她的戒指。

尖叫声大概震碎了全镇的窗玻璃。全家人像海浪一样涌来，拍散在安吉和康兰周围。

人人都在说话，一边恭贺，一边发问，一边说他们一直都知道会这样。

待波涛退去，大家全都落回岸滨时，记得前言的只有妈妈。

“第二件事是什么？”她问。

“什么？”安吉说，贴向康兰。

“你说过你有两件事要告诉我们。下一个是什么？你要离开餐馆？”

“不是。老实说我想——我们想——我们这次要留在西端镇。康兰有份写书的合约，他还给报纸写每周一次的专栏。他能在这里工作。”

“那可是好消息。”妈妈说。

莉薇靠近：“那么是什么事，宝贝妹妹？”

安吉背过手拉住康兰的手。她偎依着他，让他做她的港湾，“我们打算收养劳伦的宝宝。”

这一次的沉默凝重得能砸破玻璃，安吉觉得它寒彻骨髓。

“这并不是个好主意。”妈妈最后开口道。

安吉贴向康兰的手：“我该怎么办？说不行？要眼睁睁看着她把孩子送给陌生人？”

全家人一齐转头看向劳伦。那个年轻人在秋千旁边，手脚着地在高高的草丛里搜寻彩蛋。小丹妮在她身边，咯咯直笑地指手画脚。从远处看，她俩就像平常的年轻母女。

“劳伦有宽容的心，”妈妈说，“还有悲伤的过去。危险的结合，安吉拉。”

莉薇走上前。“你能撑得住吗？”她轻声问，这是唯一真正关键的问题，“如果她改变主意了呢？”

安吉抬眼看向康兰，他垂首向她微笑，点了点头。“我们一起，”他的表情说，“我们一起就能撑得住任何事情。”

“能，”她说，亮出相当得体的微笑，“我能撑住。其中最困难的事会是向劳伦告别。”

“可是你会得到一个孩子。”蜜拉说。

“也许会。”妈妈说，“上一次——”

“这不是投票表决。”康兰开口让他们住嘴了。

所有人又一次看向劳伦，然后，一个接一个的，他们开始谈起别的事，扯着家常。

安吉缓了一口气，已经面对过风雨，并且挺过去了。哦，接着会有八卦传遍整个家族，一个个分享消息并且各有见解的谈话能把电话线给烧了。那些意见会每天都来回倒腾，其中一些会走漏到安吉这里来。大部分则不会。

不要紧。他们会提出的事没有哪件是安吉没有担忧过预见过的。

不过，生命中的一些事物是不能去追寻的，只能去等待。就像天气，你望向地平线看到堆积的风暴乌云，那也并不能保证明天就会下雨，有可能就是朗日晴空。

没有任何办法知道未来。

你所能做的一切就是继续前行，好好生活。

前一小时里车马络绎不绝，每过几分钟前门就会打开，新客人川流而入，都带着一箱箱食物和包装精美的礼物。男人们在客厅里一边看着老电视里的运动节目一边喝啤酒。至少有十二个孩子挤作一堆，有的在玩棋，有的在让芭比娃娃和肯娃娃跳舞，还有的在玩任天堂游戏。

但是活动的中心是在厨房。蜜拉和莉薇忙碌着做开胃菜——波萝伏洛干酪、烤辣椒、金枪鱼、橄榄、番茄面包片。玛丽娅将自制的番茄沙司焗通心粉摆上瓷烤盘，安吉则在努力为奶油甜馅煎饼卷做乳清奶油。厨房一角，是那张从前德萨利亚全家偶尔一并用餐的小桌，桌上的一个三层高的白色婚礼蛋糕俯视着其下餐巾与银餐具的大海。

“劳伦，”玛丽娅唤道，“动手给餐厅摆自助餐。”

劳伦立即走向小桌拿起东西，最先是银器和鸡尾酒用的纸垫。

她把餐具拿进餐厅，就地呆住盯着那张巨硕的桌子。桌上盖着淡绿色的锦缎桌布，满满一花瓶的白玫瑰是中心装饰品。

这张桌子会被用来拍照。她得把它摆好，可是怎么摆才对？

“银器放这里，一开始就摆上。”安吉走到她身旁，“就像这样。”

劳伦看着安吉将银餐具摆成一个漂亮的图案，这突然彻底刺痛了她，害她猛抽了一口气：我很快就得走了。

“你还好吗，蜜糖？你看上去像是刚失去了最好的朋友。”

劳伦挤出笑容，急忙说：“我觉得你不应该在自己的婚礼上忙着摆桌子。”

“再嫁给同一个人感觉棒极了。重要的是婚姻，不是婚礼。我们只是为妈妈才办婚礼。”她歪过身来，“我跟她说不要麻烦了，可你也知道我的母亲是怎样的。”

安吉回头继续摆银餐具。

劳伦觉得她稍微朝左边离远了些，仿佛蓦然地她俩中间就有了一道鸿沟：“你想要男孩或者女孩？”

安吉的手僵在半空，一对餐刀半悬在桌上，这一刻仿佛置身世外。从其他的房间传来的声音包围着她俩，可是在眼下，在餐厅里，就只有两个女人缓慢的呼吸声。“我不知道。”她终于开口，继续摆放着餐具，“健康最重要。”

“那个你让我去见的法律顾问……她说我应该向你提问时别有顾忌。她说一切都开诚布公比较好。”

“你能跟我讲任何事，你知道的。”

“我们定下的收养计划……”劳伦开始问她昨晚惦记了一晚上的问题，说了一半，她就失去了勇气。

“怎么了？”

劳伦艰难地咽了口唾沫：“你会那样做吗？给我寄信和照片？”

“哦，蜜糖。我们当然会了。”

她说蜜糖的模样是那么温柔，打碎了劳伦的心。她再也憋不住了：“你会忘记我。”

安吉闻言动容，泪水在她眼中闪动，她一把将劳伦拉进怀里，狠狠地说：“绝不会。”

劳伦是先退开的一方。比起安慰她，这个拥抱只是让她愈加觉得寂寞。她将手抚上腹部，感到她的孩子在骚动。她正想叫安吉来摸摸她的肚子时，戴维走进了客厅。她向他奔去，让他抱住她。

片刻之前捉住她的孤独感松开了手。生完孩子之后她不会是孤单的，她还有戴维。

“你看起来棒极了。”他说。

这让她笑了起来，哪怕他是在骗她：“我胖得像一栋房子。”

他大笑出声：“我喜欢房子。老实说，我正考虑当个建筑师。”

“自以为是。”

他伸手揽住她，转头朝食物的方向走。一路上他给她讲学校里的各种八卦，到音乐响起时，她又一次笑起来。玛丽娅把所有人都赶进后院，那里有个租来的藤架缠满了上百朵粉红丝绸玫瑰。

康兰站在花架下，穿着黑色李维斯牛仔裤和黑色圆领毛衣。他旁边站着奥霍利亨神父，穿上了全套祭衣。

在纳特·金·科尔的《无法忘情》乐曲声中，安吉走下石板路。她穿着雪白的开司米针织衫和细纱白裙。她光着脚，海风吹扬起她又长又黑的秀发。一支白玫瑰就是她的花束。

劳伦敬畏地注视着她。

安吉从劳伦身边经过时，她笑了。她俩四目相对，一瞬凝神，劳伦想到：我也爱你。

简直疯了……

安吉将玫瑰递给劳伦，继续前行。

劳伦难以置信地盯着那朵玫瑰。即使是现在，在属于安吉的这个时刻，她还想着劳伦。

“你瞧你有多么幸运。”她对肚里的宝宝低语，轻抚着圆鼓的腹部，“她会是你的妈妈。”

她不明白为什么这话让自己想哭。

chapter 30

为爱而行

chapter 30

四月末一个下雨的星期一，玛丽娅认定安吉需要学会怎么做饭。她一早就出现，抱着一个装满东西的大纸箱。多少争论都改变不了她的决定，“你结婚了……又一次。你该学会做饭。”

劳伦站在门口，尽力不要对安吉的反对声发笑。

“你们笑什么？”玛丽娅喝问，两手叉腰，“你也来学。你俩都穿好衣服，十分钟后回到厨房来。”

劳伦跑上楼，换下法兰绒睡衣，穿上黑色紧身裤和一件菲克瑞斯特牛蛙队旧 T 恤衫。等她下楼回到厨房时，玛丽娅上下打量她。

劳伦站在原地，不知所措地笑着：“我该做什么？”

玛丽娅朝她走来，她一边摇头，一边发出小小的啧啧叹息声。“你太年轻，不该有这样悲伤的眼神。”她轻声说。

劳伦不知道该怎么应对。

玛丽娅从纸箱里抄出一件围裙递给劳伦：“给。套上。”

劳伦照做。

“现在过来。”玛丽娅带她到料理台，动手从箱子里往外拿食材。到安吉穿着牛仔裤和 T 恤衫回到厨房的时候，案板上已经有一堆面粉，旁边是满满一碗的蛋。

“面条。”安吉皱起眉说道。

接下来一个小时里，她们肩并肩地忙碌着。玛丽娅教她俩怎么在面粉中间掏出洞，再往里放入适量的蛋，然后小心地和面不让它变硬。劳伦正学着怎么擀面的时候，安吉走进客厅打开了音乐。

“这样好些。”她跳着舞回来。

玛丽娅递给劳伦一个带把手的金属圆形切刀：“现在把面皮切条，大概两寸宽。”

劳伦皱起眉头：“我会搞砸的，也许该让安吉来。”

安吉在一边大笑：“对，我来当然比较好。”

玛丽娅温柔地拍了拍劳伦的脸：“你知道如果你犯错了会怎么样吗?”

“会怎样?”

“我们把它揉回去，再来一次。动手切。”

劳伦拿起贝壳样的糕点圆刀，动手把面团切成方片，没有哪个化学实验室见识过这样的小心翼翼。

“你看到了，安吉?”玛丽娅说，“你的女孩有天分。”

你的女孩。

早上剩下的时间里，那几个字都留在劳伦的脑海里温暖着她。在她们包饺子和做面条的时候，她发现自己在笑。有时是毫无理由地大声笑。

她讨厌看见这节烹饪课快要结束了。

“好了，”玛丽娅最后说，“我现在得走了。我的花园在召唤我，我有东西要种。”

安吉放声笑起来。“谢天谢地。”她冲劳伦眨了眨眼，“我想我得继续对付餐馆的剩菜。”

“总有一天你会后悔的，安吉拉，”玛丽娅哼哼，“你无视家族的传承。”

安吉伸手搂过母亲，抱紧她：“我只是在开玩笑，妈妈。感谢给我上课，明天我会去买本烹饪书试着学做我自己的菜。这样如何?”

“好。”

玛丽娅抱了抱她俩，说过再见，离开了。劳伦走向水槽开始洗碗，安吉凑到她旁边，她们按照最近练出来的轻松步调清洗并晾干碗碟。

等碟子晾干放好，安吉说：“我要去趟助邻会，跟董事有个会面。捐外套活动很成功，我们打算再来一次宣传。”

“哦。”

劳伦站在原地，擦干湿淋淋的手，与此同时安吉匆匆穿过屋子离开了。大门地的关上；车在院子里发动起来。

劳伦走到窗边朝外张望，目送着安吉驱车离去。在她身后，CD放的曲子变了，响起布鲁斯·史普林斯汀粗粝的嗓音：

宝贝，我们生来就要奔跑……

她转身从窗前离开，奔向音响，狠狠关掉音乐。尖锐的沉寂骤然降临，

chapter 30

周围如此寂静，她都以为自己能听到康兰在楼上敲击手提电脑的声响，但那根本不可能听到。

她努力不去想她的母亲，但是那也同样不可能办到。

“我以为你这年纪的孩子喜欢波士乐队。”康兰在她身后说。

她慢慢吞吞地转过身。“嗨。”她招呼道。

婚礼之后的几星期里，劳伦都努力跟康兰保持距离。他们都住在同一栋房子里，所以这当然很不容易。可她感觉到他有种犹豫的态度，一种不情愿认识她的态度。

她背对窗户，盯着他看，紧张地绞着双手：“安吉去镇上了，她一会儿就回来。”

“我知道。”

安吉当然已经告诉过丈夫了，劳伦觉得说什么都像个傻瓜。

康兰穿过房间，走近她：“你在我周围觉得紧张。”

“你在我周围觉得紧张。”

他笑了：“讲得好！我只是担心，就这样。安吉……有时候很脆弱。她按心情行事。”

“而你觉得我会伤害她。”

“不会是故意的，不会。”

劳伦没法回答，于是改变了话题：“你想当父亲吗？”

他的眼中闪过某种情绪，也许是悲伤，那让她宁可自己没有问出刚才的问题。“想。”康兰回答。

他俩注视着彼此。她看出他想要强颜欢笑，这让她伤心，让她对他觉得亲近。她了解失望是什么样。“我不会像那个女孩一样，你懂的。”

“我知道。”他退后，在沙发上坐下，像是想要拉开彼此的距离。

她走向咖啡桌坐到桌边：“你会是什么样的父亲呢？”

这问题似乎让他动摇了。他缩了缩，低头看向双手。他花了很长一段时间来回应，待他终于开口时，他的嗓音轻软柔和：“那个，我想，我不会错过任何一件事。不会错过比赛，不会错过学校的游玩活动，不会错过约见牙科医生。”他抬起眼，“我会带她——或者他——去公园，去海滩，去看电影。”

劳伦噎住了，渴望之情撑紧了她的胸口。直到方才她都没有意识到：这样安安静静说出来的回答，正是她真心想问的事，一名父亲要做什么？

他看着她。在他眼中，她再次看见了那种悲哀的神色，也看到了新出现的理解之情。

她突然觉得自己无所遁形，脆弱易伤。她站起身："我想我得去看书了。我刚开始看斯蒂芬·金的新书。"

"我们去看电影。"他轻声说，"市区正在播映《贫与富》。"

她说不出话来："我从没听说过。"

他站起来走到她身旁："听过鲍嘉和巴考尔？史上最佳银幕情侣？真是罪过。来。我们走。"

五月呼啸而至西端镇，一天比一天晴朗炎热，全镇上下的玫瑰都馥郁芬芳地绽放着。仿佛一夜之间，流木路沿路的花篮就从细瘦灰暗毫不起眼摇身变成奔流的五彩瀑布。紫色的山梗菜、红色的栀子、黄色的三色堇，还有淡紫色的绣球。空中都是新鲜花朵的香气和海水气味，还有被炽热的太阳烘烤的海草味。

人们慢慢悠悠地从家中逛出，被日光刺得像不停眨眼的鼹鼠。孩子们打开衣柜，四处翻找去年的短裤、无袖衫和薄绒衬衣。晚些时候，他们的母亲会站在同一间卧室里，两手叉腰，瞪着成堆的冬装，听到外面脚踏车的轮子转动和被雨水闷了好几个月孩子们的笑声。

很快——在阵亡将士纪念日之后——镇上就会开始拥满游客。他们会成群结队地到来，乘着轿车来，乘着公交车来，乘休闲房车来，一边拿着他们的渔具，一边看着潮汐表。空空荡荡的沙滩会无情地召唤他们，用老套质朴的宣传词把他们引向大海，观光客都说不出究竟是什么把他们引来了这里。但是他们就是会来的。

对那些一直在西端镇生活的人而言，或者对那些曾在这里度过好几个潮湿冬天的人而言，游客的到来既是好事也是坏事。没人质疑游客带来的金钱能使镇子运转下去，使道路得到修补，给学校带去供给，让老师有薪水可领。但他们也引起了交通拥堵，密集人潮，让杂货店收银处排起有十人的长队。

五月的第一个星期六，劳伦早早醒来，找不到一个合适的姿势可以安睡。她披上衣裳——粗腰弹力紧身裤和钟形袖薄罩衫——望出窗外。

天空是一片美丽的淡紫红色，衬着黑漆漆的林木。她决定出去走走。她觉得憋闷，感觉太狭窄了。她蹑手蹑脚地走过安吉和康兰紧闭的房间门。

她溜到楼下，从沙发上抄起柔软的安哥拉毛毯，走了出去。柔和的海浪拍击声一瞬间就安抚了她焦躁的心情。她觉得自己平静了下来，又一次呼吸得轻松起来。

她在门廊上站了足足十分钟，直到脚开始发痛。

怀孕真的开始让人觉得难受了。脚痛、心烦，一半时间都在头疼，她的宝宝还像个运动员一样在肚子里蹦跶。其中最糟糕的是她和安吉每个星期都要去上的拉梅兹助产法课程。那画面太吓人了。可怜的戴维去上过一次课，就求着别让他去了。老实说，她那时乐意让他走开。到了分娩的时候，她想要安吉在身边。劳伦非常确信那个呼——呼——呼的费劲呼吸方式没法让她撑过疼痛。她需要安吉。

昨晚她又做了那个梦，梦到自己是个穿着亮绿色杰西潘尼裙子的小姑娘，正牵着母亲的手。那只强健的手包拢着她的小小手指让她那么有安全感。“快来，”她梦里的母亲说，“我们别迟到了。”

参加什么事会迟到，劳伦并不知道。有时是去教堂，有时是去学校，有时是去跟爸爸一同吃晚餐。她所知道的一切就是她愿意跟着那位妈咪去任何地方……

昨晚，在她的梦里，那位牵着她手的女人是安吉。

劳伦在门廊里大大的橡木老摇椅上坐下，这摇椅简直像为她量身打造。她舒了一口气，她得告诉安吉这里会是一个特别合适在夜里摇着婴儿入睡的好地方。她（劳伦总是觉得这会是个女孩）会听着大海的声音长大。劳伦深信那样的环境会让她的生活有所不同——摇晃着入睡，倾听着海浪声，而不是被邻里的争吵和点燃的香烟包围。

“你会喜欢的，对吧？”她对未出生的婴儿说话，宝宝踢了踢她的肚子做回应。

她靠向椅背，合上双眼。轻柔的摇摆如此让人欣慰，她今天需要这个。

这一天会过得很艰难，她的全部人生仿佛都困在一面小小的后视镜中。去年的今年，她跟朋友们一块去了海滩。小伙子们在踢足球和沙包，姑娘们穿着比基尼、戴着墨镜晒日光浴。夜幕降临，他们堆起篝火，烤热狗和棉花糖，倾听音乐。那一晚她在戴维的怀抱中感觉如此安心，相信着世界上属于她的位置就是在他身旁。她唯一开始担忧的事就只是他们会去上不同的大学。一年后她已经从女孩变成了妇人，她盼望过能再走回头路。当她把孩子给安吉和康兰以后，劳伦可以——

她想不下去了。近来这样突如其来的恐慌屡屡发生，并不是因为领养，劳伦毫不怀疑自己做了正确的选择，毫不怀疑自己会坚持完成。问题在于在那之后。

她是个聪明姑娘。她对指定给她的领养法律顾问和诉讼监护人追问不休，她问过脑海里冒出的每一个疑问。她甚至去过图书馆读过关于公开式领养的相关读物，那比旧式的封闭式领养要好——不管怎样，从她的角度看是这样——因为她仍然能听闻亲生孩子的成长过程。能得到照片、手工、书信，甚至还能偶尔探视。新的领养方式中这样很常见。

可是所有领养关系到了最后一般都是同一种结果，最终都是：亲生母亲继续她自己的生活。

孤身一人。

这样的未来在劳伦心头萦绕不去。她在安吉和康兰这里得到了一个家，在德萨利亚餐厅得到了一个家族。一想到要失去这些，要再次孤孤单单活在这世上，她简直无法忍受。但是迟早她都会再是孤单一人。戴维会远行去上大学，她的母亲离开了，安吉和康兰一旦领养了孩子就不会再需要劳伦黏在旁边。生活中有些事有自然规律，妇孺皆知。与亲生母亲告别是其中之一。

她深深地叹息，抚摩着胀大的腹部。重要的是宝宝的幸福，还有安吉的。她得记住这一点。

在她身后，纱门吱呀着打开，砰一声关上。“你起得好早。”安吉来到她身旁，将温暖的手搭上劳伦的肩膀。

“你有没有躺在一颗西瓜上面睡过觉？就像那个样。”

安吉坐到门廊的板条秋千上，金属链条在她压下的分量下吱嘎作响。

劳伦想起来安吉确实知道那是什么感觉时有点晚了。

沉默落在他们中间，只有下方的海浪声打断它。闭上眼睛往后靠，假装正常一些本来会容易些——也更自在。她上个月一直都在这么做。他们全都关注眼前，因为未来令人忧惧。但是他们做戏的时间正越来越少。“预产期就在几周以后。”她开口说，好像安吉还不知道一样，“书上说你应该会有筑巢行为。也许我们应该买个婴儿澡盆。”

安吉叹气：“我曾经囤过一大堆东西，劳伦。我有很多很多婴儿用品。”

“你在害怕，对不对？你担心宝宝会有意外，就像索菲一样？”

“呃，没有。”安吉迅速回答，“索菲早产了，就是那样。我确定你的宝宝强壮又健康。”

“是你的宝宝。”劳伦说，“我们应该把我的房间改成育儿室。我看过洗衣间里所有的纸箱，你怎么没有打开箱子？”

“还有时间。”

“我可以——”

“别。”安吉似乎意识到她的话太尖锐了，实际上是大喊大叫，她无力地笑了笑，“我还不能想装修的事，还太早。”

劳伦看到安吉眼中的担忧，突然间一切都对上了：“另一个姑娘。她曾跟你一起装饰育儿室。”

“莎拉。”安吉说，她的话音几乎消散在初夏的各种声音中——消散在海浪、岸风还有鸟鸣当中。一对风铃响起来，听起来像教堂的钟声。

看到安吉如此担忧让人受伤。劳伦走过去，坐上她旁边的秋千：“我并不是莎拉，我不会那样伤害你。”

“我知道，劳伦。”

“那就别担心。”

安吉笑了出来：“行。然后我就治愈癌症，还能在水上行走了。”她沉静下来，“并不是因为你，劳伦。有些忧虑埋得很深，就是这样。对你没有什么好担忧的，现在那里是你的卧室，我喜欢你留在那里。”

“一次住一个人，是吗?”

“差不多。好了。你不是有话要告诉我?”

“什么?”

“比如说今天是你十八岁生日，我得从戴维那里才听说。”

“哦。那个。”她从没想过要告诉他们。她的生日总是没有怎么庆贺就到了又过了。

“我们在妈妈那里有个聚会。”

劳伦一阵感动，仿佛喝下一大堆香槟酒，醉陶陶的：“为我庆祝?”

安吉放声笑起来：“当然是为你庆祝。不过我现在警告你——很可能有各种游戏。”

劳伦收不住她的笑容了，以前从来没人给她办过生日聚会：“我爱玩游戏。”

安吉变出一个箔纸包裹的小盒递给她。“给。”她说，“我想在周围还安静的时候把这个给你，只有我们的时候。”

劳伦打开礼物时兴奋得手指头都在打战。内面是个标记着“海滨珠宝”的白色小盒，盒里是一条有心型匣坠子的漂亮银项链。劳伦打开坠子，看到一张小小的她和安吉的合照。左边空着。

留给宝宝的。

劳伦不明白为什么它让自己想哭。她只知道她抱住安吉嘟囔着“哦，谢谢你”的时候，她尝到了自己泪水的咸味。最终，她往后退开，抹着眼睛。为了一条项链就这么轻易哭起来有些尴尬。她走到扶手边，望向远处的大海。她出乎意料地哽咽着，几乎开不了口。“我爱这里。”她悄声说道，俯身迎向微风，“宝宝会爱上这里并在这里长大。我希望……”

“你希望什么？”

慢慢吞吞地，劳伦转回身：“如果我能在这样的一个地方长大，有像你这样的母亲……我不知道。也许我不会去买有降落伞包两倍大的宽松衣服。”

“人人都会犯错，蜜糖。被爱着长大也不会保护你不犯错。”

“你不知道那是什么样，”劳伦说，“不被喜爱……想要从某个人身上索取太多的感觉。”

安吉站起身，走向劳伦：“我相信你的母亲爱你，劳伦。她只是现在很烦恼。”

“古怪的是，我有时候会想她。我哭着醒来，发觉刚才梦见她。你觉得那些梦会消失吗？”

安吉温柔地碰触着劳伦的脸：“我想一个女孩永远都需要她的母亲，但是也许那不会再那么痛苦了。也许有一天她会回来。”

“想从母亲那里得到什么就像等着中彩票。你每个星期都去买彩票并祈祷，但结果总是不好。”

“我会在这里陪着你。”安吉说，“而且我爱你。”

劳伦觉得泪水刺痛了双眼：“我也爱你。”她张开双臂圈住安吉，偎向她。她希望自己永远不要必须离去。

每过去一天，安吉就觉得自己更紧张一点。有一次她扭伤了背，直到六月初她都一直头痛，起床也痛。康兰一直跟她说她得去找按摩师。她点头同意：“对，你说得对。”有时候她甚至真的去约按摩师了。

但是她明白问题的根源并不在她的骨头上，是因为心事。每次日出都让她向一直盼望有的宝宝更靠近一点……也靠近劳伦会离开的那一天。

事实在于，这噬咬着安吉的心，两件她希望达成的事不能共存。

康兰当然明白，他推荐去见按摩师纯粹治标不治本，只是出于男人想要解决问题的心愿。到他们在夜里一同躺在床上时，像两片分离已久的拼图合在一起时，他会问出那些关键的问题。她会回答每一个提问，不管有多伤人。

“她很快就会离开。”他边说边搂紧安吉，拇指摩挲着她的胳膊，“她想早些去洛杉矶找工作，顾问可以给她安排在夏季代为照看妇女联谊会的房子。”

“不错。”

“必须得这样。”康兰说。

安吉闭上眼睛，可这没有用。画面被刻进她的脑海：劳伦收拾行装，跟他们吻别，搬走。“我知道，”她说，“我就是讨厌想到她要变成孤孤单单的。”

康兰开口时，话音温柔：“我想她需要离开。”

“她不知道那会有多艰难，我试过告诉她的。”

“她已经十八岁了。我们很幸运，她什么都听我们的。”他收紧怀抱，“你没法为她准备好这个。”

“有个机会……”安吉鼓足勇气把话说完，“她可能办不到。”

“你做好准备了吗？上一次——”

“现在不是上一次。莎拉那次，我所有的时间都在想孩子。我总是坐在育儿室想象那会是什么样。我会叫她宝儿，她会叫我妈咪。我每天晚上都梦到摇着她入睡，把她抱在怀里。”

“现在呢？”

她看向他：“现在我梦到劳伦。我看见我们在她的毕业典礼上……她的婚礼上……然后我看见我们挥手告别，而她总是在哭。”

“可你才是那个脸上带着泪水醒来的人。”

“我不知道我能不能夺走她的孩子。”安吉说，终于大胆地说出了她最深的恐惧，“我不知道我怎么才能拒绝。我所知道的就是不管怎样，我们的心都会被撕裂。”

“你现在更坚强了。我们都是。”他俯身吻她。

“有吗？”他一退开，她就反问道，“那么为什么我害怕把爸爸做的摇篮从纸箱里拿出来？”

康兰叹气，一时间她看到了他蓝眼睛中的担忧。她不确定那是他的担忧，或是她自己忧心的映照。“梦想田园小床。”他低声说，似乎方才刚想起来。

她的父亲亲手打造了那张床，把每一片木头抛光得如同丝缎。他说是从凯文·科斯特纳的电影得来的灵感。

爸爸把摇篮展示给安吉莉娜看时，他的眼中有泪光。“我造的，”他说，“她就快出生了。”

“只管抱着我。”康兰最后说，“我会稳住我们，不管发生什么。”

“好。”她答，“可是谁去拉住劳伦？”

六月的第二个星期六在下雨。所有祈求晴天的祷告都被无视了。

劳伦全然不在意天气如何，让她沮丧的是镜子中的影像。

她瞪着自己看，她的头发状态不错。怀孕给了她红铜色的头发，总之那一直都是她最好看的地方，光泽鲜亮。

其余一切都糟糕。她的脸从上周开始浮肿，以往的苹果圆脸大得快像个盘子，更别说她的肚子。

在她身后，一堆衣服盖住了她小心铺好的床。之前一小时里她努力试过了每一种能想到的适合母亲身份的搭配。无论她怎么穿，看起来都像个足球妈妈充气娃娃。

这时传来一记敲门声。安吉说：“好啦，劳伦。该走了。”

“我就下来。”

劳伦叹气。就这件了，她走到镜子前第四次检查脸上的妆，挣扎着不要往脸上再上一层颜色。她抓起背包甩过肩，离开卧室。

楼下，安吉和康兰都在等着她。他们看上去不可思议的迷人，两人都是。康兰穿着黑西装，配着钢蓝色衬衣，看上去像新一任詹姆斯·邦德，而安吉，穿了一身玫瑰色的羊毛裙，和他配极了。

“你确定？”安吉问。

“我没事。”劳伦说，“我们走。”

开到菲克瑞斯特学院似乎只用了平常一半的时间。劳伦还没完全准备好，他们就到了，正往学校停车场停车。

他们仨尴尬地沉默着横过校园。他们周围的所有其他人都又说又笑，不停拍着照。

礼堂就是个热闹的蜂巢。

到了门口，她停下脚步。

她不能进去，不能沉笨地挪上看台在所有的父母和祖父母中间坐下。

“你能办到。”康兰说着，挽起她的手臂。

他的接触让她安心。她抬眼看向人群，再看向横挂在墙上的条幅。

“2004 届。

无惧未来。”

如今看来这像她上辈子的生活，她本来应该负责准备这些装饰。

体育馆挤满穿着深红缎袍的孩子，面庞明净闪耀，双眼亮着憧憬。劳伦想要下场跟她的朋友们在一起，想要再次变成那个纵声大笑、嬉笑欢快的姑娘。这份渴望如此尖锐，刺得她险些站立不稳。今晚会有毕业生晚会，她盼了好几年的晚会。

安吉拉住她的胳膊，带她走上看台上中间的位置。他们三人挨着坐在一起，挤在其他毕业班的亲戚朋友当中。

劳伦四处找戴维。他鹤立鸡群，又融身于中。他甚至都没有抬头往这边看。他活在当下，爱着当下。

这惹恼了劳伦。他可以在场下当一个前途无量的男孩，而她却困在观众席上，只是个失去了那么多的怀孕的少妇。

激愤来得迅猛去得也快，只给她余下一整天都感觉到的悲伤渴望。

嘈杂噪音模糊成一记响亮的悸动的咆哮。劳伦两手握拳，她的镇定仅悬一线。

她忍不住去寻找她的母亲，即使她明知道妈妈不会到这里来。去他的，如果劳伦能正常毕业，她就会错过这一切了。

然而……她依然心存微弱的带着疼痛的希望，企盼母亲会回来。劳伦某天抬头就能看到她。

安吉伸出手揽住劳伦，将她拉近。

音乐响起。

劳伦倾身向前。在场下，孩子们跑向他们的座位。

菲克瑞斯特学院的毕业生一个接一个走过主席台，从校长手中领过毕业证，帽子上的流苏晃来晃去。

“戴维·瑞尔森·海恩斯。”校长念道。

掌声如雷。孩子们为他欢呼，尖叫着他的名字。劳伦的声音消失在人群之中。

他走过主席台的样子仿佛此处为他所有。

待他回到座位，劳伦松了一口气。直到念到 R 开头的姓名时，她又紧张起来。

“丹·兰斯博格……迈克尔·艾略特·雷尔克……莎拉·简·雷奎斯特……”

劳伦往前伏身。

“托马斯·亚当斯·罗邦德斯。”

她直起身往后靠，努力不流露出失望。她就知道他们不会念到她的名字。毕竟，她上个学期就已经毕业了，可是……

她还有过期望。她曾经努力过那么多年，如今她在此处，朋友们在彼方的情形似乎并不对劲。

“只是个仪式。”安吉靠过来悄声说，“你也是高中毕业生。”

劳伦忍不住可怜自己，“我那么想参加。”她说，“毕业帕和长袍……掌声。我曾想象过自己会是年级代表发言人。”她苦笑，“实际上我是年级笑话。”

安吉看着她。她眼中有着深重的悲伤：“我希望我能把一切做好。但是有些梦想就是与我们擦身而过，生活就是这样。”

“我知道，我只是……”

“想要。”

劳伦点头。这是最接近的答案。她靠在安吉肩上，握住她的手听着继续诵读的姓名。

毕业仪式接着持续四十五分钟才迎来结束。他们三人融入说笑的人群，向足球场移动，那里已经撑起挡雨用的巨大帐篷。照相机的闪光多得像是来了一群狗仔队。

朋友们朝劳伦走来，对她挥手，欢迎她归来。

但是她看见他们的目光避开她的腹部，看见他们眼中“可怜的劳伦”的同情眼神，这让她再次觉得自己愚不可及。

“他在那边。”安吉最后说。

劳伦踮起脚张望。

他在远处跟双亲站在一起，她放开安吉的手匆匆穿过人群。

戴维看到她时，笑容瞬间黯淡了。也只是一瞬而已，接着他笑起来，可她已经看见了，于是她明白了。

他今晚想跟他的朋友们一起，想去做菲克瑞斯特毕业生在毕业当晚一直在做的事——去海滩上，围坐在篝火旁，喝着啤酒笑谈共度的时光。

他不想沉默地坐在鲸鱼一般的女朋友身边，听她长篇大论地讲述各种疼痛。

她踉踉跄跄地停在他面前。

“嗨。”他俯身吻她。

她吻他吻得那么长久，那么用劲，黏在他身上，最后强逼着自己退开。

海恩斯夫人看着她，心照不宣，“你好，劳伦。安吉。康兰。”

接着几分钟，他们就这么站在原地，说些没意义的闲话。等谈话落向一阵尴尬的停顿时，戴维问她：“之后你要来海滩吗？”

“不。”她发觉这个字很难说出口。

他明显松了一口气，但还是追问：“真不来？”

她甚至没法责备他。她盼着毕业晚会盼了好几年，那是关于菲克瑞斯特学校的谈天。只会……伤心。“真不去。”

他们又聊了几分钟，然后朝车走去。直到后来，直到他们开上车道，她才发觉没有人给她和戴维拍照。

他们在一起这么多年，却没能有一张在毕业那天的合照。

到了住处，劳伦下车，回到房间。她觉得听到安吉和康兰在跟她说话，但是有噪音在她脑中嗡嗡作响，她无法确定。也许他们只是在彼此交谈。

她坐在床边，盯着床柱看了大半天。回想着。

到她再也忍不下去的时候，她下楼走出门廊。

雨已经停了，余下明净的知更鸟蛋一般的蓝色晴天。

她站在栏杆边。

在下方的海滩上，燃起了一堆篝火。烟雾飘向空中。

大概并不是毕业生的聚会。

当然不是。

然而……

她想着如果她挪下台阶到海滩上，一路走过沙滩会怎么样……

“嗨，你呀。”

安吉来到劳伦身后，将一张厚重的羊毛毯围到她肩上，“你会着凉。”

“会吗？”

“会的。”

她转过身，看到安吉担忧的表情。“哦。”劳伦颤抖着叹息，接着骤然痛哭出声。

安吉一直站在那里，抱着她，抚摩着她的头发。

劳伦终于抽噎着退开的时候，她看到安吉的眼中也有泪水。“它会传染的吗？”劳伦挤出笑脸。

“只是……你有时候还只是小姑娘。我想戴维要独个去毕业晚会了。”

“不会独个去，只是不跟我去。”

“你本来可以去。”

“我现在不再属于那里了。”她脱身走向门廊的秋千，坐下。她想告诉安吉，最近她觉得自己没有任何归属。她爱这座房子，这个家庭，但是一旦孩子出生，劳伦就不再属于这里了。

律师是怎么跟她说的?

孩子只需要一个母亲。

安吉坐到她的身旁。她们一起凝望着蔓藤横生的后院，望着下面的沙滩。

“以后会怎么样?”劳伦问，俯低身体，她小心翼翼地不去看安吉，“我会去哪里?”她听到自己声音破碎不堪，她没有办法让自己听起来够坚强。

“你会回到这里来，回到这座房子。然后，等你准备好了，你会离开。康和我给你买好了去学校的机票，还有一张回家过圣诞节的机票。”

家。

这个字飞镖一般刺到她的心底深处。这里将不再是她的家了，一旦孩子出生就不再是了。

她这辈子都觉得孤独寂寞，如今她了解得更深。她的母亲曾经在这里，然后妈妈跑掉，安吉走进来。前几个月里，劳伦觉得自己仿佛终于有所归属。

但是很快她就会明白真正的孤寂是什么感觉。

“我们不必非照别人的规矩做，劳伦。”安吉说，她的声音有种细弱无力的绝望感，“我们能创造我们想要的任何家庭。”

“我的法律顾问认为在孩子出生以后我不应该留在这里，她认为那对我们所有人来说都太难接受。”

“对我来说不难接受。”安吉慢吞吞地说道，稍微留了些余地，“但是你需要做对自己最好的决定。”

“是的。”劳伦说，“我想我得从现在开始照顾自己了。”

“我们总是会帮你的。”

劳伦想到他们最终定下的领养方案——书信、照片和探视许可。一切都制定得让她俩保持一定距离。

“好。”劳伦说，明白这不是真心话。

chapter 31 为爱而行

chapter 31

康兰、安吉和劳伦坐在有划痕的旧餐桌旁玩牌。音响放着安吉少女时代的音乐，他们不得不嚷嚷着说话。现在，麦当娜正唱着怀念童贞的歌。

“你们要糟了。”劳伦说，看向钓牌的方片八，“看牌哭吧。”她甩下一张红桃十。

康兰瞟了安吉一眼：“你能阻止她吗？”

安吉忍不住咧嘴一笑：“没戏。”

“啊，惨。”康兰说。

劳伦的笑声比音乐声还响。这笑声年轻无邪，让安吉觉得胸口一紧。

劳伦达成全收，于是站起来跳了一小段胜利舞。因为她有个大肚子，舞蹈动作缓慢笨重，但是这让他们全都笑了起来。

“老天，我想我该去睡了。”劳伦睁大眼睛，一脸无辜。

康兰大笑：“没门，老兄。你不能给我们塞了那么多分就这么跑掉。”

劳伦回桌的半路上，门铃响起。

他们还没想明白会有谁来，门就开了。

妈妈、蜜拉和莉薇站在门口，每人都抱着一个大纸板箱。她们冲进屋里，一边说话一边径直往厨房去，把箱子放下。

安吉不必过去都知道箱子里面是什么东西。

放在塑料盒里的冷冻食品，热一热就可以上桌。毫无疑问她们每个人都煮了能吃上一周的两倍菜量。

新妈妈可没时间去做饭。

安吉的胸口又一次发紧，她不想过去看那些证实某件事即将到来的物件。“到这里来。”她朝姐姐和母亲喊，“我们在打牌。”

妈妈横过房间关掉音响：“那才不是音乐。”

安吉笑起来，有些事从不改变。妈妈从 70 年代就开始关掉安吉的音乐。

“玩一会扑克如何，妈妈？”

“我可不想占你们大家的便宜。”

蜜拉和莉薇大声笑，莉薇对劳伦说：“她作弊。”

妈妈鼓起瘦削的胸脯：“我没有。”

劳伦大笑：“我当然知道你从不作弊。”

“我就只是牌运很好。”妈妈说着，拉开椅子坐下。

蜜拉还没走到桌边，劳伦就说：“我就回来，我今天得去厕所第十五次了。”

“我知道这种感觉。”莉薇摸了摸自己膨起的腹部。

“她怎么样了？”蜜拉一等劳伦离开就问。

“快了，我想。”安吉答。桌上掠过一阵沉默，他们都在想同样的事情，劳伦能放开她的宝宝吗？

“我们带了吃的来。”蜜拉说。

“谢谢。”

厕所的门突然打开。劳伦跑进起居室，死死站住。她站在原地，一脸苍白，像被吓到了。羊水淌下她的腿，在硬木地板上汇成水洼。“开始了。”

“呼吸。”安吉给她示范。“呼——呼——呼。”

劳伦从床上坐起，尖叫：“弄走它。”她攥住安吉的袖子，“我再也不想怀孩子了，让它停下。哦，上帝，啊——”她摔回枕头上，痛得厉害。

安吉用一块湿凉的布擦拭劳伦的额头。“你做得很好，蜜糖。真了不起。”她看得出宫缩过去的时间。劳伦疲倦地抬眼看她，她看起来惊人的、令人心碎的年轻。安吉喂给她一些碎冰块。

“我做不到。”劳伦哽咽着小声说，“我不——啊。”她浑身僵直，痛得弓起身。

“吸气，蜜糖，看着我。瞧，我就在这里。我们一起吸气。”她握住劳伦的手。

劳伦软进枕头里。“痛。”她开始哭，“我要止痛药。”

“我会去拿。”安吉吻了吻她的前额，跑出房间。“我们那该死的医生在哪里？”她沿着雪白的走廊跑前跑后，直到找到穆勒医生。他是今晚的值班医生，其他常规产科医生在度假。“你在这里。劳伦很疼，她需要止痛，我担心——”

“没事，马隆夫人。我会去看看她。”他向一名护士示意，朝劳伦的病房走去。

安吉回到候诊室，那里人满为患。蜜拉一家、莉薇一家、弗朗西斯叔叔、茱莉娅舅妈、康兰和妈妈全都站在这个小小的地方，占去了那么多空间。

另一侧，孤零零坐在芥末绿色塑料椅子上的，是戴维。他看起来有点晕，而且害怕。

上帝。他那么年轻。

安吉走进房间。

大家都朝她转过来，人人都同时开口说话。

安吉等着。等他们终于静下来，她说：“我想快了。”然后她穿过房间。

戴维站起来。他一脸苍白，衬着雪白的墙壁看，他几乎透明了。他的蓝眼睛里有毫不掩饰的泪光。他急忙向她迎来，脚步不稳：“她怎么样了？”

安吉拍拍他的前臂，发现他身上有多冷。她看向他泪汪汪的眼睛，顿时明白了为什么劳伦那么爱这个男孩。他是个重感情的人，总有一天他会成为好男人。

“她做得很好。你现在想见她吗？”

“结束了？”

“没有。”

“我不能去。”他悄声说。她不知道这个决定会困扰他多久。它会留下印记，她知道，但今天大部分时间都会留下印记，会给所有人留下印记。“告诉她我在这里，好吗？我妈妈也在来的路上。”

“我会说的。”

他们四目相对，无话可说。安吉真希望能有什么话适合在这种情况下说出来。她感觉康兰来到了她身边。他的大手握住她的肩膀，紧了紧。她倚在他身上，仰起脸：“你准备好了？”

“是的。”

他们从家人中间穿过，回到产房。康兰在护士站停下洗手。

他们走进产房时，劳伦在尖叫安吉的名字。

“我在这里，蜜糖。我在这里。”她跑向床边握住劳伦的手，“吸气，蜜糖。”

“痛。”

劳伦声音里的疼痛撕裂了安吉。

“戴维来了?”她问，又开始哭。

“他在等候室，需要我带他来吗?”

“不。啊!”她疼得弓起身。

“看到了。推。”穆勒医生说，“加油，劳伦。用力推。”

劳伦坐起。安吉和康兰扶稳她，她一边咕哝一边使劲一边尖叫。

“是男孩。”穆勒医生几分钟后说。

劳伦跌回床上。

医生转向康兰：“你是父亲，对吧？你想剪脐带吗?”

康兰没有动。

“去吧。”劳伦疲惫地说，“没关系。”

他木然上前，接过剪刀，切断了脐带。护士立即进来带走了婴儿。

安吉泪眼模糊地低头看向劳伦。“你办到了。”她把湿漉漉的头发从劳伦苍白的脸上拨开。

“他好吗?”

医生答：“完美无缺。”

“你是个女神，”安吉说，“我为你骄傲极了。”

劳伦抬眼看着安吉，眼神悲伤且疲惫：“你们会告诉他我的事，对吗？说我是个犯了错的好姑娘。我爱他所以把他送走。”

这迅速刺了安吉一刀，这问题那么痛，让她一时无法回答。她开口时，声音紧绷绷的：“他会了解你，劳伦。我们又不会说再见。”

劳伦了然一切的眼神让安吉觉得自己才是年纪小的那个。“对。对。好了，我最好现在睡一觉。我累死了。”她把脸埋进枕头。

“你想看看宝宝吗?”安吉轻轻问。

“不。”劳伦回答，话音中全无温柔，“我不想看见他。”

劳伦醒来时，她的病房里堆满了花。要不是她被吓到了的话，那本该让她笑起来的。她躺在床上，尽量猜测都是谁送来的。非洲紫罗兰肯定是莉薇和萨尔送的。杜鹃花来自玛丽娅。粉红康乃馨大概是蜜拉送的。百合和勿忘我来自安吉和康兰。那两打红玫瑰绝对是戴维送的。她想知道贺卡上都写了什么。你会对一个生了孩子却没法留下宝宝的女孩说什么呢?

一记敲门声止住了她往晦暗的方向继续胡想。

chapter 31

"进来。"

门开了。戴维和他的母亲站在门口，两人都脸色苍白，犹豫不决。

劳伦看向自己所爱的男孩，想到的只是如今她的腹部多么平坦多么空虚。

"你见过他了？"

戴维噎住，点头。"他那么小。"他走过病房来到她床边。

她等着他的吻。吻落下来，一触即离。他们四目相对，闷声不语。

"他长着你的头发。"海恩斯夫人说着，朝床走来。她站在儿子身边，摸着他的手臂像是要安抚他。

"请……别告诉我。"劳伦声音沙哑地说道。

沉默再次降临。劳伦看向戴维，刚才她觉得离他万里之遥。

"我们办不到。"

这个发现冲刷着她。它一直都盘桓不去，像夜晚的阴影等待着阳光赐予它外形与实质。

他俩都还是孩子，如今妊娠期已过，他俩会漂向各自的生活。哦，他们会尝试就算在不同学校也在一起，但最终都会是徒劳。他俩会变成诗人写的主题：初恋。

戴维已经不确定该对她说什么，该怎么碰触她了。她现在不一样，从根本上已经改变，而他感觉到了。

"花很美。"劳伦伸手去握他的手。碰到他时，她才注意到他的皮肤那么凉。

戴维点头。

海恩斯夫人俯下身。她非常轻柔地拨开劳伦眼前的头发，"你是个非常勇敢的女孩。我知道为什么我的戴维那么爱你了。"

若是一年以前，这话对她来说重要得像整个世界。她抬眼瞧着海恩斯夫人，想不到能说什么。

"好了。"他的母亲终于退开，"我让你俩单独相处一会儿。"她从床边退开，离开病房。她的高跟鞋像机枪一样打在地面。门嗒地关上。

戴维又一次俯下身吻了劳伦，第二个吻是真正的吻。

"我已经签了文件。"他退后时说。

她点头。

"感觉很奇怪……就那么签个字让他离开。可我们别无选择，对吧？"

"我们还能有别的办法？"

他呼出一口气，微笑起来："是啊。"

看着他感觉太痛苦，所以她闭上眼睛："我想我要睡了。"

"哦。好吧。反正妈妈和我要去买开学用的东西。你需要什么吗？"

学校。她把那全都忘了。

"没什么。"

他亲了亲她的面颊，然后摸着她的脸："我晚饭后回来。"

她终于向他看去："好。"

"我爱你。"他说。

在经历这么多以后，这句话让她哭了出来。

507 号房里，安吉坐在一张厚重的木摇椅上等待着。

康兰坐在她旁边的椅子上。每过几分钟他就会看看表，但什么也没说。

"她改主意了。"安吉最后喃喃道，得有人把话说出来。

"我们还不知道。"他说，但是她从他的声音听得出他也这么想。

时钟又一次嘀嗒响起。又一次。

门突然打开，穿着橙色衣服的护士走进来，她抱着一个小小的蓝色襁褓，"是马隆先生及夫人吗？"

"是我们。"康兰说着站起身。他的嗓音发紧。

护士朝安吉走去，轻轻地将小小的蓝色襁褓放进她的臂弯，然后离开让他们独处。

他很漂亮：个头小小，粉嫩嫩的，整张脸像拳头一样拧在一起。几络红发潮乎乎地贴在尖脑袋上，他小小的唇在找东西啜吸。

安吉觉得自己像是头朝下急速地往下跌。她曾压抑束缚的所有爱意如洪水泛滥，她亲吻他天鹅绒般柔软的面颊，轻嗅他皮肤上的甜香。"哦，康。"她悄声低语，眼中刺痛，"他看起来就像劳伦。"

"我不知道是什么感觉。"康兰过了一分钟才说。

安吉听出他话音中的困惑，担心又要面临失去的痛苦。这一次，她是坚强的那个人。她看向他。"那就感觉我。"她说，摸着他的手，"我没事，我在这里。无论怎样，我们会好的。"

chapter 32 为爱而行

chapter 32

劳伦二十四小时没有见她的儿子。她完全不冒险给别人机会。每当有个护士到她的病房来，还没等护士开口，她就会说，我是生母，婴儿的事去跟马隆夫妇讲。

到第二天结束，她感觉身体好到可以憎恨待在医院里了。食物糟透，景色烦人，电视几乎收不到任何频道，最讨厌的是她能听到育儿室的声音。每次有婴儿哭，劳伦就得眨掉泪水。她试过一遍又一遍地读南加州大学的概况手册，但那没用。

她总能听到那种尖锐的、期期艾艾的新生儿悲泣。不知何时起她给她的宝宝起名叫强尼，她会坐在原地紧紧地闭上眼，攥着拳头反复说有人会照顾强尼……

她煎熬了一阵去相信这话，但是如果安吉昨晚没有来看她的话，她本来会没事的。

劳伦睡了，不过只是浅眠。她听到外面高速公路的嘈杂声，但假装那是海浪声，哄自己睡觉。

“劳伦?”

她原以为是夜班护士，护士会在熄灯前最后再检查一次她的情况。但是来人是安吉。

她看起来不太好，简直糟透了。她的眼睛红肿，虽然她想勉强笑一笑可是笑得很难看。她跟劳伦聊了很久，为她梳头发，给她拿水喝，直到最后才说出她的来意。

“你得见见他。”

当时劳伦抬头看向安吉的眼睛然后想：“那个时候到了。”劳伦寻求了一生在找的爱。

“我害怕。”

安吉碰了碰她，动作那么轻柔：“我知道，蜜糖。所以你才需要去做。”

在安吉离开很久以后，劳伦考虑起来。在她心里，她知道安吉说得没错。她得抱住她的儿子，吻他小小的脸蛋，告诉他她爱他。她得说再见。

但是她害怕。想到要离开他是那么痛苦，真的抱住他又会有多么难受?

接近破晓时分时，她下定决心。她歪到一边按了护士铃。护士出现时，劳伦说：“请把我的宝宝带给我。”

接下来的十分钟像是永远都过不完。

最后，护士回来了，于是劳伦第一次见到了她小小的、有着粉红脸庞的儿子。他有戴维的眼睛，有她母亲的尖下巴，还有她自己的红头发。她的一生汇聚在这张小脸蛋上。

“你知道怎么抱他吗?”护士问。

劳伦摇头。她的喉咙收紧，说不出话。护士轻轻地把婴儿摆好在劳伦臂弯里。

她根本没注意到护士什么时候离开的。

她低头盯着她的宝宝，她怀抱里的奇迹，即使他还那么幼小，看起来就像是整个世界。她的心满是他的模样，直到连呼吸都真的让她发痛。

他是她的家人。

家人。

她一生都在寻找某个跟她有关联的人，现在他就在这里，偎依在她的怀抱里。她从来没有过祖父母、堂兄弟表姐妹、姨舅叔伯，或是兄弟姐妹，但是她有一个儿子。“强尼。”她低语，摸了摸他的小拳头。

他握住她的手指。

她猛吸一口气。她怎么可以离开他? 这念头让她哭出来。

她保证过——

可是那时她不知道，她不明白。她那时怎么会明白爱着自己的孩子是什么感觉?

“我不是莎拉·德克，”不过几星期以前她还对安吉那么说，“我绝不会那样伤害你。”

劳伦紧紧闭上眼睛。她现在怎么能背叛安吉?

安吉。那个女人等待着准备成为强尼所能拥有的最好的母亲。那个女人让劳伦看到了爱是什么，一个家庭会是什么样。

慢慢地，她张开眼睛低头看向她的儿子，泪水给眼前蒙上一片刺人的模糊。“可是我是你的妈咪。”她低声说。

无论多么明智和正确，就是不能做出某些选择。

戴维那天下午在她床边。他看上去疲惫不堪，笑容敛起。

“我妈妈觉得他看起来像她的爸爸。”在他俩又一阵长久的尴尬沉默之后，他开口说。

劳伦抬头看他：“你完全确定要这么做，对吗？”

“确定。对我们来说他来得太早了。”

他说得没错。对他们来说他来得是太早了。突然间她想到他们共度的所有时光，所有她爱着他的这些年月。她想起他们在一起的这些年，他喋喋不休地讲汽车容量的样子，在看电影时也不停嘴的样子，他唱歌跑调永远不记得歌词。大部分时候，她想到他似乎总是知道她什么时候感觉害怕或是失落，那时他会握住她的手，紧紧地握着，仿佛他能让她定下心。她会一直爱他。“我爱你，戴维。”她呢喃，话音含混不清。

“我也爱你。”他俯身把她拉进怀里。

她是先退开的一方。他牵起她的手，握紧。

“我们结束了。”她柔声说。大声说出的每一个字都让她痛苦。她想要他笑出来，抱住她说，没门。

然而，他开始哭泣。

她觉得自己眼中有泪水燃烧。她期盼能收回那句话，告诉他她不是真心的，但是她现在已经长大了，知道怎样才更合适。有一些美梦就是会这样从你的指间溜走。最糟糕的情况就是这样，要不是她怀孕了，他俩本来可以美梦成真，可以相爱到永远。

她不知道爱着他还会让她痛多久。她希望那是一道某天能自行愈合的伤，只会留下一条苍白的银色疤痕。“我要你去斯坦福大学，忘掉这一切。”

“对不起。”他哭得那么伤心，她知道他会接受她的提议离开。了解这些让她心痛，也拯救了她，几乎使她微笑起来。为了爱不得不做出一些牺牲。

他伸手进口袋，抽出一小片粉红色的纸。“给。”他递给她。

她皱眉。纸片在她的指间薄得像一句低语：“这是你的车证。”

“我要你拿着它。”

她满眼泪水，几乎看不见他的模样。

“哦，戴维，不。”

“我只有这个。”

她会一辈子都记得这一刻。无论怎样，她会一直知道他爱过她。她把粉色纸片还给他。“吻我，极速小子。”她轻声说，知道这会是最后一次亲吻了。

安吉在路过护士站的一瞬间，她就知道出事了。

“马隆夫人?”有个护士说，“科纳莉女士想跟你谈谈。”

安吉推开康兰，跑起来。她的便鞋落在地面，声音响亮得讨人厌。她一把推开门，用力过猛都把门拍到了墙上。

劳伦的床空了。

她歪靠在门框上。她多少早有预料会有这样的事，早在等着它发生，可那并没有让她好过一些。“她走了。”康兰来到她身边时，她说。

他们站在门口，握着彼此的手，目不转睛地看向铺得平平整整的床。花香在屋里徘徊未去，那是昨晚这里还有个姑娘的唯一的证据。

“马隆夫人?”

她慢慢吞吞转回身，以为会看到医院专职教士的那张圆脸。索菲娅夭折时，他第一个出现在安吉的房间。

不过来的是科纳莉女士，她是指定的委任诉讼监护人。“她一小时以前离开了。”那位女士垂下目光，“带着她的儿子。”

安吉也料到了会这样，疼痛仍然来得又快又狠：“我明白。”

“她给你留了一封信，还有一封给戴维。”

“谢谢。”她接过两个信封。

监护人说：“我很遗憾。”然后走开了。

安吉看向全白的信封。一个名字——安吉·马隆——草草写在封皮上。她两手发颤地拿住它，打开。

亲爱的安吉，

我本来就不该去抱他。(她在这里涂掉了一些话。)我一生都在寻找一个家人，现在我有个家人了，我没法离开他。对不起。

我真希望自己能够坚强得当面告诉你，可我做不到。我只能祈祷终有一天你和康兰愿意原谅我。

只要知道在某个地方，一个新妈妈在夜里入睡，想着你。假装着——期盼着——她曾当过你的女儿。

爱你的，

劳伦

安吉折起信放回信封，然后她转向康兰："她现在孤零零一个人在外面。"

"不是一个人。"他轻声说。她看向他的眼睛时，她知道他也一直都预想到会这样。

"太孤单了。"

他把她搂进怀里，让她哭出来。

他们在等候室遇上了戴维和他的母亲。

他们进门时，戴维抬眼看来。

"嗨，马隆先生和马隆夫人。"

他的母亲安尼塔微笑着："你好，又见面了。"

一阵尴尬的沉寂。他们面面相觑。

"他很漂亮。"安尼塔的声音有一点嘶哑。

安吉不知道非得跟你儿子的儿子道别是什么感觉。"劳伦离开了医院。"安吉尽量轻柔地说，"她带走了宝宝。我们不……"她哽住，说不下去了。

"我们不知道她去了哪里。"康兰说。

安尼塔倒进一张椅子里："啊，上帝啊。"一手捂住嘴。

戴维皱起眉头："你们在说什么？"

"她带着儿子走了。"安吉说。

"走了？可是……"戴维的声音垮了。

安吉把信递给他："她留了这个给你。"

他打开信时根本稳不住手。

所有人都默不作声地站在原地，注意他的反应。

最后，他扬起头。他站在那里哭的时候，看起来那么年轻："她不会回来了。"

安吉竭尽全力才没有跟他一起哭。"我想她不会回来了。"这是第一次她敢说出口，即使是自言自语。康兰握紧她的手："她认为我们所有人最好都不要知道她在哪里。"

戴维向母亲伸出手："妈妈，我们怎么办？她只身一人，是我的错。我该留下来跟她在一起。”

他们站着，一个看着一个。没人知道该说什么。

终于安尼塔开口了：“如果她回来请给我们打电话。”

“当然会。”康兰答。

安吉目送他们离去，看着母亲和儿子，手牵着手。她不知道他俩会对彼此说什么。在这样的一天里，能找到什么样的话语来讲述。

最后，她转向康兰，抬眼看向他。

他们的一生都映在他的眼中，所有美好的、艰苦的、喜忧参半的时光。曾有一阵，似乎爱恋远去，只留他们二人的空壳。他们迷失了方向，因为他们以为有爱还不足够。如今他们更为睿智。有时候你会心碎，但你只需要坚持。不过如此。

“我们回家吧。”她努力微笑。

“好。”他说。“回家。”

劳伦下车，回到从前的世界。她搂紧了强尼，他还在她身前的背袋里安静地睡觉。她揉了揉他小小的后背。她不想让他在镇里的这一片地方醒来。

“你不属于这里，强强。你要记住。”

夜色已然降临，渐浓的暗影中那栋公寓楼看起来显得不那么破旧，但愈发不祥。

她突然意识到自己很紧张的，几乎可算是害怕。这里再也不是她熟悉的环境了。

她停步，回头渴望地看向公交车站。要是她能就这样回过身，走过街角，搭上去奇迹里路的公车就好了。

但是没有退路了，她离开医院时就已明白。劳伦背叛了安吉和康兰的信任，她丝毫不差地做出了发誓不会做的事情。无论他们曾展现给她的爱是什么，现在都会消失了。她对自暴自弃略懂皮毛。

劳伦再也不属于对面的那片城镇，再不能到那个俯瞰大海的木屋去，也不能再去那间有百里香、大蒜和煨番茄香气的餐馆。她生活中的选择将她又一次无情地领向此地，领向她所归属的地方。

她终于走到了从前的公寓楼。她仰头望着它，感到一阵失落的战栗。

她曾那么努力奋斗要离开这里。可她能住得起别的地方吗？她有个刚出生的儿子，有好几个月都不能放到托儿所去。她钱包里的五千块的支票根本不够。反正她不会停留太久，不会在这个总会让她想起安吉的镇子停留。只留到她觉得好一些为止，然后她会去找新住处。

她放下她的小手提箱，挺直身，弓起疼痛的后背。浑身都痛。她之前吞下的艾德维尔镇痛片药效开始退去，她的腹部隐隐作痛。在她两腿之间有种尖锐的抽痛，这害她走起路来像个喝醉的水手。她叹息一声，再次抓起手提箱跋涉过杂草蔓生的小路，走过塞满废弃物的黑色垃圾袋和湿透的纸板箱。

前门轻巧地吱呀一声打开，还坏着。

她过了一秒才适应楼里的昏暗。她都忘了这里有多么阴暗，闻起来多像是发霉的烟，还有绝望的气味。她走向门牌号 1-A 的公寓房，敲门。

一阵蹒跚的脚步声，一句瓮声瓮气的话："等等。"然后门开了。

莫克夫人站在门后，穿着花草纹的便服，趿着褪色的粉红色拖鞋。她的灰色头发被一方大红手帕藏起，手帕扎起的方式很老派。"劳伦。"她拧起眉。

"呃……我妈妈给我打过电话吗？"自己声音里那份悲凄的渴望让她觉得羞耻。

"没有。你不会真以为她会打来吧？"

"没有。"她的声音几不可闻。

"我还以为你走出去了。"

劳伦努力不要对那个词做出反应——出去——但那不容易。"也许像我们这样的人没有出去的路，莫克夫人。"

听到这话，莫克夫人脸上深深的皱纹似乎更深了："那是谁？"

"我儿子。"她微笑，但笑得伤悲，"强尼。"

莫克夫人伸出手摸摸他的头，然后她叹了口气，倚在门框上。

劳伦认得出这种声音，那是落败的叹息，她的母亲总是这样叹气。"我想我能来这里看看你是不是还有出租的房间，我有一点钱。"

"住满了。"

"哦。"劳伦不肯向绝望低头。她现在得考虑到强尼，她从现在起得把泪水咽下去，她转身想走。

"或许你最好进来。开始下雨了，你和强尼能在空卧室睡一晚。"

劳伦差点绊住腿，她大大地松了口气："谢谢。"

莫克夫人把她领到起居室兼用餐室。

一时间，劳伦感到她的过去与未来撞在一起。这里看起来那么像她从前住过的公寓套间，同样的胶合板餐桌椅，同样的粗毛毛毯。蔷薇花色沙发左右各有一张蓝色的乐至宝躺椅。一个小小的黑白电视放着老电视剧《太空仙女恋》的一集。

莫克夫人走进厨房。

劳伦坐到沙发上，从背袋里抱出强尼。他立即开始哭。她换下他的尿布，把他重新包起来，可他没有停下。他期期艾艾的尖声哭叫塞满了这个小小的套间。

“求你了。”劳伦低声说着，摩挲着他的后背，摇晃着他，“我知道你不饿。”

莫克夫人拿着两杯茶回来，问道：“你还好吧？”直到那时劳伦才发现自己在哭。

她擦擦眼睛，挤出笑脸：“我只是累了，就这样。”

莫克夫人把杯子放到咖啡桌上，在一张躺椅上坐下：“他肯定还很小。”

“他才两天大。”

“而你到这里来找你的妈咪，或是想找一个地方留下。哦，劳伦。”莫克夫人看她的眼神她再熟悉不过，那种“可怜姑娘”的眼神。

她俩四目相对。她们身后，那部情景喜剧迸出笑声。

“你要怎么办？”

劳伦低头看向强尼：“我不知道。我办好了全部手续把他送去收养，可是……我做不到。”

“我能看出你有多爱他。”莫克夫人的声音放软了，“当父亲的呢？”

“我也爱他。所以我才在这里。”

“就你一个人。”

劳伦抬起眼。她觉得嘴唇在颤抖，泪水涌满了眼睛，又一次。

“对不起，都怪荷尔蒙。我总是在哭。”

“你之前去了哪里，劳伦？”

“你要问什么？”

“我记得那天来接你的女人。我站在厨房窗边看着你上了她的车开走，然后我想，对你不错，劳伦·瑞比度。”

“安吉·马隆。”说出她的名字都觉得痛。

“我知道我只是个整天坐在家里的老太太，只会跟猫说说话，看看重播剧，但是看起来她爱你。”

“我搞砸了。”

“怎么会?”

“我保证把宝宝给她，然后半夜跑掉。她现在应该恨我了。”

“你没有跟她讲起过？就这么跑了?”

“我没法面对她。”

莫克夫人往后靠向椅背，眯起眼睛打量劳伦。最后，她说：“闭上眼睛。”

“可——”

“照做。”

劳伦照着做了。

“我要你想象你母亲的样子。”

她在脑海里描绘那个影像。妈妈，白金色的头发，一度美丽的脸蛋变得消瘦。她四肢大张地瘫坐在破旧的沙发上，身上穿着磨旧的粗布迷你短裙和一件裁短的 T 恤。她的右手夹着一支烟，烟雾盘旋而上。

“好了。”

“那就是逃跑给一个女人带来的后果。”

劳伦慢慢张开眼睛看向莫克夫人。

“我看过你怎么忙得脚不沾地想得到出头的机会，劳伦。你背着装得满满当当的书包回家，打两份工，给自己拿到了菲克瑞斯特的奖学金。你挣钱交房租，你的窝囊母亲把钱全都花在潮流酒吧。我觉得你有希望，劳伦。你知道在这栋楼里那有多么少见吗?”

希望。

劳伦再次闭上眼睛，这回想象着安吉的模样。她看到她站在门廊，望向大海，黑发在微风里飘扬。安吉转过身，看到劳伦，于是笑起来，“你来了。睡得怎么样?”

这是个微不足道的回忆，只是平常一天的一个片影。

“你有地方可以去，不是吗?”莫克夫人说。

“我害怕。”

“生活中没有现成的路，劳伦。相信我。我知道要是从恐惧起步，那条路会通向哪里，你也知道它会在哪里结束，会结束在一个楼上的公寓套间里和一堆付不起的账单上。”

“如果她不能原谅我呢?”

“得了，劳伦。你没那么傻。”莫克夫人说，“如果她原谅了呢?”

“你是个记者，该死的。找到她。”

“安吉，我们说这种话有十几次了，我甚至不知道从哪里开始。戴维问过了她所有的朋友，没有人听说她的消息。公共汽车站的人都不记得卖过票给她，她以前住的公寓套间已经租出去了；那个女房东在我问起劳伦时干脆挂了电话。南加州大学的注册处主任说她撤销了奖学金申请，我想不到她会去哪里。”

安吉用力戳食物处理机的按钮，搅动的声音充满厨房。她低头瞪着搅碎的糊糊，想要找些新话题来说。

什么也想不到。过去二十四小时里她和康兰就此讲过了所有能说到的事。劳伦就这么简单地不见了，在这么个繁忙拥挤的世界消失不见倒是不难。

安吉拿出碗，倒出蓝莓糊糊。她的姐姐们觉得烹饪能治疗心灵，这是她的第三个蓝莓脆皮饼。再来更多治愈式烹饪，她大概就要尖叫起来了。

他来到她身后，搅着她，亲吻她的颈弯。她叹了口气，往后靠在他怀里。

“我受不了想到她孤零零的样子。别跟我说她不孤单，她还是个孩子，她需要有人照顾她。”

“她现在已经是个母亲。”他轻轻地说，“那份孩子心性在经历这一切的时候就遗失了。”

她在他怀里转过身，两手压在他胸膛上。他的心跳击打着她的手掌，愉快、稳定、平和。从前当她少有地觉得头晕目眩时，或是失落或是不安的时候，她会跑向他，抚摩他，让他成为她的锚。

他吻了她。他把嘴唇贴在她唇边，悄声细语：“她知道你爱她，她会回来的。”

安吉听出他有多想相信这句话。“不会的。”她说，“她不会回来。你知道为什么吗?”

“为什么?”

“她会以为我绝不会原谅她。她的母亲没有教过她原谅是什么，她没有意识到自己已经原谅了她的妈妈——或者在妈妈一出现的时候就会立即原谅她。她不知道爱能有多么坚韧，只知道它有多容易破碎。”

“你知道什么事让人吃惊吗？你从没提起过那个婴儿。”

“我觉得她应付不来。”她叹气，“我真希望告诉过她。也许那样她就不会在半夜里跑掉了。”

“你告诉了她真正重要的事，而且她听进去了。我保证。”

“我不这么想，康。”

“可我知道。她生下孩子的时候，你跟劳伦说你爱她，你为她骄傲。总有一天，等她不再为非做不可的事而恨自己的时候，她会想起来，她会回来。也许她的母亲没有教给她爱是什么，但是你教了。或迟或早，她会明白过来。”

他总能办到，总能正好说出她需要听到的事：“我说过我有多爱你吗，康兰·马隆？”

“你倒是说过。”他瞥了一眼炉子，“那东西要烤多久？”

她想笑：“五十分钟。”

“显然有足够的时间展示给我看。也许两次都够。”

安吉亲吻她睡着的丈夫，小心地不去惊扰他，翻身下床。她穿上灰色毛衣，离开卧室。

楼下如此安静。她都忘了。这样的沉默。

一个年轻人能弄出那么多声音……

“你在哪里？”她低声说出口，抱紧双臂。外面的世界广阔得要命，而劳伦那么年轻。十来个不好的结局冒出来，像恐怖电影的画面在她脑海里闪过。

她朝厨房走去，打算来杯咖啡。她走到半路时看到了那个箱子，它就在走廊上，贴墙放着。一定是昨天早上在他们去医院以前，康兰把它从洗衣间里翻出来了。

昨天：在一切都还不一样的时候。

她知道自己应该转身走开，装作没有看到它。然而那是以前的她曾经走过的老路，不去面对并无益处。

她走向那个箱子，跪在旁边，把它打开。

那盏维尼熊的灯摆在最上面，包在一张粉红色棉花毛毯里。

安吉把它抽出来，拿在手上。这盏灯是为那个亡失的宝宝买的，令人意外的是如今她没有为此哭，为此痛苦。她倒是把它拿到厨房，放到了桌上。

“来吧，”她说，“它在等着你，劳伦。回家来拿走它。”

她得到的唯一回应是寂静。这座老房子时不时会嘎吱响，远方有大海的轰鸣与呼啸，然而在这里，在这个居住者从三人变成两人的房子里，一片寂静。

她走到门廊，凝望着下方的海洋。她太专注望着海水，过了一阵才看到那个姑娘站在树林里。

安吉跑下楼梯穿过湿淋淋的草坪，路上两次差点跌倒。

劳伦站在那里，面无笑容，眼睛又红又肿。她想要笑。没笑出来。

安吉想张开双臂搂住劳伦，但是有什么阻止了她这么做。女孩的眼神悲痛欲绝，她的嘴唇在颤抖。

“我们很担心你。”安吉上前一步。

劳伦低头看向怀里的婴儿：“我知道我保证过把他给你。我只是……”她抬起头，眼里满含泪水。

“哦，劳伦。”终于，安吉收紧了她俩的距离。她温柔地摸着劳伦湿润的脸颊，以前她从不敢轻易释放这样的怜爱。“我本来应该多告诉你一些那会是什么样。只是……要想起我还有索菲的时候太难受了。我抱过她的短短几分钟。我看你看向宝宝的眼神我就知道了，你会像我以前一样失落，所以我从来不去装饰育儿室。我知道，蜜糖。”

“你知道我会留下他?”

“我非常确定。”

劳伦的脸微微皱起，嘴唇颤抖着往下撇：“可你还是跟我在一起。我以为——”

“是为了你，劳伦。你还不知道吗？你是我们家庭的一员，我们爱你。”

劳伦睁大眼睛：“即使在我那样伤害你以后?”

“爱在生命里会撞伤我们，劳伦。但是它不会离开。”

劳伦抬眼盯着她看。“我小时候，曾做过一个梦。每天晚上都是同一个梦，我穿着绿色的裙子，有个女人垂下手握住我的手。她总是说，‘来，劳伦，我们别迟到了。’我醒来时，总是会哭。”

“为什么你要哭?”

“因为她是我得不到的妈妈。”

安吉猛抽一口气，发出沙哑的叹息。她心里有什么东西解脱了，压力消散之前，她都没有察觉自己把它裹得那么紧实。她和劳伦就是因为这个走到一起，这个完美的时刻。她伸手按着劳伦的手，柔声说：“你有我，劳伦。”

泪水从劳伦脸上滚落。“哦，安吉。”她说，“我很抱歉。”

安吉把她拉进怀里：“没有什么要道歉的。”

“谢谢你，安吉。”她小声说着退后。

安吉的表情放软，变成微笑：“不。谢谢你。”

“谢谢我除了找麻烦让你熬夜以外什么也没干?”

“谢谢你让我知道做母亲是什么感受。现在，是外婆。过去怀中空虚的那些年我一直梦到我的小姑娘坐在旋转木马上，我不知道……”

“不知道什么?”

“我的女儿已经大得不该去游乐场了。”

劳伦仰起脸看她。一切都在她眼中。在寂静的绝望中度过的那些年月，她站在窗边，梦想着能有一个爱她的母亲；她躺在床上，渴望能听到床边故事，得到一个晚安吻。“我也一直在等着你。”

安吉觉得笑容稳不住了。她加固笑容，抹了抹眼睛，“你胸前的这只藤壶叫什么?”

“约翰·亨利。”劳伦把身前背袋里的婴儿解出来，递给安吉。她接过，抱在怀里。

“他棒极了。”她悄声说，怜爱和惊叹拧在一起涌上心头。没有什么能像孩子一样可以填满一个女人的胸怀。她亲吻他柔嫩的额头，闻到他身上宝宝的甜香。

“我现在要怎么办?”劳伦轻声问。

“你来告诉我，你想做什么?”

“我想去念大学。我猜现在一定有社区大学，也许我工作几个月就真能存够钱，可以在春天时上课。这并不是我期望的，不过……事情变了。”

“就算那样也不会容易。”安吉轻声说。要眼看着她所有的朋友——还有戴维——在秋季时就去念大学更艰难。她失去了他们所有人。一个接一个的，他们会继续自己的生活。他们将会跟一个在同样年纪就变成了母亲的女孩南辕北辙。这让劳伦心碎。

“我习惯了艰难的日子，如果我能做原来的工作……”

“你有个地方住会怎么样?”

劳伦吸了一口气，声音尖锐清脆，仿佛在岸边被海水冲到：“真的?”

“当然是真的。”

“我不会——我们不会打扰太久。就只到有足够的钱租公寓和找日托为止。”

“你还没明白吗，劳伦？你不需要找日间托儿所。你现在是吵吵闹闹的、相亲相爱的、固执己见的一家子的家庭成员。强尼不会是在餐馆里长大的第一个宝宝，他也不会是最后一个。”她咧嘴一笑：“正如你或许已经想到的那样，我可以找时间去照看孩子。当然不是每一天，他是你的儿子，但是我会帮忙。”

“你会吗?”

“当然。”安吉悲伤地垂眼看着劳伦。这女孩现在看着那么年轻，眼里涌起全新的希望。安吉狠狠地拉过她抱了抱。她一时间不想放手。最后，她做了次深呼吸，往后退。“你来得正好，今天是茱莉娅婶婶的生日。我做了三个脆皮蓝草莓馅饼——除了你和康兰以外没人愿意吃。”她向劳伦伸出手，轻声说：“来吧，我们别迟到了。”

劳伦怔住。颤抖的微笑弯过她的唇角，哪怕她同时又哭了起来，“我爱你，安吉。”

“我知道，蜜糖。有时候痛得要死，对吗?”

她俩手牵着手，一起走过湿漉漉的草地，进了屋子。

劳伦立即跑向音响放音乐，它还在她最喜欢的音乐台。一首史密斯飞船乐队的老歌跃出音箱，用声音摇动着屋子。她连忙调低音量，但还不够快。

康兰咚咚咚地跑下楼梯，跌跌撞撞地进了起居室：“什么鬼这么吵?”

劳伦僵住了，仰起脸看他。她的笑容敛起：“嗨，康兰，我——”

他跑过房间把她搂进怀里。他抱着她转圈，直到两人都大声笑起来。“到时候了。”他说。

“她回来了。”安吉轻轻地拍着婴儿，在这份吵闹里微笑，她看向流理台上的维尼熊灯，它终于将会照亮一个宝宝的房间，“我们的女孩回家了。”